凤舞九重

程世如◎著

河北出版传媒集团
花山文艺出版社
河北·石家庄

图书在版编目（CIP）数据

凤舞九重 / 程世如著. 一石家庄：花山文艺出版社，2020.12
ISBN 978-7-5511-5358-4

Ⅰ.①凤… Ⅱ.①程… Ⅲ.①长篇小说—中国—当代 Ⅳ.①I247.5

中国版本图书馆CIP数据核字(2020)第196789号

书　　名： 凤舞九重
FENGWUJIUCHONG
著　　者： 程世如

责任编辑： 杨丽英
责任校对： 李　伟
封面插图： 杨素芳
封面题字： 程世如
美术编辑： 胡彤亮
出版发行： 花山文艺出版社（邮政编码：050061）
（河北省石家庄市友谊北大街330号）
销售热线： 0311-88643221/29/31/32/26
传　　真： 0311-88643225
印　　刷： 天宇万达印刷有限公司
经　　销： 新华书店
开　　本： 700mm×1000mm 1/16
印　　张： 19.5
字　　数： 350千字
版　　次： 2020年12月第1版
2020年12月第1次印刷
书　　号： ISBN 978-7-5511-5358-4
定　　价： 68.00元

九重凤舞安天下，书写裙钗匡世篇

（代序）

●刘增山

世如是最早将他的长篇小说《凤舞九重》的前几章发给我的。因是多年故交，又是文学知己，我便立时开卷阅读，旋即被作者构思奇特的故事和闪亮的人物形象所吸引。前几章虽只算是个大的开场白，主人公褚蒜子的出场也权作是亮相之笔，却已够光彩夺目。及至后来我读得全书，进而领悟到作者“九重凤舞安天下，书写裙钗匡世篇”的创作真义，加深了对《凤舞九重》的艺术价值及其社会意义的认知。

小说的成功与否，首先要看人物形象的塑造与构筑。

青山明月夜，千古一奇女。在作者笔下，主人公褚蒜子集才华与美颜于一身，其倾城的容貌、超世的才气、恢宏的气量以及柔武丰韵的个性，被作者塑造得生气盎然。捧起《凤舞九重》，眼前自然会与历史上那些巾帼不让须眉的传奇女性相对接。值得推赞的是，作者通过这部历史小说，又为我们民族的巾帼英雄列传添写了一位可歌可泣可效的英名。

《凤舞九重》的主人公褚蒜子（324—384），颍川阳翟（今河南禹州）人，出身名门，天生丽质，性情刚毅。褚蒜子生于官宦世家，祖父褚洽官居武昌太守，父亲褚裒官拜卫将军、徐兖二州刺史。褚蒜子有着良好的文化修养，自幼见识开阔，襟怀宽广，十余岁便被选为琅琊王司马岳的王妃。司马岳即位，是为晋康帝，时年十八岁的褚蒜子成了皇后。后来，她以太后的身份，二度垂帘听政，历经六帝，临朝称制总共约四十年，在中国历史上绝无仅有。

作者笔下的褚蒜子美丽、聪明、善良、有胆识，是一个非常不幸而又十分坚强的女人。二十岁丧夫、三十七岁丧子，一次次沉重地打击，使她肝肠寸断，生不如死。她没有屈从命运的摆布，不曾有丝毫的怯懦，强忍悲痛，直面惨淡人生，心系家国，胸怀天下，勤政爱民，博风击浪，负重前行。她硬是凭借自己的坚毅和勇敢，闪转腾挪，长袖善舞，克敌制胜，彰显出极高的政治智慧和人性魅力。作者不仅浓墨重彩塑造了褚蒜子光彩夺目的形象，还生动地刻画了王导、桓温、王羲之、谢安等诸多历史人物群像，且在作者笔下，个个都可谓是“典型环境中的典型性格”，美美各美，栩栩如生，令读者过目难忘，这足见作者把控和斧凿人物的功夫。

文学是语言的艺术，小说的成功与否，要看语言的功力与灵性。

世如的小说语言优美，运笔讲究，情随笔动，神采飞扬，时有精彩片段，如在《醉舞花丛》中，对褚蒜子舞剑的描写：

褚蒜子一袭白衣，在高挑的身材的带动下，犹如一朵天山雪莲迎风飞扬，意在八极，神游太空。时而轻移曼舞，像紫燕伏巢；时而疾飞翱翔，似黄莺惊枝；时而高高跃起，志在高山巍巍之势；时而莲步低履，意于流水荡荡之情。

文中那些借人物之口不时插进的一些诗词歌赋，将小说与其他文学门类融会贯通，加深了语言厚度，增强了文字感染力。我深知世如，他除了对小说的偏爱，尤其喜爱散文。作者将散文的手法嫁接于《凤舞九重》，使小说顿增了散文的美感。小说是读的，散文是品的。故看他的小说，你既要专心读出小说的情节之环，又一定要沉下心来“品”，不仅要用眼睛“读”，而且要静下心来“听”，“听”出作品静处的“话外之音”。只有这样，你才能从作品层峦叠嶂的语言叙述中，聆听出一种坚定不移的信仰，聆听出一种金戈铁马的精神，展现出一种“钟山龙吟秀天外”的侠骨柔肠，品味出一种“出于笔墨之外”的普世之韵、警示之味。

在此，可列举书中褚蒜子那首《踏雪访梅》的七言诗：

云蒸霞蔚飞彩虹，梅花清芬香满城。
日照江花浮绿野，云映山岚飘碧空。
钟山龙吟秀天外，石头虎啸镇寰中。
雪拥红日千壑动，黎庶翘盼四海宁。

这首七言诗，道出了褚蒜子的梅花之骨，山岚之怀，龙吟之情，虎啸之魄，以及实现“黎庶翘盼四海宁”的壮志凌云。早知世如的古典诗词修养之深，却不知其之底蕴如此之厚。

小说的成功与否，还要看故事架构铺陈的圆融。

世如的小说构思奇妙、情节曲折，其小说涉猎宽泛，运用了勾践投醪、骑虎难下、金城泣柳、芝兰玉树等数十个成语典故，戏中有戏，典中有典，增强了语言的形象性。

作者在小说的每一个章节末尾，还都用心设计了一个小“包袱”，在下一个章节之前抖开，曲径通幽，引人入胜，进而将思想内涵推发得丰富而深刻。

《凤舞九重》中处处洋溢着一种天地的真、善、美，作品不仅荡气回肠，且作者更注重对真、善、美内涵的开掘，追求一种人生的意境及思想的达观，以独有的艺术语言诉说他对人间真、善、美的认知和感悟，倍增了作品的意义。

小说的成功与否，最高的评价当在于它为社会所能提供的借鉴。

优秀的作品，特别是优秀的长篇巨制，之所以能穿越时空流传于世，表现出极强的生命力，根本原因在于它产生的社会影响。《战争与和平》等诸多经典作品，之所以被称之为“历史的镜子”，是因为其能引人读史明智，是其巨大的思想能量所能给予社会进步提供的帮助。

《凤舞九重》所展现给我们的是一个时代的政治生活缩影。褚蒜子垂帘听政时期，东晋和北方强敌、朝廷和权臣、皇族和士族、北方士族和南方士族、皇族士族和普通百姓之间，各种矛盾错综复杂。这一个个矛盾，似一堆堆干柴，稍有不慎，一粒火星，就会引发冲天大火，把东晋政权烧成灰烬。

她面对一次次危局，总能迎刃而上、挺身而出，又善于审时度势、睿智灵动，她用自己的智慧和婉约式的平衡，化解、抚平了一个个迫在眉睫的矛盾，使东晋政权这只危船，避开了一个个急流险滩，既抑制了晋王朝建立以来内乱不断的危象重演，又在淝水之战中取得了抗击外敌的决定性胜利，进而使社会赢得了几十年的安定，使百姓获得了几十年的休生养息。她外御强敌，矢志北伐，明知不可为而为之，以弱击强，收复失地；她内抑权臣，轻徭薄赋，泽被苍生，展现出光风霁月般的胸怀。

在她垂帘听政时期，东晋每亩农田的赋税只有四升，创造了中国古代最低的赋税纪录。在东晋的粮仓三吴（吴郡、吴兴、会稽）地区遭受旱灾时，她力排众议，下诏把灾区农户的赋税减半。她宵衣旰食，朝乾夕惕，维护社会稳定，关心民间疾苦，仰不愧于天，俯不怍于人，受到朝野间的广泛赞誉。

作者通过史纪般的大写意，诉诸很多道理，而根本启示在于，任何社会演进的终极目的，都要看重国家、百姓的安宁，以顺应“黎庶翘盼四海宁”的安居乐耕的意愿，顺民生者得天下，这是一条不可违逆的历史规律。

我和世如在20世纪80年代，一起工作多年，相交很深。2001年，他在创作出版的长篇报告文学集《大变样》的后记中，披露了这样一件事：1969年4月，他所在的武汉军区通信总站，召开声援我军珍宝岛作战大会。总站领导在讲话中，即席诵读了世如刊登在军区《战斗报》上的一首小诗《七律·声援珍宝岛战友》，并对其大加鼓励。人生与未来往往会因为听信一句或几句话而改变走向，世如也由此开启了业余创作的道路。

后来在生活和工作风雨变迁中，他始终不改初衷，笔耕不已。

退休之后，他现在邯郸市一家房企担任副总经理兼办公室主任。在紧张的工作之余，他利用三年时间，创作了这部二十多万字的古典章回小说，实属不易。世如在《凤舞九重》中，在艺术领域所展现出的成熟练达的艺术技巧，其功夫之深妙决非偶然，实属厚积薄发。

读了《凤舞九重》，感慨颇多。这里步杜甫《春日忆李白》的原韵，口占一首，以达情怀：

精心写钗裙，妙笔发清馨。
河北冬飞雪，江南夏作云。
文凝四海情，墨染五湖春。
桑榆追晚霞，夕照日日新。

世如在桑榆之时完成的他的第一部古典体裁长篇小说，于成功之外难免有许多需要提升和改进的地方，但是又不可笼统地去定论作品的不足之处，有时作品的展开方式恰恰是由作者的性格所致。我认识的世如，性格很严谨，不善张扬，故他的作品沉稳之外，少了些格调的浪漫；又由于他工作生活中总是中规中矩，禁于雷池，故他的作品中舒卷之外很少叱咤风云，也少些波澜壮阔；又由于世如对主人公性格把握独有守护的任性，唯恐错位描写，故在人物形象刻画上不可能放得很开，而略显单薄与拘谨，也少了些跌宕起伏大起大落等。这些，与其说是作品的局限性，莫如说是作者与作品的个性，仅供作者与各位看官参考。

是为序。

序作者：

刘增山，当代著名作家，中国创意经济、企业文化战略研究专家，作品多部。以写“人生散文”而著称的刘增山先生，其作品《秋魂》《小溪的行程》《祖国，假如你是一棵银杏》等入选中学、大学教材，被译为多种文字。冰心老人亲自介绍其加入中国作家协会，称：“刘增山的作品优美而真实，是新时代人生散文的一派新流，影响着我们这个有着诸多缺憾的世界。”

目　录

第一章　祸从天降

晋成帝司马衍咸和三年四月的一天晚上，东晋京城建康（今江苏南京）城内到处是火光冲天，杀声震耳。

皇宫北门大夏门外面的大街上，叛将苏峻的参军韩晃，带着一队骑兵，直扑朝廷京口参军褚裒的府邸，捉拿褚裒的女儿褚蒜子。

咸和二年十月，司马衍的舅舅、中书监庾亮，以晋升历阳（今安徽和县）内史苏峻为大司农的名义，明升暗降，意在削去苏峻的军权，防止他拥兵自重。

苏峻，长广郡掖县（今山东莱州）人，本是一介书生，曾经担任过掖县主簿。五十多岁的年纪，因贪恋女色，面皮蜡黄，骨瘦如柴，鸠形鹄面，蜂目豺声。

他以家族子弟和本地人为主组成了一支流民武装，在抗击北方强敌的过程中，成为一支战斗力很强的军队。

苏峻被朝廷任命为冠军将军、历阳内史（太守）。苏家军是苏峻赖以升官发财的命根子，岂能让庾亮夺走？

咸和二年十一月，苏峻联合祖逖之弟、豫州刺史祖约，以“擒庾亮，清君侧”为名，率领两万叛军，起兵反晋。

咸和三年三月，京城守将、尚书令卞壶战死，苏峻率兵攻占京城。

庾亮撇下妹妹、皇太后庾文君和外甥、七岁的小皇帝司马衍，狼狈逃出京城，前往江州刺史温峤军中。

占领京城后，苏峻把没有逃走的庾文君、司马衍软禁在皇宫。

苏峻自封为骠骑大将军，攫取了朝廷全部军政大权。苏峻一向敬重王导，朝廷重臣中，只让丞相王导继续留任。

他在京城大肆搜捕、屠杀忠于朝廷的文武大臣，他特别注意搜捕在前线和苏家军作战的朝廷将领的妻子儿女，以此作为人质，招降他们。

褚蒜子的父亲褚裒正在京口（今江苏镇江）和叛军作战。苏峻派韩晃前去褚府，抓捕褚蒜子。

韩晃带领兵丁来到褚府，破门而入后，不禁愣住了。

褚府院内一片狼藉，一张宽大的八仙桌上乱七八糟地摆满了酒碗和吃剩下的鸡鸭鱼肉。韩晃事先安排好的围困褚府的百总和兵丁，全都东倒西歪，鼾声如雷。

韩晃快步进入内宅想要捉拿褚蒜子，褚蒜子却踪迹全无。接着，他很快发现，把守后门的兵丁也都醉倒在地。

韩晃分出一部分兵力在褚府继续搜查，派出另一部分兵力，身骑快马，到褚府之外追赶。

兵丁们把褚府翻了个底朝天，怎么也找不到褚蒜子。

韩晃心里一沉："是自己自告奋勇前来抓褚裒的女儿的，现在苏峻正在秦淮河的官船上等着自己把人抓来。可是褚裒女儿生不见人、死不见尸，自己回船后如何向苏峻交代呢?"

几个时辰前，苏峻在秦淮河的官船上，召开了军事会议。

苏峻占领京城后，命人开来了两只皇家御用的官船，停留在乌衣巷附近的秦淮河上。白天在船上议事，夜晚则在船上宴舞笙歌。

他的弟弟苏逸，从京口前线回来汇报军情。苏峻和儿子苏硕、参军韩晃一起，听取京口军情。

东晋朝服，承袭曹魏。魏文帝曹丕制定了九品中正制，明确规定，三品以上官员穿紫色，四品、五品官员穿绯（红）色，七品、八品、九品官员穿绿色。

苏峻官居历阳内史，是个四品官，应该着装绯色官服，而他却公然穿上了紫色的一品官服。他连朝廷都敢反叛，哪里还把官服规定放在眼里?

苏逸忧心忡忡地汇报京口战况："在徐州刺史郗鉴和参军褚裒的指挥下，京口的朝廷军队守备严密，我军多次强攻京口未能奏效。褚裒深谙用兵之道，实是我们苏家军的心腹之患。"

"温峤的江州军和郗鉴、褚裒的京口军，是我们苏家军眼前的两大劲敌。"苏峻分析说，"相比之下，京口离建康最近，威胁也最大。必须想办法尽快攻下，才能使我们全力西向。"

韩晃略一思索说："末将献上一计，可保大将军收降褚裒。"

苏峻蜡黄的脸上沁出了一丝喜色说："参军请讲。"

"褚裒的夫人谢真石是谢尚的亲姐姐，也是我朝有名的大美人。谢尚现在在荆州刺史陶侃军中任江夏相。我们若能把谢真石抓在手中，定可一石二鸟，既能招降褚裒，又可震慑谢尚。"韩晃脸上浮起诡秘的笑容，"褚裒一撤，京口军就抽走了顶梁柱，焉能不土崩瓦解？京口军一溃，江州军不战自退。"

韩晃的大脸上镶嵌着一双细如棉线的小眼睛，眼睛虽小，滴溜一转，就能转出很多鬼点子，深受苏峻赏识。在瘦小身材衬托下，韩晃的脑袋显得大得出奇，人称大头参军。

“哈哈！哈哈！”苏峻脸上笑出了很多皱褶，犹如黄土高原上的深沟大川，“妙计！妙计！本帅将来取得天下，韩参军和逸弟、硕儿一样都是开国功臣。”

韩晃的计策之所以让苏峻高兴，不只是此计可以收服褚裒，更是因为此计还能够让他得到褚夫人谢真石。他很早就听说谢真石是当朝出了名的美女。

苏峻脸上的亮色刚刚泛起，转眼又暗了下去：“韩参军，我们到哪里去找谢真石呀?”

“远在天边，近在眼前。卑职已经打听清楚，谢真石和女儿现在就住在皇宫北门大夏门附近的家中。”

苏峻心中大喜：“事不宜迟。韩参军，备上一份厚礼，随本大将军前往褚府，好让褚夫人这个妙人儿高高兴兴前来官船。”

韩晃毕恭毕敬地说：“卑职遵命。”

苏峻吩咐下人帮他精心梳洗了一番，穿上不久前刚刚缝制的紫色骠骑大将军官服，走下官船，骑上高头大马，在身穿绯色官服的韩晃和一大队随从的簇拥下，威风凛凛地向褚府走来。

建康玄武湖西南，皇宫大夏门以北的一块开阔地带，被星相学家勘察为阳宅宝地。朝廷名门世族中，有很多人都在此建有府邸，褚裒的府邸也在这里。

玄武湖本是建康东北的一个大湖，有人看见湖内有黑龙飞起，遂称玄武湖。

褚裒，字季野，出身于颍川阳翟（今河南禹州）名门望族。他沉默寡言，心似明镜。桓彝说他“季野，皮里春秋也”。谢安也评论他“裒虽不言，然心里四时具备也”。

褚裒自幼参军，善于治军。苏峻之乱爆发后，被徐州刺史郗鉴引为参军。

这天，褚裒的夫人谢真石正在家里教练女儿褚蒜子和娘家的侄儿谢康弹琴，一场横祸从天而降。谢真石，出身陈郡阳夏（今河南太康）名门谢氏。祖父谢衡，曾经官居太子少傅，父亲谢鲲曾经官居豫章（今江西南昌）内史。永嘉之乱中，谢真石随家迁居会稽山阴（今浙江绍兴）。后嫁给褚裒，定居京城。晋怀帝司马炽永嘉年间，刘渊、刘曜攻进洛阳，俘虏晋怀帝，最终导致西晋灭亡，史称永嘉之乱。

谢真石二十多岁，夫君不在家时，向来不戴头饰，不施脂粉，素颜面人。

她身材颀长，衣着得体，身着青色常服（魏晋风俗，春青、夏朱、秋白、冬黑），上衫对襟，下裙束腰，大袖翩翩，衣袖和裙边上绣着精美的浅色花纹，束腰的帛带很长，身上垂饰彩带，长裙曳地，裙摆层层叠叠，走动起来，犹如天女下凡，俊美飘逸。

褚蒜子，字苏子，乳名凤凰，五六岁，柳叶眉，丹凤眼，两只眸子又黑又大，虽然还没有很好地发育，已隐约可以看出是一个美人坯子。

谢康是谢真石之弟江夏相谢尚之子，十岁上下的年龄，长得眉清目秀，由于发育得早，已然有了一个小男子汉的模样。

谢真石正在点拨两个孩子弹琴指法时，褚安禀报：“苏峻前来拜见，正在门外等候。”谢真石不由得恨怒交加。

恨的是夫君在京口前线第一个想杀的叛贼首领苏峻，竟然来到了自己的家门口。自己一个妇道人家，手无缚鸡之力，竟然奈何他不得。

怒的是褚家一门忠烈，和叛贼渭浊泾清。叛贼来到自己家中，岂不是让褚家背负了勾结叛贼的恶名？自己又如何向夫君解释？如何向世人解释？

“娘亲遇到什么难事了，这么着急？”看到一向温婉娴静的母亲气得满脸通红，褚蒜子停止了弹琴。

“凤儿、康儿，我们家遭横祸了。一个大坏蛋就要来咱家了！”

“那就让褚安关紧大门，不让大坏蛋进来就是了。”

“那狗贼能率兵攻破京城，一扇大门岂能挡得住他？”

“啊！这个大坏蛋这么厉害！”褚蒜子吐了吐舌头，不敢再言语。

说话之间，谢真石定下心来，将一个叫水莲的丫鬟叫到面前：“莲儿，先把凤儿和康儿带到柴房躲起来！”

“我不去，我要和娘亲在一起！”

“我也不去，我要和姑母在一起，保护姑母！”

“快去躲起来！”谢真石厉声喝道，“我现在心乱如麻，不要再给我添乱！”

看着两个孩子在水莲带领下悻悻而去，她又唤来另一个叫水萍的丫鬟：“萍儿，本夫人待你和莲儿如何？”

“夫人是水萍、水莲的救命恩人，待我二人恩重如山。”

“那好，你现在就去老爷的剑池里取两把剑来。一把交给水莲，一把你自己拿着在客厅门前守候。看到我饮剪自尽。”谢真石说着亮了亮身后的利剪，忍不住低低地抽泣起来，“立即赶到柴房和水莲一起让凤儿随我共赴黄泉，然后想法帮助康儿逃走。”

“为什么呀？我哪能杀小姐？我下不了手。”水萍惊恐地瞪着双眼。

“下不了手也得下，难道我死后，你们愿意看着凤儿被这帮狗贼抢走、侮辱不成?”

水萍看到夫人强忍着悲痛的表情，只得点头应允。

安排了最使她牵肠挂肚的女儿的着落，谢真石心里稍稍镇定下来，她稳住心神，来到客厅，吩咐褚安：“请苏峻进来。”

谢真石的话音刚落，苏峻满脸堆笑，不请自到，已经大步流星地走进客厅。

“真妹一向可好，真真地想死为兄了。”

谢真石微微地从右边的座椅上起来，欠身道了一个万福：“小妇人恭迎苏大将军。”把苏峻让到左上首坐下。

苏峻放眼看去，眼前为之一亮：谢真石雾鬓云鬟，双唇含丹，素颜天然，肤白如玉。苏峻阅女无数，谢真石这样的美人儿，真切是平生所未见。苏峻看得旁若无人，入神入迷，眼睛在看花，心里盘算着如何才能把花采到手。晋代官场标榜的狎妓、饮酒、玄谈，苏峻诸色具备，掠取美色更是苏峻的一大嗜好。

面对苏峻淫荡的目光，谢真石人虽然无法躲避，心里却在默默地分析着眼前面临的形势。

“大将军今天光临寒舍，所为何事?”

“问得好，愚兄想请真妹给褚参军修书一封，让他前来投奔我，我至少封他一个车骑将军。”苏峻色眯眯地盯着谢真石，“还请真妹上船陪侍愚兄一夜，以慰藉愚兄的相思之情，次日一早，愚兄亲自送你回府，从此井水不犯河水。”

“小妇人如果不答应呢?”

“如果真妹都不答应，愚兄也不忍撒野，只好将真妹及你的女儿，交给随我而来百总和他手下的几十名弟兄。真妹，你和女儿落到百总手里，你才知道什么叫生不如死。”

苏峻这么厚颜无耻、阴险狠毒，是谢真石怎么也想不到的。她也顾不上害羞，斩钉截铁地说：“褚家世代忠良，谢氏名门望族，想让小妇人修书、陪侍之事，大将军连想都不要想。”接着莞尔一笑，“小妇人久闻大将军也是一个文学雅士，今日屈驾寒舍，小妇人也就顾不得礼义廉耻四字，愿随大将军上船，把酒临风，吟诗作画，舞剑抚琴。”

苏峻听到谢真石断然拒绝修书、陪侍，心里十分恼怒。随后又听到她愿意上船宴饮献舞，心里又萌生了一线希望。只是不知她说的是真献舞，还是真的要献上的是自己的身体。

“真妹，你和女儿真要落到百总手里，几十个如狼似虎的色中饿鬼，愚兄想一想都害怕，真妹，你不怕吗?”

“怕!”谢真石哀婉的神色里，透露着几分刚强，“怕又能怎样? 不过一死了之。”

“落到百总手里，想死比登天还难。”

谢真石“唰”的一声，从身后取出利剪，高高举起：“你的兵丁胆敢踏进来半步，我顷刻之间就血染厅堂!”

苏峻看到谢真石手中高高扬起了利剪，大吃一惊：“真妹，你这是干什么！愚兄也不过是想劝劝你而已，哪舍得真的把你交给百总？赶快把剪刀放下来。”

听到苏峻的话语，谢真石手中的剪刀才落了下来。

她想的是如何把苏峻从家中引走，好让女儿逃离魔掌。不到万不得已，她也不会轻易自裁。

“你一死倒也痛快，女儿全然不顾了!”

“为娘的焉能忘掉女儿，现在刀已经架在她的脖子上，只要看到我血染厅堂，丫鬟们就会按照我事先的吩咐，让她随我一起共赴黄泉。”

“真妹好狠的心呀！娘不疼女儿，伯父疼。”苏峻狡黠地说，“真妹，快让丫鬟把侄女领来，一同上船游玩。”

“我的女儿不能上船！我随你上船，是杀是剐，悉听尊便。我家老爷就这点骨血，我得把她留在家里。”

“真妹是说，上了船，我会把侄女杀了?”

“那倒不会。船上风高浪大，一旦有个闪失，我对不起褚家。”

“褚夫人生怕女儿有个闪失，这也是为娘的疼惜女儿的一片深情。”来到褚府一直未曾开口的韩晃，这半边脸给苏峻使着眼色，那半边脸对着谢真石说着话。

苏峻知道他话里有话：“那就让侄女留在府中，韩参军多派些人手照料才是。”

谢真石深深向苏峻道了个万福：“感谢大将军大恩大德。小妇人去内宅梳洗一下，就随大将军上船。”

谢真石走后，苏峻向韩晃的大脸上盯了很长时间，仍然心存疑虑：“小娘子不修书、不陪侍，我让步了。小娘子不让女儿上船，你又让步了。难道我费了九牛二虎之力，就是为了让小娘子上船喝几杯酒完事？”

“花不醉人人自醉。谢真石拒绝修书、陪侍后，说了四个字，其实陪侍一事已成。”韩晃笑意中充满着谄媚，“大将军只顾阅览美色，顾不上品味话音。”

“你是说小娘子已经答应陪侍了。”苏峻顿时来了精神。

“只要有了她这四个字，陪侍不陪侍，已经由不得她做主。”

“哪四个字？”

“把酒临风。”

“把酒临风？”

“只要她同意上船，同意把酒临风，一切都有卑职安排，保证今晚大将军和美人儿醉卧鸳鸯。”

韩晃一只手两个手指做成酒杯状，另一只手的两指搓动着做下药状。

“好计策。”苏峻从韩晃的手势中看到他示意要往酒中下药。

“只要谢真石同意把酒临风，此外提出的一切条件可以全部答应。”

“全部答应，全部答应。”

苏峻和韩晃在客厅商量如何下药迷倒谢真石，谢真石却毫不知情。

她来到柴房，褚安、水萍跟了进来。

褚蒜子见到母亲平安到来，跳了起来，搂住谢真石的脖子喊道：“担心死我了，娘亲受惊了，娘亲可好？”

谢真石顾不得回话，吩咐水萍、水莲：“我这就随苏峻狗贼上船，萍儿、莲儿有些武艺，仗剑随我前去，贴身保护我，免得狗贼强行非礼。”

“遵命。”水莲、水萍齐声答应。

她转向褚安：“我把狗贼引开后，你要借着夜色，乘乱打开后门，放凤儿、康儿逃走，投奔凤儿舅家。”

褚安：“老奴亲自带几个稳当的家丁护送小姐、侄少爷。”

“大人树大招风，小孩行动倒方便，一个人也不能去送。褚安，我走后这个家全靠你照管，你看好家要紧。”

“老奴记住了。”

她又回过身来对谢康说：“康儿，姑母走后，你要趁着天黑，带着妹妹逃往玄武湖你家。妹妹还小，一路上要小心，千万不能有任何闪失。”

听到姑母把表妹托付给自己，谢康挺了挺身子：“姑妈放心，有康儿在，就有妹妹在。康儿就是拼了性命，也要把妹妹带到我家。”

“好孩子。”

最后，谢真石把女儿搂到怀里："凤儿，让娘再好好抱抱你。"话音刚起，已经泣不成声："娘走后，你跟康哥哥逃命要紧。"

这时的褚蒜子已经哭成个泪人，她把头埋在母亲的怀里："凤儿不逃，凤儿要和娘亲一起上船。"

"上船只有死路一条。"

"凤儿不怕死，凤儿愿意和娘亲死在一起。"

"你爹爹娶了三房妻妾，只留下你这点儿骨血。为娘的一定要为褚家保留住这点儿骨血。"

"我不管，我一定要和娘亲在一起。"

看到女儿执拗着要上船，谢真石又气又恼，她一把推开女儿："大难当前，你怎么倒使起小性子来了？你要不听娘的话，娘就立即撞死在这柴房里！"

见到母亲如此气恼，褚蒜子吓坏了，她跪在地上，给母亲磕了三个头："谨遵娘亲教诲，娘亲走后，凤儿一定想办法逃出去。等着娘亲平安回来，等着爹爹回来，为娘亲报仇。"

"一定会的。"

谢真石头也不回地离开柴房，来到客厅，乘上苏峻给自己备好的软轿，跟在苏峻、韩晃马后，来到秦淮河的官船前下轿。

苏峻把谢真石领到另外的一只官船上："真妹，这只船，我已经让人按照闺阁样式进行了摆设，希望真妹在里面住得舒适。"

"多谢大将军费心。小妇人有一个请求。"

"真妹请讲。"

"小妇人有些累。想单独休息片刻，休息期间包括大将军在内的一切外人，不得上船打扰。"

"那是自然，几时开宴？"

"现在几时？"

苏峻向西望去，看到太阳离落山还有一竹竿高的距离："大约酉时。"

"戌时如何？"

"戌时最好。正是彩灯初起，星光满天的好时辰。"苏峻连声叫好。

"那我先上船休息，戌时在船头恭迎大将军。"谢真石微微欠了欠身子。

"真妹自便。"

望着谢真石在水莲、水萍的搀扶下进舱休息，苏峻心里一块石头落地。他立即向艄公下令，把两只官船划到河心，抛锚落稳。然后，他轻声对韩晃说：

“药酒准备好了吗?”

“准备好了。”

“告诉斟酒的下人，一定要掌握好机关。千万不要让本帅喝了药酒，让谢真石喝了好酒。谁办砸了差事，我要谁的脑袋。”

“这样的大事哪能让下人来办？斟酒的事情自然由末将亲自办理。我手中现有一把乾坤倒转阴阳壶，摇一下，倒出的就是好酒。摇两下，倒出的就是药酒。”

“韩参军真是本帅的张子房！不，是赛子房。张子房只会用计策，韩参军不但会用计策，还会弄机关。这么说，我们是万事俱备，只等戌时!”

“只等戌时!”

“到了船上，谢真石插翅难飞。”苏峻满心欢喜地对韩晃说，“让翠红院现在送几个最好的歌女舞娘来船上献舞，让天香阁准备一桌最拿手的招牌菜准时送到船上。”天香阁就在皇宫南门外的秦淮河北岸，是京城最好的酒楼。一切安排妥当后，苏峻和弟弟苏逸、儿子苏硕、参军韩晃一起，在官船上观看歌舞。

秦淮河上，落日熔金，暮云合璧，夕阳把一天最后的光和热洒满了天际，金光万缕，彩云飞舞，像群鸥展翅，戏耍着海上的金浪；像万马奔腾，追逐着天边的落霞。须臾间，夜幕低垂，繁星满天，十里秦淮两岸的青楼酒肆，华灯齐放，金粉荟萃，游船凌波，丝竹缥缈，官员商贾驻足期间，文人墨客流连忘返。

秦淮河的游船，只只浓笔彩绘，个个悬挂彩灯，人称灯船，是秦淮繁华的一大特色。每只彩船上都有几个秦淮姑娘，有的在弹琴拨筝，有的在浅吟低唱。美人、丝竹、彩灯、流水，绘出了一幅绚丽多彩的绝美画卷。

两岸的树香、草香、花香，秦淮姑娘的体香、脂香、衣香，把秦淮河熏成了一条胭脂河。数不清的灯船，把秦淮河染成了一条花灯河。秦淮河一路上翻卷着淡淡清香的金色涟漪，从东向西流过建康，在建康西面折身向北，流进长江。

秦淮河中央并排停着的两条官船，又宽又大，高高耸立。几百盏彩灯悬挂在船上，恰似两座五彩缤纷的灯山，在河里几十只灯船中显得十分抢眼。

苏峻的官船，鼓乐齐鸣，丝竹袅袅，一群妙龄彩衣女子正在翩翩起舞。

苏峻双眼微闭，面带笑容，心想美事，根本无心观看歌舞。

苏逸、苏硕两眼圆睁，射出贪婪的光芒，在舞女全身上下扫个不停。

看了一会儿，韩晃站起身来高声喝道：“停了，停了，下面大将军要办大事!”听到韩晃的吩咐，乐师、舞女很快地撤了下去。

“大将军，时辰到了，还不快去和美人儿把盏言欢。”看着苏峻似睡非睡的样子，韩晃走上前去躬身低声淫笑：“搅了大将军的美梦了，是不是正在想着和美人儿行云布雨？春宵一刻值千金，别叫美人儿等急了。”

苏峻好像真的是从梦中醒来的一样，一边起身，一边揉着眼睛：“现在是什么时辰?”

韩晃：“戌时到了。”

苏峻眼中立即放出淫欲的光芒：“约好的时辰到了，放踏板，送我过船。”

话音未落，突然从对面的官船上传来一阵阵声嘶力竭的喊声：

“有人投河了!”

“褚夫人投河了!”

第二章　死里逃生

听到对面官船上的“褚夫人投河了”的喊叫声，正准备登上对面官船的苏峻，不禁目瞪口呆，像根木头似的杵在船头上发愣。

“水性好的赶快跳水救人!”韩晃指挥着船上的兵丁，一连声地大叫，“水性不好的赶快下去，驾小船救人!”

“快救人呀!”

“快救人啊!”

就在韩晃在官船上组织救人的同时，河里几十只大大小小的灯船上，先后发出了喊叫声和梆子声。

秦淮河上常常有人落水，灯船上大都备有梆子和长杆、绳索、漂浮具等水上救人器具，梆子就是救人的信号。南人爱水。大的灯船和岸上的酒肆舞馆，大都养着一些兼职的救生员，长在河边的船家和下人也都能到河里刨上几下儿。

等到了戌时，没有等来醉卧鸳鸯，却等来了谢真石投河自尽。

苏峻心情非常沮丧，一边大骂，一边不断督促兵丁们打捞。

苏峻兵丁大都是北方人，不习水性，也不善驾船。夜色很重，灯船的灯光只能照在水面上，水面以下仍然是黑漆漆的什么也看不清，打捞了很长时间，连谢真石的一片衣裙也没有捞到。

“这么长的时间了，人早就淹死了。”早就不耐烦了的苏硕说道，“父帅，捞上一个死鬼，于我们苏家军可是很不吉利呀！还是让这个臭娘儿们去喂王八吧!”

“就这么算了，岂不是便宜了这个臭娘儿们，便宜了褚裒这个死对头。”苏峻恶狠狠地说。

“便宜不了褚裒，他的女儿不是还被我们派兵围困在家中吗?”

韩晃一句话提醒了苏峻，他当即下令：“韩参军迅速派兵去把褚裒的女儿抓来，看他还敢不来投降!”

韩晃讨好地说：“末将亲自带兵去，这次容不得再有半点闪失。”

原本是韩晃自告奋勇前来褚府捉拿褚裒的女儿的。

可是，等他搜遍褚府每个角落，却没有找到褚裒女儿的踪影。

韩晃晃着大脑袋，在褚府院内走来走去，心里暗暗思忖：“一个小丫头儿难道真的能够飞了不成？这个小丫头儿究竟藏到哪里去了呢？”

母亲上轿跟随苏峻走后，褚蒜子止住了哭声。她请谢康、褚安一起商议如何才能逃出家门，为母亲报仇。褚蒜子说：“褚老伯，你派人去外面多买些酒肉，想办法让狗贼的兵丁快些吃醉才好。”

褚安成竹在胸：“从上菜开始，不到半炷香的工夫，我保管这些兵丁一个个人事不省、烂醉如泥，小姐、侄少爷就可以从容脱身。”

谢康好奇地问：“老伯，你准备让他们喝什么酒？酒劲这么大！”

褚蒜子有些担心：“万一有个别的兵士不喝呢？那可怎么办？”

“夫人走后，我就开始琢磨这件事。前后门都有兵丁守着。我就在前门、后门各安排一桌酒席。”褚安和盘说出了自己的打算，“看到他们吃喝起来，我就这么一吹。任他是天上的神仙，也会很快被迷昏过去。”

褚安说着从衣袋中取出一个小竹筒和一小瓶白色药粉，让俩人看。

谢康猜想这白色药粉可能是迷魂散，问道：“你是说吹撒迷魂散吧？我爹爹也有这类的迷药，我曾经向我家的小猫小狗吹过，这些畜生好几天才醒过来，药效真的很好。”

“老伯，不会药死人吧？”褚蒜子不无忧虑地问道。

“不会，药劲儿一过，人马上苏醒过来，就像是睡了一觉。”

褚安又从另外一个衣袋中取出一个装有红色粉末的药瓶：“这就是解药。没有解药，用凉水喷面也可以醒来。”

“药粉不要吹得太多，免得他们长睡不醒。”褚蒜子嘱咐说。

“不行。必须吹多些，因为在院子里，人又多，吹少了，管不了多长时间。”

“光顾着让老伯吹，你一吹，你自己不照样被迷晕过去了吗？”

“小姐不用怕。”褚安笑嘻嘻地取出一个药瓶，里面装着一些黄色药丸，如黄豆大小，“这是老爷配制的驱瘟丹，取一粒含在口中，迷魂散就对含丹人无可奈何。”

“哎呀！”褚蒜子突然低声惊叫起来，“看似天衣无缝，实则我们还有一个天大的漏洞。”

褚安、谢康也都吓一跳，齐声问道：“什么天大的漏洞？”

“你们想呀，老伯迷倒了百总，放走了我，被苏峻狗贼抓住，岂非死罪一条？”褚蒜子担心地说，“如果我逃出去会让老伯被苏峻狗贼治罪，我绝不会逃走，就让康哥哥一个人逃吧！”

听了褚蒜子的话，褚安感动地热泪盈眶：小姐自己身陷绝境，还担心自己被苏峻治罪，不想逃命。

“我已经答应过姑母，一定带你一块儿逃出去，你不走，我也不走。”谢康表示一定要和表妹共进退，“有没有一个能让老伯脱开干系的办法？”

“办法我也想好了，小姐走之前，向我多吹一些药，让我比百总他们多睡一会儿。”褚安满有信心地说，“我醒来后就说一个蒙面人救走了小姐，其他的一问三不知。”

“老伯思谋很周全。”一个老家人心思这么缜密，让谢康很佩服，也使他受到一些启发，“我现在去布置蒙面人救人现场。我去院墙上取下几块瓦下来，用脚踩坏，再将墙下花丛踩上几脚，装扮成高人从院墙上进来，将凤儿救走。”

谢康说完后，前去布置现场。褚安派人采办酒肉，安排酒席。

韩晃临走之前，按照苏峻的命令，让百总带领兵丁看守褚蒜子。

等到褚安请他入席时，这个嗜酒如命的兵棍立即喜笑颜开，让兵丁把前后门紧闭，和兵丁们分别在前后两个大八仙桌上大碗喝酒，大碗吃肉，猜枚划拳，热闹非常。

褚蒜子召集全体家丁、侍女来到客厅，嘱咐说：“我走后，狗贼派人来府上抓我，就说我被一个蒙面人救走了，大家也就脱掉了干系。”

家丁、侍女深受褚家的恩典，一一应允。

褚蒜子看到谢康、褚安进来后，忙问：“都准备好了？”

谢康：“好了。”

“何时行动？”

“现在就行动。”谢康对褚安说，“吹药之事由我来办。他们不认识我，况且我人小也好隐藏。”

褚安点头应允。

谢康抬眼向厅外望去：“老伯，你看你是在哪里被迷晕好呢？”

“去厨房，让老伯吃饱后，迷倒在厨房，就说正准备给兵丁们上菜。”褚蒜子插话说。

“好主意。”谢康称赞说。

两人按照事先的安排，把事情办妥后，从后门出去。家丁把前、后门从里面插好门闩。谢康手握短剑和褚蒜子一起，朝着东方玄武湖的方向飞奔而去，很快消失在夜幕之中。

褚蒜子和谢康刚走，韩晃随后就到。他在搜捕褚府的同时，派出骑兵四处追赶褚蒜子。

褚蒜子、谢康人小跑得慢，很快就被一名骑兵追上。

他用马刀逼住褚蒜子问道："你是褚府的女儿吗?"

褚蒜子害怕被他听出女孩子的声音，不敢回答。

谢康上前掩饰："他不是，他是我弟弟，我们是逃难的。"

骑兵很狡猾："半夜三更，还在路上拼命地逃跑，我看她就是褚家的女儿。"

他弯下腰来，伸手将褚蒜子提上马来，横在自己的身前，用马刀紧紧地压住她的后背，调转马头，就要回褚府向韩晃报功。

谢康看见表妹就要被骑兵劫走，疯了一样扑上去，一跃而起，抓住骑兵的背后束带，用力往下一拉。

骑兵毫无防备，被他拽了个仰面朝天。

骑兵的手一松，褚蒜子"哎呀"一声，摔在了一边。

谢康手持短剑，用力地朝马的屁股上捅了一剑，战马疼得连蹦带跳，骑兵双脚被套在马镫里，倒栽葱般地被战马拖着，恐怖地大喊："救命呀！褚家的女儿杀人啦!"

刚从地上爬起来的褚蒜子，看到东西两个方向，都有骑兵策马舞刀，向她和谢康扑来。

情急之中，她看见道路的北侧，有一座大宅院。大宅院的出水道张着大口，像是在欢迎她。

她喊道："康哥哥，骑兵围上来了，我们先到这家院子里躲躲吧。你翻墙，我从下面钻进去。"

两人进去后，褚蒜子惊魂未定："骑兵很快就会进府搜查。我们必须立即向主人说明情况，请他救救我们。"

谢康也很着急："赶紧试试吧。"

褚蒜子看到正北面的一座大房间，西阁里烛光明亮。她走到西阁的南窗前说道："里面的老爷，深夜进府打扰了。"

里边一个苍老的声音说道："王昌，出去看看。"

老家人王昌问明了情况："回禀老爷，两个小孩儿，被叛军追杀，想在老爷府上暂时躲避一下。"

"让他们进来。"

褚蒜子和谢康进来后，主人问道："你们是谁家的小哥?"

褚蒜子从黑暗的院子刚进来，烛光有些晃眼，听了主人的问话，有些耳熟，定睛一看，眼前的老者身穿粗布青色常服，花白的头发在正头顶编了一个高髻，用帛巾挽住，长方脸，八字眉，天庭饱满，鼻直口方，须髯飘洒，气质高雅。

她看清楚后，高兴地叫了起来："王爷爷，孙女儿是凤凰呀！你老人家不记得了？"

听着褚蒜子的话音，老者也看清楚了褚蒜子，他一把将她搂在怀里："老夫怎么感到有点面熟，原来是我的好孙女儿凤凰到了。"

褚蒜子趴在老者怀里大哭："王爷爷，我娘被苏峻狗贼抓走了，狗贼的骑兵正在追杀孙女儿，孙女儿想在府上暂避一下，躲过追杀后，到玄武湖我舅舅家避难。"

"好孙女儿，你就暂且住下，老夫敢说，当下这里比皇帝的金銮殿都安全。好孙女儿，不要哭，爷爷老了，你一哭，爷爷也要哭。"

"孙女儿不哭。"

褚蒜子称呼的王爷爷，正是丞相王导。王导（276—339），字茂弘，琅琊临沂（今山东临沂）人，东晋名士，政治家，书法家，历任晋元帝、明帝、成帝三朝宰相，是东晋王朝的奠基人之一。

王导五十多岁的年纪，他酷爱读书，常常通宵达旦。他学识渊博，器宇轩昂，对佛、道、儒三教理论都有很深的造诣，是当朝的玄谈高手。

王导的家乡琅琊，正是琅琊王司马睿的封地。王导和司马睿相交很深。

由于北方战乱不止，王导为司马睿做出了向江南发展的战略布局。

"五马渡江，一马成龙。"司马睿深为王导的眼光高远所折服，先是谋取了晋愍帝加封他为征东将军的官职，接着自封为晋王，太兴元年，登基称帝，史称晋元帝。

司马睿并非西晋的开国皇帝、晋武帝司马炎的嫡传子孙，而是司马氏的偏支、司马懿的曾孙。司马睿之所以能够登上帝位，与王导和从兄王敦为首的琅琊王氏集团，联合南北其他士族集团的拥戴密不可分。

司马睿初到江南，江南士族并不买账。在三月修禊的这个重要的节日，王导请司马睿乘轿出游，他和从兄王敦骑马随后相从。由于王导、王敦在江南士族中享有很高的威望，江南士族看到像王导、王敦这样的在朝野有着重要影响的大人物，这么尊崇司马睿，提高了司马睿在江南士族中的地位。江南很多士族门阀，争相来投，司马睿威望大增。

司马睿在登基大典的仪式上，拉起王导的手，请王导和他一起坐在龙床上。

王导说："如果太阳和万物一样都落在地上，黎庶百姓哪里还能映照到太阳的光辉呢?”坚决拒绝上坐龙床。

在朝廷之中，王导掌握朝政，从兄王敦担任荆州刺史，掌管荆州等五州兵马。王导的门生故旧，占到了朝廷全部官员的一半以上，人称“王与马，共天下”。王导官居丞相，位极人臣，德高望重。琅琊王氏是当朝的第一名门望族，族中子弟人才辈出，高官如云。

王导把朝廷利益放在家族利益之上。他的从兄、荆州刺史王敦造反，攻打京城。王导派人给王敦送去亲笔书信，指责王敦大逆不道，宣布将王敦以及跟随王敦造反的王氏子弟全部驱逐出王氏门庭。

司马睿害怕王导和王敦里应外合，撤除了王导的全部官职，将他削职为民。王导率领王氏子弟三百多人跪在皇宫南门大司马门外，向朝廷谢罪。

王导的深明大义以及对朝廷的忠心，深深感动了司马睿。司马睿很快恢复了王导的全部官职。王导立即带领王氏子弟赶赴建康西门外的石头城，反击王敦叛军。在探知王敦病重时，王导让王氏子弟穿上孝衣，为还活着的王敦送丧，直到把王敦活活气死。

王导忠于朝廷、顾全大局的高风亮节，在朝野上下，受到了广泛的赞誉。

“王爷爷，你的丞相府不是在乌衣巷吗？孙女儿去过的。”

“这是爷爷的别院。”王导问谢康：“你是谁家的公子呀?”

谢康回答道：“回禀老丞相，我是谢尚之子谢康，凤凰是我表妹。”

“小哥眉清目秀，日后一定会像你父亲一样，成为我朝青年才俊的。”

“多谢老丞相。”

“老夫阅人无数，看到小哥这样的小小的年纪，身材挺拔，满脸英气，猜想小哥武学根底一定不浅。”

“武学根底谈不上。小可幼时一直跟随爷爷、豫章太守谢鲲长大。五岁时，就被爷爷送到龙虎山天一道观，拜主持长老张青松为师，学习武艺。”

“老夫知道，青松道人是道教天师张道陵的后人，是我朝武学的泰斗，身上的轻功已经到了炉火纯青的境地，飞身如紫燕，落地似狸猫。”

“师父的轻功造诣很深，小可愚钝，只学了些皮毛。”

“王爷爷，康哥哥的轻功十分了得，别院院墙这么高，他轻轻一跃，就飞了进来。康哥哥，到了你家，你一定得教我武艺。”

“一定的。”

“咚咚!”

“咚咚!”

相府别院的前门、后门，都响起了急切的敲门声。

褚蒜子听了，惊慌之色飞上脸来。

第三章　相府避难

韩晃派出的骑兵看到褚家女儿从出水道钻进别院后，本想破门而入。

可是一打听，这是当今丞相王导的府邸。

叛军不敢放肆，只好用手中的刀枪击打大门，好让相府的门子前来开门。

王导吩咐："王昌，你速速前去，告诉他们这是相府。"

王昌去了之后，大门之外立刻安静了起来。

王导的小妾雷云，听到说话声，从东阁过来，看到了褚蒜子，问道："这是谁家的小丫头儿？"

"夫人一向可好？我是褚裒的女儿凤凰。夫人来我家时还抱过我的。"

"云儿，看你的记性，去年老夫带你到褚府做客，你见了凤凰，喜欢的不得了，怎么就忘了？"

"妾身刚刚被吵醒，一时没看清楚。凤凰，我当时就想着要有你这么一个女儿该多好。"

褚蒜子听了，倒身下拜："夫人如果不嫌弃，凤凰愿意拜夫人做义母，不知夫人是否愿意收下凤凰？"

雷云大喜过望，弯腰双手扶起褚蒜子说："好女儿，义母愿意。"

王昌把热腾腾的饭菜摆在了中厅，雷云对二人说："好孩子，饿坏了，赶紧吃饭。"

雷云满心欢喜地看着正在吃饭的褚蒜子说："义母今天高兴，收了个好女儿。"

"凤凰今天也高兴，先是被爷爷救了，然后又被义母收为义女。"

正在西阁读书的王导听了，高声说道："老夫今天更高兴，先是来了一个好孙女儿，接着又带出了一个干女儿。"

雷云听了，想了想对褚蒜子说："好女儿，义母觉得你还是改称老爷为义父好。"

"为什么？"

"老爷和义母是夫妻呀！"

"也是的。"褚蒜子转向王导说，"王爷爷，我能改称您老人家为义父吗?”

“为什么要改呀?”

“父亲比爷爷要亲一辈儿呀!”

“好女儿，就依你。刚刚认了云儿干娘，就为她说话。你去告诉你干娘，就说义父的小儿子都比她大得多。按年龄排起来，她也应该叫老夫爷爷的。”

说笑了一通，夜已经很深了。

雷云过来，想服侍王导休息。

王导说:“老夫折腾了大半夜，睡不成了，你们去睡吧。”

王导继续挑灯夜读，王昌在耳房里值班。

雷云领着褚蒜子二人，下到地道的房间里休息后，自己到东阁照顾正在熟睡的儿子。

王导在雷云的别院挖了一个地道，里面床椅桌凳一应俱全。出口非常隐蔽。

除王导、雷云、王昌三人外，别院的家丁、婢女全部换了一茬，都不知道别院还有地道。

王导在别院挖掘地道，用心良苦。

王导的夫人曹淑，对丈夫一往情深。但是妒火很盛，不许王导纳妾。

曹夫人多次对丈夫说:“老爷在外纳妾的事情，一旦让妾身知道了。妾身就会带人把你的小妾和儿女全部砍死，然后举刀在老爷面前自裁谢罪。”

王导斥责说:“你疯婆子以后少说这些疯话，本老爷何时在外纳过小妾?”

为了防止王导染指别的女人，曹夫人把王导身边的丫鬟全部撤掉，换成男仆，并把家里稍微像点样子的丫鬟、侍女统统赶走，全部换上一些傻大黑粗的女人。

王导嘴里虽然说不纳妾，背地里却娶了多位小妾，生了一大堆儿子。因为做得机密，瞒过了曹夫人的眼线。

曹夫人亲生的两个儿子王悦、王恬，长大了以后，曹夫人自感有了帮手，委以打探其父纳妾的重任。两个儿子自己都有小妾，都对老爹纳妾抱以同情的心态。王导常常几夜不归。曹夫人派儿子们前去调查。儿子们却替父亲打圆场，说父亲政务繁忙，经常深夜睡在朝堂。

当朝玄谈界的一些后起之秀，在乌衣巷组织了一场玄谈大会，意在击败玄谈泰斗王导，使朝廷玄谈舞台改朝换代，树立新的领军人物。

辩论依然围绕着魏晋以来的玄谈中心《周易》《老子》《庄子》进行。辩论的题目是:庄子是否实现了逍遥游?

青年玄谈家论点是庄子没有实现逍遥游，论据源于一个影响很广的传说：庄周夜梦迷蝴蝶。青年玄谈家指出，庄子连他自己是人还是蝴蝶都不清楚，怎么可能实现逍遥游？

王导的论点是庄子实现了逍遥游，论据是《逍遥游》中的大鹏实现了逍遥游，大鹏就是庄子本人的化身。王导指出，大鹏之翼若垂天之云，实现逍遥游，易如反掌。对于庄周梦蝶的传说，王导指出，庄子生性诙谐，梦蝶只不过是他自我调侃的一个小把戏，不可当真。况且，《逍遥游》全文并没有提到梦蝶一个字，足可以说明梦蝶和逍遥游根本就是风马牛不相及。

王导出场后，几位青年玄谈高手，轮番对他进行车轮大战，全被王导一一挑落马下。

家住乌衣巷的一位官家小姐雷云，自始至终地观看了这场玄谈大战。

王导高雅的气质、渊博的学识、口若悬河的辩才，深深地打动了雷云的心。

一天散朝后，王导乘车回府，在乌衣巷口，被雷云当街拦住。

王导打开车帘一看，拦车的是一个小姑娘，体态轻盈，眉目如画。

王导有些不解，问道："姑娘拦车何意？"

"本姑娘从内心里仰慕相爷，想和相爷谈婚论嫁。"

"姑娘高姓？"

"姓雷。"

"家住哪里？"

"乌衣巷。"

"啊，老夫明白了。姑娘是京口司马雷震大人的千金。"

"正是。"

"雷大人和夫人都在家中？"

"都在京口，只有奶奶和本姑娘在家。"

"老夫的孙女，都比姑娘大。"

"相爷娶的小妾，有的比本姑娘还小。"

"姑娘这般做事，雷大人夫妇都知道吗？"

"都知道。"

"老夫要是不敢娶姑娘呢？"

"本姑娘今生跟定了相爷。相爷不敢娶，本姑娘现在就以相爷小妾的身份去见曹淑夫人，让她乱刀砍死。"

王导笑从心起："好一个敢作敢为的女孩儿，老夫喜欢，怎忍心让夫人砍死？姑娘在家好生等着，三个月后，老夫让人用婚车将姑娘接来，拜堂成亲。”

“谢谢相爷。”

王导在褚裒府邸的东面，买了一所别院。三个月后，将雷云接到了别院。

雷云出身官宦人家，歌舞诗词都有涉猎，同时爱好玄谈。一手小楷写得如蔷薇卧枝、金菊吐蕊，笔体俊朗，形神兼备。

王导酷爱书法，他特别钟爱钟繇的书法，刻苦学习，细心临摹，常常忘记了吃饭和睡觉。西晋末年，北方战乱，王导把钟繇的字帖用心包好，写上“人在帖在”四个大字，藏在胸前，和家人一起逃难，一直精心保存到江南。王导是当朝有名的书法大家，以行草见长。他的行书《省示帖》，深受时人推崇，他的草书《改朔帖》，被当时称为今草的开篇之作。王导除了自己精心钻研书法外，十分注重对王家后代子弟的教育，儿子王悦、王荟，侄子王羲之，都是书法大家。

王导和雷云一起，或是玄谈辩论，或是临帖泼墨，夫唱妻随，其乐融融。

世上没有不透风的墙。一场曹淑砍杀雷云的危机，在不经意间突然爆发。

那天，王导正在乌衣巷的家中练字，大儿子王悦闯了进来：“父亲，你还在这里稳坐钓鱼台。母亲准备带着我和几个婢女，手持利刃赶往别院，砍杀雷云和她的儿子去，你还不快快前去搭救！”

王导立即慌了神：“悦儿，快去把为父的马车赶来。”王悦无奈地说：“爹爹的马车已经被母亲占用了，爹爹快到街上拦车吧！”王导一听更慌了，他的马是同僚送给的一匹西域宝马，脚程很快。王导从后门出来，怎么也雇不到马车，只好雇了辆牛车，赶往别院。王导一心想赶到曹淑前面，救出雷云和儿子的性命。

他嫌牛跑得太慢，车主又舍不得打牛。偏巧他出来时，忘了带鞭子，只好用手中的拂尘把子，拼命地打牛屁股，把拂尘的把儿都打断了，疼得牛驾车飞奔。

期间，和母亲一起前往别院的王悦，故意走错了路，才给王导赢得了时间。

王导先把雷云母子藏到地道里，然后和王昌一起逃走。走前，他对别院的下人说：“夫人不认识你们，你们不用害怕。夫人来了，你们就说这是蔡谟蔡大人的别院，其他一问三不知。谁要是说错了话，老爷要了谁的脑袋。”下人齐声回答：“谨遵老爷吩咐。”

曹淑来到别院，找不到王导的小妾。气得让婢女把别院的桌椅床铺等一应用具，全部砸了。

曹淑还不解气，吩咐王悦："悦儿，放把火，把这个淫窟给为娘的烧了。"

王悦跪求说："母亲，你把蔡大人的别院砸了，我们赔些银两了事。这里紧靠着皇宫，你放起火来，烧了皇宫，可是全家问斩的死罪。"

曹淑这才罢手。

光禄大夫蔡谟听说王导把他的别院说成自己的，非常气愤。

蔡谟在朝堂上遇到王导说："恭喜丞相，贺喜丞相。"

王导心中诧异："老夫喜从何来?"

"朝廷正拟旨给丞相加九锡。"

"无功不受禄，老夫不会接受。"

"丞相肯定会接受。九锡的权杖很长，打起牛来，要比拂尘把儿好用些。"说得王导满脸尴尬。

褚府这边，不见了褚蒜子，韩晃虽然很着急，但他毕竟是苏峻的参军，见过一些场面。

他亲自来到兵丁面前观察，看见他们虽然在昏睡，但是并没有口吐白沫之类的中毒迹象，心里已经明白了几分。

他命人去井里打来几桶井水，朝昏睡的百总和兵丁们的脸上猛泼下去。

百总和兵丁们，一个个喊着"哎呀""哎呀"，慢慢地苏醒过来。

韩晃问道："百总，大将军让你看守的褚裒的女儿呢?"

"小丫头儿就在她自己的房内。我把前后门全部紧闭，她插翅难飞。"

"她就是在你大醉的时候，插翅飞了。"事到如此，韩晃只能拿百总当替罪羊。命人将百总绑了，押送给苏峻发落。

"冤枉！卑职并没有喝多少酒就醉了，一定是褚安那个老家伙往酒里下了蒙汗药，才把我们大家迷晕的。"百总跪在韩晃面前哭求。

看守褚府的兵丁也都齐刷刷地跪了下来，请求查明真相，法办褚安。

"也好，死也要让你们死个明白。"韩晃吩咐，"把褚安押来。"

转眼的工夫，几个兵丁四脚朝天地抬来一个老者。只见他两眼紧闭，鼾声大作，睡得正酣。

兵丁向韩晃报告说："这个老家伙睡在厨房地上，身边的酒肉撒了一地。"

韩晃如法炮制，用凉水把褚安泼醒。

褚安醒来后，定睛一看，韩晃和许多兵丁围在身旁，心里明镜似的，嘴里仍然叫道："睡了一场好觉呀!"围观者立即哄堂大笑。

韩晃一脚踩在褚安的前胸上，拔出剑来，用剑尖顶住褚安的咽喉，恶狠狠地说："老东西，你是怎样迷倒我的兵丁的？快快如实招来！"

褚安装作十分害怕的样子，哀求说："老爷饶命，小老儿贱命不值钱，千万不要气坏了老爷的身子。能让小老儿坐起来说个明白吗？"

韩晃在抬脚的同时，撤出剑尖："谅你也不会像褚裒的女儿一样逃走。"

褚安坐在椅子上，喘着粗气问道："老爷让我招些什么？"

韩晃依然用剑尖指着褚安的心窝："老东西，你是如何往酒里下药，又是怎样下药迷倒自己的？如有半句假话，我立即让你头上吃饭的家伙搬家。"

褚安脸上浮现出一副可怜的神色："小老儿在褚府大半生，只是个看门的老家丁。哪里懂得下药迷人？哪里懂得自己下药迷倒自己？酒肉里有没有人下药，让没有喝酒的兵爷一尝便知。"

韩晃感到褚安说得有理。就指令两个兵丁到桌前喝酒吃肉，弄清里面有没有下药。

两个兵丁折腾了大半夜，饥肠辘辘，见了美酒佳肴，哪里还管什么有没有下药？大口喝酒，大口吃肉，一阵狼吞虎咽过后，两人丝毫没有要昏迷的样子。

韩晃心里踌躇起来，寻思着是何人下的迷药？

"老爷一定想弄个水落石出，小老儿献出一个线索。"褚安看出韩晃已经在查找下药人的线索，顺便给他来个顺水推舟，"我在厨房准备好酒肉，正要给兵爷送去，一个蒙面人过来，一只手朝我脸上一扬，我就昏死了过去。"

"你是说，有个蒙面人向你使了迷魂散？"韩晃有些半信半疑。

他知道，迷魂药是练家子中的一个分支，手中的武器就是"迷魂散"，只要用药朝对方面门一扬，对方立即被迷晕倒地。

"小老儿不知道什么叫迷魂散？但确实看见一个蒙面人朝我扬了一下手。"

韩晃心想，既然有人在双门紧闭的情况下进府救人，不管他是什么高人，总要留下痕迹的。他看到百总和那些个兵丁仍然跪在地上："都起来吧。百总，你多带一些人，在褚府仔细再搜查一遍，看看有没有救人的痕迹。"

百总爬起身来，带人去搜查。不一会儿，就折身回来："参军老爷，院墙下的花草都被踩乱了。"

"知道了。把褚府下人全部带来见我。"

百总应声而去，很快褚府下人齐集客厅。

韩晃问道："你们看到有人来救你家小姐了吗？"

"看见了。"下人齐声回答。

"是什么人？"

“一个蒙面人。”又是一个齐声回答。

“都下去吧。”韩晃已经闭上了眼睛，用嘶哑的声音吐出这几个字后，好像已经睡了过去。

此时，建康城的东方天际上，已经现出浅浅的鱼肚白。已经睡足了整整一个春夜的人们，纷纷睁开双眼，开始劳作。

为了使苏峻能够得到谢真石，韩晃白天忙活了一整天，夜里又忙活了一整夜，仍然是一无所获，极度的沮丧加重了他的困乏，他的眼皮连抬都没有抬一下，心里仍在异常活跃地思谋着褚蒜子被救一事：下人的回答，像是受过训练后的集体演戏，可是戏的导演是谁呢？

褚裒的女儿？太小。

褚安？太老。

那只能是府外进来的蒙面人了。

韩晃想到这里，自己找到了一个满意的答案，同时也找到了一个能够让苏峻相信的答案。

韩晃正准备回到秦淮河船上，向苏峻回禀。

他刚才派出去追捕褚裒女儿的几个骑兵，跑进来说：“报告参军老爷，我们找到了褚家的女儿了。”

韩晃一听大喜：“押了进来。”

“没有抓住。”

“连一个小丫头儿都抓不住，来人，把这几个饭桶砍了。”

“小丫头儿跑到王导的相府里去了，相府的人不给开门。”

“当真？”

“我们几个回来报告，还有几个正在前后门死堵着。”

“好。本参军正想让大将军杀了王导这个老家伙。他这是自己前来送死。我们前去捉拿，到时连小丫头儿和老家伙一块儿押给大将军。”

韩晃很快来到了王导的别院。兵丁敲了半天，敲不开门。韩晃只好自己前来打门：“王老丞相，本将军是苏大将军的参军韩晃，奉苏大将军之命，前来公干，请开门。”这时，天已经大亮，况且是韩晃亲自敲门，王导只好让王昌把门打开。

韩晃来到客厅，看见王导正在喝早茶，两眼盯着茶杯上升起的热气，边吹边喝，连正眼也不瞧他一眼，也不说让他坐下。

韩晃心中怒火燃烧，可也无可奈何。只好站着说：“打扰老丞相了，本将军奉命前来捉拿逃犯。”

“逃犯是何人?”

“褚裒的女儿。”

“老夫知道褚裒的女儿才几岁，也成了逃犯?”

“军中秘密，不能奉告。”

“老夫家中没有褚裒的女儿。”

“既然没有，能否让本将军搜上一搜。”

“可以，但要赌上一赌。”

“赌些什么?”

“搜出了小丫头儿，你把老夫的人头砍下。搜不出，你给老夫磕个响头。”

“就按老丞相说的办。”

韩晃伸出手来，想和王导击掌，王导的眼睛只看茶杯。韩晃命令：“都给我搜。”几十名兵丁，里里外外搜过来，搜过去，搜了几遍，也没有搜出一个人影。兵丁们嘈杂之声，吓哭了雷云怀中的小儿子。气得雷云破口大骂：“挨千刀的，竟敢来老娘家里撒野。吓坏了我儿子，老娘和你们拼命。”

韩晃无奈，跪在地上给王导磕了一个头，悻悻地带着兵丁们离开。

临走之前，他恶狠狠地吩咐百总：“本参军这个头不能白磕，这次给你多留一些人手，你在这儿给看好了，抓住了人，给你将功补过，再让人跑了，小心你项上的人头。”

百总拍着胸脯说：“韩爷放心，我们前后把守，昼夜巡逻，一定把小丫头儿逮住。”

韩晃回到船上，向苏峻汇报了手下兵丁亲眼看到褚裒的女儿藏在王导家中，请求将王导抓来审问。

苏峻认为兵丁的话语不可全信，他敬重王导，不愿意以一个莫须有的理由得罪王导。另外，他接到探子急报，荆州刺史陶侃率领一千只战船、四万大军，军旗逶迤数百里，声势十分浩大。已经从武昌急流而下，直奔京城。西有陶侃、温峤、庾亮，东有京口郗鉴、褚裒，朝廷军队大有对苏峻形成合围之势。

苏峻心里惊慌，连忙让韩晃传苏逸、苏硕上船商议如何迎敌，暂时将捉拿褚蒜子之事放了起来。

韩晃走后，雷云大大地吐了一口气：“吓死妾身了。老爷也真是太狠了，你赌什么不好。偏要赌项上人头，如果真的找到了小丫头儿，韩晃要真砍老爷人头可怎么办?”

“他找不到。”

“真要找到了呢?”

“真要找到了，别说韩晃不敢，连他苏峻也不敢。”

“将军额上能跑马，宰相肚里可行船。老爷是宰相，真是大胸怀，妾身佩服得五体投地。”

“看你那点出息，一点儿小事也能把你吓尿裤子。”

王导的话语说得太损。雷云面子上有点儿挂不住：“老爷的胆子有时也大不到哪里去？那年，曹夫人前来别院杀妾身，老爷紧张得把拂尘的把子都打断了。”

“你这个贱人，真是哪壶不开提哪壶，难道夫人还会杀老夫？你都不知道老夫这样着急是为了谁?”

“老爷为的是云儿，云儿会一辈子都对老爷好的。”

“也没有看见你对老夫好到哪里，老夫在乌衣巷，比在你的别院舒服得多。夫人这么一大把年纪，每天都亲自给老夫捶背、洗脚，连儿子都插不上手。”

“这也是妾身敬重夫人的原因。可是妾身就是不明白，夫人对老爷那么好，老爷为什么那么怕夫人呢?”

“老夫连苏峻都不怕，还会怕她？因为她刚嫁进门时，就对老夫发誓说，如果哪天她知道了老夫纳妾，她立马就会自杀在我面前，我这是在疼她。”

“夫人并没有自杀呀!”

“可能变成了要杀你了吧？老夫当时抱着你下地道，你隔着裤子尿了老夫满手。”

“好了老爷，不提这些晦气的事情了。天亮了，凤凰说要去玄武湖舅舅家避难的。”

“让凤凰用饭后，我们两辆车子一块儿离府。”

清早起来，两辆马车赶出别院。一辆向西前往皇宫，一辆向南赶往乌衣巷。

百长留下几个兵丁看守前后门，命令一个亲信，带领几个兵丁，跟随从北门进宫的马车。自己带领几个兵丁跟随前往乌衣巷的马车。

百长认为，宫中到处都是苏峻的兵丁，王导不会把人带到宫中自投罗网。褚家女儿很有可能藏在前往乌衣巷的车子里，乌衣巷没有苏峻的兵丁布防，便利褚家女儿逃走。

马车来到乌衣巷后，直接赶进了雷府的大院。雷府的门子刚要关上府门，百长赶上前去，用刀逼住门子，不让关门。同时，他用贼眼目不转睛地盯着已经赶进府门的车子。车子停稳后，雷府的侍女们，赶紧给车子准备好下车时脚踩的车凳。雷云先下车后，回身小心翼翼地把褚家女儿接下车来，亲切地拉着她的小手，有说有笑地向客厅走去。

百长兴奋异常，抢步赶到雷云的身后，伸手将褚家女儿提到自己的怀里，用钢刀架在她的脖子上，一阵地狂笑："小东西，看你还能往哪里逃跑?"

第四章　玄武学剑

叛军的百长太想抓住褚家女儿了。他立功心切，迷失了心性。在雷府，百长抓住了刚刚下了车的一个小女孩儿，以为抓住了褚家女儿。

女孩儿受到了惊吓，大声地哭喊：“夫人救我！”雷云回身一看，百长把刀架在自己随身婢女的脖子上，像是捡到一锭金元宝一样，放声狂笑。雷云大怒，指着百长的鼻子大骂：“贼流氓，光天化日之下，公然在我家调戏、强抢本夫人的婢女，是何居心？”百长一听“婢女”两字，大吃一惊。他低头向这个女孩儿看去，这个女孩儿虽然比身材高挑的雷云低了一些，但俨然已有十多岁样子。百长在褚府是见过褚蒜子的，褚蒜子看样子只有几岁。

百长看见雷云的怒目像刀子一样射向自己，慌忙掩饰道：“夫人恕罪，卑职认错人了。”

“滚。”

百长连滚带爬，逃出雷府。雷云看着他狼狈的样子，差点儿笑出声来。

王导乘车进入皇宫后，给守卫大夏门的御林军首领打了招呼。御林军首领把尾随王导车辆的苏峻兵丁，挡在了宫外。王导请来总管太监封开轩，让他派出一个亲信太监，乘宫内马车迅速把褚蒜子、谢康送到玄武湖。马车到了玄武湖，褚蒜子、谢康下车后，谢过了送他们的太监。

褚蒜子跟着谢康，来到湖西的一处大柳树之下。谢康弯腰从树上解下系船的绳索，用力一拉，一只小木船很快劈开草丛，抵达岸边。褚蒜子上船后，谢康单脚轻轻一点，飞身上船。他扬起双桨，小船箭也似的向湖中的谢尚别墅飞去。

谢尚，字坚石，出身陈郡阳夏谢氏，东晋名士、名将、音乐家，父亲谢鲲，姐姐谢真石。谢尚本来在乌衣巷有一处府邸，他嫌乌衣巷喧闹，另在玄武湖内置地建造了一处别墅，忙完公事，就在湖内读书习乐。

水波如涌，凉风习习，转眼的工夫，小船抵达湖内的一个小洲。因为洲内遍植樱桃树，人称樱洲。

到了洲上，褚蒜子闻到一股浓浓的奇香。

放眼望去，艳阳高照，长天如洗，樱洲里到处是一片片樱丛花海。在徐徐的微风吹拂下，一棵棵樱树，像一个个身披白绫的观音施展水袖，婆娑起舞；一层层密密麻麻的花瓣如浪起云卷，尽情怒放，如飞似扬。

樱桃果实虽然红似玛瑙，花瓣却如雪似粉。最可称奇的是花蕊又多又长，花朵花蕊多达三十多枚，有的雄蕊多达五十多枚。樱桃的花蕊多，香气袭人。

褚蒜子毕竟年纪尚小，观看着美景，呼吸着花香，顿时忘记了家难的不幸。

“凤凰，我家的后面就是皇家园林，有好几千棵的樱桃树，准保你看个够。我们还是先进家见我娘吧！”

褚蒜子嫣然一笑，不好意思地说：“康哥哥说得极是。”

花丛后面掩映着一栋精巧的别墅，大门的匾额上书写着“听月轩”三个大字，笔走昆仑，字飞龙蛇，非常大气。褚蒜子注目一看，落款是王羲之，心中油然生出一丝敬意。

谢康刚要敲门，大门“吱呀”一声开了，原来是一个小丫鬟打算开门出去摘花，一见是谢康回来了，忙说：“少爷回来了。”

“回来了。我娘在哪里?”

“夫人正在客厅坐着。刚才还念叨你多日未归。”

小丫鬟也顾不得出门，隔着大堂，向里面大声说道：“夫人，少爷回来了。”

谢尚夫人虽是在客厅坐着，心里却在思念着丈夫和儿子。谢尚的夫人叫袁女正，出身于名门士族袁家，是江州刺史府长史袁耽的妹妹。儿子谢康前去几里之外的姑母家，这么近的距离，一去几天，毫无音讯，也使她心里不安。她正要起身，谢康已经带着褚蒜子来到客厅。

褚蒜子进得厅来，双脚跪地，口中“给舅母大人请安”一句话还没有说完，已经痛哭失声。

袁女正顾不上儿子，连忙弯腰把褚蒜子扶起，搂在怀里：“凤凰是个好孩子，有什么委屈说给舅母听，舅母给你做主。”

褚蒜子听到舅母的安慰，心里温暖了许多。可是母亲被苏峻抓走这个塌天祸事，岂是舅母能解决了的? 她不但没有止住悲声，反而哭得更厉害，小小的身子在袁女正怀里抖个不停。

谢康感到母亲有些茫然，连忙把姑母被苏峻抓走，他们连夜逃出褚府的经过讲述了一遍。

袁女正听了，恨恨地说：“苏峻狗贼逆天而行，不得好死。”她把褚蒜子抱得更紧，“凤凰不哭，吉人天相。你娘未出阁前就很有主见，她主动提出跟随苏峻上船，想必早已想好了应对之策。”

褚蒜子听舅母讲得入情入理，很快止住了哭声。

午饭后，袁女正对谢康说：“我已经安排家人进城打听你姑姑消息，你带着妹妹练练琴、看看花什么的，也好散散心。”

谢康带着褚蒜子出来后，问道：“我们是先去看花还是去练琴？”

“都不想去，我现在最大的心愿是救出娘亲，我既然来到了舅家，又有康哥哥这样一个练家子，我想向康哥哥学习武艺。”

“可你现在还小呀。”

“康哥哥你也不大呀！”

“你想学些什么呢？”

“剑术、轻功我都想学，今天先学剑法吧。”

谢康带着褚蒜子一起来到父亲的书房说：“要离剑法轻盈飘逸，很适合你这样的小女孩儿学。”

“就是那个刺杀庆忌的要离吗？”

“是的，我知道凤凰对要离赞赏有加。”

“还是康哥哥了解妹妹。我确实对专诸、要离、庆忌这些忠义之士十分敬仰。”

“请妹妹给我讲一下要离的故事好吗？”

“小妹班门弄斧了。讲错之处，还请康哥哥指正。”

褚蒜子向谢康简要地叙说了要离为国为民、杀身成仁的故事。

春秋时期，吴国内乱。公子光先派专诸用鱼肠剑刺杀了吴王僚，自己登上了王位，就是吴王阖闾。接着，阖闾又派要离前去刺杀外逃卫国的吴王僚的儿子庆忌。

庆忌是吴国的第一勇士，曾经赤手空拳生擒犀牛，即使武艺极高的武士，也无法靠近庆忌半步。

要离为了吴国百姓免遭战乱之苦，毅然请求阖闾杀掉包括自己妻儿在内的全家老小，并在用竹剑和手持青铜剑的阖闾假意决斗时，故意不加躲避，被阖闾砍掉左臂。要离的苦肉计成功地骗取了庆忌的信任，庆忌带着要离一起乘坐战船伐吴。途中，趁着向庆忌敬酒的掩饰，身高不及庆忌腰间的要离，右手拔出只有一尺五寸的莫邪短剑，一跃而起，刺进庆忌的心窝。船上庆忌的侍卫，纷纷赶上前来，将吴钩驾在要离的脖子上，随时准备砍掉要离的脑袋，却遭到弥留之际的庆忌阻止。庆忌用尽最后的力气说：“要离才是吴国第一勇士，留着他在吴国遭难时，一定会有大用场。”

要离回到吴国都城姑苏后，阖闾在金殿设宴为要离庆功，并当场加封要离为上卿，要离坚辞不受。阖闾又称赞他为吴国第一勇士，并率领百官向他敬酒。要离滴酒未饮，双手把酒杯高举过顶，遥望庆忌死难的北方，酒洒在地，随之双目含泪，面北跪倒，悲痛地说："庆忌为父报仇，天经地义，虽被仇人刺死，仍然留着仇人性命，备用国难，庆忌大仁大勇，不负吴国第一勇士威名。要离刺杀庆忌，不为做官，更不为第一勇士的虚名，为的是吴国黎民百姓免受战乱之苦，有幸达到了目的，这把刺穿了庆忌的心脏的莫邪，也是我的夺命之剑。"话音刚落，要离将莫邪插进自己的心窝，倒地而亡。

要离为了吴国百姓免受战乱之苦，不惜牺牲自己和全家人生命的大智大勇，深深感动了褚蒜子。她含着热泪讲完了要离的故事，可她对要离的敬仰之情，仍然在心里荡漾，久久不能平静。讲者有情，听者有义，谢康的脸上也挂满了泪花。

褚蒜子心里洋溢着对要离侠肝义胆的仰慕之情，学起剑来，特别上心。一天，她和谢康正在书房研读兵书。"少爷，夫人唤你前往厅堂议事。"一个小丫鬟的声音在门外响起。谢康出门后问道："我娘唤我何事？"小丫鬟说道："有了姑奶奶的消息。"谢康急忙制止她不要再讲。谢康心想，姑母如果平安无事，姑母的事情尽可以告诉凤凰。姑母如果事出意外，那就要想办法遮掩一下，毕竟凤凰年龄还小。

谢康和小丫鬟说话的声音虽然很低，还是被褚蒜子听到了。她又喜又悲。喜的是娘亲终于有了消息，悲的是舅母派人打探来了娘亲的消息，只让康哥哥前去商议，而不是让自己一同前去，一定是娘亲遭遇了什么不测。想到这里，她心里一阵紧似一阵，手心直往外冒汗。她不敢继续想下去，也无心在书房继续等下去，她三步并作两步来到客厅，人未进去，哭声先到。

"舅母，我娘亲是不是让苏峻狗贼杀了。"

"凤凰不哭，狗贼没有杀你娘。"袁女正连忙起身把她搂在怀里安慰说，"前去探听消息的家人说，是你娘自己投河自尽，但是狗贼并没有打捞到你娘的尸体，这就是说你娘还有一线生机。"

褚蒜子听说没有打捞到母亲的尸体，她从舅母的怀里仰起脸问道："不知有没有人和娘亲一起投河？"

前去打探的家丁回答："听说姑奶奶的两个丫鬟也一起投了河。"

听到家丁的回答，褚蒜子止住了哭声，慢慢地从舅母的怀里抽身出来："借舅母的吉言，娘亲真的可能会有一线生机。"

袁女正问道："此话怎讲？"

“陪着我娘亲投河的水莲、水萍两位小姨，本是山阴江边的一家渔户双胞胎女儿。因受渔霸欺凌，父母被渔霸打手打死。水莲姐妹二人水性好，武艺高，夜闯渔霸府中杀死渔霸。”褚蒜子详细向舅母介绍了水莲姐妹的情况，“渔霸的打手追杀二人，她们越墙跳入姥爷家。被娘亲救起，收为贴身丫鬟。后来随娘亲来到京城。娘亲上船时带着水莲、水萍，已经想好了投河这个办法。”

袁女正脸上很快现出笑容：“我早说过，你娘未出阁时就是一个处事稳妥，让人放心的姑娘。”

“水莲、水萍小姨可能会将我娘亲救起，这只是我在猜想。我想现在就想去娘亲落水的河边，打听一下我娘亲的下落，还望舅母大人恩准。”

“我会多派人手前去打探。京城现在兵荒马乱，苏峻狗贼正在派人到处抓你，你出去，舅母不放心。”

“我换上男孩衣服，没有人能认出的。我人小，打听起来方便。”

“康儿，凤凰执意要去，你就陪凤凰一块儿去，一路上千万要小心，快去快回。”

谢康信心满满：“母亲放心，我们打听到了姑母消息，一定会安全回来。”

褚蒜子和谢康来到秦淮河东岸，向灯船、酒家打听消息。

在秦淮河边，她俩看到叛军的兵丁，正在殴打一个卖鱼的老渔夫。小渔船旁边的鱼筐被兵丁踢翻，大大小小的鱼儿乱蹦乱跳。老渔夫被打得满脸流血，跪在一旁求饶。一个兵丁骂道：“我们将爷，在天香阁喝酒吃肉都没有人敢管，要你两条臭鱼，还敢要钱。老东西，你是不要命了！”

褚蒜子非常气愤，她赶上前来，将老人挡在身后。兵丁看到一个小孩儿也胆敢来管闲事，伸拳向她的面门打来。褚蒜子敏捷地从他肋下逃出，伸脚向身后蹬去。兵丁用力过猛，站立不住，被褚蒜子一脚蹬入河中，大喊救命。

叛军将领，不去救自己的兵丁，反而挥刀向褚蒜子砍来。

在一旁观战的谢康，手疾眼快，拔出短剑，朝将领的后背，连捅两剑。将领倒在血泊之中，大喊：“杀人了，快来捉拿他们！”

褚蒜子不敢怠慢，和谢康一起，将老渔夫抬到小船上。问清老人家住江北后，谢康荡起双桨，向北划去。

随着头领的喊声，秦淮河东岸，一阵阵马蹄声由远而近，几十名叛军骑兵正飞马追来。

小船上的气氛骤然紧张起来，谢康却满脸的兴奋：“就要到长江口了，骑兵追来也没有用。”

来到江中，水面骤然开阔，小船在强劲的东南风的吹拂下，快速地向江北驶去。

正在这时，不远处的一只大船，升起了大帆，向小船追来。眼看着大船就要追上了小船。大船上的兵丁，已经拿出了带着长长绳索的抓钩准备来钩小船。

谢康并不惊慌。他让褚蒜子划船，自己从背上取下一个小小的弓弩，跪在船尾，张弩搭箭，瞄准大船的船帆连射三箭，只听“砰”的一声，船帆挂在桅杆高处的绳索被射断，船帆落下，船速降了下来。

大船上的兵丁大声地叫骂着，可是大船再也快不起来，眼看着离小船的距离越来越远，大船只好停止了追击。

落日的余晖飘洒下来，江面上一片浮光跃金，锦鳞翻飞，江鸥戏浪。小船飞快地向江北划去，翻卷起一道道金色的波涛。

老渔夫的家，就在江北岸边的一丛竹林之中。老渔夫的妻子见到褚蒜子他们救回了丈夫，千恩万谢，吩咐儿子、儿媳，烹鱼煮虾，招待二人。

饭后，老渔夫的儿子撑船将她们送回了南岸。

夜已经很深了，听月轩里烛光明亮，袁女正正在焦急地等着儿子、外甥女回家。谢康向母亲说明了迟迟未归的经过。

袁女正沉吟了片刻，说道：“凤凰，你爹在前线作战，你娘至今下落不明，你再有个闪失，我没法向你爹交代。今后我多派些人手出去探听你娘的消息，你就不要再出去了。”

褚蒜子怕舅母担心，不再外出打探母亲消息。褚蒜子在樱洲，白天练武，夜间博览兵书，她天性聪慧，经过一段时间的刻苦学习，武艺大有长进。

咸和三年的初夏，东晋京城建康，水面上波澜不惊，水面下暗流涌动。朝廷军队和叛军都在积蓄力量，准备展开一场殊死的决战。建康东面，郗鉴和褚裒驻守在京口，手下的京口军大约一万多人。西面，温峤驻守在江州（今江西九江），手下的江州军也有一万多人。

温峤（288—329），字泰真，并州（今山西祁县）人，对朝廷忠心耿耿，积极谋划着攻占京城，救回皇帝的军事部署。

苏峻从历阳起兵时，有两万多人，一路上打了很多胜仗，连招带抢，苏家军很快发展到三万多人。加上祖约的一万多人，叛军是朝廷军队的一倍。

由于双方实力悬殊，温峤、郗鉴只能固守，不敢轻言进攻。

庾亮逃到江州后，和郗鉴一起推选温峤为朝廷联军的盟主，讨伐苏峻。

温峤推辞说：“苏峻占据京城，凭借长江天险，收复京城必须依靠水军。

荆州刺史陶侃拥有水师十万，由陶公担当盟主，才能稳操胜券。”

他征得了庾亮、郗鉴的同意，派部将亲赴武昌，劝说陶侃就任朝廷联军盟主之位，率军东下平叛。

陶侃一直以来有一个心结，认为明帝司马绍驾崩时，没有让自己参与顾命是庾亮做了手脚。现在又让他来解决因庾亮处置失当引起的苏峻之乱，旧怨未消，又添新怨。陶侃以“粮草未备，无法起兵”为由，回绝温峤请他出兵的请求。

温峤再次修书，陈述国家兴亡，匹夫有责，陶公作为朝廷实力最大的一位封疆大吏，更是义不容辞，恳请陶侃尽快发兵，共赴国难。粮草问题，在荆州军加紧运粮的同时，部分粮草可先从江州军支取。

温峤的救国至诚使陶侃十分感动，决定东行平叛。

年已七十的陶侃，鹤发童颜，精神抖擞，头戴亮银盔，身穿黄金锁子甲，胸戴护心镜，腰挎宝剑，怀抱令旗，从武昌水师码头戎服登船，率领水师四万多人，乘坐一千多艘战船，昼夜兼行，前往京城。

陶侃发兵后，温峤和庾亮正在帐内商讨作战方案。亲随报告，荆州军参军龚登派亲信信使前来，有要事当面相告。

龚登原来是温峤手下的江州军亲信将领，后来由于防地调整，现在变成了荆州军将领。

温峤、庾亮立即让人把信使请进帐来。信使十分谨慎，请温峤屏退左右。

温峤看到信使这么神秘，脸色凝重起来：“信使这么小心，可见事关重大?”

“的确事关重大。”

“龚登将军可有书信?”

“此事事关龚将军前程和性命，没有书信。”

“龚将军只有口信?”

“只有口信。”

话说到这里，连一向老成持重的温峤和庾亮，心里多少有点儿紧张。

温峤稳了稳神，说道：“是福不是祸，是祸躲不过。究竟龚将军有何大事相告，信使请讲。”

“龚将军让我亲口转告温大人、庾大人，陶侃这次亲率大军前来，名为讨伐苏峻，实为捕杀庾公。”

庾亮一听，面色惨白。

第五章　共讨苏峻

听完龚登信使传来的口信，庾亮吓得惊慌失措，准备南逃豫章。

温峤心有疑虑，向信使问道："陶侃捕杀庾公这等机密大事，龚将军是如何得知的?"

"陶侃在东进的船头上，对着身边的众将说的，龚将军亲耳听见。"

温峤听了大笑失声。

庾亮心中不满："泰真为何发笑?"

温峤劝说道："元规（庾亮，字元规）休要惊慌。这是陶公的障眼法，一来为了麻痹苏峻，二来给庾公徒增一些压力。有谁听说过，还没有捕到要杀的人，却凭空喊着要杀这个人呢?"

庾亮听温峤的话语有道理，放下心来。

荆州军赶到京城后，驻扎京城北面的江中。温峤的江州军驻扎在京城西面的江中。郗鉴的京口军驻扎在京城的东面。联军对京城形成了包围的态势。

联军主要由水军组成长于水战，叛军主要由骑兵组成长于陆战。几个月下来，联军和叛军接战几次，均告失败，荆州军粮草短缺，陶侃萌生退意。

温峤乘船来找陶侃商议军情，正好和西行的陶侃的帅船迎头相遇。

温峤心中诧异，上船和陶侃见礼后，问道："战事刚起，朝廷联军正要依赖陶公军力战胜叛军，陶公为什么要撤军呢?"

陶侃面带难色："战事不利，粮草不济，成汉李雄和前赵的刘曜准备联合向荆州进攻，荆州告急，老夫准备率军回防，击败汉、赵后，再起兵相助。"

温峤听到陶侃真的要撤回荆州，吓出一身冷汗。他站起身来，慷慨激昂地说："泰真请陶公明断，在当前两军决战即将展开的形势下，只能奋勇向前，绝对不能退缩。"

陶侃被温峤对朝廷的忠心感动，下决心平叛后，再回援荆州。

温峤、庾亮、郗鉴一致推选陶侃为朝廷联军盟主，统一率领联军剿灭叛军。

苏峻听到联军结盟的消息后，急招苏逸、苏硕、韩晃商议对策。

苏逸沉思了一下说："京城建康有城无郭，无法防守。我军应该移军石头城，让太后、皇帝一起前去。免得他们和陶侃里应外合，勾搭连环。"

苏峻派苏逸、苏硕前往石头城驻守，苏峻自己带着韩晃前往皇宫。

东晋皇宫在京城中部偏北，地处鸡笼山东南，北依长江，东临钟山，西枕秦淮。皇宫坐北朝南，分成前府、后宫两部分，北部是皇宫内苑，南部是尚书省各部的办公衙门，尚书省在当时称尚书台，东晋皇宫又称宫城、台城。台城城高池深，周长八里，殿宇三千多间，布局仿照西晋洛阳皇宫旧制，但规模要小得多。皇宫正殿太极殿，坐北朝南，面阔十二间，进深九间，是皇帝临朝举行朝会和大典的场所。在太极殿的北部龙床两侧，开辟出两间内宫，东堂是皇帝处理日常政务所在，西堂是皇帝劳累后的安歇之处。太极殿后为显阳宫，是皇后的居所。皇宫北部建有一个御花园，名叫华林苑。皇宫周围建有一系列府城，东府城、西府城、北府城等，是大臣的办公场所。

丞相王导、光禄大夫陆晔等官员，都在太极殿上守护着司马衍。

苏峻看到王导在场，不便放肆，他给韩晃使了个眼色。韩晃抽出佩剑，带领几十名兵丁，把司马衍和众大臣团团围住。

韩晃用剑尖指着司马衍的面门说："石头城高大坚固，请皇帝陛下今日移驾石头城。"韩晃凶神恶煞般地把手中的宝剑挥来挥去，不但震慑住了小皇帝司马衍，也震慑住了众位大臣。陆晔当即答应保护皇帝前往石头城。

苏峻、韩晃来到显阳宫，正要进去，一个宫女挺身拦阻："显阳宫乃太后寝宫，外臣不得擅入。"韩晃抽出宝剑向拦阻的宫女头上砍去，宫女立即身首异处，鲜血喷涌而出，染红了地面上的金砖。

韩晃提剑在手，破口大骂："谁是外臣？过几天就要改朝换代了，你们还抱着庾文君的大腿不放。"其他的宫女吓得胆战心惊，跑到庾文君床前哭诉。

苏峻之乱爆发以后，明帝司马绍皇后、皇太后庾文君，由于日夜忧虑、积忧成疾，已经重病在身，卧床不起。

苏峻和韩晃来到显阳宫后，韩晃在庾文君的床前宣布："大将军在石头城为太后设置了新宫，请太后现在移驾石头城。"

庾文君本来已经病入膏肓，由于受惊过度，已经吓得面无一丝血色，好似一个从阎罗殿里跑出来的女鬼。

她大口喘着粗气："本宫是本朝的正宫皇后、皇太后，显阳殿是皇后的寝宫，本宫来日无多，死也要死在显阳殿，绝不会前往石头城。"

韩晃虽然凶悍，可面对当朝太后，一时无言可对。

苏峻赶上前来，用剑指着庾文君说："你还好意思说你是正宫皇后？"

"本宫就是明帝册封的正宫皇后。"

"明帝宠爱绿珠的女弟子宋玮，欲立宋玮为后，是我苏峻和朝中众大臣，看在你儿子司马衍已经立为太子的分儿上，联名上表奏请明帝封你为皇后。"

庾文君怒目相视。

“明帝待你们庾家不薄。你和你哥哥庾亮派人毒死明帝，准备让江山改姓。你这么歹毒，天地不容！”

庾文君受到苏峻这般辱骂，又羞又气，叫了一声：“苏峻狗贼无中生有，血口喷人，不得好死！”话刚说完，气绝身亡。

苏峻逼死皇太后的消息传到太极殿，只有七岁的小皇帝司马衍放声大哭，他夺过一个侍卫腰中的佩剑，要找苏峻拼命，给母后报仇。

司马衍和苏峻、韩晃在太极门外相遇。司马衍和苏峻四目相对。

苏峻看到司马衍小小的年纪，哭闹着双手拖剑，要杀自己，不由得笑了起来：“司马睿虽然是个尿包，孙子司马衍还有点儿血性。”

他指着司马衍说：“来来来，小皇帝，你要能双手举起剑来，本大将军任你砍杀，我只要皱一下眉头，就不姓苏。”

司马衍并没有犹豫，拖着宝剑向苏峻扑来。

陆晔跪在司马衍面前，挡住司马衍的去路，大声劝道：“陛下要杀苏峻，那是以卵击石。你要杀苏峻，就先杀死微臣。”

韩晃高声对陆晔说：“快保护着你们小皇帝前去石头城，再不走，本将军一着急，一把抓起小皇帝，摔死在太极殿下。”

陆晔连声应承，抱起司马衍，出宫去了。

司马衍走后，苏峻对韩晃说：“现在大战在即，我军钱粮缺乏，韩参军多派些兵士，搜寻宫中的财宝、粮食和绫罗绸缎，运到石头城去。”

韩晃率兵将皇宫洗劫一空。抢来的粮食、布匹、绸缎、黄金、白银、钱币堆积如山，全部装车运往石头城。

苏峻高兴之余，宣布抢劫有功的将士都可以在皇宫内任意宣淫。

不管是明帝的嫔妃还是普通的宫女，上千名妇女被苏峻的兵丁赶到太极殿前，剥光了衣服，在光天化日之下，由几千名兵丁强行进行集体轮奸。妇女们的哀号之声，震动全城。

陶侃率领的荆州的水军驻扎在京城北面的长江上。一天，句容花山正一道观主持清虚长老前来军营看望。陶侃早年和清虚以及寿春三峰山正一道观主持无为长老，都曾在祖逖军中担任参军，相交深厚。

清虚问及讨伐苏峻军情。陶侃长吁短叹：“苏峻多骑兵，善陆战。我军多水军，善水战。两军多次交战，我军均告失利。”

清虚向他献上了“依高筑垒、钩镰破敌”八个字的破敌之策。陶侃依计实行。

咸和三年九月，朝廷联军把军垒建在石头城西北的白石山（今南京狮子山）上，称其为白石垒。

白石山因山上盛产石灰而被人们称为白石山。白石垒北依长江，南控石头。山前有广阔的平川，适于厮杀，平川之南有一个白石湖（今南京苏峻湖），使白石垒成为易守难攻的兵家要塞。白石垒比石头城高很多，可以窥探石头城军情。

苏峻感到威胁太大，向联军下了战书，准备攻下白石垒，消灭联军。

咸和三年九月二十五日凌晨，白石垒内炮声连天，联军在白石垒前，排列好强大的战阵。

陶侃率领四万多荆州军排列在中间；温峤、庾亮率领一万多江州军排列在右厢，郗鉴、褚裒率领一万多京口军排列在左厢。

朝廷六万士兵，全部铁盔、铁甲，胸前的六万块明光铠在秋日的阳光下闪着寒光，直刺叛军眼睛。

苏峻在石头城头上看到联军的阵势后，一脸的冷笑："银样镴枪头，中看不中用。"

苏峻派韩晃率军守卫台城，派苏逸率军守卫石头城，自已和苏硕率军两万，从石头城北门出城，攻打联军。联军在北据白石垒，南依白石湖，据险迎敌。

苏峻背靠石头城，率两万叛军在城外的高坡上布阵。苏峻的叛军列好阵势后，陶侃命令先锋李千，率领荆州军骑兵前来诱敌。苏峻派苏硕为前锋，先出破敌，自已在高坡上督战。

苏硕二十多岁的年纪，银盔银甲，满脸虬髯，目露凶光，身材高大，力大无穷。他多次战胜朝廷军队，根本没把联军放在眼里，挥舞着二十多斤的镔铁大槊，率领几百名骑兵，冲杀过来。

李千故意露出破绽，勒转马头，带领部下败回本阵。苏硕赶将过来，冲入李千的败军阵中，好像虎入羊群，又似瓜田砍瓜，乱砍乱杀。荆州军哭爹喊娘，人头纷纷落地。苏硕杀得兴起，横冲直撞，驱马直奔陶侃中军。

苏峻金盔金甲，站在高坡上督战。命人抬来几十瓮美酒，准备犒劳苏硕。他看到儿子勇猛无敌、联军不堪一击，不由得心花怒放。

联军中军主帅陶侃放李千回归本阵后，手中的帅旗向前一挥，联军的弓箭像雨点一样，向苏硕和叛军射了过来。

苏硕毫无惧色，手中的铁槊上下翻飞，箭头纷纷落地，他手舞铁槊，冲入陶侃中军，来取陶侃性命。

陶侃不慌不忙，手中的帅旗向左右一挥，前队的弓箭手左右分开，后队的钩镰枪手变做前队，纷纷亮出手中的长杆钩镰枪，来钩苏硕的马腿。

阵中的钩镰枪专门钩马腿，两厢的弓箭专门射人，对苏硕形成了半圆形包围圈。苏硕率领的几百名骑兵人仰马翻，很快被射杀殆尽，苏硕见状大惊，勒马逃了回去。

嗜酒如命的苏峻，高兴得一连喝几大碗烈酒，烈酒升腾了他的勇气。他得意忘形地对身边的士兵说："硕儿杀得朝廷军队落花流水，我这个当父帅的也要下去砍上敌军几颗人头。"说完带领身边的亲信骑兵，从高坡上呼啸而下，向陶侃的军阵杀去。

苏峻并没有察觉苏硕已经逃回，他乘着酒醉，继续带领骑兵向前冲杀。

陶侃看到苏峻亲自出马杀来，心中大喜，高高举起帅旗，在头顶上连续划了几个圆圈，指挥联军骑兵一拥而上，向苏峻和他的亲信骑兵，包抄过来，准备活捉苏峻。

苏峻看到联军骑兵潮水般地涌了过来，吓得酒都醒了，调转马头，想逃回本阵。

李千一看，苏峻老小子想逃，先问问你爷爷手中的长枪答应不答应。李千手中长枪一挥，率领本部骑兵，追赶过来。

苏峻逃命心切，拼命抽打坐骑。白石湖在秋日阳光的照射下，水光连天，耀人眼目，使苏峻的坐骑受到惊吓。接着不可思议的场面出现了，苏峻的坐骑在湖前失蹄跪倒，把苏峻甩倒在地，金盔骨碌碌地滚到了湖里。苏峻吓得魂飞胆裂，从地上爬起来，向本阵逃去。

李千怕苏峻逃脱，向苏峻投出长枪，长枪从他的后背穿进，直透前心，把他穿了个"透心凉"，立即暴毙身亡。

李千赶上前去，割下苏峻的首级。李千用长枪把苏峻的首级挑起示众，吩咐士兵把苏峻碎尸万段，连同尸骨放火烧成灰烬。联军士兵山呼"万岁"，喊声震天，喊声撞击在石头城墙上，传来一阵阵摄人心魄的回声。陶侃手中的令旗一挥，朝廷联军漫山遍野地向城外的叛军杀来。

苏硕以及跟随苏峻出城的两万叛军，眼看着苏峻霎时间被砍下脑袋，一个个瞠目结舌，呆若木鸡。看到联军冲杀过来，吓得魂飞魄散，拼命向石头城北门逃去。

苏逸在城上看到苏峻阵亡，苏硕大败，命人放下城门吊桥，放苏硕入城。后面的两万名士兵跟随在后面，驱马争相入城。

陶侃命令联军分头抢夺城门进城，架设云梯攻城。

苏逸吩咐升起吊桥，阻挡联军进城。出城作战的叛军也被挡在城外，有的被杀，有的投降。两万叛军土崩瓦解。

苏峻死后，叛军如丧考妣，他们推选苏逸作首领，继续作困兽之斗。

联军各路人马紧紧将石头城和台城团团围住，拼命攻打。

苏逸心中害怕，命令韩晃将太极殿和其他皇宫主要宫殿全部烧毁。

咸和四年二月，陶侃、温峤、庾亮、郗鉴率领联军各路兵马，向盘踞在石头城的苏逸叛军发起总攻。

在混战之中，联军将领在石头城内找到小皇帝司马衍，把他救出，抱到温峤的船上。皇帝被救，大大鼓舞了联军的士气。石头城和台城很快被联军攻下，苏逸、苏硕先后被联军斩杀。

祖约在东晋无法立足，投奔后赵的石勒。石勒敬佩祖逖，但是看不起叛国投敌的祖约，将祖约和随祖约来投的祖家一百多口，全部斩杀。

历时一年多，为东晋社会带来巨大破坏的苏峻之乱，终于平定。

司马衍带领众臣回到皇宫，看到的都是残垣破壁。陶侃请司马衍暂时先到皇宫附近的大臣府邸借住一些时日，等皇宫修复后再回来。

司马衍不肯。他说："宫城再破，也是朝廷的皇宫。住在里面比整天被苏峻叛军用剑指着脑袋好多了。"他看到靠近皇宫的华林苑里面有几间宫殿没被烧毁。便让封开轩将一间名叫建平宫的宫殿收拾一下，就在里面办公和安歇。

陶侃、温峤、庾亮、郗鉴几位重臣看到建平宫规模小了一些，倒还整洁实用。另外，苏逸虽然烧了太极殿，台城城墙仍然完好无损，皇帝的安全就有了保证。

温峤分出一千江州军由参军毛宝率领，郗鉴分出一千京口军由参军褚裒率领，两人轮流当值，负责保卫皇宫。安排妥当后，各位大臣拜别司马衍，出宫歇息。

皇帝回宫的第一夜，皇宫由褚裒轮值。褚裒是个极为细心的人，他把皇宫内外各个城门的警卫力量一一进行了部署。他亲率兵士在司马衍的建平宫前后巡逻。

夜幕降临，夜色像一个黑黝黝的怪兽，张着乌黑的大口，把整个皇宫吞了下去，寝宫周围，伸手不见五指。

二月深夜，春寒料峭，北风像刀子一样刺在脸上，衣衫单薄的侍卫们，像风中的芦苇一样，冻得瑟瑟发抖，依然挺直腰板，精神抖擞地持刀巡逻。

军人的警觉，使褚裒觉察出华林苑一带，隐隐约约地藏匿着阵阵的杀气。他立刻从皇宫卫队中抽调出一些士兵，专门守卫建平宫的南门。他自己隐身在南门的门柱后面，警惕地观察着周围的动静。

突然，褚裒看到几十个黑影，夹带着阵阵寒风，向建平宫南门杀来。

为首一人举起手中的大砍刀，破门而入，来取司马衍的性命。

第六章　劫后团圆

在建平宫前，刺客妄图破门刺杀司马衍，褚裒哪容刺客下手仗剑向他后背刺来，刺客感到背后的剑锋带着寒风而来，侧身闪过，回身举刀恶狠狠地向褚裒头上砍来。

褚裒向外一跳，跳在刺客的一侧，闪过刀锋，还没有容他收回大刀，挺剑就向他的前心刺来。

刺客慌忙回退闪避，他那知褚裒这一剑是虚招。就在刺客退步的同时，褚裒伸腿向刺客的下三路扫去，只听“咣当”一声，刺客被扫倒在地，头上铁盔甩到很远的地方。

褚裒抢上前去，用脚踩在他的前心上，用剑封住他的喉咙。这时，褚裒手下的侍卫走上前来，将他捆绑起来。

在褚裒和这个刺客打斗期间，门前的侍卫已经将全部刺客制服，捆绑起来。

门外的打斗声，惊醒了正在睡觉的司马衍，他让封开轩点上蜡烛，司马衍起身坐在建平宫中厅的龙案前向外观看。

褚裒命人把为首的刺客带到司马衍面前，司马衍定睛一看，正是那个拿着宝剑敲打自己脑袋的苏峻参军韩晃。

司马衍大怒，骂道：“韩晃狗贼，你也有今天。”

韩晃毫无惧色：“司马氏的小杂种，老子本来想抓住你做个人质，以好平安出城，没想到栽在褚裒手里，老子自认倒霉。”

原来，韩晃奉命守卫台城，陶侃率领朝廷联军攻下石头城后，乘胜攻打台城。韩晃率领的守卫台城的数千叛军看到大势已去，纷纷投降了朝廷联军。陶侃率领联军收复台城后，很快将台城的各个城门封闭。韩晃与他手下几十个亲兵无法逃走，只好藏在华林苑深处的一个宫殿里。他听到部下探听到司马衍就下榻在前面的建平宫里，心中大喜。夜深人静之后，他试图劫持司马衍做人质，却失手被褚裒生擒。

司马衍命令将韩晃和其他刺客，全部枭首示众。

平叛之后，司马衍下诏大封功臣，加封陶侃为侍中、太尉、长沙郡公，加封温峤为侍中、骠骑将军、始安郡公，加封郗鉴为侍中、司空、南昌县公，加封褚裒为都亭乡侯，加封谢尚为咸亭乡侯，其余参加平叛的官员均有封赏。

朝廷重臣商议，想留下温峤参与辅政，温峤坚辞不就。他认为王导是元帝、明帝选任的辅佐重臣，应该继续留在朝廷中枢辅政。

温峤看到被苏逸烧毁的皇宫残破不堪，留下部分经费和物资后，才返回任所。

咸和四年四月，平定苏峻之乱后，仅仅一个多月，温峤在江州刺史任所病逝，享年四十二岁。温峤一生忠于朝廷，爱惜百姓，在江州刺史任上留有不少的惠政，深受民众爱戴。他的死讯传来，江州很多官员百姓莫不相顾而泣。

朝廷消灭苏峻叛军、收复京城的消息传到了听月轩，褚蒜子听了喜笑颜开。

褚裒这时正在皇宫轮值，暂时抽不出时间来接女儿。谢尚也在京城忙于平叛之后的各种公务，暂时没有回到听月轩，这又使褚蒜子等得心急。

一天，褚蒜子和谢康正在书房里读书，丫鬟来报："老爷、夫人来看凤凰小姐。"

褚蒜子听说舅舅来了，连忙起身相迎。

谢尚和夫人袁女正已经进了房门，褚蒜子想行跪拜大礼，被袁女正一把拉住。

褚蒜子忙问："舅父大人何时从京城归来？可曾见过了我爹爹？"说未说完，眼圈就红了起来。

谢康也过来向父亲行礼后，站在一侧。

谢尚把外甥女揽在怀中："凤凰不哭，舅父与你爹爹都在前线和苏峻叛军作战，现在叛军已经平定，舅父和你爹爹已经在朝堂上见过面，你爹爹一切安好，不消凤凰挂念。"

褚蒜子听说父亲安好，心情转好。可是瞬间脸上又流露出郁闷的神色："爹爹已经回到了京城，怎么还不来接我？"

谢尚忙说："你爹爹和舅父回京后一直在忙于处理平叛后的各种善后事宜，朝廷今天才放假让我们回家看看，我估计你爹爹派来接你的人已经在路上了。"

"我等不及了，我现在就想回家看望爹爹。"

"说得是，舅父现在就送你回家，以慰你父女想念之情。"谢尚怕外甥女难过，有意不提谢真石之事。

褚蒜子跳了起来："太好了，我们说走就走。"

谢尚、谢康骑马，袁女正、褚蒜子乘轿，半个时辰不到，就来到了褚府门前。

前几日，朝廷曾经下过圣旨，平叛功臣的府邸都可以悬灯结彩。

褚裒府上也是红灯高挂，彩绸飞舞，正门洞开，一片喜庆气象。

几个守门的家丁看到舅老爷带着小姐回来了，有的帮助拴马，有的帮助落轿，有的向院内高声呼喊："舅老爷来了，小姐回来了。"

家人对褚蒜子说："老爷已经安排了人手去接小姐了，小姐自己先回来了。"

褚蒜子也顾不上回话，下轿后，一边往内院跑，一边喊："爹爹在哪里？爹爹在哪里？"

正在客厅和夫君说话的谢真石听到女儿回来，抢步迎了出来。

褚蒜子看到将近一年未见的母亲，扑进谢真石的怀里，母女相拥而泣。

褚蒜子满脸泪花："娘亲让女儿找得好苦，娘亲难道跑到天上去了？"

谢真石破涕为笑："傻孩子，为娘是人，又不是神，怎能跑到天上去？"

谢尚夫妇上前和姐夫、姐姐见礼。谢康拜见了姑父、姑母。褚裒夫妇把他们迎进客厅，分宾主落座。谢真石看看天已近午，吩咐安排宴席，款待谢尚一家。席上，两家互诉离别之情。

谢尚问道："姐姐落水之后，我非常担心，多方打听，始终没有一个准信儿。"

袁女正接着说："有的说姐姐已经被淹死，有的说姐姐被江边一家渔民救起，认作义女。到底是何情景？请说给我们听听。"

谢真石让丫鬟把水莲、水萍唤上席来。二人推辞不过，只得在末席坐下。谢真石指着二人说："水莲、水萍就是我的救命恩人。"

褚蒜子来到二人面前，深深地道了个万福："谢谢二位小姨，凤凰这厢有礼了。我早就猜到，二位小姨一定会从河中救出娘亲。"大家听了，开怀大笑。

谢真石就把投河后，如何被水莲、水萍救起，送至渔家后又如何大病一场，叙说了一遍。

那天，三人在苏峻的官船上一起投河后，由于水莲、水萍之前已经用衣带将谢真石和两人绑连在一块儿，水莲、水萍在水里一直紧紧地拉着谢真石，从未松手。

凭水莲、水萍二人的水性，从水中救起一个人轻而易举。她们从高高的官船跳下，巨大的落差，把她们同时打入河底，都喝了不少水。

水莲、水萍双双拉住谢真石的两臂，在河底快速潜游一会儿，不断把谢真石托到水面上换气。两人托着谢真石向北游出几里后，河面上已经不见灯船的踪影，才敢把谢真石抬上了东岸。

谢真石喝了不少水，肚子胀得很大，已经昏了过去。

水莲平躺到岸边的草地上，水萍把谢真石头朝下放在水莲的身上，用双手轻轻地在谢真石后背上按摩了一阵，谢真石“哇”“哇”地吐了很多水，才“哎呀”一声醒了过来。

两人不敢怠慢，轮流背起谢真石沿着秦淮河东岸，向北走去。

出了西水关后，来到秦淮河、长江交汇口处东南的一座竹林前，正是水莲父亲的结拜兄弟、渔民张方居住之处。

水莲敲开门后，张方夫妇将谢真石放在自己的床上，挑灯一看，谢真石奄奄一息，下身的衣裤已经被鲜血染红，只剩下一口气在喘着。

众人顿时大惊失色，张方媳妇将谢真石周身上下翻看一遍，也没有发现受伤之处。

水莲失声说：“夫人带着几个月的身孕，是不是小产了?”

张方媳妇是生育过的人，吩咐丈夫连夜撑船去京城请良医。吩咐水莲、水萍烧开水，帮助她把谢真石周身上下洗干净，换上干净衣服。

张方媳妇连夜熬了姜汤，细心地喂给谢真石，才感到谢真石身上有了一丝热气。

大夫来了以后，听水莲介绍了情况，又为谢真石仔细地把脉后说：“确实是小产，小孩已经排出体外。病人惊吓过度，又经水淹、小产，吃几剂药后，如能苏醒了过来，是她的造化，但还需吃药卧床将息百日，如苏醒不过来，医者也无能为力。”

也许是命不当绝，谢真石吃过几剂药后，竟然奇迹般地苏醒了过来，吃药百日以后，已可下床走动。由于体弱和苏峻叛军一直搜捕她，她一直藏身渔家，不敢出外活动。

谢真石虽然不敢露面，但是水莲、水萍经常出外打探消息。所以，谢真石对老爷、女儿的情况基本知悉。

叛军被赶出京城后，谢真石和褚裒先后回到家中，夫妻相见，自然免不了互诉一番离情。

当然，小产一事，她只是在内宅对夫君说过，在酒席上她只用大病了一场托词代替。

谢真石历经大难，劫后余生，褚、谢两家人喝得十分高兴，不知不觉之间，每个人的脸上都现出大片的绯红。

谢尚举杯敬酒："姐姐大难不死必有后福，姐夫平叛有功封疆拜侯，我先干为敬，也请姐夫、姐姐满饮一杯。"

褚裒饮完杯中酒后说："坚石是我朝的青年才俊，军事、音乐、书法，无一不精，诚是不可多得的全才也，今后必然鹏翼万里，前途无量。"

谢尚连声谦让："姐夫过奖了。"

袁女正听了却很受用，她向褚裒、谢真石敬完酒后，笑着说："我们虽说是两家人，可我总觉得是一家人。"

谢尚说："内人说得好，姐夫何日前往豫章任上？"

"近几日起程。"

"我想让康儿随姐夫前往军中，让他历练历练，早日成才，为国效力。"

"坚石思虑长远，康儿是到了从军的年龄了。"

谢康说："姑父、爹爹教训得有理，我现在天天在书房研读兵法，希望有朝一日为国驰骋疆场。"

"整天在书房很难学到真本领。"谢尚对褚裒说，"姐夫，这次赴任时能带上康儿吗？"

"康儿还小呀！现在就到京口军打仗去吗？"袁女正大吃一惊。

"姐夫因平叛有功，官封豫章内史，现在是朝廷封疆大吏。豫章在京城正南，是大后方，打个什么仗呀！"谢尚细心地向夫人说明了豫章的方位。

袁女正知道自己说错了话，面飞红云。

褚裒为了消除袁女正的担心，耐心地说："项橐七岁当上了孔子的老师，甘罗十二岁成为秦国的丞相。士族家的孩子出道早，我和坚石都是很小就到军营跟着大人历练。军营不比在家中，饭来张口，衣来伸手，很历练人的。"

褚裒说的是实情。谢尚五岁时，请求父亲谢鲲把自己带往豫章内史任上。一天，温峤等几个名士前来做客，谢鲲让谢尚坐在末座作陪。客人看到谢尚非常可爱，饶有兴趣地从《论语》中提出一些问题，让谢尚回答。谢尚对答如流，很有见地。客人称赞谢尚为在座的颜回。谢尚不假思索地回答说："座无仲尼，焉有颜回？"举座皆惊。温峤称赞谢尚"神悟夙成"，谢尚虽然心里很高兴，嘴里却说："我一个小孩儿家，哪里能配得上大人这么高的赞誉呀！"

谢尚深情地说到军营生活："年轻人一到军营，必须从一个最底层的士兵做起，打粮、做饭、洗衣、缝衣都必须学会，在军营凡是女人会做的事情，男人都得学会。"

袁女正问道："那还要女人干什么？"

谢真石笑着回答："要女人来生孩子呀！男人们的本事再大，让他们生个孩子出来试试。"

众人都被逗得大笑起来，席上其乐融融。

谢尚乘势鼓励儿子："豫章是你爷爷雄起的吉地，在豫章你一定会向姑父学到很多经国治世的才能。"谢康表示，一定在豫章军中学好本领，报效朝廷。谢尚、褚裒席间商定，几日后，褚裒带上谢康一块儿前往豫章。

咸和九年六月十一日，陶侃上表，辞去包括荆州刺史在内的全部官职，并将荆州刺史的官印、钱粮、舟船全部封存造册、上报朝廷。

十二日，陶侃离开巴陵帅府前往长沙。十三日在樊溪去世，终年七十六岁。

陶侃手握重兵，占据长江上游，东晋相继发生了王敦、苏峻等多次叛乱，陶侃也遇有多次顺江而下、夺取建康的机会。

在东晋王朝几次面临生死存亡的关键时刻，陶侃从没有趁火打劫，反而多次出兵相助，使司马氏政权免遭覆灭，受到朝野一致好评。

司马衍得到陶侃逝世的消息后，痛哭失声，下诏厚葬陶侃。

朝廷平定苏峻叛乱之后，文武百官勤于王事，普通百姓安居乐业，朝廷政局获得了一段安稳的时间。

谢康到豫章从军后，褚蒜子在家中上午读书，下午练剑。谢真石怕她寂寞，就把谢氏祖传几代的诊脉、开方的医术传授给她，并把扁鹊、张仲景等人的医书交给她研读。

褚蒜子对医学很有兴趣，她天资聪颖，经过一段学习，逐渐学会了诊脉、开方。她天天追着家人诊脉，诊完脉后，开出药方，让谢真石验看。随着学习时日的增加，谢真石感觉女儿的医术大有长进。

春到三月，正是桃红柳绿的季节，她禀明母亲，想去玄武湖舅舅家看桃花。谢真石放心不下，让她和水莲两人女扮男装，携剑出游。出了褚府，褚蒜子就像一只出了笼的小鸟，和水莲一起，大步流星地向玄武湖方向奔去。来到湖西的一棵大柳树下，她正要解下表哥给她留下的小船的缆绳，乘船前往湖中的樱洲去看花。

忽然听到南面不远处的密林之中，隐隐约约传来了一阵阵的小女孩儿的哭叫声和求救声。

第七章　扶弱惩恶

听到密林深处传来的呼救声，褚蒜子心想可能是强盗在欺压、侮辱小女孩儿。她柳眉倒竖，和水莲一起提剑向南赶去。两人来到密林深处，看见四个彪形大汉，举着刀剑在砍杀两个小女孩儿。小女孩儿身手敏捷，舞剑如飞。她俩被四个强盗围在核心，强盗虽然伤害不了她俩，可她俩也无法突围出去，急得直哭。褚蒜子和水莲快如闪电，冲进核心，把两个小女孩儿救了出来。

两个小女孩儿向褚蒜子哭诉："他们是狗贼胡都的家丁，帮助胡都杀死了我们父母、姥爷姥娘一家四口。"

褚蒜子和两位小女孩儿说话期间，一个强盗对同伙说："砍死这两个管闲事的，留下这两个小女孩儿，让哥们儿几个泻泻火！"

见到强盗这么不要脸，褚蒜子和水莲怒火冲天，手起剑落，四个强盗立即身首异处。

两个小女孩儿弃剑在地，倒身下拜："两位恩人在上，多谢救命之恩。"

褚蒜子将两人扶了起来，定睛一看，两人长得清秀脱俗，心里非常喜欢。

大一点的女孩儿说："我们是亲姐妹，我叫抱琴，妹妹叫侍书。"

褚蒜子问道："狗贼为什么要追杀你们。"

抱琴哽咽着讲述了她家的不幸。抱琴的父亲姓江，单字午。家住秦淮河北岸的驸马巷，祖上多年一直在做绸缎生意。江家在驸马巷开着一家绸缎庄，在江南各地开了很多分店，主要经营蜀锦苏绣，由于质量上乘，价廉物美，童叟无欺，常常顾客盈门。特别是京城的这家总店，皇宫和很多官宦人家，都是他们店的常客，生意红火，日进斗金。平日里，江午热衷练习武艺，夫人刘氏出身书香门第，琴棋书画，样样精通。父亲教武，母亲教文，抱琴、侍书幼时就在武功和诗书两方面都打下了很好的底子。江家夫唱妻随，父慈女孝。

江家的生意这么红火，江家的邻居、京城守备的牙将胡都，看得直流口水。他多次派家丁携带银两，想买下江家总店。店铺是江家的命根子，江午婉言拒绝。胡都恼羞成怒，多次扬言："舍不得绸缎庄，那就等着叫人给他们家收尸吧！"江午听了，立即吩咐妻子刘氏带领两个女儿，前往玄武湖湖滨岳父家暂避一时。刘氏将两个女儿送到父母身边后，立即又返身回到了家中。

江午忙问："你回来做什么？"

"你一个人在家里，我放心不下。"

"谢谢夫人，胡都说大话，是吓唬人的。难道他真敢在天子脚下行凶？"

刘氏说："小心驶得万年船。"

午夜时分，江午听到自家的院子里，响起了脚步声，很快穿好衣服，提剑开门出去。

这时，胡都带着十几个如狼似虎的家丁，手舞刀枪，已经在院子站定。

胡都低声说道："江午，你不识抬举，明年的今日就是你的忌日。"

江午斥责说："天子脚下，难道你不怕王法？"

胡都狞笑："本将军是京城守将，本将军就是王法。"

江午大骂："贼子，不得好死。"

"江午，死在眼前，还敢嘴硬。小的们，还不上去把他剁成肉泥。"

十几个家丁赶上前来，和江午打得难解难分。胡都看到这么多的家丁拿不下江午，他挥舞鬼头大砍刀，抢上前来，趁江午不备，向江午砍来。江午一时没有躲开，被胡都劈成两半。刘氏看到丈夫被砍死，不顾一切地扑在丈夫的身上，痛哭起来。胡都一不做，二不休，一刀下去，又把刘氏砍为两截。胡都命令家丁清扫了江家院内的血迹，把江午夫妇尸体扔进秦淮河里。

清晨起来，他指挥家丁把江家绸缎庄的掌柜、伙计赶走，全部换成自己的人。他得意扬扬地坐在江家绸缎庄的钱柜前，跷着二郎腿，看着家丁把绸缎庄的江家招牌换成胡家招牌。

管家胡四提醒说："江午两口子虽然死了，可是他的两个女儿还藏在湖滨刘氏的父母家，斩草必须除根呀！"

胡都吩咐胡四："你亲自带人去湖滨刘家，把江午的岳父、岳母杀了。江午的两个女儿如花似玉，一定要活捉回来，本老爷要慢慢享用。谁要伤了两个小妮子，我要他的狗命。"

胡四带领家丁来到刘家，用大刀劈开大门，闯进宅院。

刘氏的父母慌忙让两个外孙女从后门逃走后，出来质问胡四为何私闯民宅？

胡四大骂："老东西，江午两口子已经被我们胡老爷杀死，快把两个小妮子交出来，让我家老爷先尝尝鲜儿。"

老两口听说女儿、女婿都被胡都杀死，跌跌撞撞上前和胡四拼命。胡四手起刀落，将老两口砍死。藏在门后的抱琴、侍书看到姥爷姥娘被胡四杀死，两人放声大哭，挺剑来杀胡四。胡四向旁边一躲，让家丁们活捉抱琴姐妹。由于胡都想要活的，家丁们也不敢伤害两姐妹。姐俩虽然有些武艺，可哪里是这么多的家丁的对手？姐俩虚晃一招，从后门出来，向北逃去。胡四令四个家丁前去追赶，务必生擒两人，献给胡都。胡四随后烧了宅院，回去复命。

姐俩刚刚逃出宅院，就被家丁追上，打了起来。正在危急时刻，褚蒜子和水莲将她俩救下。

姐俩一边诉说，一边痛哭。褚蒜子听得眼泪汪汪，她指着家丁的尸体说："我们先把这几块臭肉，扔到湖里去吧，免得生出什么麻烦。"她们七手八脚把家丁的尸体拉到了湖边。

抱琴说了声："稍等一下。"她拉着侍书一起跪在地上，向秦淮河方向拜去："爹娘在天之灵女儿在恩人的帮助下，杀死了胡都的几个帮凶，女儿一定杀死胡都这个狗贼，为爹娘、姥爷姥娘报仇雪恨。"拜完后，大家一起把死尸扔进湖里。

抱琴对褚蒜子说道："我们就此拜别恩人。"

"你俩要到哪里？"

"胡都这几个家丁刚才杀死了我们的姥爷姥娘，我们去将老人家埋葬。"

"杀了胡都的家丁，他肯定要追杀你们。"

"我们知道，埋了两位老人，我们立即逃走。"

"你们姥爷家在哪里？"

"就在南面不远处的湖滨。"

"我们一起去。"

"多谢恩人。"

这时的湖滨，微风习习，褚蒜子闻到一股烧火的气味，叫声："不好。狗贼可能把你姥爷家的房屋给烧了。"几人心里一紧，快步来到抱琴姥爷的宅院。宅院已经被大火烧毁，火光冲天，根本无法靠近。抱琴姐妹两人哭着要钻进火里寻找两位老人的尸骨。褚蒜子一把拦住："这样的大火，你们姥爷姥娘早已化成灰烬，哪里还能找到尸骨？"

两人听了，朝大火之中磕了个响头，痛哭了一阵，跟随褚蒜子来到了系船的大柳树下，在湖边清洗。褚蒜子、水莲把溅上血污的头巾和男装扔到水里。褚蒜子艳美如花，水莲也是标致的美人儿。

姐俩一看，刚才还是两位公子，现在突然变成两位小姐。高兴地说："抱琴、侍书拜见两位小姐。"

水莲忙指着褚蒜子说："这时褚府的褚小姐，名叫褚蒜子。我叫水莲，是褚府的下人。”

褚蒜子说道：“出门在外，分不了那么清楚，我们现在就去樱洲看桃花好吗?”

姐俩说：“光与狗贼打杀了，早就想去看桃花了。”

四人上了小船，褚蒜子双橹轻轻一摇，船儿向樱洲驶去。

小船很快来到了听月轩，褚蒜子带领她们给舅母见礼。

谢康去了豫章，谢尚上朝，袁女正有些郁闷，看到外甥女来了，她喜上眉梢。

褚蒜子怕舅母担心，只是简单地说抱琴姐妹被强盗欺负，她们一起打跑了强盗。

袁女正听了心里一紧，把她拉过来，满身上下，仔细地查看了几遍，确认自己的外甥女毫发无损，才眉开眼笑地说：“不是我爱在外人的面前夸我这个外甥女儿，她就是菩萨心肠，见不得人间的不平之事。”

褚蒜子脸红红地说道：“舅母喜欢外甥女儿，外甥女哪有那么好?”

水莲等人笑了起来：“夫人说得极是，小姐害羞了。”

褚蒜子让舅母拿出几套表哥小时候穿的衣服，她和抱琴姐妹各自挑出一套合适的穿上，前往听月轩后面的樱洲去看桃花。水莲帮助袁女正安排午饭。

樱洲的地面，几千棵桃树竞相开放，迎风怒放，灿如繁星，到处是一片花的海洋。早开的桃花，红的像火、像霞、像玛瑙、像美人的脸，白的像脂、像玉、像珍珠，晶莹如雪，水灵剔透。晚开的桃花，花蕾似开未开，一朵朵花骨朵儿，像思春的少女的小嘴，羞羞答答，半遮半露。桃花近看俏丽妩媚，似少女初妆；远看气势磅礴，排山倒海。樱洲之上到处是红雨纷扬，红浪翻滚，红霞飞舞。一望无际的胭脂云，沿着樱洲的绿野，向人们的眼中涌来，使观花的人们产生极其震撼的美感。

抱琴姐妹年龄尚小，眼前的美景，让她们惊呆了，跟着褚蒜子后面，看花，闻花，又是说，又是笑，开心极了。天色近午，她们意犹未尽。

袁女正的丫鬟来催她们用饭，她们才恋恋不舍地离开花丛。

用完饭后，褚蒜子辞别舅母，四人一起来到了湖西。她与抱琴姐妹已经难舍难分，依依不舍地说道：“两位姑娘如果愿意，就来我家，做我的书童好了。”

两人正愁无家可归，齐声说道：“愿意，太愿意了。”

侍书问道：“书童都是男的呀！女孩儿能做书童吗?”

“男人的书童都是男的，本小姐的书童当然是女的。”

几个人说笑着回到了褚府，褚蒜子带着她们来拜见母亲。两人说道："拜见夫人。"说罢，给谢真石磕头。

谢真石弯腰将两人扶了起来，注目一看，只见两个小孩儿生得蹙眉粉腮，面如脂玉。谢真石心里喜欢，拉着两人的小手，嘘寒问暖。

褚蒜子问道："娘亲先认认是男是女?"

"这么精致的美人坯子，哪一点儿像男的?"

"她俩穿的男装呀!"

"男装能裹住身子，裹不住眉眼流露出来的秀气。"

"娘亲是说她俩好看。"

"好看。"

"比女儿怎样?"

"比你好看。"

"那么，这两个人我不要了，送给娘亲吧。"

"疯丫头，这是谁家的姑娘，任你送来送去的?"

"两人父母双亡，流落街头，无家可归。被我带了回来，准备作书童的。"

谢真石很开心："丫头长大了，为娘的一直想找两个侍女侍候你，家里的丫鬟年龄都太大了，正好两个小姑娘来了，解决了为娘的一个难题。"

谢真石吩咐褚安，让裁缝给两人缝制几套新衣。

抱琴、侍书向谢真石弯腰道了万福："奴婢谢谢夫人收留。"

"这两个人，女儿不能要。"

"为什么呀?"

"两人太美了，压得女儿喘不过气来。走在人前，会让女儿掉面子的。"

"太好了，我看你小丫头儿还敢整天往外跑?"

母女俩的逗趣，引得大家笑声一片。

褚蒜子的闺房，在褚府正房的后面，也是坐北朝南的一个单独的院落。

正房五间，两侧各有几间厢房。正房中间三间是中厅，东西两间做卧室。褚蒜子住东间，西间原来空着，现让抱琴姐妹住下。

被褚府收留后，姐俩都很高兴。

细心的褚蒜子观察到，姐俩人前高兴，人后眼中经常常流露出一丝丝郁闷。

褚蒜子把两人叫到身前，拉住两人的手说："本姑娘知道你们报仇心切，可是，你们的父母被胡都杀死灭迹，这胡都又是京城守将，京城中人脉很多，单靠我们几个小女子是很难打赢这场官司的。"

褚蒜子心里记着她们的家仇，使抱琴姐妹很感动："谢谢小姐，打官司，我们肯定打不赢。"

"我们自己年龄小，不会打官司。我爹爹在豫章，舅舅去了豫州的任上，都不能帮助我们。"

"不必麻烦两位老爷，我们就想手刃狗贼。"侍书恨恨地说。

"不能打官司，也只能退而求其次了。"

"小姐同意了，那我们姐妹今晚就去找胡都报仇。"

"就凭你俩的本事，现在就想手刃胡都?"

褚蒜子话一出口，姐俩的脸都红了。

褚蒜子耐心劝道："你们父亲是练家子，都不是胡都的对手，你俩千万不要轻举妄动。"

"那怎么办呀?"姐妹俩有点儿发愁。

"我们每天上午读书，下午练武，勤学苦练，学问、武艺一定会不断增长。现在天色尚早，我们这就去后花园练武。"

三人换上了短打扮，到了后花园。花厅的北面，有一大块空地，正是褚裒、褚蒜子平常练武的场地。

褚蒜子面南背北站定之后，右手出剑面前刺出，同时移步换形地变成了马步。她问侍书："这叫什么剑式?"

"银蛇吐信。"

瞬间，褚蒜子向空中跃起一人多高，在滞空的同时，身形急速转换成面北背天，身体在空中呈"一"字形，挺剑向正北刺去，然后收剑，轻轻落地，面不改色，心不跳。

抱琴、侍书齐声喝彩。

"这叫什么剑式?"

父亲没有教过这种剑式，姐妹俩一时说不出名字。

抱琴有点儿不甘心："童子拜观音!"

褚蒜子摇了摇头。

侍书感到机会来了："鹞子翻身!"

褚蒜子又摇摇头。

姐妹俩着急地问："这到底叫什么招式?"

褚蒜子没有回答，先自笑了起来。

"小姐赶紧说是什么剑式呀!"

"我也不知道呀!"

“小姐没有去看剑谱?”

“剑谱上没有这个招式，这是我自己胡乱练的。”褚蒜子依旧一个劲儿地笑不停。

抱琴、侍书这才听明白，笑得弯下了腰，齐声说：“小姐好坏，糊弄我们两个傻子。”

止住笑以后，褚蒜子认真地说：“剑谱是前辈武学高人心血的结晶。我们不能食古不化，要将前人的招式化成自己的，才能在实战中克敌制胜。”

侍书点点头说：“就拿小姐刚才的这个招式，对付背后偷袭的敌人就很管用。”

褚蒜子看到侍书年龄小，却很聪明：“好伶俐的小丫头儿。背后有人偷袭，平素都是向两边躲开。可是，偷袭的人还可以向侧移步向你刺第二剑。”

侍书受到鼓舞：“如果能像小姐一样，跃在空中，转身居高临下，劈将下来，定能置敌死命。”

褚蒜子听了很欣慰：“练习武艺，不只是为了报仇，遇到战事，必能保家卫国。”

姐俩感到小姐的心胸很大，点头称是。褚蒜子又问了姐俩的轻功功夫。

“父亲的轻功很好，我俩从小就跟着练习。”

“我也是从很早起就跟随康哥哥学习剑术和轻功的，今天是我们第一天练武，就让我摸摸你们的底细。”说完，褚蒜子朝着花园北墙，快速奔跑，跑到距离北墙附近，弯腰下蹲，双脚用力向上一弹，飞身站在高高的院墙上。

抱琴、侍书齐声称赞：“小姐的轻功真好，就像一只飞起的燕子。”

褚蒜子在墙上说：“康哥哥飞身上房，就像房瓦上落下了一只狸猫。我天生愚钝，还得好好下功夫。你们两个快上来呀!”

抱琴随着后退了几丈，便朝北墙奔来，跑到近前，突然猫下腰来，双脚用力一跳，飞上墙来。

抱琴在墙上站稳之后，随即又跳了下来。在墙根的不远处，面向东方站定。

侍书见状，向后退了几丈后，向抱琴站着的位置跑来，跑到抱琴近前时，纵身一跳。抱琴这时举起双手，用力向上一托，正好托在侍书双脚的脚掌上。侍书在抱琴向上托的同时，轻轻地在抱琴的双掌上借力一蹬，轻松飞上墙来。

姐俩配合如此默契，褚蒜子都看呆了，大声赞道：“好主意，好功夫，好聪明的两个小丫头儿。”

她们跳下来后，褚蒜子说：“我们年龄尚小，腰、腿的力量还小，再长几年后，再高一些墙壁，我们都能上去。但是，报仇不能等，只能靠苦练补拙了。”

褚蒜子说完，从皮囊里拿出一个小弓弩和一支弩箭，弓弩只有一尺多长，弩箭只有七寸长。

她让抱琴倒举着宝剑，站在十多丈以外。

“看我射断宝剑红穗，射空了，不要笑话。”

随后，她平心静气，瞄准后，扣动弓弩机关，只听见“嗖”的一声，弩箭已经将红穗从剑把末端射断。

姐俩一起惊叫起来：“好箭法。”

褚蒜子收回弓弩：“这弓弩射法，是舅舅从部下一个苗疆大将手里学来的，他教会了康哥哥，康哥哥又教会了我，你们两个一定要快点学会。”

姐俩点头应承。

转眼间，秋去冬来，年关将至。抱琴姐俩来到褚府习武已经大半年了，武艺大有长进。褚蒜子感到就要过新年了，京城的巡访营就会松懈，胡都府上也会疏于防范。一天午夜时分，褚蒜子带领抱琴、侍书、水莲、水萍，用黑巾蒙面，来到胡都的宅院。她让侍书、水莲守在胡都的后门，防止胡都从后门逃跑。

褚蒜子和抱琴飞身上房，观看动静。看到院内静悄悄的，两人飘身下来，把前门打开。褚蒜子和水萍隐身在半掩的前门后面，抱琴右手倒提宝剑，贴身在正房的窗户上，用舌头在窗户纸上舔出铜钱大小的一个小口，往里观看。

正房之内没有点蜡烛，光线很暗。抱琴向房内搜索了几遍，也没有找到胡都。抱琴的目光正在向房内继续搜寻时，突然感到后背发凉。

胡都在她的背后大喊：“抓刺客!”伸出双手来抓抱琴。

原来，胡都刚从水房净手出来，胡四和两个丫鬟在前面打着灯笼照明。

胡都看到一个蒙面人正在向房内窥探，立即扑上前来。抱琴躲闪不及，被胡都抓住了后腰。

胡都身材高大，很有蛮力。他将抱琴高高举起，用力向地上摔去。

第八章　联姻士族

胡都抓住抱琴的后腰举在空中，准备摔死抱琴。抱琴毫不惊慌，顺手将本来就倒转的宝剑向身后用力地刺去。一剑正中胡都的面门。胡都大叫一声，跌倒在地。抱琴就势在地上一个翻滚，站立起来，挥剑砍下胡都的脑袋。

前面的胡都被人砍掉了脑袋，后面的胡四吓得尿了一裤子，他扔掉灯笼，和丫鬟一起，想躲回到水房去。胡四刚刚转过身去，褚蒜子放过丫鬟，伸剑挡住了他的去路。褚蒜子不认识胡四，没有动手。胡四扭头又想往正房内逃去，抱琴迎了上来，手起剑落，砍下胡四的首级。

抱琴和褚蒜子出了胡家的大门，几个人一起，趁着夜色掩护，来到秦淮河北岸。

抱琴把两人的首级扔到地上，一起跪下焚香烧纸，向天上遥拜："姥爷、姥娘，爹爹、母亲，在小姐的帮助下，女儿手刃胡都、胡四，为你们报仇雪恨了，你们安息吧！"抱琴将人头扔进秦淮河，几个人一起悄悄地回府歇息。

第二天，胡都的家丁，将胡都夜间被人闯进家门杀死，上报给京城守备。京城守备早就听说，胡都抢人财产，奸人妻女，无恶不作，守备还没有来得及法办他，胡都就成了刀下之鬼。守备让书案上报朝廷胡都病亡了事。

司马衍咸康二年正月初二，皇宫内一片喜庆气氛。

在太极殿西堂，安庆宫太妃王凤春正向司马衍汇报今天前往杜陵阳家行聘纳彩的情况。司马衍头戴金冠，身着衮龙袍，坐在龙案的右边。王太妃头戴凤冠，身穿黄袍，坐在龙案的左边。说者兴高采烈，听者满心欢喜。

王太妃出身太原望族王氏，十三岁时被选入东宫，侍奉太子司马绍。司马绍太宁元年，被封为美人。

太宁三年，司马绍驾崩，王氏无子，按照惯例，应该削发为尼。

王凤春生性善良，在精心照顾司马绍的同时，小心侍奉皇后庾文君，深得庾文君信任，被留在宫内，王凤春感激涕零。

司马衍咸和元年登基后，只五岁，全靠庾文君照顾。在分身无术的情况下，庾文君委派王凤春搬到琅琊王府照顾自己的次子琅琊王司马岳。

庾文君去世时，司马衍七岁，司马岳六岁，两人都经受了苏峻叛乱的惊吓，体弱多病。王凤春不分寒暑，不分昼夜，夜不解衣，宫里宫外轮流跑，照顾了老大，照顾老二。司马衍兄弟二人分外感激，司马衍下旨尊王凤春为安庆太妃，在皇宫东宫门外，琅琊王府正南，建造一座安庆宫，专供王凤春居住。弟兄二人时时前来看望、请安。

咸康元年年底，司马衍十五岁了，应该举行大婚典礼了。王凤春打听了几家官宦人家，人品端庄，模样秀美，一一推荐给司马衍。

司马衍微笑着，请王凤春前往杜乂府上，向杜乂的女儿杜陵阳行聘。

王凤春听了，立即问道："本宫猜想，一定是礼部尚书何充向皇帝推荐的。"

"正是。"

"何充也向我推荐过，我听说杜陵阳没有牙齿，当场断然拒绝，他不死心，又向皇帝推荐。"

"母妃，过江以来，从元帝爷开始，朝纲早已经被各大门阀交替垄断。我早想重振朝纲，削弱门阀。杜家门生众多，大婚以后，杜家一定会是我治国理政不可或缺的重要帮手。"

王凤春看到皇帝为了祖宗的基业延续，牺牲了自己借大婚掠取美色的机会，心生钦佩。

杜陵阳和司马衍同岁，京兆（今西安）人氏。杜陵阳的祖父杜预，是晋武帝年间和王睿一起平定东吴的功臣，官拜左丞相、镇东将军。父亲杜乂，官拜当阳丞。是当时朝中有名的美男子，王羲之称之："肤若凝脂，眼如点漆，真神仙人也。"母亲裴章，是当朝太傅裴遐之女，家族地位极高，裴章也是出了名的美女。

父母这么漂亮，当然把美丽的基因遗传给了杜陵阳。出身名门士族的杜陵阳，自幼就受到良好家风的熏陶，熟读四书五经，知书达理，谨守女德，少有姿色。十四岁时，已经长成一个亭亭玉立的美丽姑娘，来杜家求婚的人络绎不绝。

美中不足的是，杜陵阳虽然有娇美的面容，但是自从出生后，她一颗牙也没有长出来，从而使很多的求婚的人望而却步。

咸康二年正月初二，司马衍以杜陵阳"奕名世德"为由，下诏委派王凤春前往杜家行聘纳彩。

苏峻之乱中，皇宫被苏逸烧毁。朝廷的财力有所恢复后，司马衍下旨在皇宫旧址上重建皇宫，太极殿、显阳宫等一些重要宫殿相继落成。

太极殿依照旧制重建，进深九间，面阔十二间殿，宽广、明亮，是新皇登基、朝会和举行盛大庆典的重要场所。太极殿两侧模仿旧制，各建有一个精巧的偏殿，名称叫作西堂、东堂。

咸康二年正月初五，司马衍迎娶杜陵阳入宫，中午在太极殿举行封后大典。在举行封后大典同时，司马衍下旨，改杜陵阳家乡的陵阳县为广阳县，以避杜陵阳名讳。封后盛典结束后，当天晚上，司马衍在太极殿举行大婚喜宴，宴请杜家亲朋和朝中大臣，显示了对杜陵阳的无比恩宠。杜陵阳是东晋皇族中的一位奇人。她的奇是她十六岁还没长出一颗牙，一个嫁不出去的“丑”姑娘，转眼间变成了母仪天下的皇后娘娘。

朝野一致认为司马衍娶了一位“丑”女为皇后，很多人都对这位没有牙齿的皇后新娘评头品足，指手画脚，议论纷纷。

司马衍却无动于衷，作为皇帝，司马衍面临的首要任务是维护皇权。他选择杜陵阳为皇后，看重的是杜家的士族门阀和政治地位，目的是通过和士族的联姻，借以来巩固司马氏的政权，看重的绝对不是杜陵阳本人的长相。

司马衍自幼聪明睿智，很有担当，登基后，朝政全由生母、皇太后庾文君和舅舅、中书监庾亮把持。司马衍刚刚登基，就遭遇苏峻叛乱，受到了极度的惊吓，本来性格内向的司马衍，更加敏感易惊，体弱多病。司马衍担心皇权旁落，对舅舅庾亮擅权十分不满，下决心抑制舅家对朝纲的控制。

和司马睿一块儿渡江的“五马”之一的南顿王司马宗，一直对庾亮排斥司马氏宗亲、垄断朝纲不满。

有人向庾亮告密，司马宗广收游兵散勇，妄图伺机夺皇位。庾亮委派将军赵胤率兵，将司马宗捕杀。

司马衍知道后，在一次朝会上，当面问庾亮：“舅舅，朕怎么不见那个白胡子阿公（司马宗当时已经年老，须发皆白）上朝呀?”庾亮回答道：“司马宗谋反，微臣派人收捕，他聚兵抗捕，臣已下令将他捕杀。”

司马衍不悦，进一步问道：“舅舅说白胡子阿公谋反，可有什么证据吗?”

“有人向微臣告密呀!”

“单凭有人告密，舅舅不经过朝廷廷议和批准，就擅作主张将一位皇家宗室的王爷杀掉，如果以后有人向朕告密，说舅舅谋反，朕该怎么办呢?”

庾亮完全没有想到只有六岁的小皇帝，竟然这么聪明，句句直指自己的软肋，吓得无言以对，满头大汗，匍匐在地，磕头如捣蒜。

退朝后，庾亮直接前往显阳宫，跪在太后妹妹庾文君面前告状：“司马宗谋反，微臣派人捕杀，惹恼了皇帝，皇帝在大殿之上向臣索要司马宗谋反证据，并辱臣说有人告舅舅谋反，朕也要像舅舅一样办案吗？”

庾文君站起身来劝道：“自家兄妹，无须行此大礼，衍儿还小，哥哥不要与小孩儿一般见识。”

庾文君弯腰去扶庾亮，庾亮长跪不起：“臣夜以继日，殚精竭虑，只求为晋家江山长治久安，不求为庾氏增添一草一木，但是绝对不想落个谋反罪名、造成满门抄斩的下场。臣已寒心，臣无能，伺候不好皇帝，现在就向太后辞去中书监一职，回归林下，以求保全。”

庾文君看到哥哥以辞官相威胁，只好说：“哥哥请起，本宫现在就去教训这个不孝之子，还哥哥一个公道。”庾亮这才起身离去。

庾文君怒气冲冲地来到太极西堂，司马衍正在书案上练习书法。封开轩等一干太监还没有来得及通报，庾文君就一阵风地来到司马衍的面前，劈手就把司马衍手中的狼毫打掉。

司马衍大吃一惊，仰面一看，却是母后盛怒而来，他很快明白母后是为舅舅的事情而来，慌忙从座位站起，从书案后面走到母后面前躬身施礼：“不知母后驾到，儿臣有失远迎。”在说话的同时，司马衍伸出手臂想搀扶母后坐下。

庾文君伸手把儿子的手臂挡开：“司马宗谋反，你舅舅平叛有功，你不加赏赐，反而斥责你舅舅想造反。你连谁忠谁奸、谁好谁坏都分辨不清，还怎么当皇帝？”

司马衍满脸赔笑：“舅舅说白胡子阿公谋反，没有任何证据，就把阿公人头给砍了，儿臣给舅舅说以后办案要有证据，并没有说错呀！”

庾文君看到儿子不但不认错，反而跟自己顶起嘴来，这在以前可是从来没有的事。

她怒吼道：“证据，证据，你就知道要证据，等你要到了证据，这龙床早就让司马宗坐上去了。”

她伸手抓起书案上压纸的玉版向儿子头上打去，正中司马衍的头顶。

因为庾文君下手很轻，玉版只是轻轻地碰了一下司马衍的头皮。

性情倔强的司马衍非但没躲，反而继续申辩：“别说没有证据，就是有证据，也要朝廷廷议批准，才能给一个宗室的王爷定罪。舅舅擅自处死一个王爷，绝对不合朝廷法度。”

庾文君看到儿子在一大群太监、宫女面前丝毫不给自己一点儿脸面，同时儿子的回答又以朝廷律法为依据，驳得自己无言以对。

恼羞成怒、失去控制的庾文君所能做的只有高高举起手中的玉版，狠狠地向儿子的头上砸去。

只听见“哎呀”一声惨叫，鲜血迸溅，一个人倒在地上，昏死过去。

冷冷的、腥腥的鲜血飞溅到庾文君的脸上，使她惊恐，使她晕眩，使她迷惘。

她认为是自己失手打死了儿子，她像疯了一样，扑在倒地的人身上，抱起他的头，放声痛哭。

她一个劲儿地哭，一个劲儿地喊：“皇儿呀，是为娘害了失心疯呀，亲手打死了自己的儿子！为娘的一定会遭到天谴人怒，不得好死！”

当地上受伤的人苏醒后，看到太后伏在自己的身上，抱着自己的头，正在哭泣。他挣扎着，离开庾文君的怀抱，跪在她的面前说：“太后，奴才是封开轩。是奴才替皇上挡住了玉版。”他又转过身来，指着在自己右侧站立着的司马衍说：“太后，您看，皇上这不是好好的吗？”

庾文君深深地陷入迷惘之中，依然哭个不停，周围的太监、宫女无论怎么劝，也劝不住。

这时，一个太监领着两个手提要药箱的太医来到西堂，准备给封开轩包扎，但是无法分开紧紧抱着封开轩的头的皇太后。

一直在一旁默默无言的司马衍，把她拥入怀中，冷冷地说：“母后，也是儿臣命不该绝，封开轩把儿臣压在了身下，玉版打在了他的头上。”

庾文君这才迷惘中清醒过来，她仔细地在司马衍的脸上看了又看，紧紧地把儿子抱了又抱，如释重负地说：“皇儿没事就好，皇儿如果有事，本宫也就不活了。”

母亲的安慰并没有使司马衍受到丝毫感动，他依然冷冷地说：“母后累了，让儿臣扶您回宫休息吧。”

司马衍扶着母亲走到太极殿门口，突然转过身来，对两个太医说：“封总管的伤势要紧不要紧？”

太医跪下回答说：“不要紧。只是皮外伤，没有伤到头骨。封总管年轻，身子骨壮，吃上几服汤药，很快就会好的。”

“给他吃点补药，特别是补血的药。”

封开轩感动得热泪盈眶：“奴才皮糙肉厚，玉版打在奴才头上，只不过像是给奴才挠挠痒痒。要是真的打在了皇上的头上，那可就要……”

“封头儿，你是说朕可就要见阎王了是不是？可是阎王不敢收留朕，所以玉版只好打在你头上。”说得大家都笑了起来。

作为一国之君，司马衍感到自己没有得到丝毫的尊重，以这件事为起点，母子感情开始生分。

司马衍削弱门阀的努力，不但没得到母亲的支持，反而受到母亲的责骂和用玉版击打头部，使性格内向的司马衍内心十分孤冷。

咸和二年，苏峻作乱，攻下台城，庾亮逃走，庾文君忧吓而亡。

司马衍五岁丧父，七岁丧母，又被苏峻叛军挟持，小小的年纪，受尽了苏峻的侮辱，整日整夜地担惊受怕。长大后一直病恹恹的，沉默寡言，孱弱忧郁，年纪轻轻，内心深处却郁结了厚厚的冰层。

他内心里原来是很排斥士族门阀的，现在他明白，单靠他孤身一人，无法重振朝纲，必须取得一些有实力的门阀的支持。

司马衍虽然不喜欢杜陵阳，但是龙凤和鸣的戏还是要演给杜家亲戚和朝中群臣看的。

喜宴刚刚结束，司马衍送走参加喜宴的杜家亲朋和朝中大臣，急不可待前往显阳宫东阁洞房。

显阳宫在太极殿的北面，和太极殿一样坐北朝南，紧紧偎依着太极殿。显阳宫西阁是书房，东阁是皇帝和皇后的新婚洞房。

洞房内张灯结彩，红烛明亮，奇香缭绕。东阁里侧，南北方向摆放着一张檀香木的新婚龙床。

床头西侧的高高的菱花镜前，镜台上放着很多名贵的胭脂和珠粉，镜台前面有雕刻着一龙一凤的两副座椅，是细心的显阳宫值夜宫女紫菱，为了让皇帝并排为皇后描眉化妆精心放置的。

带着微微的醉意的司马衍，在屏退宫女、关上洞房的门后，既没有去吹灭洞房的花烛，也没有去揭皇后的盖头。

正当他准备上床时，发现一个清秀的宫女还端端正正地站在新娘的旁边。

司马衍仔细一看原来是紫菱，说道："忙了一天了，下去吧。"

紫菱别有深意地笑道："王太妃安排，奴婢今夜在洞房值夜，伺候皇上、皇后一应用度什么的，比如白绫、热水和清洗什么的。"

说完，把美丽含情的目光，大胆地向司马衍脸上射了过来，意思是说，一会儿你们夫妻两人翻云覆雨之后，我还得给你们打扫战场。

紫菱比司马衍大几岁，对情事比较熟悉，也是王凤春派到司马衍身边的情事教练。紫菱除了身体力行教练司马衍的情事外，司马衍宠幸其他宫女后，都是紫菱伺候善后。

司马衍面有愠色："朕都累散了架，还要什么用度？还不赶快给朕退下！"

紫菱吓得吐了吐舌头，退步出去，返身把房门关上。

司马衍转身绕过正在婚床中央端坐的杜陵阳，在婚床的里侧和衣躺下。被皇家烦琐的婚礼折腾得筋疲力尽的司马衍，很快响起了鼾声。

为了让皇帝丈夫为自己揭开盖头，然后和皇帝丈夫在新婚之夜合体，等待了很长时间的杜陵阳，一下子从烈焰燃烧的火山喷口，掉进了寒冷刺骨的冰窖之中。

杜陵阳从小接受了严格的礼教教育，是一个深深地囿于礼教窠臼的冷美人。

置身于新婚洞房的她，虽然十分渴望接受皇帝丈夫的雨露，但是她不敢主动地从话语上向丈夫索爱，更不敢主动地为丈夫宽衣解带。何况，在丈夫的眼里，这新婚的洞房好像根本就没有她这个新娘存在，只自顾自地蒙头大睡。

不过，杜陵阳是个聪明人。她很快想到这其中的原因，肯定是皇帝不喜欢自己，接着又想到既然连一般士族子弟都不喜欢、都不肯迎娶的一个没有牙齿姑娘，万尊之躯的皇帝怎么会喜欢呢?

此时此刻，杜陵阳心里是五味杂陈，酸甜苦辣咸在她心中翻江倒海，此起彼伏。

她痛苦，她担忧一个没有牙齿的“丑”姑娘，无法得到丈夫的宠爱。

她生气，她埋怨父母根本不应该把一个没有牙齿的自己生出来。

她愤怒，她恨皇帝丈夫明媒正娶地把自己娶进宫来，大婚之夜却不肯看上一眼，这种羞辱似万箭穿心。

从傍晚司马衍进入洞房，直到午夜。杜陵阳一动也不敢动，既不敢揭盖头，更不敢去更衣。口干舌燥，浑身似火。

皇帝新婚之夜，等候在显阳宫东阁门外紫菱，也十分难受。时值严冬，寒风凛冽。为了处理皇帝、皇后合体后的善后事宜，紫菱带着几个宫女在显阳宫中厅等候，不敢回房休息。总管太监封开轩等几个太监，等候在显阳宫门外，更是冻得瑟瑟发抖。

到了后半夜，由于等候的时间太长了，紫菱和几个宫女已经昏昏欲睡。

突然，杜陵阳一声凌厉的大哭，从显阳宫东阁传来，吓得紫菱心惊肉跳。

第九章　一夜齿生

杜陵阳在新婚之夜，放声大哭，引起显阳宫内外一片惊慌。

新婚之夜大哭是不吉利的，在皇帝新婚之夜大哭更是犯忌讳的。

可是，人们都不明白，知书达理的杜陵阳为什么要在新婚之夜大哭呢?

司马衍进入洞房后，没有揭开杜陵阳盖头，自己躺倒杜陵阳的身后，沉沉地睡去。

杜陵阳一动也不敢动，只能等到皇帝丈夫睡醒来揭盖头。

这样等了很长时间，等得杜陵阳心急如火，舌干唇燥。

无奈之下，杜陵阳只好转动舌头，以获取唾液解渴。

平常，她在转动舌尖时碰到的都是上下两圈光秃秃、软绵绵的牙床。

这次不一样了。

这次她的舌尖转动所触之处，却是硬邦邦、凉丝丝的，把她吓了一跳。

反复用舌尖转动了几次，触到之处依然是耸立在口腔之内的上下两道密密麻麻的”铜墙铁壁“!

“我的牙长出来了!”

“我的牙全都长出来了!”

这个信息出现在杜陵阳的脑海后，她首先是吓了一跳!

紧接着，惊恐、高兴、激动等各种情绪，像一波又一波的滔天巨浪，涌上心头。

杜陵阳的心脏剧烈、急速地跳动着，像一只被惊吓后狂奔的小兔，上蹿下跳。她惊慌、兴奋、迷惘。

她不顾礼仪，径自摘下红盖头，跑到菱花镜前坐下，迫不及待地张口向镜内看去。她真真切切地看清楚自己满口的牙齿全部长出，洁白如玉。两排整齐、雪白的牙齿，像两串珍珠，镶嵌在她的樱桃小口之中，在喜烛摇曳的红光衬托下，闪烁着晶莹的光芒。

杜陵阳喜极而泣，一开始是低声抽泣，然后是放声大哭，越哭声音越大，越哭越伤心，仿佛要把十六年来，因为没牙所带来的丑陋、痛苦、屈辱，全部哭出来似的。

首先被杜陵阳哭声惊醒的是司马衍。因为年轻，睡了一会儿的司马衍，驱散了一天的劳累后，很快就醒了过来。

司马衍十六岁，正是一个男人性欲最旺盛、最不好控制的年龄。在这个新婚之夜，一个正常男人的本能驱使他身体膨胀，欲火燃烧，他多次想翻身起来，揭去新娘头上的盖头，把她拥入怀中，翻云覆雨。这种欲火，多次燃烧起来，又多次被他的理性的冷血质所浇灭。他不想去动他的新娘，只能在床上假寐。

杜陵阳的撕心裂肺的哭声，把他假寐的面具打了个粉碎，使他有些慌乱。新娘在哭什么呢？新娘是在索爱吗？司马衍立即给予否定。杜陵阳全身都被一个礼字包裹得严严实实，借给她一万个胆子，她也不敢。新娘是感到委屈吗？司马衍很快也给予否定。朕封你一个没有牙齿的“丑”姑娘当上了天下国母娘娘，你还有什么委屈？

司马衍左思右想，怎么也想不明白新娘哭的原因，他也不敢前去劝解，因为他不知道她的哭因，怎么劝？再者，自己的劝解被对方当作示爱，反过来索爱怎么办？

正在司马衍左右为难的时候，洞房的门外响起了紫菱和宫女的喊声和剧烈的敲门声。

“皇后哭什么哪？”

“皇后患病了吗？”

杜陵阳听到宫门之外的喊声，哭得更厉害。

紫菱只好带着几个办事稳妥的宫女，端着两大盆热水，拿着几块洁巾，轻轻地进了洞房后，又轻轻地关上了房门。

紫菱看到的是皇帝穿着整齐地躺在了龙床里侧睡觉，皇后坐在菱花镜前正在号啕大哭。

紫菱微笑着走到皇后的身后，轻轻地用纤细的手指揉着皇后的肩膀，俯下身来，轻轻问道：“是不是疼得厉害？血流得太多了？奴婢给娘娘的白绫，收好娘娘的处女宝了吗？那是要交给太妃验看的。”

紫菱连珠炮似的问话和安慰，目的就是想先止住皇后的哭声。毕竟皇帝大婚的第一夜大哭是不吉利的。

紫菱问得杜陵阳满脸通红，很快止住了哭声，羞得她长时间不敢抬头。

紫菱看到杜陵阳满脸红晕，感到自己的劝说取得了成效。她继续安慰皇后：“这种事情不用怕，每一个处女第一次都是很疼的，过上两天就会好的。”

杜陵阳感到必须马上把事情说明白，消除紫菱和其他宫女的误解。否则，紫菱给自己索要带血的白绫，自己从哪里去弄呀。

杜陵阳站起身来，正面对着已经坐在床头的司马衍，却把话说给紫菱："本宫不是为那种事情哭泣，本宫哭的是本宫长牙了，而且是全部长出来了。本宫是因为高兴才哭。"

接着，杜陵阳张口露出满嘴的银牙，向司马衍和大家展示。

司马衍、紫菱和在场的宫女看到杜陵阳在一夜之间长出了全部牙齿，全都惊呆了。

因为不管是正史、野史，人们没有听到、看到一个人十六岁还没有长牙；人们更没有听到、看到一个十六岁还没有长出一颗牙的人，一夜之间所有牙齿全部长出。

对此，包括司马衍在内的众人，在惊奇的同时，纷纷用高兴的神色和吉祥的话语，向杜陵阳表示了美好的祝福。之后，各人的脸上逐渐回归各自的底色：司马衍是无所谓，紫菱增加了些许醋意。

紫菱看到夜色未明，带领宫女们退了出去，好让皇帝、皇后好好休息。

司马衍一句话未说，依然躺到里侧，呼呼大睡。

此时的杜陵阳，心里更加不平静了。

很多这样那样的念头，在心中缠绕过来，缠绕过去，缠绕得她透不过气来。

她想，皇帝你经过这么一夜的折腾，真能睡得着吗？我杜陵阳大婚前没有牙，嫌我"丑"尚有理由。现在我有了牙，不敢说美若西子，但是在本朝怎么说也是一个数得上的美人儿吧！你现在依然嫌弃我，那肯定不是相貌上的原因了。究竟是什么原因呢？你是皇帝，也是我的丈夫，是我一生一世的依靠和至亲。我杜陵阳究竟怎样做才能得到皇帝丈夫的宠爱呢？撒娇吗？索爱吗？献媚吗？天呀！那是我这样出身名门的大家闺秀应该做的吗？况且我也做不来呀！退一步说，即使我做得出来，皇帝丈夫仍然不喜欢怎么办？那不成了我自己伸出脸来叫丈夫打吗？

一直想到天明，杜陵阳都没有想明白怎样才能讨得皇帝丈夫的欢心。

她能做的，还是效法历朝贤后的榜样，非礼勿视、非礼勿听、非礼勿动、非礼勿言。杜陵阳给自己设计了一个冷美人的窠臼。她渴望皇帝丈夫的那盆火，但是她不会点火，也不敢去点火。

司马衍本来就是冷血质的，他和杜陵阳一样，需要火，渴望火，但是杜陵阳给不了火。

同质相斥，两个同样是冷血质的人，只能是相斥，不能相吸。

洞房花烛夜，大都是新婚夫妻合心合体的开始。司马衍和杜陵阳的洞房花烛夜，却是两个冷血质的人之间的冰层生成的起点。

从洞房花烛夜开始，杜陵阳始终没有把皇帝丈夫的人和心吸引到自己身上。

帝后之间的微妙感情和关系，给后宫其他女子带来了机会，杜陵阳从娘家带来的贴身丫鬟周月婵，从众多后宫女子中脱颖而出。

杜陵阳发现紫菱在大婚之夜，竟敢当着自己的面，用美色勾引皇帝，就断然肯定紫菱是一个多次承接过皇帝雨露的淫荡、狐媚的女子，认定是她夺走了皇帝丈夫的爱。

大婚第二天，没有经过司马衍、王凤春的同意，杜陵阳就把紫菱打发到洗衣房洗衣，亲自安排周月婵在显阳宫值夜。周月婵本是一个秦淮名妓，色、唱、弹、跳俱佳。

东晋官场中狎妓之风盛行，像王导、庾亮这些身居高位的所谓的正人君子，都在私宅中畜养名妓。杜陵阳的母亲裴章花重金给周月婵赎身，准备送给一名朝中重臣，好依靠这位重臣给女儿说门好亲事。因为皇家向杜陵阳行聘纳彩，周月婵才没有派上用场。

周月婵比杜陵阳小两岁，对裴章把自己从青楼的火坑中解救出来，感恩戴德。她眼色活，嘴儿甜，身体棒，整天乐呵呵的，忙里忙外，深得杜陵阳母女信任。

周月婵到显阳宫值夜后，这个浑身洋溢着尘世间清新、欢乐的女孩儿，给司马衍带来一种全新的感受。只要司马衍高兴，她就会不停地唱，不停地跳，永远不知疲倦。

周月婵虽然没有杜陵阳美，但是杜陵阳的美是病态的，卸妆之后，脸色凄白。周月婵的美是天然的，洗去铅粉，脸色更加红润。她像一株山花，从头到脚充满了野性，她像一盆炭火，逐渐温暖和化解着司马衍心中的冰层。这些都是杜陵阳无法给丈夫的。最初，杜陵阳对自己的贴身丫鬟是感激的，毕竟只有周月婵才能引发丈夫的一阵阵的笑声。

事情后来的发展，大大出乎杜陵阳的预料。周月婵的职责远远超出了值夜宫女的范围。周月婵到显阳宫值夜时，还背着杜陵阳和皇帝眉来眼去。其后很短的时间，周月婵这个没有任何名分的宫女，竟然以皇帝的嫔妃自居，当着自己的面，她竟然以媚眼挑逗皇帝。

更让杜陵阳气愤的是，周月婵为了证明自己虽然出身青楼但仍然是处女之身，亲自跑到安庆宫掌事宫女绿玉之处，拿来白绫，收集了皇帝宠幸她时的处女宝后，像炫耀似的，先让皇帝看，再让杜陵阳看，最后才送给王太妃验看。

天哪！杜陵阳自己这个皇帝明媒正娶的正宫皇后，大婚一年了，仍然是个没有破瓜之身。

从咸康二年正月大婚以来，杜陵阳没有过过一天舒心的日子。

长时间没有承接到皇帝丈夫的一滴雨露，使杜陵阳的脾气性格更加阴郁。

司马衍咸康二年除夕，封开轩让小太监，把太极殿、显阳宫的前面的大红宫灯，全部点燃。

在微风的吹拂下，一个个红红的灯笼，像一张张美人的脸，多情地向每个宫人点头微笑，祝福宫人新年吉祥，万事如意。

建康城内，上至王公贵族，下至黎民百姓，家家户户都贴上对联，挂上了灯笼。更有一些小儿女，等不及除夕和新年的到来，早早地上街放起了鞭炮，更加渲染了京城的节日气氛。

现在正是司马衍用晚膳的时间，太妃王凤春亲自吩咐安庆宫膳房做了几样精致的面点、小菜，盛了一大碗鹿肉，炖了一小砂锅红枣枸杞燕窝，放在一个大食盒内，让绿玉用锦被包好，两人乘轿来到了太极殿。

看到司马衍还在太极殿西堂北侧的书案上批阅奏章，王太妃心疼地说："铁打的身子，也得用好晚膳呀！"

西堂南侧放置着一张香檀木龙床和生活用具，是司马衍夜间休息的地方。北侧摆放着一副同样是檀香木的龙椅、龙案，两边各摆放着一把香樟木座椅，旁边放着一张八仙桌。

西堂是皇帝休息和读书的地方，外臣不得入内。司马衍和王凤春、杜陵阳的贴身太监、宫女只能在西堂门口侍候。

司马衍离开书案，想搀扶着王凤春走向中位，被她拒绝，司马衍只好将她让到左侧坐下。

《周书·武顺》上说："天道尚左。"晋和夏、商、周、汉一样，尊左轻右。

绿玉把食盒放在八仙桌上，放好两双象牙筷子，打开食盒，鹿肉的芳香四散开来。

司马衍感激地说道："有劳母妃辛苦了。"

"辛苦什么？本宫有些天没有和皇帝一块儿用膳，心里想得慌。"

司马衍、王凤春落座，绿玉在中间把点心和鹿肉夹到司马衍面前的食盘中。

司马衍虽然生在江南，可是口味依然保持着祖籍河内（今河南温县）饮食习惯，爱吃面食。一个小点心就着一口鹿肉，吃得津津有味，鼻尖上直冒汗。

“母妃为什么不吃呀！”

“本宫看着皇帝吃得欢喜，比自己吃还有味道。”

饭后，王凤春为了消食，在西堂走动着，侧身向西墙上望去，看到西墙上已经换了一副新对联，用狂草书写着：

目中飞日月，指间转乾坤。

对联用词气吞山河，气魄宏大。

落款没有惯用皇家诸如御笔、御印，而是用的司马衍的自刻石印：司马世根（司马衍，字世根），咸康元年冬月。

王凤春赞叹说：“皇帝年纪轻轻，用心工书，书法越发上进了。这副狂草，字字珠玑，如红日出海、飞瀑凌空。”

没想到王太妃一个妇道人家，单单只是看了几眼，竟然把自己草书特色品评得形神兼备、入骨三分，使司马衍分外惊奇。

“母妃书法造诣高深，今后如有空暇，我当亲往安庆宫请教。”

“本宫进宫前只练过几笔。现在礼佛之余，也就是胡乱涂抹，哪里敢奢谈什么造诣？况且，本宫临帖的是卫夫人的小楷，与皇帝狂草的功力差之千里。”

“卫铄夫人的小楷是书法的珍品，我听闻书家称之为皂衣居士池中戏水，墨菊仙子纸上簪花。母妃师从高人，必然在学书上高人一筹。”

“皇帝墙上原来挂的那幅王羲之的行书呢？”

“已经让太监收存起来，母妃喜欢，我即刻派人送往安庆宫去。”

“多谢皇帝赏赐。”

“母妃欣赏王逸少（王羲之，字逸少）的那联书法，不知现在是否还记得那联书法的内容？”

“倾心精品，岂会忘记？本宫记得那副对联写的是：怀若竹虚临曲水，气如兰静在秋风。字如鱼游龙门，笔含佛门禅机。”

“这是第一副，最近刚撤下来的是王羲之送的第二副：每临大事有静气，不信今时无古贤。”

“又是一副好字、好词。还是当皇帝好呀！朝中大臣千金难求王羲之的一幅字，很短时间内，他就送给皇帝两幅字。”

“他送字给我，可不是看我是皇帝。而是看好我书法的笔力和未来。母妃喜欢，儿臣愿将这两幅字，一并送给母妃。”

“本宫知道皇帝也很喜欢王羲之的字，不能贪得无厌。本宫只要第一幅，第二幅皇帝自己留着把玩吧。”

司马衍命封开轩用绸缎将字联包好，递给绿玉。王凤春轻轻地将字幅拿了过来，辞别司马衍。

回到安庆宫，已经到了张灯时分。王凤春让宫女点上两支蜡烛，将字幅摊开，放在中厅的书案上，在烛光下，看来看去，爱不释手。

绿玉轻手轻脚地走了进来，说道：“太妃娘娘，总管太监封开轩，奉旨前来，有要事求见。”

王凤春心里惊疑，自己刚刚出宫，封开轩就跟着赶来，难道皇帝有了什么急难？

第十章　踏雪访梅

封开轩来到安庆宫后，王凤春忙问："皇帝有什么大事？这么急让你跑过来？"

封开轩笑着说："不算什么急事，皇上是想请太妃为琅琊王行聘。"

"女家是谁？"

"礼部尚书何充何大人幼女。"

"何大人之女美丽端庄，贤淑知礼。本宫早打算前往何家看看。"

"皇上说，太妃娘娘最近很劳累，元旦马上到了，何家在准备过节，新年忙过去了，再去何家才好。"

"本宫谨遵圣命。"

咸康三年元旦过后的一天，北风凛冽，阴云漫卷。

褚蒜子在房内看书，弟弟褚歆在地上骑竹马。歆儿只有几岁，玩累了，口渴，吵着要吃西瓜。

抱琴把歆儿抱得高高的，说道："你现在才说要吃西瓜，晚了半年了，明年夏天才有西瓜吃。"

"那怎么办呀？我好渴呀！"

"歆儿，咱们吃橘子好吗？"

"好。"

"你等着，我这就去厨房取。"

褚蒜子说："厨房哪里有新鲜的？现在新橘正在上市，你出去采买一些新上市的。"

"姑娘想吃橘子了，我去多买一些。"

"不必买很多。只是要挑选一些新鲜点的，大大的，红红的。"

抱琴买回来一竹篮橘子，褚蒜子挑出一个大个的，给了歆儿。吩咐把橘篮放在桌子上 。

抱琴顺手拿出一个，问道："橘子很新鲜，姑娘光买不吃吗？"

"今天是康哥哥的生日，他最爱吃橘子。他虽然不在家，我们买来给他放着，以示一个念想。"

侍书随着褚蒜子的话语说："是的，昨天晚上，我一个劲儿地给姑娘剪灯花，就知道今天有喜事。"

抱琴调侃道："侍书就要当大仙了，姑娘还是给夫人再要一个人当丫鬟吧！"

"我这辈子跟定了姑娘，哪儿也不去！"侍书信誓旦旦地说。

"我也是要一直跟着姐姐，哪儿也不去！"歆儿也出来凑热闹。

褚蒜子看看天已近午，说："我们前往饭厅吃饭去吧，免得娘亲再派人来传唤。"

几个人正要出门，一个家人来到门外，大声地说："康少爷来府给老爷、夫人拜年，老爷请小姐前往客厅相见。"

褚蒜子听了喜上眉梢，她牵着歆儿的小手来到客厅，客厅的八仙桌上已经布好了各色酒水和精致菜肴。褚裒一年前，已经调回京城，担任左将军、散骑常侍、豫州内史。谢康正在向褚裒、谢真石叙谈着自己在豫章军里的情况，看到褚蒜子和褚歆来了，他先抱起褚歆来到自己带来的礼品箱前："歆儿，这是康哥哥第一次见到你，你看康哥哥给你带了什么好东西？"

褚歆看到箱子里有木制的腰刀，从谢康的怀里挣脱出来，从礼品箱中拿出腰刀，跑出门去，抡了起来。

"康哥哥，妹妹这厢有礼了，恭祝康哥哥生日愉快！"褚蒜子向谢康深深道了个万福，"康哥哥，新年吉祥，小妹给你拜年了。"

"我一走就是几年，妹妹还记得我的生日，多谢妹妹。"谢康有些感动。

褚蒜子问道："康哥哥几年没有还家，在豫章军中一定高升了？"

谢康笑着指着礼品箱说："还是先看看我给妹妹带来的礼品再说吧。"

褚蒜子让抱琴将橘篮提来："小妹不知道康哥哥今日过来，未曾准备礼品。康哥哥爱吃橘子，买了这篮橘子，本来只是一个念想，没有想到寿星今日真的来了。"说完剥了一个，递给了谢康。

"凤儿，你给康儿的礼品，过后要补的。"谢真石嘱咐说。

"一定的，不劳娘亲操心。"

谢康吃着橘子说："箱中有三件礼品，有两件我已经分别许给了姑父、姑母，你得猜中哪一件是给你的？你如果猜的是我已经许给了姑父、姑母的，你可就什么也得不到啰！"

褚蒜子轻轻地走到礼品箱前说："我猜不中，绝对不会要别人的。"

她看到箱内整齐地摆放着一方砚台、一匹牡丹凤凰云锦、一把短剑。短剑剑鞘只有一尺长短。

她拿起短剑，抽剑出鞘，客厅内瞬间闪过一道寒光。

褚蒜子惊奇地说："好像是鱼肠剑。"

谢康向她指引说："你再向剑柄上仔细看看。"

褚蒜子定睛看去，剑面上刻着鱼纹，剑身和剑柄连接之处，刻着"欧冶子制"四个梅花小篆。

褚蒜子笑逐颜开："果然是鱼肠剑，真是给我的吗？"

"专诸所佩之剑，不给专诸仰慕者给谁？"

"多谢康哥哥。"褚蒜子施礼过后，再次问道，"听闻鱼肠剑自专诸刺僚以后，被阖闾封存密间，失传已久，何以重出江湖？又何以被康哥哥得到？"

"我在豫章城外巡逻时，发现几名强盗正在拦路抢劫一家富商车载的财宝，劝阻无效后，我便击杀了这几个强盗。"

"鱼肠剑可是富商赠给康哥哥的，一个经商的怎能有鱼肠剑呢？"

"鱼肠剑确是富商所赠，他说他的先祖曾是阖闾的一名心腹大臣，鱼肠剑是阖闾所赐。他家累世经商，留着鱼肠剑也毫无用处，便相赠于我。"

"康哥哥又把这无价之宝赠给妹妹，凤凰这里再次谢过了。"

"凤儿得到康儿所赠无价之宝，岂是一个'谢'字就可了结？"褚裒向女儿提出了责难。

"爹爹是想让我出重金酬谢，这我可没有。"

"那倒不必，起码给我们说说鱼肠剑的来历吧！"

"这个自然。"褚蒜子引经据典地说，"鱼肠剑，也称鱼藏剑，据传是越国铸剑大师欧冶子为越王所制五剑之一，他使用了赤堇山之锡，若耶溪之铜，经雨洒雷击，得天地精华，制成了五口剑，鱼肠剑就是其中一剑。"

"还有四口剑呢？"褚裒再次问道。

"那四口剑分别是湛卢、纯钧、胜邪和巨阙。"

褚裒进一步发问："此剑为什么叫鱼肠剑？"

"阖闾命专诸刺僚，专诸将剑置之于鱼腹之中，刺死吴王僚，故称鱼肠剑，是为勇绝之剑。典出《史记·刺客列传》。不知女儿说得对不对？"

"是这个故事，凤儿，你如果也能识得砚台的出处，为父就将康儿送我的这方砚台转送给你。"

"爹爹经常批阅公文、起草奏章，还是爹爹留用吧，不过砚台我倒可以见识见识，说错了，爹爹和康哥哥不要见笑。"

褚蒜子看到这方砚台一半露空，一半镂空。镂空的砚面上浮雕着一条大龙。大龙口衔一颗珍珠，大龙的上下左右飞舞着八条小龙，叫作九龙戏珠。

是歙砚的代表作品。歙砚产于豫章郡歙州龙尾山，又称龙尾砚。

她知道歙砚始于两汉，盛于当朝，品种主要有金星、眉纹、鱼纹、青晕等。

“这方砚台的砚体均匀地布满金黄色的斑点，人称雨中金星，是歙砚中的极品，价值连城。女儿说得对吗？考官大人!”

褚裒喜上眉梢：“这两年凤儿果然长进了。歙州在豫章治下，康儿要带砚台肯定会带歙砚。”

“菜凉了，我们边吃边聊。”谢真石忙着给谢康夹菜。吃过中饭，褚蒜子请谢康一起前往她的房间说话。

谢康推辞说：“我这次来你家，主要是给姑父、姑母大人拜年，另外爹爹还让我去丞相府办一件公事，我就此告别。”

“康哥哥公务在身，我们改日再叙，现在彤云密布，恐怕要下大雪了，康哥哥一路小心。”

“不妨事，下雪好呀！我们明日一起赏雪。”

“说好了，我们明日一起登梅花山，下雪赏雪，不下雪赏梅。”

“就依妹妹。”

次日凌晨，褚蒜子听到外面有雪花飘落的声音，她推开窗户向外望去，大雪纷飞，院子里的积雪很厚，大雪已经下了很长的时间。

褚蒜子和抱琴、侍书吃了一点点心和热粥，换上了男装。褚蒜子又在外面罩上银狐裘皮大衣。戴上斗笠，手持竹杖，前往梅花山。

梅花山在京城东南郊，离京城只有几里地。

梅花山因满山遍植梅树得名，褚蒜子来到山下，谢康已经等候多时，她们爬到山上，驻足在山顶的观梅亭。

观梅亭四根立柱的外面上分别镌刻着两副对联。

北面的一副是：

千山犹绿傲霜枝，一夜忽白娇琼花。

南面的一副是：

一心情思，思国思民思社稷；二目品赏，赏花赏月赏梅香。

褚蒜子绕着亭子转了一圈，认真地看着四柱上的对联，心想一个小小的山亭，竟然镌刻着这么两副有情趣的对联，情景交融，发人深思。

看了对联后，她返身走进山亭，向山下看去，雪花迎风飞舞，漫天飘洒。

多美的雪花呀，仿佛是白天鹅轻轻抖动着翅膀，一片片绒毛飘飘悠悠地降落了下来，仿佛是吴刚用力地摇动着月宫的桂树琼花，洁白无瑕的花瓣纷纷飞落下来，万里江山变成了粉妆玉砌的世界。

满山的梅花迎风怒放，雪花落在花红似火的红梅上，好像在红梅的脸上施上了雪白的珠粉；雪花落在洁白晶莹的白梅上，好像给白梅戴上了玉色的桂冠。

褚蒜子正看得如痴如醉，抱琴、侍书在她身后齐声喊道：“小姐，快看呀！东山上升起了一道彩虹。”

褚蒜子放眼向东望去，高耸入云的紫金山的北峰白雪皑皑，一轮朝阳就像一张婴儿红红的笑脸，刚刚从漫山的白雪中升起，紫金山上红霞浸染，彩云飞舞，阳光和雪雾交融，一道彩虹高挂在东方的天际上，向京城大地洒下了赤橙黄绿青蓝紫的七色光芒。红梅、绿野、雪山、旭日、朝霞、彩虹这几组世界上最美的画面，交相辉映，在微风的吹拂下，都像是长了翅膀似的，如真似幻，飞动起来，给了她视觉和心灵上极美的震撼。

她心中诗情涌动，一首七言诗脱口而出：

云蒸霞蔚飞彩虹，梅花清芬香满城。
日照江花浮绿野，云映山岚飘碧空。
钟山龙吟秀天外，石头虎啸镇寰中。
雪拥红阳千壑动，黎庶翘盼四海宁。

站在她身后的谢康、抱琴、侍书齐声喝彩：“好诗。”

褚蒜子回首对谢康说：“如此美景，必须有诗，方才不虚此行。”

“作诗固然好，不如联句来得敏捷。”谢康想展示一下在豫章苦学几年的功力。

“就请康哥哥立一下联句的规矩。”

“既然是咏雪赏梅，句子中不能再现‘雪’‘梅’二字，否则就俗了。”

“好啊！字中无，意中有，就请康哥哥先开首联，我和抱琴、侍书先后跟上。”

抱琴姐妹极力推辞：“我俩哪里有小姐和康公子那样的才气呀！不敢献丑。”

谢康只好说："请妹妹先开。"

"小妹恭敬不如从命。"

一夜北风起波涛，千树万树梨花俏。——褚蒜子

一堆花丛万斛珠，暗香浮动枝头笑。——谢康

玉龙飞起山河动，银蛇吐雾乾坤娇。——褚蒜子

"谢都尉好雅兴，回到京城也不知会为兄的一声，却带着一个小兄弟跑到山上联句，该当何罪？"两人正在联句，身后突然传来一个人的声音。

谢康听到声音很熟，回身望去，原来是琅琊王府长史王荟和一个俊秀瘦弱的青年公子，带着几个随从已经来到亭内，后面还有两顶小轿正在向顶爬来。

王荟是王导的六公子，学识渊博，才华过人。他头戴银鼠锦帽，外罩银鼠大衣。

谢康拱手向王荟施礼。

王荟先向谢康和褚蒜子介绍青年公子："这是琅琊王司马岳，当今皇上的亲弟弟。"

褚蒜子看去，司马岳头戴锦绒冠，身着黄袍，外罩貂皮大衣。身材颀长，气质高雅，清秀的脸庞上洋溢着浓浓的潇洒。

她和谢康听说是琅琊王，来到司马岳面前，屈身下去，欲行跪拜大礼。司马岳伸手制止："这是野外，不必行此大礼。"他在说话的同时，抢步上来，准备搀扶褚蒜子。褚蒜子看到司马岳要来搀扶自己，脸飞红云，连连后退，几近滑到。

司马岳吃了一惊，慌忙说："本王搀扶你一下，有何不妥？你又何必后退，摔坏了身子，怎生得了？"

王荟接着向司马岳介绍谢康："谢康，现在豫章军中担任都尉，尚书仆射谢尚之子。"

王荟不认识褚蒜子，指着她对谢康说："这位兄台，还请谢都尉介绍吧。"

谢康刚要开口，褚蒜子用眼神制止，自报家门："小弟姓褚，名歆，左将军褚裒之子，谢康的表弟，是个布衣。"

王荟听到褚蒜子自报是褚歆，脸上现出一种异样的表情，他很快就恢复了常态说："王爷和我都想参加你们的联句，以不负眼前美景，不知谢都尉和褚歆兄是否同意？"

王荟问的虽然是谢康和褚蒜子两人，可是他的眼睛却只向褚蒜子的脸上看去。褚蒜子见王荟盯向自己，并称自己为褚歆兄，不由得脸上又涨红了一片，一时忘记了回答他的问话。

谢康明确表示欢迎，他介绍了联句的规矩后说：“请王爷先联。”

“褚兄联中的‘玉龙’对‘银蛇’很工整，用吐雾形容飞雪很新鲜，本王才力不逮，各位不要见笑。”

司马岳在前，王荟等人跟随，一起联起句来：

玉塑冰雕神仙镜，西池王母分蟠桃。——司马岳
飞云窥视素颜色，暗送幽香逞丽娆。——王荟
千树红花变琼花，万枝抽出玉丝绦。——谢康
千畦甘露待新绿，万户黎庶乐陶陶。——褚蒜子
仙女舞裙粉珠落，飞花传信春来早。——司马岳
飙风漫天笼星斗，娇云瑞霭欲比高。
折花为香拜山亭，四人结成生死交。——王荟

王荟一口气抢了两联，最后一联落在“四人结成生死交”上，褚蒜子、谢康听了有些吃惊，就连司马岳也有些意外。

谢康责问王荟说：“我们和王爷有君臣之分，怎可结拜?”

王荟看着他们吃惊的样子，很是得意：“有何不可？现在飞雪漫天，京城几万人家都在饮酒取乐，唯独我们四人雪中赏梅，是不是志趣相投？我们和王爷同殿称臣，本有同僚之义，王爷思贤若渴，礼贤下士，该不该结义？况且，我们是在山亭结拜，朝中谁人知道?”

“长史之言，甚合我意。谢康、褚歆二位青年才俊，本王愿意和你们行八拜之交。不知二位意下如何?”

司马岳器宇轩昂的外表和敏捷的才思，很快就使谢康产生了好感：“能和王爷生死结义，是谢康求之不得的美事。不过，我有一个请求，就是我们三个结拜，褚歆还是不参加为宜。”

“为什么不让褚歆兄参加呢？难道他不是男儿吗?”王荟大声地喊了起来。

谢康辩解说：“褚歆还小呀!”

司马岳说：“小就当小弟弟吧!”

王荟捧了几捧雪当作香炉：“可是拿什么当香炷呢?”

褚蒜子为了掩盖自己的窘迫：“梅花红艳似火，清香飘逸，以梅代香最

好，我去亭下折几枝红梅。”

司马岳嘱咐说：“褚兄小心路滑。”

褚蒜子感激地说：“不妨事。”

谢康担心她的安全：“我也去帮助采梅。”

王荟看到褚蒜子、谢康带着抱琴、侍书，拄着竹杖向山腰处走去。回身问道：“王爷是不是真的喜欢上了褚歆兄？”

“你胡说一些什么呀！褚歆兄刚刚离开，你就说这样的混话！”

“我说混话？王爷自从见了褚歆兄，你那双眼睛就没有离开过人家那张俏脸。”

“褚歆兄美赛宋玉、潘安，的确是我朝第一美男子。本王见识过我朝许多个美男子，与褚歆兄比将起来，不过都是山鸡比凤凰罢了。”

“王爷的话也真够刻薄的，不过王爷所说的这个我朝第一美男子，可能是我朝第一美女子！”

“褚歆兄乃左将军褚裒的公子，你怎么说人家是女子？”

“王爷以前见过褚歆？”

“没有。”

“我家和褚家是世家友好。我曾多次随家父去过褚府做客，也曾见过褚歆。不过我见过的那个褚歆只是个几岁的小孩子。”

“你是说，褚将军真的有一个名叫褚歆的小公子，但不是现在赏梅的这个褚歆兄。”

“确是如此。”

“那么，这个褚歆兄又是谁呢？”

“褚裒大人的女儿褚蒜子。”

“这么说你见过褚蒜子？”

“千金小姐养在深闺，一个外男何以得见？不过，我亲耳听见褚裒大人给家父说过，歆儿还有一个姐姐，名叫蒜子，字苏子，乳名凤凰。”

“怨不得她怕人看，一看脸就红。原来是个女子。”司马岳想了想说，“她虽然装着男人腔，仔细听来声音又柔又细，女人的声调很重。”

“王爷现在明白，微臣撮合结拜的深意了吧！”

“多谢长史费心。”

两人说话之间，褚蒜子每人拿着几枝梅花回到了山亭。

司马岳偷眼望去，褚蒜子脸蛋冻得红红的。褚蒜子的眼光和司马岳眼光刚一触碰，便迅速低下了头。褚蒜子把三枝红梅插在雪堆上，权当焚香。

四人依次自报了年龄：王荟十九岁，谢康十八岁，司马岳十六岁，褚蒜子十四岁。王荟、谢康在中间，司马岳、褚蒜子在两侧，面向南方，跪在地上，诵读结义誓词。

誓词由王荟领诵、其他三人跟诵：“皇天后土可鉴：今日王荟、谢康、司马岳、褚歆在梅花山结为异性兄弟，从今日起四人有难同当、有福同享，兄弟有难甘愿赴汤蹈火、在所不惜，凡是有背兄弟大义、出卖兄弟者，”四人接连说：

王荟：“死在水火之中。”

谢康：“死在刀剑之下。”

司马岳：“尸骨无存。”

褚蒜子：“乱箭穿心。”

结拜仪式结束后，王荟、谢康相拥，以示亲热，司马岳兴冲冲地来抱褚蒜子，却被她敏捷地躲开，弄得司马岳一脸的尴尬。

褚蒜子撤出几步之后，向司马岳一抱拳：“小弟不习惯相拥动作，请三哥见谅，今日结拜所宣誓词，小弟牢记在心，三哥今后有什么事情需要小弟来做，小弟愿效犬马之劳。”

王荟过来打趣说：“四弟虽然生了个男儿身，却长了颗女儿心。三弟你也太急了，你刚才想拉人家的手，人家都不干，现在怎么倒想起来要抱抱人家？这可在结义誓词里没有写呀！”几句话说得众人大笑起来，褚蒜子却羞得不敢抬头。

王荟接着说：“我们义结金兰，应该下山找个酒店，以酒致贺。”

褚蒜子央求说：“小弟怕娘亲挂念，恳请大哥放小弟先走一步。”

王荟头摇得跟拨浪鼓一样：“四弟，不是大哥不给你这个面子，这是我们弟兄结拜后的第一次喜宴，仪式宴，你一撤，二弟必定跟着撤，弟兄四人撤了两个，不等于塌了半个天吗？”褚蒜子听得有理，就不再坚持。

司马岳从王府出来，只带了两顶轿子，司马岳想把轿子让给褚蒜子，褚蒜子说什么也不肯，坚持步行下山。

司马岳正想着和褚蒜子多说些话，于是放着轿子不坐，和褚蒜子一起步行下山。

王荟吩咐王府的总管太监张肅：“前往天香阁。”

谢康劝说道：“天香阁还在皇宫南门外，道远路滑，还是去青溪桥东的青溪酒楼吧。”

“天香阁的菜好，今天是我们弟兄结义的大喜日子，酒菜需丰盛些才好。

天香阁的鲍汁烧河豚，不只是京城一绝，我敢说是天下一绝。”王荟跟着轿子，兴冲冲地介绍天香阁。

“青溪酒楼就在山脚下，离王府、褚府都很近，菜品也不错。我到豫章从军前，常和四弟前去餐饮。四弟很喜欢那里的菜品。”

司马岳听说褚蒜子爱吃青溪酒楼的菜品，也插话说：“今天就先去青溪酒楼，改日再去天香阁。”

王荟提醒说：“青溪酒楼在梅花山的南面，南坡陡峭，临到山脚下，有一段悬崖峭壁，名叫‘鬼见愁’。就在下山小道的旁边，小心避开点。”

司马岳不以为然：“我们几个大男子，还能叫‘鬼见愁’给吓住了。”

司马岳、褚蒜子走在前面，抱琴、侍书紧紧跟随。

为了不打扰司马岳和褚蒜子说话，王荟、谢康故意拉出了一段距离，走在后面。司马岳一路上，都在变着法和褚蒜子说笑，将近“鬼见愁”时，司马岳突然驻足不前

走在前面的褚蒜子回身向他看去：“王爷怎么不走了?”这一回望，正好和司马岳四目相对，褚蒜子很快低下头来。

司马岳盯着她说：“四弟，三哥和你在山顶上第一次相见，就感到似曾相识，好像我们以前在哪里见过面的?”

“小弟没有见过王爷呀!”

“可是，三哥现在才想明白，你像一个人。”

“小弟只像自己。”褚蒜子胡乱应付着。

“你像佛像上的那个观音。”

“啊！不像，一点儿都不像。”

褚蒜子知道了司马岳弄清了自己的女儿身份，心里有些慌乱，为了掩饰失态，她急忙转过身来，想快步下山。

这时的褚蒜子正站在“鬼见愁”的悬崖边上，身子转得很急，没有留心，一脚踩空，从“鬼见愁”上，掉下了悬崖。

第十一章　青溪抒怀

褚蒜子掉下了悬崖，站在她身后的抱琴心中一惊，没有丝毫的犹豫。头朝下，纵身用力跟着跳了下去。

褚蒜子心里虽然有些慌张，可她身材小，体重轻，身上的裘皮大衣，又像一袭斗篷，呼呼兜风，下坠的速度并不很快。她随即用轻功调整好身姿，准备着地后，再弹跳起来，最大限度地减少自己的受伤程度。抱琴正相反，救人心切，奋力下坠，恨不得抢到她前面着地。

两人跌落到悬崖的半空，抱琴已经伸手抓住褚蒜子的裘皮大衣，用力向上一提，既延缓了褚蒜子的下坠速度，也借力将自己的身姿调整成站姿。两人身体平行后，抱琴松开裘皮大衣，伸手把褚蒜子揽在怀里。两人几乎一起着地，又同时想从雪地弹跳起来，但是都没有做到。大风把山上的积雪刮到了崖底，积雪已经淹没了她们的胸部。

看到抱琴不顾性命跳崖相救，褚蒜子感动地满脸泪花："多谢丫头舍命相救。"

"奴婢的命本来就是小姐给的。"

两人雪地上相拥而泣。

"小姐受伤了吗?"

褚蒜子活动一下身子："好像没有。丫头你呢?"

"好像也没有？雪太厚了，救了我们一命。"

"小姐疼吗?"

"一点儿都不疼，就是有点饿。"

说完，两人开心地笑了。互相搀扶着，艰难地走出崖底，来到青溪岸东。

司马岳看到褚蒜子坠崖，十分惊慌，大声呼喊："四弟坠崖了！四弟的小厮也跳下去了，快来救人呀!"站在司马岳身后的侍书大声提醒"王爷小心"，伸手紧紧抓住司马岳。王荟、谢康听了大吃一惊，快步来到"鬼见愁"，向崖下看去。风雪迷漫，什么也看不清楚。他们知道，"鬼见愁"下的悬崖峭壁，少说也有几十丈深。主仆两人摔了下去，岂不粉身碎骨？司马岳等人都在内心里为褚蒜子痛惜，同时也对抱琴舍身救主的品格肃然起敬。几个人小心翼翼避开悬崖峭壁，从“鬼见愁”的南侧小路下山。大家一言不发，只顾低头走路。

“几位哥哥别来无恙！”山脚下一个柔美的声音响起。

大家抬眼一看，纷纷惊呆了：原来以为非伤即残的主仆二人，笑嘻嘻地站在青溪岸边，在等待他们下山。

众人看去，褚蒜子站在雪地上，恰似一枝梨花春带雨，玉骨冰肌倚东风。

司马岳等人看到她们二人平安无事，又惊又喜，纷纷上前问候。侍书快步冲了过来，双手抱住两人的后背，放声大哭：“我以为再也见不到你俩了。”

褚蒜子安慰说：“我俩这不是都好好的吗?”

司马岳等人来到褚蒜子面前，关切地问：“四弟，受伤了吗?”

褚蒜子为了让他们放心，优雅地张开双臂就地转了一圈：“小弟毫发未损，虚惊一场。”

司马岳转向抱琴问道：“小哥受伤了没有?”

“小的没有受伤。”

司马岳又转向褚蒜子：“四弟身上有没有不舒服的地方?”

抱琴代答道：“我家公子没有不舒服的地方，就是摔了一下，饿得不得了。”众人听了大笑。

王荟说：“这好办，前面就是青溪酒楼，我们前去吃饭。”

皇宫东华门以东、青溪以西，是皇族和朝中大臣集中居住之所。酒楼西依青溪、东临梅花山，菜品精美，景色如画，和天香阁一样，是王公大臣们经常光顾的京城第一流宴饮场所。

众人来到酒楼一看，楼高三层，门面开阔。一楼正中的门楣上书写着“闻香驻马”四个金色大字，耀人眼目。两侧镶嵌着一副对联：

东海为觞，三吴河山浮云中；
长江做醴，四方豪杰聚楼头。

字字银光闪闪，飘逸奔放，气魄宏大。一行人落座后，王荟、谢康忙着点菜。褚蒜子闲着无事，带着抱琴、侍书从雅间出来，站在西窗旁边，向外观看青溪风景。青溪西岸的芦苇丛附近，有一对鸳鸯在溪中戏水。

褚蒜子看到，雄鸳潜入水中，叼出一尾小鱼，送到雌鸯嘴前。雌鸯闭嘴摇头，不肯接受，小鱼落入水中。雌鸯迅速潜入水中，叼起妄图逃跑的小鱼，反向雄鸳嘴里送去。雄鸳也不拒绝，张口咬去半截小鱼，将另半截小鱼留在雌鸯口中。雄鸳、雌鸯一起吃掉各自的半条小鱼后，互相戏水、跳跃，显得十分兴奋。褚蒜子看得呆呆的，心想这么一对小精灵，竟然如此相互爱惜。

“凤凰，你在看什么呢？”背后有人问道。

褚蒜子正看得出神，听到有人喊自己的名字，不由自主地回头一看，原来是王荟，站在自己身后不远的地方，看着她，一脸坏笑。

褚蒜子发现上当，只好硬着头皮问道：“大哥，你在叫谁呢？”

“我在叫你呢！”

褚蒜子脸色沉了下来：“大哥真会开玩笑，我在山上已经说过了，我姓褚名歆。”

王荟也不示弱：“前几天，我随家父到贵府做客，歆儿现在玩的红缨枪还是我送的，你是哪门子褚歆？你是歆儿的姐姐凤凰。”

褚蒜子看到自己的身份被王荟揭穿了，也不想再争辩：“我就是凤凰，大哥想怎样？”

“不想怎样，只是你一个小姑娘家，怎敢与我们几个大男子结拜。”

“谁又稀罕与你们几个男子结拜？是大哥你和王爷非要我参加结拜不可。”

旁边的抱琴、侍书一起说道：“我们小姐是被逼无奈，其实心里根本不愿意和你们几个臭男人结拜。”

王荟知道这两个小厮原本就是丫鬟：“两个小丫头片子，嘴还真厉害！”

“你们两个言重了，王爷和康哥哥岂是臭男人？”

这下王荟急了：“原来二弟、三弟都不是臭男人，就我这个当大哥的是个臭男人？”

“大哥是个好男人，香男人。爹爹多次给我说过，相爷的六公子王荟，小小年纪，才华横溢，大有相爷风范。”

“褚伯伯过奖了。”

“大哥只点了一半菜，就出去和四弟说悄悄话，到席上说来，也好让我俩听听！”司马岳和谢康在雅间里喊了起来。几人回到雅间，司马岳坐主席，王、谢坐在两侧，褚蒜子坐在司马岳对面。

司马岳和谢康已经点好菜，上来的第一个菜就是清蒸鲈鱼，是谢康专为褚蒜子点的。

王荟看了看菜单：“满桌子的菜不是清蒸就是清炖，都是为四弟点的。弟兄四个，二弟、三弟都是向着四弟的。不过，大哥也不能亏了我自己一个人。”

他叫来了酒楼的老板，问道：“你这里有活水河豚吗？”

“有，河豚是酒楼的招牌菜，哪能没有活水河豚呢？”

“是野生的还是自养的?”

“野生的到三四月份才上市，现在都是本楼自养的，自养的毒性小。”

“你们是红烧还是白烧?”

“红烧、白烧，本楼都拿手。”

“上一个汤氽葱油河豚。唉，我本想为自己点一个菜，点来点去，这个菜也是为四弟点的，谁让四弟最小呢?”

“这个菜真的是为小弟点的?”

“你不喜欢?”

“非常喜欢。既然是为小弟点的，小弟改日陪大哥单吃，今日不吃如何?”

“四弟竟是如此怕死?”

“小弟绝不是怕死，还是太史公说得好：‘人固有一死，或重于泰山，或轻于鸿毛。’弟兄四人结义一场，都为河豚而死不值。为国为民而死，才是死得其所。”

王荟动情地说：“四弟年纪轻轻，对生死的轻重分得很清，愚兄自叹不如。今后我们兄弟相聚，一律都由四弟主持。”

“大哥此言差矣：兄弟聚会还是大哥主持，小弟还有一个小小的提醒。”

大家齐说：“请讲。”

“我们私下相聚，还是称兄道弟亲些，但在朝堂或公堂之上必须要称王爷和现职，否则会给王爷带来结党营私之过，危害甚烈，万望三位哥哥牢记。”

三人齐声笑道：“谨遵弟命。”

王荟说：“请四弟宣布开席。”

褚蒜子执拗他不过，只得说：“为庆祝我们弟兄结拜之喜，请满饮此杯。”

酒过三巡之后，褚蒜子脸上已经是艳如桃花，她自知又上了王荟一当，暗自思量，一时恐怕脱不了身，便让抱琴多夹几口菜吃，吃后回褚府说明情况，免得娘亲惦念。王荟吩咐张鼐派太监抬轿相送。

褚蒜子不许：“我家就在北宫门外，与东宫门咫尺相隔，抱琴小腿跑几步就到，再说公公们才开始用饭。”

抱琴走后，王荟说：“有人回去复命，四弟了无牵挂，下面如何猜拳行令，全凭四弟做主。”

褚蒜子心想自己一个弱女子，绝对不敌他们男子的酒力，还是想办法在大家都不要喝醉的前提下，让自己少喝些才好。

她说：“我不会猜拳行令，我们从大到小依次轮流当令官时，当令官的，需先背诵几句古诗词。背出来的，不但自己可以不喝酒，还可以指定其他人喝酒，数量完全由令官决定。背不下来的，自罚两杯。”大家都感到这个酒令很新鲜，齐声说好。王荟即席背诵了诗经《桃夭》的前四句：

桃之夭夭，灼灼其华。
之子于归，宜室其家。

背诵完后，说了一句：“依愚兄看来，待嫁的姑娘比桃花还要美呀!”说完，两眼朝褚蒜子看来。褚蒜子知道他意有所指，转脸看向别处，不接他的目光。王荟指定谢康、司马岳喝两杯，褚蒜子喝一杯。轮到谢康行令时，他背诵了曹操的《观沧海》中的六句诗：

日月之行，若出其中。
星汉灿烂，若出其里。
幸甚至哉，歌以咏志。

王荟评论道：“二弟之诵曹孟德之诗，气魄宏大。歌以咏志，此诗也从一个侧面宣示了二弟的博大胸怀。”谢康指定王荟、司马岳喝两杯，褚蒜子喝一杯。轮到司马岳行令时，他背诵的是两汉乐府《迢迢牵牛星》中的四句：

河汉清且浅，相去复几许？
盈盈一水间，脉脉不得语。

褚蒜子明白司马岳是诵诗咏怀，诵诗之中含着深深的意蕴，褚蒜子也很喜欢这首诗。

司马岳指定王荟、谢康喝两杯，他看到褚蒜子脸庞越来越红，生怕她喝醉了，露出女儿真态，自己做主替褚蒜子喝了一杯。

王荟不干了，责问褚蒜子：“四弟当初立酒令时，没有说可以替杯呀！三弟破坏了你立下的酒规，须罚两杯。”

褚蒜子脸上云淡风轻：“小弟没有说可以替杯，也没有说不能替杯呀！三哥扶危济困，只能奖赏，岂能处罚？”

王荟只得说：“我已经把权力给了四弟，也就无可奈何了。”

见到王荟不再找碴儿，褚蒜子转向司马岳问道：“三哥背诵的这几句五言古诗至今很少有人读过，可见三哥学富五车、涉猎深广，小弟佩服。”

褚蒜子原来认为皇家子弟都是一些不学无术的纨绔之辈，和司马岳相处了很短的一段时间，司马岳厚实的学问功底和聪敏的才思，给她留下了深刻的印象。

“四弟过奖了，我也是最近才读到。”

王荟趁势说：“愚兄在王府做事，深知三弟虽然贵为皇家帝胄、御弟亲王，身上没有丝毫纨绔之气，每日下朝回宫后，不是舞剑，就是读书、练字。三弟的行书《陆女帖》，堪称我朝书法极品。”

“三哥，能让小弟拜读一下《陆女帖》吗?”

“就在王府的书案上，四弟什么时间来看，愚兄都欢迎。”

“谢谢三哥。大哥才高八斗，犹精诗词。请问大哥，三哥背诵的这首诗是哪个年代的?”

王荟狡黠地摇了头：“愚兄不知，请四弟指教。”

褚蒜子暗想，自己下的套，倒把自己给套上了，说道：“小弟愚见，可能是后汉的居多。”

司马岳一脸认真地说：“我一直认为是前汉的，四弟何以见得是后汉的?”

司马岳的发问，触发了褚蒜子的论诗情怀，她侃侃而谈：“一首好诗，就像一块美玉、一颗珍珠，时间、尘埃都难掩其光辉。一般来说，好诗都会尽快在民间流传。”

司马岳赞道：“确是如此。”

“《迢迢牵牛星》是一首好诗，坊间普遍认为是前汉作品，小弟从它至今还没有广为流传的情况来判断，它创作的年代离我们很近，应该是后汉末作品。”褚蒜子的论据很有说服力，大家纷纷点头称是。褚蒜子背诵的是屈原的《离骚》四句诗：

民生各有所乐兮，余独好修以为常。
虽体解吾犹未变兮，岂余心之可惩。

褚蒜子刚背诵完，司马岳欣赏她泽被苍生的胸怀：“四弟今后出仕，一定是一个为民请命的好官，心里常常惦记着生民。”

“孟子说：‘民为贵，社稷次之，君为轻。’”褚蒜子真挚地说，“永嘉之乱后，多少北方生民身陷战乱之中。只要朝廷一声召唤，小弟毅然决然投军从戎，为收复我朝失陷的北方大好河山，竭尽绵薄之力。有朝一日，为国为民而死，小弟慷慨赴难。”

围绕着论诗这一件司空见惯的小事，引起褚蒜子由衷地抒发了自己的坦荡胸怀。司马岳等人从心里对她产生了深深的敬意。

王荟看到褚蒜子才貌双全，匹配司马岳，提醒自己要用心促成两人的婚事，不要纵酒误事：“现在天已过午，雪后路滑，二弟家远在玄武湖，我们还是趁早散去，改日有空，再来相聚。”出来时间长了，众人都有些乏累，齐声称好。

酒楼离琅琊王府距离很近，司马岳让两顶轿子，一顶送谢康，一顶送褚蒜子，两人婉拒不坐。司马岳、王荟只好上轿，先行离开。

看到琅琊王和王荟先走了，褚蒜子说：“康哥哥今天一定累了吧？听月轩道远路滑，小妹想送康哥哥一程。”

“冰天雪地，哪能让妹妹相送？”谢康面带犹豫，“我明日一早就要回到豫章任上，我现在心里很乱，一时不知说些什么好。”

褚蒜子知道司马岳今天刻意照顾自己，一定会在表哥心里掀起波澜，安慰他说：“康哥哥不用担心，小妹心里自有分寸。我明日一早，前往湖滨为你送行。”

“今天机缘巧合，让妹妹和司马岳相遇，我感到他可能是一个值得妹妹终身托付的人。”

“小妹虽然和康哥哥一起长大，妹妹对婚事的想法，一直没有机会向康哥哥表白。其实，在妹妹的心中更愿意找一个贫家子弟，一夫一妻，男耕女织，夫妻恩爱，白头偕老。”

“褚家名门士族，妹妹想嫁到贫门岂非白日做梦？”

“我自己也知道这是痴心妄想，但是心里就是转不过这个弯儿来。看多了官宦人家，三妻四妾，你争我斗；看多了帝王之家，嫔妃成群，你死我活。小妹自幼从内心里非常反感嫁入官宦人家。”

“妹妹的想法，愚兄可以理解。”

两人都明白，互诉衷肠之后，两人的关系已然定格在兄妹情分上，二人心里痛痛的，又无可奈何，只好洒泪分别。

褚蒜子深知，表哥喜欢自己，她对表哥多年来一直顾惜自己，心存感激。今天，出乎自己意料的是，表哥竟然明白地告诉自己司马岳值得托付。从幼时到现在，表哥一切都在为自己着想，现在为了自己找到更好的归宿，决然放弃了对自己的追求。她对表哥又多了一分敬重，同时也多了一分痛惜。尽管表哥希望她能嫁进帝王之家，实在不是自己的平生所愿。

两人话别后，褚蒜子和侍书一起向褚府方向走去，谢康直到看不到褚蒜子的影子，才往北返回听月轩。

司马岳和王荟回到王府，从身上卸下了雪具，脱去了裘装，换上了便服。

张鼐让宫女送上来两杯大红袍热茶，王荟深深地闻了闻大红袍飘起来的香味微笑着说："微臣早早结束了结拜喜宴，为的是王爷今天就能向皇上请旨到褚府提亲之事。现在是王爷自己直接去找皇上好，还是托王太妃去找皇上好呢？"

"用得着这么着急吗？"

"王爷难道看不出褚、谢关系很亲密吗？"

"亲表兄妹，青梅竹马，两小无猜，亲近些原是常情。"

"王爷和微臣一直在向褚蒜子示好。褚、谢两个都是极聪慧之人，岂能毫无感觉？如果谢康央求父母明天到褚府行聘，王爷能够放得下褚蒜子吗？"

听了王荟的这番话，司马岳焦急起来："如果谢家明天真的到褚府行聘怎么办？退一步说，谢家和褚家已经互换了婚约怎么办？"

"王爷不用紧张。谢家明日到褚家行聘的可能性存在，谢褚两家已经互换了婚约可能性不大。"

"长史怎知两家没有互换婚约？"司马岳脸上的焦急神色有了些许缓解。

"她和谢康下山采梅时，滑了一小步，谢康主动伸手相搀，她慌忙躲闪，结果又滑了一大步。一个连搀扶之助都不肯接受的人，岂能是互换婚约之人？"司马岳点头称是。

王荟接着说："前几天，我随家父前往褚府做客时，家父当面向褚伯伯提亲，褚伯伯说凤凰尚小，婚事过几年再提，并没有说褚谢两家已换婚约。"

司马岳又一次紧张起来："令尊是在给哪家公子提亲？"

"当然是给微臣了，是我多次央求家父，家父才在席间提出。只是出于谨慎，家父并没有说出是给自己的儿子提亲。"

"长史也爱慕此女？"

"坊间传说，褚女丽色倾国，微臣焉能不生爱慕之心？"

"长史既然爱慕此女，为什么还要成人之美让与本王？"

"王爷此言差矣！什么叫作让与王爷？微臣自认为是一个相貌堂堂的上品男子，今天亲眼见到凤凰，才知道什么叫绝色。不光是微臣，包括谢康在内，都不能与此女匹配。在当今我朝，此女只有嫁与王爷，才能算嫁得其所。"

"多谢长史美意。刚才长史说到究竟先去找皇兄还是先去找太妃，本王认为还是先去找太妃好。"

"为什么？"

“皇兄近来多次批评我学业不见长进，现在进宫求见，只能自找一顿责骂。我们还是先到安庆宫求见太妃，请太妃从中帮助。”

“那我们现在就去劳烦太妃大驾。”两人重新换上朝服，前往安庆宫。

司马岳、王荟来到安庆宫正厅后，绿玉说：“太妃正在佛堂礼佛。”

安庆宫坐北朝南，中间是正厅，是王凤春用膳和活动场所。东阁，是她起居之所。西阁，是佛堂，是礼佛圣地。

安庆宫前面，有一道安庆门，是一处精巧的建筑，是王太妃接见来访王公大臣之地。安庆宫正厅只有司马衍兄弟二人，才能进入。司马岳和王荟来到安庆宫正厅后，绿玉起身前往佛堂去请太妃。

司马岳阻止说：“不着急，等太妃礼完佛再说。”

王凤春已经从佛堂走了出来，坐定后说：“琅琊王有急事在身，本宫哪里还能静心礼佛？”

“儿臣也没有什么大事，主要是来向母妃请安。”

“请安还需要带上荟儿一块儿来吗？”

王凤春一句话说得司马岳有些窘迫。

王凤春转向王荟说：“琅琊王不好意思直接说，就请长史代说吧。”

王荟诚惶诚恐：“太妃这样称呼，折煞小子了。”

“折煞什么？快说吧。”

王荟就把琅琊王想请太妃帮助，请皇上恩准向褚蒜子行聘的来意说了一遍。

王凤春眉头皱了起来，惋惜地说：“你们来迟一步，皇帝已经决定向另一家大臣的女儿行聘了。”

司马岳、王荟十分惊疑，问道：“谁家的女儿呀？”

第十二章　杏脸旖旎

司马岳、王荟急切地问道："皇帝决定向哪位大臣的女儿行聘?"

王凤春回答说："决定向礼部尚书何充的女儿行聘。"

司马岳热望的火苗上，就像浇了一盆凉水，他偷眼向王凤春脸上望去，王凤春一脸的认真，他只好转眼向王荟看去。

王荟会意："微臣启奏太妃娘娘，皇上决定向何家行聘，也不和琅琊王商量吗?"

王凤春看了司马岳一眼："能商量通吗? 推荐了几家品貌端庄的女儿，琅琊王都看不上眼。皇帝有些着急，年前定了何充家的幼女，已经让宫内府准备好聘礼，着本宫近日前去行聘。"

王荟也着急起来："无法更改了吗?"

王凤春无奈地说："很难。从公说，他是皇帝，金口玉言。从私上说，他是长兄，长兄比父。"

司马岳听到王凤春说了很难两个字，走上前去，扑通一声，跪在她面前："万望母妃帮助儿臣通融一下。"话未说完，眼泪扑簌簌地掉了下来。

王凤春起身将司马岳扶起："岳儿请起。褚家的女儿，本宫听说是不错，可也不至于让你急成这样子!"

司马岳恳求说："万望母妃成全。"

王凤春动情地说："岳儿，虽然你和皇帝都是我抚养大的，咱们娘儿俩说话还是方便些。皇帝毕竟是皇帝，金口玉言一出，不好改变。为了岳儿，本宫前去试试。"

司马岳充满感激地说："有劳母妃。"

王凤春摆了摆手："咱们娘儿俩，不用客气。"

她吩咐绿玉："去把本宫炖的一砂锅北参汤，用锦被包裹严实，下面用手炉温着，坐轿和我一起进宫送给皇帝。"

王凤春进宫后，约有半个多时辰，不见回来。司马岳在安庆宫走来走去，走个不停。

正当司马岳等得焦急之时，出外打探消息的王荟回来说："太妃回来了。"

司马岳抬头望去，王凤春的銮驾已经穿过安庆宫大门，来到面前。司马岳抢步上前，打开轿帘，双手搀扶太妃出轿。

看到王凤春一脸的喜气，司马岳愉悦之情溢于言表：“母妃说成了。”

“说成了，明天行聘纳彩。好在聘礼宫内府都准备好了，原来是为何氏之女准备的，正好对褚家派上用场。”

“母妃在宫中耽搁了很长时间，儿臣还以为皇上不同意呢！”

“皇帝宅心仁厚，本宫说明了琅琊王喜欢褚家女儿的情况后，皇帝龙心大悦说：‘既然琅琊王喜欢，就先行聘礼，择日大婚。’”

“ 让母妃费心了。”

“没有费心。皇帝本意是想让你早日成婚，并非一定要聘何家女儿。况且向何家行聘之事，皇帝只给本宫说了，也还没有告知何家。”

司马岳的眼睛有些湿润：“皇上虽然只长我一岁，从小到大一直很照顾我。”

王凤春欣然地说：“你们哥儿俩是同父同母，一奶同胞。你们两个心里都有对方，是我们大晋朝百姓的福分。”

“儿臣一定会竭尽心力辅佐皇上的。”

王凤春看到宫外夜色低垂：“该用晚膳了。岳儿和荟儿就在安庆宫用饭吧。我这里冷清，有你们两个陪我说说话，也好热闹些。”

儿人落座后，王凤春看看净是一些素炒玉兰片、银耳炖猴头、干烧豆腐等素菜，笑着责问：“膳房知道本宫吃素，来了客人也不加荤菜？”她怕他俩吃不好，又让厨房加了红烧鹿肉、清蒸鲤鱼。

司马岳和王荟看了看鹿肉和鲤鱼都没敢动筷子，两人一起说：“我们也跟着吃素吧。”

王凤春不许，说：“本宫吃斋，你们又不吃斋。趁热吃，你们年青，光吃素不好。”两人才敢夹些少许的鹿肉，吃了起来。

王凤春满面春风：“本宫还以为岳儿不食人间烟火呢！说了多少家大臣的女儿，全都无动于衷，却对褚家的女儿这么上心，难道她是西子再世？”

王荟插话说：“褚家的女儿叫褚蒜子。”

司马岳回答说：“褚蒜子的确美若天仙。不过儿臣更看重她身上那种忧国忧民的气质。从她身上看不见一丝一毫的脂粉气，看到的却是一种充满宽阔胸怀的伟丈夫气。”

听了司马岳的回答，王凤春笑了起来：“岳儿，我们琅琊王府娶得可是一位王妃，你可不要给本宫娶进一位半男半女的人来呀！”

王荟解释道："此女天生丽质，绝不会被误认为是半男半女。"

王荟接着把褚蒜子在梅花山上如何联句、结拜宴上如何诵诗的事情说了一遍。

王凤春不住地点头说："真是一个才色俱佳的可人儿，听说褚裒夫人也是个美人儿，如此说来此女之美倒是在其母之上了。"

"儿臣没有见过褚夫人，不好比较。她们母女王荟都见过，请他说说。"

王荟望着王凤春，满脸含笑："让微臣比较她们母女的姿色不难，不过需要太妃赦免微臣大不敬之罪。"

王凤春心情愉悦："娘儿几个在一起说说知心话，也是一件天伦之乐。有什么心里话就直接说出来，哪里会有什么大不敬之罪？"

听了王凤春的话，王荟放下心来："坊间传说，我朝有两大美女，第一美女就是太妃娘娘。"说到这里，王荟停下话来，他生怕太妃恼怒，偷眼向太妃脸上扫去。

"我老了，哪里还是什么第一美女呀！"王凤春非但没有恼怒，反而乐得开怀大笑，"不用说褚女是第二美女了，你是想借此抬高此女，可是也不是？"

王荟辩解说："微臣绝不是想借此抬高褚女，她还养在深闺人未识，也没有被排在第二美女之列。"

"那排在第二的是谁？"

"排在第二的是她的母亲谢真石。如果硬让微臣对她母女二人的姿色做一下比较，褚夫人根本无法和其女相比。"

"母妃，王荟并没有夸大其词，儿臣一见褚蒜子，就惊为天人。这还是她怕人发现自己是个女子，女扮男装给儿臣的印象。"

王凤春自言自语："这就对了，本宫心里一直在怀疑，这是个野丫头，竟然跑到山上和几个男子结拜？原来是女扮男装，倒也情有可原。"

"褚蒜子和其母的高下，不只在美色上，从胸怀、才学、见识来说，不只是其母与之相差千里，就是王爷和微臣作为一个男人，同样很难与之相匹。"司马岳连连点头。

王凤春心情大好，笑容满面："这么说，琅琊王有福气，遇到我朝一位奇女子了。荟儿，明日随本宫一起，去看你的结拜兄弟。"

王荟说："微臣遵命。"

次日上午，褚裒早朝后，乘轿回府。轿子来到离褚府还有一箭之地时，褚安先是吩咐停轿，然后在轿帘外面说道："老爷，我们府上遇到大事了。太妃的八抬銮驾，停在了府门之外。"

褚袞听了很是诧异，出轿一看，果然一副銮驾停在自家的大门口，銮驾前后围着一些太监、宫女和观看的百姓。

褚袞进府后，来到客厅，看到客厅内摆满了很多礼品箱，大都是一些金银、绫罗绸缎。

客厅正中左手坐着王凤春，右手坐着谢真石、王荟。王凤春、谢真石两人正在亲热地交谈。

褚袞走上前去，就地跪下，履行君臣大礼："太妃娘娘莅临寒舍，微臣没能迎接，恳请太妃娘娘恕罪。"

王凤春安慰说："爱卿上朝参议国事，何罪之有？本宫此次前来，是来宣示皇帝为琅琊王向爱卿之女行聘口谕的。"

谢真石此前已经从王凤春口中明白了她的来意，但是谢真石没有诰命之封，不便接旨，现在听到太妃要宣示皇帝口谕，离开座位，跪在褚袞的后面。

王凤春等到褚袞夫妇跪定后，开始宣旨："皇帝口谕：左将军褚袞之女褚蒜子，端庄秀丽，少具器识。朕意选为琅琊王妃。着王太妃即日起前去行聘，择日成婚。钦此。"

褚袞口称："微臣卑微之女，得配琅琊王帝胄之尊，全赖皇恩浩荡，全靠太妃、琅琊王眷顾之恩，臣全家诚惶诚恐，没齿难忘。"

王凤春走上前，俯身先后将褚袞夫妻二人扶起说："实是赖褚氏祖先积德之荫，也得爱卿夫妻教养之力。"

褚袞恳求说："微臣才学粗浅，有误小女教导，还望进得王府后，仰仗太妃教育滋培。"

王凤春安慰说："琅琊王当面对本宫称赞令媛知书达理，温良贤淑。令媛嫁进王府后，我朝自当多了一位好王妃，贤王妃。本宫无子无女，自会当自己亲生女儿看待。爱卿夫妻大可放心。"

王荟离座过来，向褚袞躬身施礼说："褚伯父一向可好？"

褚袞回答说："荟儿好。"

他本想对王荟一手撺掇琅琊王他们结拜一事进行指责，碍于王太妃在场，忍了下来。

谢真石见到王凤春连声夸赞自己的女儿，在欣喜的同时，却心存一丝隐忧，她小心翼翼地说："民妇之女从小娇生惯养，爱使小性子，还望太妃多加教导才是。"

王凤春见谢真石话里有话，也不好多加猜测，回答说："令媛出了阁就是王府媳妇，本宫自当照料才是。不过，我们来了很长时间，怎么到现在还没有见到令媛?”

谢真石连忙解释道：“一早就去玄武湖，送她表哥到豫章赴任。太妃凤驾莅临后，民妇立即派人骑马前去传唤，想是很快就到。”

谢真石的话音刚落，随着褚蒜子的声音就飘进了客厅：“我回来了。”

谢真石对女儿吩咐道：“凤儿赶紧上前拜见太妃娘娘。”

褚蒜子柳步轻摇，走到王太妃面前，双膝跪倒说：“民女褚蒜子，拜见太妃娘娘。”

随着褚蒜子来到身前，一股淡淡的体香迎面向王凤春扑来。王凤春在惊异的同时，吩咐随行宫女绿玉扶起褚蒜子。

褚蒜子轻轻地站起身来，分别向父母和王荟施礼完毕，静静地站在王太妃的左侧。

王凤春仔细看去，褚蒜子两只凤眼又圆又大，亮如明月，静如秋水。杏脸桃腮，似朝霞映雪；削肩细腰，若风拂杨柳，真是一个风华绝代的美人儿。褚蒜子面对王太妃的审视，并不胆怯。

她柔柔地说：“都说太妃娘娘是天仙下凡，今日得见圣颜，才知坊间流言未必可信。”

王凤春一脸的疑惑：“你是说本宫太丑了?”

褚蒜子秀眉轻扬：“不是太丑了，而是太美了。民女以为，别说是天上仙女，就是月中嫦娥与太妃娘娘相比，也难望其背。”几句话说得大家笑声一片。

王凤春喜上眉头：“连嫦娥都比不上本宫，那么本宫不就是一个怪物了?”

褚蒜子款款地回答说：“嫦娥的美丽，举世公认。不过太妃雍容华贵的高雅气质是嫦娥无法相比的，我想这天上人间只有一个人能和太妃娘娘相比。”

王凤春着急地问：“谁呀?”

褚蒜子嫣然一笑，轻轻地吐了六个字：“瑶池王母娘娘。”众人一片惊叹声。

王凤春心中喜悦，嘴上却故意问道：“王母雍容华贵可称，美丽二字从何说起?”

褚蒜子旋即回答：“《汉武内经》上说她‘天姿掩蔼，容颜绝世’，可否抵得上‘美丽’二字?‘仪态庄严，仙姿殊丽’这八个字，只有瑶池王母和太妃娘娘才能称得起。”

王凤春让褚蒜子近前一步，拉住她的手说：“你小小年纪，引经据典，才思敏捷，为我所仅见。本宫老了，不过是一个行将就木的先帝未亡人罢了，你们年青，要好生上进。”

褚蒜子亲切地说：“谨遵太妃娘娘教诲。娘娘一点儿都不老，依民女看来，娘娘比我娘亲还要年轻几岁。”

谢真石插话说：“民妇也有这样的感觉。”

王太妃笑容满面地说：“是这样吗？褚夫人贵庚多少？”

“民妇虚度二十九岁。”

“令媛很有眼力。本宫今年二十八岁。”

“太妃看起来，比民妇年轻多了。”

“本宫和褚夫人一见如故，情同姐妹。不如我们两人也学学琅琊王和王荟、令媛他们，结拜成义姐义妹如何？”褚裒、谢真石听了，慌忙给王凤春跪下。

“万万不可。抬高贱内一万倍，不过是山上的一只锦鸡罢了，怎敢和凤驾义结金兰？”

王凤春扶起褚裒、谢真石：“褚爱卿不愿意让夫人和本宫结拜，本宫也不勉强。我们虽然不结拜，今后要比结拜过的还要好。本宫一个人在宫中寂寞，还望褚夫人常去看看才好。”

谢真石恭敬地说：“谨遵太妃懿旨。”

王凤春望着亭亭玉立的褚蒜子，用软软的语气说：“你母说你肢体生香。你站在本宫的面前，一阵淡淡的芳香迎面扑来。这全是你的体香还是其中也有一些珠粉之香。”

“民女从来不用胭脂珠粉。”

王凤春转向谢真石问道：“褚夫人体上生香吗？”

“民妇没有。”

“这就奇了。从书上记载来看，本宫只知道有两个人是玉体生香。一个是西施，一个是赵飞燕。”

“娘娘博览群书，民妇自叹不如。”

“其实赵飞燕用的是息肌丸，借此来邀宠汉成帝。本宫认为她这个玉体生香实际上是假的。”

“民妇今日才明白了这个传言失实。”

王凤春接着问道：“你母说你头发委地，能让本宫见识见识你的长发吗？”

褚蒜子快速地摘下头上的湖青色的男式纶巾说：“几束的头发能让太妃娘娘凤目御览，实是民女的荣幸。”

褚蒜子说完，从头发上拔掉素簪，拿掉束带。三千青丝像一条瀑布，顺着她的香肩，翻卷着波浪，奔腾而下，直落在地上，青丝如漆，光亮可鉴，触及腰际后，随风轻轻地弹起，在她的身后飘卷起一朵朵像墨菊般的波涛。

王凤春对着谢真石夸奖说："一般女子长发过腰，大都要断掉。令媛长发委地，令人称奇。"

"到了脚下，她就要剪掉，不剪还能长。"

王凤春拉住褚蒜子的手，在她的脸上端详了大半天："我看令媛像一个人。"

"民妇知道娘娘说的是谁。"

"那好，褚夫人命人取来纸笔，我俩写好了对照。"

丫鬟取来笔和纸，两人各自写了两个字，亮开后一看，都是"观音"两个字。两人会意地笑了起来。

"也是寺庙的造像大师无意帮了凤儿的忙。佛国传来我国的菩萨面相，都是金面金身，只有观音的神像是玉面玉身的。凤儿白净，便好向观音菩萨的神像上靠近了。"

"褚夫人有所不知，楚庄王的三公主妙善，在汝州香山寺修行成佛，人称观音菩萨。妙善肤色如雪，观音的佛像比照妙善的肤色，才成了玉面玉身。"

"娘娘姿仪天成，就是学识同样远非很多男性俊杰可比。"褚裒赞赏说。

"爱卿谬赞了。"王凤春回答了褚裒后，又转向褚蒜子："你母亲刚才告诉本宫说，你乳名叫凤凰是吗？"

"是的。"

"你知道你的名字是怎么得来的？"

"听娘亲说，她夜梦凤凰入怀。次日凌晨，我在满室的红光中，呱呱坠地。所以爷爷给民女起名凤凰。"

"你母亲还说，在你出生的前后，府上很多人，都听到府后的鸡笼山上，有凤凰的鸣叫声。"

褚蒜子忍俊不禁，笑了起来："太妃娘娘这么聪明，这样的话也相信呀！"

"你不信？"

"我不信。"

"为什么？"

"史书上记载，凤凰每五百年涅槃重生、重现一次。这五百年一次的重现恰好让民女遇上了？虽然民女家中的很多人都听到了鸟叫声，但是谁又能保证这种鸟叫声，一定就是凤凰的叫声呢？难道不会是别的什么鸟的叫声吗？"

"你说的也有道理。你母夜梦凤凰入怀，这是你今后必将荣华富贵的好征兆。”

“民女甘于青衣素食，从未有荣华富贵非分之想。”

谢真石插话说：“这丫头儿爱穿男装，不施脂粉，一件鲜艳的衣服都不肯穿。反衬出民妇的衣服越发的艳丽。”

王凤春告诫说：“凤凰还小，女孩家儿常穿素服不好，你这个当娘的要经常规劝、管束才好。”

谢真石连忙回答：“谨遵娘娘教训。”

王凤春接着对褚蒜子说：“凤凰，本宫小时和你一样，甘于淡泊。可是，你若是嫁进一个富贵人家，你不想安富尊荣就由不得你了。”

“民女从未想到要嫁入富贵人家。”

王凤春脸上现出疑惑的表情：“你不愿意嫁入富贵人家，到了婚娶年龄你怎么办?”

“民女在家侍奉双亲。”

“历朝风俗，女子过了婚娶年龄，是不能一直在娘家住下去的。”

褚蒜子无奈地说：“娘家不能继续住下去，民女就出家削发为尼。”

褚裒听不下去，站起身来，愤愤地说：“你这丫头一向特立独行，爱使小性子。爹娘辛辛苦苦把你养大，就是让你成人后出家的吗?”

褚蒜子这时已经抽泣起来，她边哭边向王太妃跪下，说：“民女身体不适，不能继续陪伴太妃娘娘凤驾。民女回房去了，万望娘娘恕罪。”说完，站起身来，低头走出中厅。

褚裒看到女儿当着太妃的面执意不肯嫁人，心中十分焦急：“凤儿，你这是要犯下夷灭三族的大罪呀!”

第十三章　琴瑟失和

褚裒本想用抗旨抗婚就是犯下夷灭三族的大罪来阻拦女儿回房。王凤春对他说："凤凰身子不舒服，让丫鬟扶她回房间休息一下再说吧！"站在客厅门外的抱琴、侍书听了太妃的吩咐，扶着褚蒜子退下。

褚裒所说的夷灭三族之罪，指的是晋朝开国皇帝、晋武帝司马炎下的应选女子抗旨选妃、一律诛灭三族的诏书。

司马炎灭掉东吴之后，开拓进取之心渐失，骄奢淫逸之心大起。泰始九年，他听从中书监荀勖的建议，为了展示皇帝一统天下的威仪，下诏征选全国美女入宫。诏书明确规定应选淑女抗旨选妃者，夷灭三族。

司马炎一次征召了数千美女入宫，使宫中的嫔妃总数达到一万多人。这么多嫔妃，每天侍寝时，连司马炎本人都无法确定究竟临幸哪个嫔妃？他只好坐在羊车上，任凭羊车停在哪间寝宫，他就在哪间寝宫过夜。嫔妃们为了邀幸，就在竹枝上洒上盐水，引诱羊儿来吃竹叶，嫔妃们趁着羊车停下之机邀宠。

王凤春知道，司马炎时下达的淑女抗拒皇家应选、夷灭三族的诏书，一直在执行。和褚蒜子短短的不到半个时辰的接触，王凤春很快就喜欢上了这个冷艳绝美、才思聪敏的女孩儿，她甚至从这个女孩儿身上朦朦胧胧看到了自己少时的身影。她虽然一时还弄不清楚褚蒜子不愿意嫁到富贵人家的念头从何而来？女人的直觉告诉她，这个女孩儿绝对不是使小性子这么简单，所以她才没有把司马衍下达的行聘口谕，向褚蒜子宣示。那样就会造成褚蒜子抗拒选妃，就犯了大不敬之罪。王凤春想到了抗拒皇家征婚夷灭三族的诏书，心中不寒而栗。可她心中的寒意并没有显现在脸色上。

这时，王荟走过来劝道："伯父先不要着急，让凤凰静静后再说吧。"

谢真石离座来到王凤春面前说："现在已近午时，臣妾让厨房准备了一些粗茶淡饭，恭请太妃娘娘用膳。"

王凤春随即应允："安庆宫的膳食本宫也吃腻了，荟儿陪着本宫一起在褚府尝尝鲜儿吧。"

王荟回答说："微臣遵命。"

谢真石陪着王凤春一起来到客厅的西阁。西阁的厅里的八仙桌上，已经摆满了珍馐美味。

王凤春坐北面南，褚裒、谢真石在两厢作陪，王荟坐南面北对坐。

王凤春眼睛向桌面一扫，立即食欲大增，摆在她面前的有：四凉、四热八品菜。四凉是：清水藕片、冰糖湘莲、凉拌银针、素切锦鸡，四热是翡翠豆花、干烧猴头、素炒鲜笋、清炖冬菇。

谢真石知道王凤春吃斋，特地让厨房烹饪了一些素菜。同时，也给王荟烧了八品鸡鸭鱼肉，上了褚府厨师秘制的佳酿。

褚府两个长得清秀的侍女，一左一右侍立在王凤春身旁，一个夹菜，一个盛汤。

王凤春对褚裒说："本宫吃斋，有爱卿夫人陪着吃斋就行了。爱卿还是过去和荟儿一起吃荤吧。"

褚裒说："难得陪太妃用膳，微臣就在这里陪太妃娘娘。"

谢真石指着桌上的一道菜说："太妃尝尝这道翡翠豆花。"

王凤春看着清汤里飘着几片碧绿的白菜叶，菜叶上飘着几团圆圆的豆花，汤清、叶绿，豆花洁白，俨然是一幅美丽的图画。侍女给她盛了一勺带汤的豆花，用筷子夹过来一片菜叶。

王凤春用自己的汤勺把豆花送入口中，豆花又嫩又香，入口即化。她又嚼了一片菜叶，感到又香又有嚼头。

王凤春问道："贵府的豆花成团成花，不像别处的散成碎片，可又没有平常的豆腐那么硬实，实在是居于豆花和豆腐之间的一种豆品，这道菜真好。"

谢真石回答说："什么都瞒不过太妃娘娘的慧眼。民妇的家里厨师在点豆腐时，掌握了配料的量。配料放多了就成了豆腐，放少了就成了豆花，配料适当就成现在这个样子。"

"爱卿府上的菜叶真好。"

"厨师把菜叶瞬间从油中焯一下后即可，叶嫩色青味鲜，过油时间长了就老了、黄了。"

"安庆宫的绿豆芽，长而不脆，贵府的绿豆芽又粗又香又脆。我回去后让安庆宫的膳房来贵府取经。"

"太妃一个人能吃多少？民妇吃斋，民妇的女儿也爱吃此菜。厨房每天都多备些。民妇让人每天送些去就是了。"谢真石提到了女儿，王凤春立即想起了褚蒜子。

她问道："为什么不让侍女去请凤凰来吃饭？"

谢真石回答说："娘娘不用理她，等凤驾离开后，民妇再找她算账。"

"凤凰是个好女孩儿，本宫非常喜欢她，褚夫人不要难为她。"王凤春嘱咐了谢真石后，又问，"以前可曾听凤凰说过不想嫁人的话?"

"民妇从未听说过。"

"她可有自己的意中人?"

"她还是个小孩儿家，哪有什么意中人?"

"凤凰可知道本宫是为琅琊王向她行聘的?"

"她刚回家，应该不知道。"

"不管她是否知道，皇帝的御旨一下，金口玉言，不容更改。褚爱卿，你们夫妻是知道的。"

褚裒小心地回答："微臣明白。太妃娘娘放心，聘礼一下，婚事已然定下，断无小女抗命皇家选妃的道理。"

谢真石也说："琅琊王皇家帝胄，英俊潇洒，才华横溢。能嫁与琅琊王是她修来的福分。"

王凤春看到褚裒夫妻已经明确表示聘礼已经收定，起身离席说："本宫吃好了，皇帝和琅琊王还在等候着本宫的回话，琅琊王和凤凰的婚事就拜托爱卿夫妻了。"

褚裒夫妻齐声回答："太妃请放宽心。"

褚裒夫妻将王凤春送至大门之外，看到王凤春的凤辇已经走远，才返回府中。褚裒夫妻在客厅坐下后，命人将抱琴和侍书唤来。抱琴、侍书来到后，看到褚裒夫妻二人脸沉似水，吓得哆哆嗦嗦站在客厅门外，不敢进来。褚裒一脸威严地说："近前回话。"两人走上前来，双膝跪倒。

褚裒问道："凤儿今天上午到听月轩以后都见了些什么人？说了一些什么话？一字一句如实招来。如有半句假话，小心你们的皮肉。"

抱琴、侍书战战兢兢地说："小姐今天上午没有来得及去听月轩。"

褚裒心里奇怪，问道："凤儿向夫人禀明要去听月轩送康儿回豫章任上，她没有去听月轩，那她去哪里了?"

抱琴心里镇定了许多，缓缓地回答说："小姐原本是要去听月轩的，过了青溪桥后，看到王公子骑马护送着凤辇从西向东走来，后面跟着许多宫女、太监抬着扎着红绸带的礼品箱，小姐脸上露出了不快的神色。"

侍书接过来说："小姐在桥东的河岸上，走来走去，一言不发。夫人派人来叫小姐回府，小姐只好回来。"

抱琴继续说："小姐是一个顾全大场面的人，心里虽然不高兴，见了王太妃之后，还是有说有笑的。”

谢真石问道：“你们是说凤儿已经猜到凤辇来府，是为琅琊王行聘的?”

侍书回答说：“以小姐的聪明，这是很明白的事情。那天结拜前后，琅琊王和王公子一直在千方百计地讨好小姐。”

谢真石有些不解：“那天赏梅回来，凤儿跟我说了结拜之事，还称赞琅琊王风度翩翩，学识渊博。”

抱琴回忆说：“从那天的情形上看，小姐对琅琊王和王公子并没有什么反感。”

侍书接着说：“小姐在和康少爷分别时，说她不愿意嫁入官宦人家，愿意嫁入贫家。”

褚裒在旁边责怪说：“两个小丫鬟能问出个什么结果？你到凤儿房间里问个清楚不就是了。”

“老爷说得有理。抱琴、侍书，我们现在就去你家小姐的房间问她。”

来到褚蒜子房间的门前，抱琴双手推门，房门却被从里面用门闩插住。

抱琴、侍书大声说道：“姑娘，夫人来看您了，请开门。”两人连喊了几声，房里音讯全无。

谢真石走上前去，伸手敲门：“凤儿，我是娘亲，把门打开，咱娘儿俩说说心里话。”

房里传来褚歆的声音：“姐姐请娘亲回去。姐姐正在和我下围棋，她不会开门。”

谢真石听到儿子的声音，说道：“歆儿，娘亲有事要与你姐姐说，她不开门，你与娘亲把门打开。”

褚歆回答说：“姐姐说了，她明日自会找娘亲说个明白。姐姐不让开门，歆儿自然不会开门。”

谢真石恨恨地说：“姐弟俩一样的倔脾气。”说完后，谢真石生气地离开女儿的门前，找褚裒商量对策。

谢真石走后，抱琴二人敲门进入了褚蒜子的房间，将老爷和夫人的问话告诉了褚蒜子。褚蒜子只顾埋头下棋，仍然一言不发。

王凤春和王荟回到琅琊王府门前，王凤春从凤辇中传出话来：“荟儿，本宫怕皇帝等急了，先去宫中回了皇帝。你先到王府回琅琊王吧!”

王荟想和太妃一块儿进宫：“太妃娘娘，不如让微臣一块儿陪娘娘去回皇上。皇上问起褚家的情形来，微臣知道得更细些。”

“本宫一个人去就成，皇帝关心的是琅琊王早日成婚，不是很在意女家境况。你还是快些回王府，琅琊王比皇帝更着急。”

“微臣遵命。”

王凤春的凤辇从北宫门进宫，随侍宫女绿玉向小太监问明了皇帝在太极殿。

小太监和绿玉一起导引王太妃的凤辇前往太极殿。刚刚来到太极殿台阶之下，就听到殿内有人大声喧哗。

王凤春暗自吃惊，心想宫禁重地何人竟敢如此放肆？

她恼怒地向小太监问道：“皇帝不是在殿内吗？任由外人在殿内喧闹？”

“不是外人，是皇后。”小太监小心翼翼地回答。

帝后之间常常为了一些小事，闹出一些摩擦和争吵，对于皇宫的宫女和太监，早已司空见惯。

王凤春心里有些踌躇：“进殿吧，不啻是去蹚浑水，自找麻烦；不进殿吧，皇帝本来就柔弱些，皇后杜陵阳口齿伶俐，发作起来，皇帝也不好应付。当年先太后庾文君临终时托付给自己的是司马衍和司马岳两个儿子。现在司马衍遇到麻烦，自己焉能躲开？况且，今天是回复去褚家提亲情况的，怎可回避？”

王凤春拿定主意后，在绿玉搀扶下进了太极殿。这才发现喧闹之声，是从西堂发出的，正待移身进去，正在西堂门外伺候着的总管太监封开轩，向堂里高声报告：“太妃娘娘驾到。”

正在争吵的皇帝、皇后，听到王太妃来了，双双出门，把王凤春迎入西堂。

“母妃有事，传唤儿臣前去安庆宫即可，怎劳母妃亲自移驾宫中？”

“本宫是来向皇帝回报去褚家行聘情况的。”

“母妃去过褚府了？”

“去过了，褚家已经笑纳皇家彩礼。本宫现在是来交旨的。”

“母妃见到褚裒、褚夫人了吗？褚家女儿呢？”

王凤春还没有来得及回答，一直在旁笑脸相听的杜陵阳，实在是等不及了：“母妃累坏了吧？褚家女儿受到皇上和母妃的青睐，想必是姿色妖娆，万里挑一，进宫后一定会艳压群芳的。”

杜陵阳问候的话语中浸透着深深的醋意，白皙、细嫩的脸上浮起几片乌云。

王凤春首先回答司马衍的问话：“褚家人等都已见到，褚女果如皇帝所说‘端庄秀丽，少具器识’，实乃皇家之幸，琅琊王之福。”

接着，王凤春转向杜陵阳，微笑着解除她的心疑：“本宫这次前往褚家行聘，不是皇帝为自己选妃，而是为御弟琅琊王选妃。”

杜陵阳听说是为琅琊王选妃，满脸的醋意顿时无影无踪，为了弥补刚才对王凤春揶揄的过失，她好话好说：“母妃对皇上、琅琊王视同己出，臣妾替琅琊王谢过母妃。”

王凤春真切的神色之中现出浓浓的慈祥：“本宫无儿无女，看待皇帝、琅琊王就像亲生儿子，就是皇后在本宫眼里也不单是皇家的儿媳，也是本宫的亲生女儿一般。”

杜陵阳受了王凤春真情的感染：“臣妾感同身受，多谢母妃的关心。”

王凤春看到杜陵阳的心态已经转向平和，不失时机地问道：“皇帝、皇后都是满腹经纶，刚才你们小两口是在阔论《诗经》题旨，还是在探求《楚辞》释义？”

司马衍实话实说：“周才人日夜随驾侍奉，我欲提拔她为淑媛，皇后就是不同意。”

“不是臣妾不同意，而是臣妾希望皇上过一段时间再加封周才人。”杜陵阳委婉地说，“说到侍奉，周才人原来是臣妾在娘家时的一个贴身丫鬟，正是臣妾指派周才人前往西堂侍奉皇上的。”

听说皇帝没有在显阳宫就寝，而是住在西堂，王凤春脸上有些异样：“是这样吗？皇帝刚刚大婚一年，你们还可以说是新婚夫妻，怎么就开始分房睡冷床了呢？皇后的婚房可是被暖襟香的呀！”

王凤春原本想把话说得暖暖的，用来调节帝后之间的紧张气氛，话语说得太直白了，杜陵阳立即红霞满面。王凤春看见皇后害羞的模样，不觉自己脸上也生出几片桃花来。

“西堂有美女周才人精心侍奉，比起臣妾的显阳宫来，胜似温柔乡呀！”

“皇后，你这是自开门户，引狼入室。你为什么不亲身来侍奉皇上？放任别人乘虚而入？”

“皇上到西堂之初，臣妾都是夜夜带着周才人前去侍奉。后来，臣妾觉得自己横在皇上和周才人之间，搅了他俩单独亲热的兴致，就不再去了。”

“周才人侍君有功，本宫以为皇帝加封为淑媛也不为过，皇后你说呢？”

“周才人加封才人才几个月，又要加封为淑媛。知道内情的清楚是皇上要加封，不知道内情的还以为周才人依仗的是杜家的门楣。因为比周才人进宫早的李才人、黄才人都还没有加封。”

“本宫听明白了。这件事这样好不好？皇帝就听皇后一言，加封周才人的事情先放一放。”

“遵从母妃懿旨。”司马衍无奈地说。

“皇帝已经同意暂不加封周才人，皇后也给本宫一个面子，息事宁人吧。”

“臣妾谢过母妃费心。不过，臣妾现在认为还是如皇上所愿，尽快加封周才人为好。”杜陵阳嘴上虽然提出尽快加封周才人，脸上却现出言不由衷的神色。司马衍和王凤春听了，都很意外。

“朕和你商量加封周才人，你无论如何不同意。现在，朕同意不加封了，你却提出尽快加封。你到底哪句话是真心的呀?”

“皇上不要着急，细听臣妾解释：不加封淑媛的消息传了出去，很容易让周才人忌恨臣妾。臣妾想皇上既然来找臣妾商议，肯定事先早已告知了周才人。”

“朕是先和你商量，并没有事先告诉周才人。”

“不加封周才人，容易让朝野觉得皇上不能乾纲独断，还是尽快加封好。臣妾这也是为了皇上着想。”

司马衍心里乐开了花：“朕替周才人谢谢皇后。”

杜陵阳现出脉脉深情：“皇上与臣妾上朝是君臣，下朝是夫妻。‘谢谢’二字，臣妾可是担当不起。”

王凤春赞扬说：“真是一个顾全皇帝夫君脸面的好皇后。”

杜陵阳感到自己采用一箭双雕的手法，既获得了皇帝和太妃的好感，同时可以预见也一定会得到周才人的千恩万谢。脸上现出扬扬得意的神情：“皇上和母妃还有事情商量，臣妾暂且回避。皇上、母妃有事，派人到显阳宫传唤臣妾。”

司马衍说：“皇后自便。”

杜陵阳施礼告辞，司马衍望着她的背影，感激地对王凤春说：“一场争吵，被母妃十指柔化解得皆大欢喜。母妃要是一个男儿身，当任我朝尚书令一职，定可帮助朝廷旋转朝纲，提升国运。”

“皇帝过奖了。不过，皇后本意是提醒皇帝不应该过于宠爱周才人，而不会真的反对加封周才人，那样周才人就会由皇后的贴身丫鬟变成她的死对头。”司马衍点头称是。

“皇后出身名门，才华出众。周才人身份低微，相貌平平。想是皇帝看得牡丹多了，想摘朵牵牛儿来尝尝鲜儿?”

“母妃说话好风趣。皇后似梅花，袅袅婷婷，冷艳典雅。周才人如美人蕉，丰满活泼，情热似火。”

“还是皇帝比喻贴切。”

“母妃知道，我和皇后都是冷色之人，这就是人们所说的同质相斥、异质相吸吧！”

“可能就是这个缘故。”

司马衍动情地说：“也不全是这样。在外人看来母妃也是一个冷艳之人，可是在我眼里，母妃不是嫡母，胜似嫡母，是我在这个世上最亲近的人。”

司马衍的情绪感染了王凤春：“本宫感同身受，皇帝、琅琊王和本宫都是冷色之人。在别人看来，都是一块冰。可我们相互之间，都感到对方就是一盆火。”

“母妃说得好。母妃为琅琊王行聘有功，晚膳时间将到，我就在西堂设宴酬谢母妃，请母妃赏光。”

“本宫正想找个时间和皇帝说会儿话，亲热亲热。”

司马衍望着门口站立的封开轩说：“封头儿，传朕的口谕，着琅琊王带足银两，进宫赶赴为母妃专设的赏宴。告诉他，这个赏宴，是朕替他办的，朕出力，他出钱。”

“遵旨。”封开轩转身就走。

“封总管慢走。”王凤春先止住了封开轩，然后转向司马衍说，“不如让安庆宫的绿玉前去，顺便把王荟带来，他这次可出力不小。”司马衍当即应允。

绿玉转身刚刚离去，封开轩进来禀报：“启奏陛下，王荟在宫外求见。”

“宣。”

王荟进了西堂，一脸惊恐地跪在司马衍面前说：“微臣王荟，叩见陛下。”

司马衍满脸疑惑：“朕传召的是琅琊王和你两个人，琅琊王呢？”

王荟连头也不敢抬：“罪臣该死。罪臣正在向琅琊王禀报行聘之事，琅琊王急火攻心，大口吐血，昏死过去。请陛下速派最好的太医前去诊治。”

司马衍、王凤春听后，齐声说道：“好好的一个人儿，怎么会昏死过去了呢？”

第十四章　鹣鲽情深

王凤春惦记着司马岳的病情，急急地向司马衍告辞。

司马衍安慰说：“母妃不要着急，我已派出医术最好的高太医、宋太医前去诊治，定能使岳弟转危为安。”

王太妃和王荟、高太医、宋太医一道，火速赶往琅琊王府。

王凤春责问说：“王荟，本宫认为你办事一向稳妥，这次你向琅琊王都说了一些什么胡话?”

王荟诚惶诚恐地将向司马岳的回话情况，细细向王太妃禀明。

王荟回到王府后，向司马岳回禀了褚裒夫妇笑纳聘礼、设午宴款待王太妃的情况，司马岳一开始还是很满意的。当场夸奖王荟协助王太妃办成了一件大事。

司马岳和皇兄司马衍一样，性格内向、敏感。在回禀行聘的整个过程中，王荟闭口不谈褚蒜子，使司马岳满腹狐疑：“大哥见到凤凰了吗?”

“见到了。”

“凤凰是怎么回答的?”

“太妃并没有明确向凤凰挑明。”

“为什么不挑明?”

“凤凰对太妃说她不愿意嫁到富贵人家，如果强逼她嫁到富贵人家，她宁可削发为尼。”

褚蒜子宁肯遁入空门也不愿嫁入富贵人家的话语，直插司马岳的心脏。司马岳顿时满头大汗，浑身颤抖，“哇”的一声，喷出一大口鲜血，昏了过去。

王荟、张鼐见状吓得魂飞魄散，赶紧请来王府的老太医豆文前来诊治。

豆文把脉后说：“王爷身体素来孱弱，这次忧思成疾，伤及脾胃。我先开一方，让王爷止血安神。王爷脉如游丝，性命危在旦夕。卑职医术有限，速请宫中太医前来诊治。”王荟、张鼐听了更加紧张，立即兵分两路。王荟进宫求救。张鼐派人抓药、熬药。

王太妃听了，没有再继续为难王荟：“你向岳儿的回话也是实情，只是岳儿这孩子太实诚，情思太重。凤凰不过借着本宫没有向她挑明的机会，要了一次小孩子脾气，他就当真了。”

来到司马岳的寝室后，听了豆文说明了诊脉和用药情况，高、宋两人轮流为司马岳进行了把脉。

王凤春急切地问道：“琅琊王患的是什么病？说吐血就吐血，怪吓人的。”

高太医出面回答：“回太妃娘娘，琅琊王患的是相思病。”话刚出口，王太妃和在场的众人，一齐大笑起来。

王凤春笑得眼泪都流出来了：“本宫今天也算是长见识了，从来没有听说害相思病还会吐血的。”

宋太医看到太妃心有疑虑，解释说：“相思病可分两种。一种是乐相思。整天想的是如何和心爱的人相会，当然不会吐血。”

高太医接着说：“还有一种是苦相思，或者叫恐相思。整天担惊受怕心爱的人会离开自己。一旦他认为心爱的人可能会离开自己，就会忧恐过度，急火攻心，造成脾胃出血。”

豆文明确说：“解铃还须系铃人。只要王爷的这个心上人，能够及时前来解了王爷心上的这个铃，王爷的病情就会很快好起来。是否继续吃药，不大要紧。”高、宋两人连连点头。

“三位果真是我朝神医，真真地找到了琅琊王的病根。”王凤春欣慰地说，“绿玉备好三锭黄金，赏给三位太医。”三人齐声道谢：“岂敢讨赏！”王凤春吩咐王荟、绿玉：“你二人现在就去请凤凰，就说是本宫的懿旨，让她这个系铃人速来解掉琅琊王心上的这个铃。”王荟和绿玉骑马，飞奔褚府。王凤春让高、宋两位太医回宫汇报，好让皇帝放心。

她对张鼐说：“凤凰来了，琅琊王人到病除。本宫今天累坏了，先回安庆宫休息。琅琊王有什么事情，速报本宫知道。”

张鼐说：“娘娘保重，这里交给奴才。”

王荟和绿玉到了褚府门前，已经到了戌时中分，褚府大门早已关上，王荟只好用力敲门。褚裒夫妇正在客厅吃晚饭，今天褚府的晚饭比平时晚了许多。褚蒜子一直躲在自己的闺房，既不开门，也不出来吃饭。褚裒夫妇无奈，才让厨房开饭。

褚安听到了敲门声，将二人领到客厅。褚裒夫妇看到王荟这么晚来府，很是意外。

褚裒问道：“荟儿，这么晚前来，定是有什么要紧之事？”王荟说明了琅琊王病重，王太妃懿旨请凤凰前往王府看望、救助琅琊王的来意。

褚裒夫妇听了非常惊恐，连声说："我们现在就去叫凤儿，让她和你们一起赶往王府，想法解救琅琊王。"

他们快步来到褚蒜子的闺房，褚安上前连喊带敲："小姐开门！小姐开门！"侍书开门迎了出来。

褚裒问道："凤儿呢？快唤她出来！"

侍书回答说："小姐出门去了。"

"这么晚了，她到哪里去了？"

"小姐不让说。"

褚裒顿时大怒："褚安家法伺候，打死这个目无老爷的奴才。"

侍书吓得"扑通"一声，跪在地上，仍然没有作声。

王荟上前劝说："侍书，琅琊王病了，我们是想请你家小姐前往探视。"

"这就奇了！"侍书跪着拍了拍手，"刚才，小姐晚饭也不去吃，一直在地上走来走去，说心里慌张。她怕琅琊王会出什么事情，换上男装，带上抱琴出门看琅琊王去了。"说话之间，侍书已经从地上站了起来。

褚安说："小姐没有让开门呀！"

侍书得意地说："小姐夜间常在咱府的院墙上飞来飞去，如履平地，哪里需要开门呀？"

"死丫头还算有点情分。嘴里说着不愿意，心里其实高兴得很。琅琊王这样痴情的男子到哪里去找啊？"谢真石心里踏实了，"褚安，备轿，本夫人也去看看琅琊王。"

褚裒取笑说："丈母娘去看未来的女婿了。"

谢真石笑着说："老爷爱怎么说，就怎么说。"

褚裒收起笑容："凤儿去了，当能帮助琅琊王抗病消灾。我看夫人还是留在府中等候消息吧。王府现在是一锅乱粥，夫人去了，反而是乱上添乱。"

"就依老爷。"

离开褚府后，绿玉回安庆宫向王太妃回报，王导有要事派人催王荟回往相府。

褚蒜子乘着夜色，带着抱琴很快来到了王府的北门。

褚蒜子在北墙下，目测王府的院墙的高度，估计比自家的院墙高不了多少。

抱琴问道："小姐是想越墙进去？"

褚蒜子沉吟说："我们敲门进去，如果王爷无事，没过门的王妃，半夜三更来找夫婿的闲话，很快就会传遍整个王府和京城。"

抱琴担忧地说："王府这么大，夜色如漆，我们怎样才能找到王爷呀?"

褚蒜子回答说："山上赏梅那天，王爷给我说过，王府只有一座采薇宫。宫内分成三块：中厅处理政务，西阁练字，东阁休息。我们前往东阁就是。"

两人越过王府院墙，来到采薇宫东阁北窗外，褚蒜子用舌头舔破窗纸向里望去。东阁烛光明亮，司马岳头朝南，躺在东侧的一个大床上。张鼐坐在床的南头，正在一声接一声地呼唤着"王爷醒来"，司马岳却无任何反应。褚蒜子一看就知道司马岳病得很重，眼泪潸然而下。

褚蒜子人未入内，哭声先到："张公公，我来晚了。"

张鼐一看褚蒜子从天而降，喜出望外："姑娘快来救王爷!"

"公公放心，我今夜一定会将王爷唤醒。如果救不活王爷，我定会自裁在床前，追随王爷而去!"

她跪在床的南头，右手从下面搂住司马岳的脖颈，左手将他的右手放平，为他切脉。

她感到司马岳的脉象虽然有些微弱，还算平稳，暂时不会出现什么大问题。现在的关键是如何尽快把他从昏迷中唤醒。

有了底数后，褚蒜子站了起来，坐在床头不停呼唤着："王爷快快醒来，王爷快快醒来。"

张鼐指着桌上热腾腾的药碗说："姑娘，别忘了让王爷服药。"他关好东阁的房门，出外伺候。

宫外夜色如漆，寒冷砭骨。张鼐和抱琴见礼后，招呼抱琴和两名侍卫，一起在采薇宫中厅避寒。

当东阁只剩下他们两个人时，褚蒜子翻身上床，把司马岳揽在自己的怀中，使他的后背舒适地靠在自己胸前，她的俏脸紧紧地贴着司马岳的脸，大胆地呼唤起来："夫君，凤凰可是你明媒行聘的未过门的王妃呀！我刚才已经发过誓言，如果今夜救不活你，我就会自裁在床前，到天上陪你。夫君，你就这样狠心，想把你未过门的王妃一起带走吗?"

说到痛处，褚蒜子的眼泪像开了闸的流水，奔腾而下，倾泻在司马岳的脸上。

她轻轻地挪开自己的脸庞，掏出香帕，细心擦拭自己流在司马岳脸上的眼泪。这时，一个奇怪的现象发生了。褚蒜子刚刚擦去自己滴落在司马岳脸上的泪水，他的脸上很快又流出了新的泪水。那是他被褚蒜子的真情所打动，泪水夺眶而出。

褚蒜子低低的表白声，就像是一个惊雷，在司马岳的心中炸响，使他从昏迷中醒来。他心中一直担心褚蒜子不愿嫁给自己的忧虑，一扫而空。

他被褚蒜子揽在怀中，背靠在她胸前，感到又温暖又柔软。他醒来后，并不想急于睁开眼睛，仍然想继续装作昏迷，继续聆听她的深情倾诉，继续贪婪地靠在她怀里享受软玉温香。

褚蒜子的痴情，使他震撼，使他感动，泪水掩饰不住，哗哗地流个不停。

褚蒜子心头一震："苍天有眼，凤凰心诚。夫君，你终于醒过来了！"

司马岳仍然想装迷糊，用微弱的声音说："凤凰，你的夫君还没有醒，仍然在昏迷之中。"

褚蒜子听到司马岳的狡辩，扑哧一笑："那你怎么会流泪？怎么会说话？"两人相视一笑，顷刻之间都有千言万语，想向对方诉说。

褚蒜子把手臂从司马岳的胸前抽出，翻身下床，把司马岳扶起，在床边坐稳："王爷苏醒过来了，凤凰也不用自裁了。王爷还是把汤药喝了，我们才好继续说话。"

喝完药后，司马岳说："你的夫君刚刚醒来，你这么快就改称王爷了，那你的夫君还是不醒来好。"褚蒜子羞得满脸红云纷飞。

司马岳真诚地说："说来你可能不相信，我其实不怎么喜好女色。可是，我却非常喜欢你。"

"王爷的心意，在赏梅的时候，凤凰已经明白。"褚蒜子有些不解，"太妃到我家行聘后，凤凰已经铁定是王爷的人了，王爷如愿以偿，应该高兴才是。怎么好好的，反倒昏迷过去了呢？"

"王荟到贵府行聘回来后，说你不愿意嫁给我。我痛得撕心裂肺，口吐鲜血，昏了过去。"褚蒜子听了，内心里受到强烈的震撼。

她从史书上看到许多帝王之家的嫔妃，因为争权夺利，互相之间费尽心机，尔虞我诈，痛下杀手。帝王之家表面奢华的下面，流淌着的都是失宠嫔妃的鲜血。从内心里，她对让她嫁入帝王之家的安排非常反感。

让她没有想到的是，司马岳竟然听王荟说了一句自己不愿意嫁给他的不实之词，痛得口吐鲜血、昏死过去。这种以死相求的痴情，使她感动，使她心疼，同时也使她心底里充满了喜悦：能得到这样的痴情郎君，是自己今生最大的幸运。因为激动和高兴，褚蒜子的热泪一直没有止住过。她用右手把司马岳拥得更紧了，左手在司马岳的胸前拂来拂去，像是在安慰，也像是在爱抚。

褚蒜子纠正说："我并没有给王荟大哥说过不想嫁给你，他为什么这样说？这里面好像有什么误会？"褚蒜子的小手白白润润，玉指纤纤。司马岳心里痒痒的，抓了起来，亲了一下。看到褚蒜子并没有反抗的意思，就放在嘴上亲个不停。

褚蒜子凤目潋滟，将手指抽回，催问道：“王爷，你倒是回答呀！”

司马岳嘴里的空间腾了出来：“凤凰，太妃和王荟是为我行聘的，你应该是明白的。”

“明白。”

“那你对太妃说不想嫁给富贵人家，如果强逼你嫁入富贵人家，你宁可削发出家。这在我听来，就是不愿意嫁给我。”

“王爷，你这次真是自己害了自己。你的猜测遗忘了一个大的前提，就是包括我褚蒜子在内的全天下所有的女子，都不会冒着被夷灭三族的危险，抗拒皇家选妃。”

“凤凰，正因为我知道本朝有抗拒选妃夷灭三族的圣旨，我很清楚你如果拒绝选妃，你家就会被夷灭三族。同时，你死了，我也会跟着死。所以，我才会痛彻心扉。”

“凤凰感激三哥的深情和眷恋。凤凰年纪虽小，但为了不让家人涉险，别说让凤凰嫁给你这样一个王爷，即使让凤凰嫁给街上一个要饭的乞丐，凤凰都会义无反顾。”

“可是，到现在我都不明白，你当时为什么那么说呢？”

“这是我在回答太妃问话时的一个内心表白。就我的初衷来讲，我愿意嫁到贫家，一夫一妻，白头到老。我不愿意嫁到帝王之家，钩心斗角，争个你死我活。”

“你的愿望，本王能够理解。”

“谢谢王爷。即使在当时的情况下，我说不愿意嫁到富贵人家，也不能说是不愿意嫁给你。因为太妃并没有向我挑明她来我家是向我行聘的，更没有向我直接挑明是为你行聘的。”

“你刚才的解释，使我茅塞顿开。太妃之所以没有向你挑明，是因为你事先已经说了不愿意嫁到富贵人家。你之所以敢说不愿意嫁到富贵人家，是因为太妃怕你抗旨而没有向你挑明是皇家选妃。”

“的确如此，我不过是借着太妃娘娘的慈祥和喜欢，耍了一个小姑娘爱使的一个小性子而已。只有我的傻王爷，才会真的认为我会抗拒选妃的，并折腾得自己大口吐血，这真的会使凤凰疼惜一辈子的。”

“一口血算得什么，怎能比上得到了你的一颗真心。”

“王爷，你的琅琊王府美女如云，她们不是一个个都爱向你使小性子吗？

你能一个个都当真吗?”

“凤凰，不要取笑我。太妃娘娘是往王府选派了几个清秀的宫女。今后，我司马岳只心仪你一个人。”

“我是说以前，我听说王爷常常是醉卧花丛迷乱眼。”

“凤凰，你是我今生遇到的唯一的一见倾心的女子。我感到庆幸的是，苍天不但让我得到了一个我喜欢的女子，而且还让我得到了这个女子的心。”

“我也同此感受。相识以来，王爷频频地向我示好，让我起敬，可并没有让我动心。”

“这个我很清楚，所以一直担心你不愿意嫁给我。”

“真正让我动心的，是在今夜我知道了王爷为了凤凰这样一个平凡的民女，竟然不惜以命相追。如果说行聘之后，你已经得到了凤凰的人，现在，你已经完完全全地得到了凤凰的心。”褚蒜子一直和司马岳贴着脸，奔流不息的泪花，不断地从脸上流下。

褚蒜子动情地说：“小妹盼望的是，王爷快快地把身子养好了，早日把小妹娶进门来，解除我们两人的相思之苦。”

“ 本王明白，明日我就请太妃启奏皇兄，恩准我们早日成婚。”褚蒜子秀眉高扬，红云微潮，连声说好。

“我得病时，只有王荟、张鼐在身旁，可是他俩派人请你来的?”

“他二人并没有派人请我，是凤凰自己预感到王爷可能会出什么事情，前来王府探望的。”

“这就奇怪了。你在家中，怎么就知道我病了?”

“这就叫至亲感应吧！晚上，我心里慌慌的，生怕亲人遭遇什么不测。凤凰的至亲只有父母、歆儿和王爷，他们三个都好好的，我只能把可能会出的祸事往王爷身上想了。”

抱琴在门外说：“快要天亮了，晚了可就不好出府了，你们小夫妻亲热起来没完没了，我们在外面都快冻死了。”

司马岳高声向门外说道：“外面怪冷的，抱琴赶紧进来吧。”

抱琴来到东阁说：“奴婢早就想进来取暖了，只怕搅了你们小两口的雅兴。不过，你们之间卿卿我我的恩爱话语，奴婢虽然听了不少。你们贴身亲热的情形，奴婢可是没有完全看清楚 。”

司马岳很奇怪：“门是关着的，你是怎么看见的?”

褚蒜子脸红红的，对司马岳说：“王爷，抱琴这是在诈你的。”

她转过身来说：“抱琴，你小丫头片子也不要太猖狂。本姑娘和未来的夫君亲热一下，也不背礼法。就是故意让你小丫头片子偷听偷看的，好让你今后找夫君时学着点。”

“小姐别说了，羞死抱琴了。抱琴拿定主意一辈子跟着小姐，决不嫁人。”

张鼐也敲门进来凑热闹说：“主仆二人都是一副刀子嘴。”

“张公公来得正好，我仔细查了查王爷的药渣，把药方全部复原写在了纸上。确实是一服止血安神的好药方，药方是哪个高人开的？”

“是王府的豆文老太医。”

“王爷现在心神安定多了，只是身子有点儿弱。我把方子稍微改动了一下：减了一味安神药，加了一味人参补身，请豆老太医看看能不能用？”

“奴婢替王爷谢谢姑娘了。姑娘真的好本事，小小年纪，就敢改老太医的药方。”

“这算什么？我家小姐原来还想到皇宫前开医馆的，被夫人骂了一通，开不成了。”俏皮的话语，引起了一片笑声。

褚蒜子依依不舍地和司马岳话别。

一声鸟啼，响彻夜空。春风吹过，一滴滴露水从树枝上滴落。漫天的星星，眨眨眼睛，收回最后一丝光亮，躲进了夜色里。晨曦拉开了夜幕的窗帘，唤醒了沉睡的大地。东方天际的一抹抹鱼肚白，点亮了京城的黎明。

灯光摇曳，树影婆娑。褚蒜子心情愉悦，带着抱琴趁着黎明前的微暗，从王府北门出来，向北面的褚府走去。刚走不远，背后有人高声喊道：“王妃慢走。”

第十五章　邺城探险

褚蒜子回头看去，原来是王荟，身后面还跟着一个青年将领。

“这么早，大哥就急急忙忙向王府赶来，可有什么大事?”

“家父接到细作密报，后赵石虎准备率领大军攻占建康，家父让我前往邺城探听军情。”王荟说明了来意，“我想请王爷推荐几名高手，顺便看看王爷的病情。”说完后，神秘地一笑，“有了王妃的亲身探视，王爷自然是人到病除。”

褚蒜子无心说笑，心里满怀热望：“大哥缺少人手，能否带上我和抱琴?”

“褚王妃，不是大哥看不上你们。这是前去龙潭虎穴，不是联句吟诗，是要有很高武艺的!”王荟故意把武艺两个字说得响亮。

褚蒜子秀眉一挑：“大哥怎知我俩没有武艺?”

“好吧，不是大哥不给你们面子。你们俩如果能够在家父的侍卫身前走上三个回合，我就带上你们。”

“一言为定。”

“不打诳语。”王荟指着身后的将领说，“这是家父的贴身护卫王勇，我朝的武学高手。”

褚蒜子说：“王将军早安。”

“王妃早安。”王勇嘴里回答着问话，眼睛却向主仆二人扫去，心想就这两个小丫头儿，我一手一个能把你俩扔出几丈远。

王勇有些轻敌：“你们俩，谁先上，还是一起上?”

“先让抱琴跟王将军学几手。”褚蒜子知道义父身边高手很多，向抱琴叮嘱道，“小心观看王将军的路数。”

抱琴回答：“明白。”

王荟在王勇的耳边说道：“下手轻一些，把她们打倒即可，免得她俩成了我们的累赘，可千万不能伤了她们的筋骨。”

王勇轻轻地点点头，随即摆出一个“虚怀若谷”的架势，等待着抱琴的进攻。他看到抱琴有点犹豫：“我从来不向女子先下手的。”

抱琴笑了笑，亮了一招“白鹤展翅”，伸出左掌向他的前胸劈来。王勇伸出右手来击抱琴的左手手腕。抱琴左手是个虚招，看他左侧露出了破绽，伸出右拳直击他的前心。王勇看到抱琴就是一个小女孩儿，猜想她也没有多少力气，听任她随便击打。他自己趁势亮出了一招“饿虎扑食”，伸出双手，快如闪电，带着“嗖嗖”的风声，来抓抱琴。王勇对自己的右拳不躲不顾，使抱琴有些意外，只得收回拳来，快速向右侧一跨步，高高跃起，躲避王勇抓扑。王勇根本没有想到抱琴轻轻就能跃起在自己头上，使自己的身子扑空，心里有些吃惊，由于用力太猛，惯性地向前冲去。抱琴听到王勇已经冲到自己的身后，抬起左脚，轻轻地向后蹬去，正蹬在王勇的左肩上，王勇站立不稳，摔倒在地。

抱琴慌忙转身跳下，将他扶起，连连说道：“王将军承让了。”

王勇倒是大大方方：“没有承让，实是技不如人。”

王荟怎么也没有想到会出现这样一个局面，分外惊疑：“小丫头片子身手太快了，你是怎么跃起来的？连我都没有看清楚，小丫头是在哪个仙山修炼的呀？”

抱琴浅浅一笑：“都是小姐手把手教的，公子不想与小姐比试一下吗？”

“真的吗？不比了。探险不光需要武艺，更需要脑子。凤凰那小丫头儿的脑子好使，我们就一起去吧。”

他告诉褚蒜子，人手够了。他不去王府要人了。现在回家向父亲汇报，晚上在采薇宫商量前往邺城细节。

夜幕降临之后，褚蒜子带着抱琴、侍书悄然进入采薇宫，王荟已经早早来到，正在等她。

褚蒜子还没有坐下，王荟就说：“凤凰，邺城你去不成了。”

“为什么？”

“我向家父汇报了准备和你一起前往邺城的打算后，家父脸色一沉说，凤凰还是一个小丫头，又是未来的王妃，不能前去涉险。我只好说人手不够呀。”

“义父是怎么回答的呀？”褚蒜子着急地问。

“家父想了想说，为父从凤凰想到了谢康，小伙子几年前来别院避难，小小的年纪，面对追兵，毫不慌乱，是个好的人选。”

“义父一向是疼凤凰的，这次是怎么了？”褚蒜子有些不解。

“小妹，王老丞相是你的义父？”司马岳问道，“这是什么时候的事情？本王从来没有听你说过？”

“几年前，苏峻派兵追杀四弟，四弟逃到家父别院避难。家父的小妾雷云收下四弟为义女。”王荟回答了司马岳的问话后，又出主意说，“凤凰，不如你直接去找家父，以义女的身份，磨着他死缠烂打。”

“不妥，义父不让我去，是感到干系重大。我去求他，他也很为难。”

“别说王老丞相不同意你去，本王也不同意你去。”

“小妹有志为朝廷出点微薄之力，王爷为何不同意?”

“邺城是石虎的巢穴，步步惊心，处处凶险。爱妃一旦有个闪失，岂不是要了本王的性命?”

“王爷担忧小妹安危，小妹非常感激。一事当前，国事为重，个人为轻。王老丞相不担心王荟大哥的安危吗？正是王老丞相亲自委派大哥出征的。”

“这个道理，本王当然明白。大哥武艺精深，你可手无缚鸡之力呀!”

一句话把王荟说笑了：“王爷有所不知，微臣的武艺比起凤凰来，难望其项背呀!”

“这是真的?”

“微臣什么时候骗过王爷?”

“小妹，你究竟有多少本领呀！本王怎么也看不明白?”

“这下王爷肯让小妹去了?”

“本王心里还是担心小妹的安全。”

“身为大晋子民，为国出力，责无旁贷。小妹万一在邺城蒙难，死得其所。传扬开来，未来的王妃为国捐躯，不失为王爷和朝廷的一件美事。”

褚蒜子不惧凶险、争赴国难的品格，激起了司马岳的激情：“本王决定请旨和你们一起前往邺城。”

褚蒜子若有所思：“这倒是一个好主意。请王爷面见皇上，恩准我俩一道前去，皇上如不同意王爷前去，王爷可以退而求其次，请皇上恩准我去。”司马岳表示明日早朝，就向皇兄请旨。

褚蒜子帮助司马岳服了汤药，留下侍书伺候，告别司马岳，和王荟、抱琴一起离开王府。

出府后，王荟对她说：“王勇已经带着家父给豫章太守的书信，骑快马前往豫章，调谢康前往邺城。”

褚蒜子听了，心中豪气升起：“康哥哥武艺超群，此行有了他的参加，我们的胜算更大。如果机缘凑巧，能够手刃石虎，就是上天最大的恩赐。”褚蒜子所说的这个石虎，是后赵的天王。

石虎（295—349)，字季龙，羯族，武乡（今山西武乡）人。

石虎是后赵明帝石勒的堂弟，武艺高强，作战勇敢，屡立战功，被石勒封为中山王、丞相，统帅全国兵马。

石勒灭掉刘曜的前赵后，建立后赵，建都邺城。石勒驾崩，将帝位传给儿子石弘。

石勒刚刚咽气，石虎丝毫不顾石勒对他的提携之恩，把石勒的儿子、后赵闵帝石弘，连同皇太后、皇后、太子等皇族数百人全部杀死。

在加冕皇位之时，石虎已经穿好了皇帝的衣冠，发现镜子里面，自己只有身子，没有头颅，心中大惧。自此以后，只敢称天王，不敢称帝。仍然沿用赵这个国号。

石虎率领的后赵军队，战力强悍，凶残无比。石虎每攻下一城，把青壮年征兵，其余的老弱病残，一律或刀砍或火烧，全部杀死。把年轻女子全部抢走，有美色的优先供石虎自己淫用，其他的分给各级将领。为了肆意享乐，在当时全国只有五百多万人的情况下，石虎征召上百万人充当苦役，在邺城、洛阳、长安大建宫殿一万多间，工程浩大。寒冬腊月不许停工，苦役衣履单薄，食不果腹，冻死无数。

为了满足自己的淫欲，石虎下旨强征全国二十岁以下、十三岁以上妙龄女子入宫。经过几年的强行征召，石虎往邺城、洛阳、长安等地宫中强征了四万多名美女。后赵全国多少有点姿色的年轻女子，大都被强征入宫。

一年的春天，万物复苏，百花盛开。戎昭将军张豺向石虎献媚："微臣奏请天王陛下，率领宫中美人和文武百官出巡，既可以踏青狩猎，又可以安抚百姓，宣示天王威仪。"张豺跟随石虎平灭前赵时，曾经将前赵皇帝刘曜的幼女刘青玉抢来，献给石虎。石虎给其加官晋爵，引为亲信。

石虎身材高大，满脸虬髯，铜铃般的大眼，冒着凶光，一张大口几乎占去了肥大的脸庞的大半，一次能吃两只羊腿，体重二百多斤，大肚子快要下坠到膝盖之上。

石虎拍着自己的大肚皮："爱卿看朕这个身子，还能出外巡猎吗?"

"微臣可以在邺城西苑，围起猎场，在猎场中间用黄土铺路，天王从金凤台直接乘车巡猎。"

石虎大喜，给张豺拨兵十万，让张豺围建猎场。张豺率领十万兵丁，又征召了十万苦役，在邺城西面方圆上百里地面，赶走百姓，设置围场。命令兵丁驱赶、收拢山林老虎、豹子、狗熊、野狼等各种野兽进入围场，用木寨、围帐围住。张豺命令下级官员将士在木寨和围帐日夜守卫，防止野兽逃脱。一旦有野兽逃脱，负责守卫的官员、将士一律斩首。围场内，纵横交错修建了几条黄土铺地的道路，供石虎和嫔妃们乘车游玩。

围场设置好后，张豺请石虎入驻。石虎看到围场之内，各种设施，应有尽有，笑得浑身乱颤。

入夜，石虎命人在围帐内点起火把，亮如白昼。命令兵丁们把野兽赶了过来，在围场内射猎，射中虎豹者赏银十两，射中熊狼者赏银五两。

石虎自己带着数百名受宠的嫔妃，乘坐上百辆彩辇观看，车队前面有一千名宫女身穿彩衣组成的彩车仪仗队，打着伞盖、旌旗，在前面开道，阵势蔚为壮观。

兵丁们为了赏银，有的张弓搭箭向野兽射去，有的挥舞刀枪向野兽砍去。围场内的很多虎豹熊狼，被射中、被砍杀，倒在了血泊之中。虎、豹、狼、熊被逼急了，返身撕咬、吞吃兵丁。很多士兵被咬断了喉咙，撕去了手脚，场面非常血腥。

在石虎眼里，他的兵丁和野兽一样，都是供他驱使、供他开心的工具。他观看人兽大战，看得兴趣盎然，两只大眼笑成了一条缝。为了在众多的朝臣和嫔妃面前，显示自己的威风，他要亲自射杀老虎。石虎下了彩辇，由太子石邃和其他几个儿子石宣、石斌、石遵持刀护卫。石虎站定后，张弓搭箭，命令兵丁向自己的站立之处，赶来一只老虎。

这是一只白睛吊额大老虎。老虎受到兵丁的驱赶后，发疯一样，向正前方的石虎冲了过来，大有一口吞吃掉石虎的气势。

石虎久经战阵，箭法高超，加上两旁有四个儿子护卫。他气定神闲，在老虎狂奔到距离不远之处时，石虎松开手中的弓弦，飞出一箭，正中老虎的面门。

石虎扬扬得意，正准备让儿子前去为老虎收尸时，令人意想不到的情况发生了：这只老虎非但没有中箭倒毙，反而“嗷”的 一声，张着血盆大口向石虎扑来。

两边负责护卫石虎安全的几个儿子，看到老虎这么凶猛，吓得屁滚尿流，丢下石虎，转身向后逃命。石虎受到惊吓，两腿一软，吓趴在地上，他知道今天自己这个石虎，真的要被真虎吃掉了，喉咙里发出了“完了，完了”的哀鸣声。石虎的哀鸣刚刚发出，一个青年将领从他身后凌空飞来。他人还在石虎的身后，手中长长的双刃矛，已经伸到了石虎的前面，精准地插进老虎的血盆大口，老虎惨叫一声，气绝身亡。

青年将领随后快速地落地站稳，用矛将五六百斤的老虎举到空中，旋即狠狠地摔下，老虎顿时被摔成了一堆肉泥，围场内发出一片喝彩声。青年将领放下双刃矛，把石虎轻轻地抱了起来，送到彩辇上坐好，口称：“天王爷爷受惊了，孙儿救驾来迟，死罪！死罪！”

“孙儿救驾有功，何罪之有？”

自称孙儿的这个青年将领，名叫石闵。魏郡内黄（今河南内黄）人，身高九尺，身材挺拔，作战勇敢。石闵本姓冉，被石虎收为养孙后，改姓石。

石闵部下有一万多人乞活军。乞活军最大的特点是，谁给饭吃，就帮助谁作战，有很强的战斗力。石虎丢人现眼，扫了出巡狩猎的兴头，回到了金凤台，筹划南侵灭晋事宜。

咸康三年二月的一天，褚蒜子正陪着父母在客厅说话，褚安来报：“王荟、谢康求见。”

褚裒说：“快请。”

王荟、谢康和褚裒夫妇、褚蒜子见礼后，褚裒问道：“康儿回京有何公干？”

“和王长史一道，前来向姑父宣示皇上的口谕。”褚裒起身就要下跪。

王荟止住说：“自家爷儿们，又是皇上的口谕，不必跪接。”

褚裒说：“请讲。”

王荟说：“石虎准备攻打京城，皇上下达口谕，着凤凰和我、谢康一道前往邺城，打探军情。”

褚裒夫妇一听，十分诧异。褚裒惊疑地说：“我朝在邺城潜伏有很多细作，哪里需要凤儿一个小女孩儿前去打探？”

王荟说明原委：“细作未能取得有价值的情报，皇上才委派我们前去。”

谢真石忍不住向女儿问道：“琅琊王正在大病之中，他肯放你去吗？”

谢康交底说：“回禀姑母，正是琅琊王本人，亲自向皇上请旨派凤凰前去的。”

“我明白了，此事全是凤儿一手撺掇的。”谢真石看了女儿一眼，“死丫头，别看你现在心劲儿高，为娘的就不相信，你走后就不挂念正在大病之中的琅琊王？”

褚蒜子扑通一声，跪在父母面前说：“女儿走后，当然会惦记爹爹、娘亲和歆儿，也会惦记琅琊王。”

谢真石动情地说：“娘亲知道，那你为什么非要以身犯险呢？”

“女儿听闻后赵军队攻下青州后，城内官军和百姓大都被杀死，只有几百人逃出城外。狗贼现在准备发兵攻占京城。如果得手，青州悲剧就会在京城重演！女儿岂能袖手旁观。”褚裒、谢真石都被女儿的真情打动。

褚裒说道：“凤儿长大了，知道为国分忧，可喜可贺。凤儿，琅琊王最近病情如何?”

“琅琊王病情好多了，女儿留下侍书照顾他。他现在每天早早起来练习剑术，多次向皇上请旨前往邺城。”

褚裒欣慰地说：“琅琊王天资英聪，当是我朝不可多得的帅才。皇上岂能叫他去做一个探子?”

王荟解释道：“他心里放心不下凤凰，想亲自前去。”

褚裒关心地问道：“荟儿，你们什么时间出发?”

王荟稍加思忖：“家父得到细作密报，石虎四月底从邺城起兵。我们准备三月初起程。”

“石虎需要沿途抢割小麦接济军粮，不会早于四月底发兵。你们三月初过去正好。”褚裒叮嘱说，“有什么困难，提前给我说。”

“多谢伯父。”

谢真石担心女儿的安危，道：“荟儿、康儿，你们是哥哥，凤儿年纪还小，又是女儿身。刀枪剑戟方面，少让凤儿上。”

“伯母放心。我们去邺城，靠的是计谋，不能比刀枪。”

褚裒大为赞同：“荟儿说得对。刺探军情全靠智取，不能动刀枪，否则真的打起来，别说你们三个人，就是三万人，在邺城也不是石虎的对手。”

王荟回答说：“侄儿明白。”

司马衍咸康三年三月，草长莺飞，桃红柳绿，春雨如酥，春草如丝。田野上一片片的油菜花竞相开放，一块块金色的地毯刚刚在眼前涌来，随后又向身后飘去。蝴蝶扇动着彩色的翅膀，在花上流连起舞。蜜蜂上下翻飞，忙着采花吸蕊。大自然里，一片和谐繁忙的景象。王荟、谢康、褚蒜子、抱琴、王勇一行五人，无心欣赏美景，奔马如飞。

他们骑着快马，经过几天的昼伏夜行，一天上午，来到邺城正南门永阳门南关。几人从南关向北望去，邺城的南三门凤阳门、永阳门、广阳们从西向东，一字排开。城墙高高耸立，城楼雄伟巍峨，蔚为壮观。永阳门城门的上方匾额书写着四个大字：南控江汉。

邺城在春秋时期由齐桓公所建，东汉末年邺城为袁绍的冀州刺史治所。曹操在官渡之战中，击败袁绍，夺取了邺城。

曹操看到魏国故地邺城，西有太行屏障，南有黄河天险，决定建都于此，大规模地进行重建。

邺城由曹操的养子、大风水学家何晏依据《周易》进行设计和布局。何晏是曹操女儿金乡公主的丈夫，竹林七贤之一，是一个浪漫主义诗人。

何晏以邺城正南门永阳门到正北门厚载门为南北中轴线，以东门建春门到西门金明门为东西分界线，把全城分为南城区和北城区。南北和东西两条线交会于城内正中央的钟楼。北城正中为宫殿区，宫殿区东面为官署衙门和官员居住区，西面为练武区和铜雀三台。

曹操夜宿邺城，半夜看见邺城城西有金光拔地而起。第二天，命人前往发掘，挖出铜雀一只。谋士荀攸献言说，铜雀主吉祥。曹操大喜。

曹操命人在西北的城墙的连接处，以城墙为基础，从南到北，依次建立了金虎台、铜雀台和冰井台。金虎台高八丈，铜雀台高十丈，冰井台高八丈。冰井台的深井里储存有大量的粮食、食盐和冰块。三台各建有房屋几百间。曹操将铜雀台作为主台，在台上的高楼顶上安置铜雀一只，高一丈五尺。

三台按照五行布局，金虎台对应金星，铜雀台对应火星，冰井台对应水星，三台全部按照土星形状建造，中间用木制二桥连接，以对应金木水火土之数。三台都挖有运兵的地道和藏兵洞，内通城内的王宫，外通城外军事要塞讲武城，全长达几十里。邺城作为曹魏、后赵、冉魏、前燕、东魏、北齐的都城，素有“三国故地，六朝古都”之美誉。

王荟一行人，在南关一处挂着“太白居”的酒楼门前下马，告诉守门的家丁，山东来的粮商求见店主。店主王召和儿子王奎听报后，迎上前来。王荟走上前去，利用暗号和王召接上了关系。王召知道他们是朝廷派来的打探情报人员，将他们一行迎入店内。一行人牵着自己的马匹，正要进店。一员赵将从南门飞马赶来。这员赵将，二十多岁的年纪，高高的鼻梁上方有一对陷得很深的小眼睛，向外射着凶光，身后的几十名骑兵护卫，纷纷拿着马鞭，抽打道路两边的行人。这员赵将赶到酒楼门前，挥刀就向褚蒜子头上砍去。

第十六章　出师不利

一员赵将骑马奔来，挥刀要砍褚蒜子。褚蒜子敏捷地躲在一旁。

王奎抬头一看，原来是后赵的粮草官张轨。王奎将褚蒜子挡在身后，高手作揖向张轨说："张爷正在为购买军粮一事张罗，这几位客官都是山东的大粮商，也是我的朋友，我们进店说话。"

张轨带着随从铁算盘出城前来太白居酒楼，本来是找王奎商量购买军粮事宜的。他看到褚蒜子坐骑长鬃飞扬，浑身黑缎子一般，四蹄如雪，是匹好马。就想砍死褚蒜子，夺了她的坐骑。听到王奎说这几个人是他的朋友，张轨不好再杀人劫货。王奎把张轨和几位随从让进雅间，吩咐管家王升赶紧上酒。

王召随后把王荟他们几人领进内室。王召五十多岁，面如重枣，长髯飘胸，相貌堂堂。他看到来的几个人，年轻、干练，心里很是喜欢。

王荟将一行五人向店主一一进行了介绍：都尉谢康，护卫王勇，随从褚苏（褚蒜子）、江抱（抱琴）。并自我介绍说，自己姓王名荟，家父王导。

谢康介绍说："王大哥是琅琊王府长史。"

王召自我介绍："当年伐吴大元帅王睿是老夫的父亲。老夫今天得见朝廷官员，真是多年没有的事。"

王荟心有疑虑，问道："老伯原来是王镇军（王睿灭吴后，官拜镇军大将军）的后人，怎么没有南迁呀？"

"老夫祖居灵宝，刘渊攻占洛阳后，没有来得及南迁，只好流落在此。朝廷来人委派老夫做个眼线，老夫爽快地答应了。"

"家父让小侄代向老伯致谢。这几年老伯向朝廷报送了很多有价值的情报。"

"朝廷这次委派两位现任官员来此，一定有重要公干。"

王荟回答说："老伯前段时间送去的石虎准备攻占京城的情报后，皇上和家父都很重视，想请老伯打听得更具体、更详细些。"

谢康插话说："比如说，石虎是否会亲征？出动多少军队？多少骑兵？多少步兵？"

“这些都是核心军事机密，以老夫现在的人脉，很难打探清楚。”王召面有难色，“刚才进店的那员赵将叫张轨，是石虎的粮草官。犬子王奎和他很熟，看看奎儿能否向他打探出一些情报。”

正在这时，王升进来说：“张轨请少爷帮助购买军粮，少爷请客官前去一叙。”

王召听了，领着王荟、谢康来见张轨。他们看到张轨正在大吃大喝，顾不上说话。他伸手抓起盘中的一只大海参，也不咀嚼，直接就吞进肚里。大盘里的大块牛腱肉，同样用手抓起，送到嘴里。不等王奎劝酒，张轨把面前的酒杯推到一边，连呼拿大碗来。手拿酒壶，一张口，一壶酒就倒进了嘴里。厨师送上了一只肥大的烤全羊。张轨也不客气，接连撕下两只羊腿。手拿羊腿，大碗喝酒，大嚼大咽，吃得满嘴流油。

王荟看到张轨吃得差不多了，说道：“张爷，我们一边吃着，一边谈谈购买军粮事宜。”

张轨用小眼睛向王荟打量了几下：“你们是哪里人氏?”

王荟回答道：“青州。”

“你们有多少粮食?”

“张爷要多少，我们有多少。”

“三十万石有吗?”

“我们将三十万石粮食直接送到邺城。”

“怎么分成?”

“倒三七，张爷得七，我们得三。”随后王荟向张轨报出了每石粮食的价格。

张轨随从铁算盘手中的算盘响了一阵，讨好地向张轨说：“一万石，能赚一万两白花花的银子。三十万石，就是三十万两。”邺城周围连年大旱，很多良田绝收，再加上战乱不断，粮价飞涨。

王荟进一步问道：“张爷这次共需要购买多少军粮？多少石马料?”

张轨说：“不会少于三十万石。更准确的数字，本官还需要问镇卫大将军后，我们再进一步洽谈。”说完，打着饱嗝，骑马回城。

张轨所说的镇卫大将军，是指他的父亲张豺。

中饭后，王奎在店中等待张轨的消息，褚蒜子他们在王召的引导下，出外察看地形。从南关往西走不远，就是三台。三台之西，就是石虎动用百万苦役挖掘的太液池。滚滚的漳河水从太行山奔腾而下，在城西注入太液池，然后流经三台，向城北流去。

石虎改金虎台为金凤台，把金凤台作为三台的主台，增高到十二丈。在台上建有五层高楼，高十丈。在高楼上，安置了一个高十丈的金凤凰。在阳光照耀下，金凤凰闪闪发光，展翅欲飞。石虎把强抢来的美女大部分安置在三台之上，专供自己日夜宣淫。

阳春三月桃花水。漳河两岸，桃花盛开，五彩缤纷，落英无数，香气袭人。

褚蒜子他们向北望去，最南面的金凤台巍峨高耸，把铜雀台、冰井台挡在了身后。台上高楼林立，彩旗飘舞，管弦声声，石虎的宴饮整日不息。

她们折转西行走出几里之外，西面的土岗上，一处建筑隐隐约约地掩映在绿树丛中。走近一看，这座建筑坐北朝南。山门有些残破，山门上方的匾额上写：西门豹祠，落款：曹孟德，建安二十年秋月书。字体狂放不羁，很像曹操本人。褚蒜子放眼望去，祠堂西面的土岗上到处是大片的原始森林，郁郁葱葱，遮天盖日。她心里一动：这里真是一处藏兵之所。

王召正要让家人上前敲门，大门吱呀一声开了，祠堂里走出了一个看护人，看护人先行拜见王召。

王召对看护人说："这几个人是我的朋友，今天来祠堂看看。"

褚蒜子一行，在看护人的引导下，先后看了享殿、碑林。享殿高大宽阔，正中端坐着西门豹的金身，神像和殿内打扫得都很干净。碑林中镌刻着历代文人墨客吟咏西门豹的诗篇。祠堂是汉献帝建安年间，由曹操派人重修的。曹魏以后，战乱不断，祠堂残破不堪，王召派了一个家人当看护人，才勉强维持，不至于坍塌。王召带领他们来到后厢房休息，后厢房是王召修建的，白墙青瓦，客房、伙房一应俱全。

几个人正在观看，王升来到祠内，说张轨已经从城内返回到酒店，请王荟他们前去商量购粮事宜。

王荟、谢康不敢耽搁，迅速和王升一起回到了南关太白居。

张轨正在酒店内等得不耐烦，看到王荟、谢康回来后，当即对二人说："镇卫大将军要召见二位，敲定购买军粮和马料数量。"

王荟问道："在哪里召见？"

"大将军府。"

王荟心里有些犹豫，看了一眼张轨，进一步询问："张爷，大将军什么时间召见我们？"

"现在就去。"

"现在天色已晚，明日一早前去如何？"王召使出了缓兵之计。

“大将军正在府里等着，你们难道想让大将军干等一夜不成?”说完话，张轨径自走出酒店，骑上了他的高头大马。

王荟、谢康见状来不及商量，只好各自上马，跟随张轨进城。

王奎也要上马跟去，被王召使了个眼色止住。等张轨走后，王召招呼儿子说：“奎儿，我看朝廷两位将军此去吉凶未卜。你和王升从家中地道潜往城里的酒楼，打探消息。”王奎点了点头。

王召除了在南关开了一家太白居酒楼外，还在城里开了一家太白居酒楼，主要由王奎经营。酒楼位于永阳门南大街西侧，与南面的张豺的大将军府一墙之隔。张豺、张轨经常带着全家老小到城里的太白酒楼白吃白拿，王奎总是笑脸相迎，为的是能向张轨打听到一些后赵的情报。

从家中的地道进城来到永阳门南大街的太白居酒楼后，王升带领几个家人到张豺府前探听动静，王奎在酒楼里面等候消息。王奎刚刚坐下，张豺府内冲出一队兵丁，将酒楼包围起来。王奎迅速钻入地道，逃出城外。王升看到酒楼已经被张豺派兵包围，没敢回去，直接从西面的凤阳门出城。

褚蒜子住在南关太白居酒店二楼。她听说王荟、谢康连一个招呼都没有打，就骑马随张轨进城，心里好生郁闷。赶忙和抱琴、王勇一起来到客厅，向王召问个究竟。

王召解释说：“事出突然，两位将军随张轨进城，面见张豺问清购买军粮总数。”

褚蒜子脸上愁云泛起：“张轨贼眉鼠眼，两位哥哥前去凶多吉少。”

“可是不去也不行。张豺既然识破我们是想借买粮来套取情报，我们已然在张豺的监视之下。”王召也很担心，“奎儿已经前往城内打探消息，我们弄清楚情况后再作打算。”

众人正在说话，王奎已经从地道逃了出来，王升也从城内逃回了南关太白居。

王奎忧虑重重：“两位朝廷官员已经出事，张豺派兵到城里的酒楼抓不到人，必然会来城外的酒楼抓我们。我们还是先躲避一下为好。”

“老夫已经让人打开了地道铁门，全家老小已经先行进入地道。老夫和朝廷官员这就下去。”王召心里已经做了出事的准备，镇定地说，“奎儿，你安排了家丁和伙计进入地道后，抓紧进来，商议如何救出两位朝廷官员。”王奎进入地道前，吩咐王升带领几个家丁，把地道口隐蔽好后，骑马前往西门豹祠堂。

王升刚刚离开南关太白居，张豺派出的追杀王召父子的兵丁，已经闯进了酒楼。他们翻遍了整个酒楼，连酒楼的一个伙计也没有找到。兵丁们把酒楼的熟肉全部吃光，散酒全部喝光，把酒窖里的几十瓮好酒，全部装车运往张豺的府里。

在地道里，王家父子和褚蒜子并没有走远，就坐在两扇大铁门后的一间大厅里。大铁门在地道入口处附近，每扇都有数百斤重，上都有铁环。跨过大铁门后，将铁门关好，用粗铁棒插好，任你千军万马，也无法闯入。

褚蒜子心情焦急道："不知老伯的地道还有没有别的出口？我们必须设法救出两位官员。"

王召虽然上了年纪，遇事倒还沉着："褚兄弟不要着急。为了保全全家老小的性命，老夫和奎儿挖了这个地道。正巧和曹操的转兵洞挖通了，褚兄弟听说过曹操的转兵洞吗?"

"是不是坊间传说的关公点曹兵的转兵洞?"

"正是。"

坊间传说，关公陪着曹操阅兵。曹操为了展示他的军力强大，将经过检阅台检阅过的骑兵，又通过转兵洞不断重新出现检阅台前。结果，检阅了一整天，眼看着红日西坠，曹操的骑兵仍然是川流不息地从关公的眼前经过。关公心生疑惑，他趁曹操不备，拔剑砍掉一个骑兵的马尾，不一会儿这个骑着半截马尾马的骑兵就又转了回来，关公才知道了曹操这老狐狸的猫腻。自此，"关公点曹兵，点也点不清"的故事就传扬开了。

"和转兵洞挖通后，奎儿带领家丁很快又和城外的西门豹祠、城里的酒楼挖通了，接着又把地道挖到了张豺的大将军府的地下。"

"太好了。"褚蒜子兴奋地站起身来，"这么说，我们今夜就可以通过地道进入张豺的府中，救出两位哥哥了。"

"进入张豺的府中容易，我经常去给张豺、张轨送礼，对张豺父子的居室位置都很清楚。"王奎担心地说，"张豺府内护卫很多，个个剽悍凶猛，我带到地道里的家丁，身手有限，单靠我们几个人，救出两位将军，怕是很难。"

这时来到邺城后一直没有张口的王勇说道："酒楼的家丁会砍死人脑袋吗?"

王勇看到王奎有些不解，说："我负责用迷魂散把护卫迷昏，由酒楼的家丁把他们的脑袋砍下来。"

褚蒜子说："我本不主张滥用迷魂散，为了救出两位朝廷官员，今天我们一定要用，务必干掉张府的全部侍卫，抓住张豺父子。"

王召念佛说："菩萨保佑，让几位高人救出朝廷两位官员。"

王勇有些担忧："不知两位将军是否有性命之忧？"

"张豺是想把朝廷在邺城的眼线一网打尽，好在石虎面前立个大功。抓不到老伯父子，张豺暂时不会报告石虎。"褚蒜子仔细分析了当前的敌情，"我们现在通过地道潜入张府，酒楼的家丁不用太多，有十名手脚利索的即可。"

王奎嘱咐说："张豺的府邸在永阳门南大街路西，切记不要让张豺的护卫发现了大喊大叫，这就会招来永阳门大街上的石虎的巡逻队伍，我们就会功败垂成。"

褚蒜子补充说："王大哥说得很对。张府的护卫剽悍，一定要一剑封喉，要点清人数，防止出现漏网之鱼。"大家齐声答应。

夜深人静，在王奎的引导下，褚蒜子一行通过南关太白居的地道，来到张豺后花园的地道之内。地道出口就在一口深井的井筒中间，离地面大约丈把高的距离。

王勇把绳索盘在腰间，率先攀登。只见他双腿叉开，脚蹬井筒，双手将匕首插在井壁上。向上几个跨越，已经跃上了地面。

正当褚蒜子他们等待着王勇放下绳索来时，却听到王勇"哎呀"一声惨叫，从地面上跌落到井水之中。

第十七章　虎口掏心

褚蒜子在地道里正等着王勇往井下放绳索，没想到王勇跌落到井水之中，心里暗暗吃惊。她很快就镇定下来，一边吩咐王升想办法救人，一边吩咐抱琴、王奎两人一前一后，继续强行上井。

抱琴的头刚探出地道口，却看见黑暗之中有条绳索放下井来。抱琴很快就断定绳索是王勇放下来的，她率先抓住绳索向上攀登，后面褚蒜子等人依次跟进，一行人很快攀登到地面上。到了地面上见到王勇，褚蒜子问："刚才掉下井里的是个什么人？"

"我刚跃上地面时，看见一名身挂佩刀男子急急地走了过来，可能是张豺府上的值夜护卫。他来到井边，就冲着井口解手。我从背后捅了他一刀，他就栽到井里去了。"

褚蒜子让一行人全部服下了驱瘟丹后，把人员分成三组，由她和抱琴、王勇各自带领，分头行动。王勇负责消灭西门护卫。抱琴负责消灭东门护卫，褚蒜子负责消灭巡逻的护卫。

王勇和王奎带领两名家丁直扑张府西门，从暗处看去，几个护卫手持刀枪，靠在西门的门框上昏昏欲睡。王勇一个箭步冲到护卫们的面前，左手一扬，一包迷魂散飞向护卫们的面门，这几个护卫全部扑倒在地，被他们一人一个砍掉了脑袋。王勇吩咐两名家丁将死尸拖到暗处，用心守护西门。他和王奎埋伏在暗处，等待帮助褚蒜子消灭巡逻护卫。

抱琴和王升带领两名家丁来到东门附近隐蔽起来，发现几名护卫正在打盹。抱琴跪在地上，用连弩连射几箭，几名护卫当场毙命。还有两名护卫还没有明白发生了什么事情，抱琴和王升的宝剑已经架在他们的脖子上。王升用剑控制的这名护卫猛一低头，王升的宝剑架空了。护卫拼命大喊："有刺客！"拼命向院内逃去。王升正要追赶，只听一声箭响，抱琴射出一支弩箭，已经穿过他的后心。

抱琴控制的这名护卫，非但没有趁机逃跑，反而跪在地上说："官爷不要杀我，小的带领你们去杀张豺。"

"你叫什么名字？"

“小的徐健。”

抱琴高兴地说：“还算你有良心，立了功，就把你带回江南去。现在我们先杀完张府的护卫，再去杀张豺。”

“小的现在带领你们先去杀睡觉的护卫。”

抱琴说：“好。”

东门是张府正门，抱琴吩咐两名家丁，悉心把守。她和王升，在徐健的带领下来到护卫的寝室。徐健一脚踢开护卫的寝室大门，护卫们鼾声如雷。她们手起刀落，正在睡觉的护卫的人头全都被砍下。

抱琴又和王升检查了一遍，查清在寝室睡觉的护卫全部被杀死后，来到室外隐藏在路旁，等待帮助消灭巡逻的护卫。等了一会儿，也没有见到巡逻的护卫的踪影。抱琴问徐健：“怎么没有看到巡逻的护卫？”徐健回答道：“张豺府中，夜间前后门都有很多护卫把守。夜深时分，张豺的管家已经睡下，没有人起来查哨。巡逻的护卫大概都到一间绸缎库房里睡觉去了。”抱琴说：“这正是斩杀他们的好机会。”她们来到库房，一阵乱砍，正在睡觉的巡逻护卫，全都做了刀下之鬼。

她们前来寻找褚蒜子，看到她和王勇、王奎一起，在正房的楼下隐蔽着，正为找不到巡逻的护卫发愁。抱琴把由徐健带路，将正在寝室睡觉的护卫和正在库房睡觉的巡逻护卫全部杀死的情况说了一遍。

褚蒜子喜出望外，亲切地对徐健说：“谢谢你，徐大哥。”

徐健看到朝廷将领张口称呼自己为大哥，感动得热泪奔流。他对褚蒜子说：“小的自己早就想杀掉这些护卫后，再杀张豺全家，只是苦于没有机会下手。”

“徐大哥，张豺府上一共有多少名护卫？”

“五十名。”

褚蒜子嘱咐抱琴：“你带几个家丁，把今夜被杀的护卫尸体全部仔细地数清楚。有一个护卫已经掉下井里，现在应该四十八具尸体，少了一个，继续在全院搜查。”抱琴很快回来，向褚蒜子汇报说：“四十八具尸体，一个不少。”

褚蒜子放下心来，继续向徐健问道：“两位客商的性命如何？被押何处？”

“两位客商无恙，现在仍然陷在一楼客厅的地道机关内。”

“好。我们先抓张豺父子，再救二位哥哥。徐兄，张豺和张轨的内宅在何处？”

“都在二楼上。”

褚蒜子请王升带领两名家丁继续在院内巡逻，有了情况，赶紧报告。她请王奎带着两名家丁，把守好楼梯口，防止张豺和家人逃跑。

她和王勇、抱琴以及两名家丁，在徐健引导下，进入二楼内宅，首先来到张豺的寝室门前。

徐健一脚把张豺的寝室的大门踢开，用火镰点亮房间内蜡烛。张豺正在床上左右搂着两个美妾酣睡。烛光点亮后，张豺醒来大吃一惊。他光着身子，坐了起来，满身黑毛。急地大喊："来人呀！有刺客！"

他的呼救还没有喊完，徐健扑上前去，朝他的大腿上就是一匕首，他疼得捂住大腿直喊。徐健威胁说："再喊，老子要了你的狗命！"张豺吓得不敢再出声。褚蒜子吩咐，给张豺包扎好，堵上他和侍妾的嘴巴，让他们穿好衣服，全部绑了起来。

张轨在自己的房间，搂着一个美妾做着美梦，听到了动静，扔下美妾，顾不上穿衣服，光着身子，悄悄地来到楼梯口，准备下楼逃跑。王奎躲在楼梯出口一侧，看到张轨从楼上下来，用腿一扫，张轨摔得头破血流，被王奎绑了起来，送上楼来。

褚蒜子吩咐让张豺、张轨以及他的家人、全体下人穿好衣服，用棉布堵死嘴巴，全部绑了起来，集中到张豺的房间里，派王奎带领家丁看守。

她和王勇、抱琴在徐健的引导下，来到客厅。张豺府内的建筑风水很好，建筑坐北朝南，客厅的北端有一把宽大的虎皮帅椅，东西两侧摆着两排座椅。徐健坐到帅椅上，将两边扶手上的机关一按，东西两边的第一把座椅带着椅前的踏板一块弹起，向后退去。原来两把座椅前面踏板的位置，露出两个黑黝黝的洞口。

褚蒜子刚想向洞内看个究竟，只听得洞里有人喊道："闪开，我来也！"话音刚落，王荟、谢康已经分别从两个洞口跃出，站在地面上。

昨天下午，张轨邀请王荟、谢康前往张豺府上洽谈购买军粮事宜时，二人就感到张豺父子对他们的身份有所怀疑，但是又不能拒之不去。两人在硬着头皮前去的同时，也做好了准备：一旦话不投机，抢先下手制服张豺父子，强行索取情报，遗憾的是，王、谢二人太低估了张豺。张豺是只老狐狸，他之所以能够长期在生性多疑的石虎身边窃据高位，靠的就是鬼主意特多，深沟眼一翻，损招就生了出来。他听儿子说了山东两位粮商大包大揽南征军粮买卖，询问南征军粮、马料的总量，立即起了疑心，吩咐张轨传唤两位客商马上过府来谈，并吩咐要是两位客商不敢来，当场捆绑了，押来见我。

等到王、谢二人来到张豺的客厅，张轨安排二人在张豺左右两旁的第一排的座椅上坐下。自己站在张豺的身后。王、谢看到张豺高额鹰鼻，两只深目中冒着凶光，心中立即充满了警惕。

张豺看到二人年未弱冠，英俊潇洒，当场断定二人绝对不是什么客商，一定是东晋派来刺探情报的细作。他看到二人坐定之后，连话都没有问上一句，当即按下了帅椅扶手上的机关，王、谢二人脚下的铁器踏板，向下翻去，将二人翻入下面的黑洞之中，之后踏板复位，将二人困在洞内。

地洞洞底没有利刃等暗器，王、谢二人在洞里没有性命之忧，就是无法出来。因为铁器踏板复位后，把井口盖紧，踏板上的铁器抓钩就和地面上的铁器机关勾成连环。任你有千斤之力，也无法冲破铁器连环。二人向上跃起几次，都被头顶上的铁器踏板阻挡，把他们重新打回洞底。

张轨心里想着铁算盘给算出的买卖军粮的几十万两白银的进项，问道："父帅，几十万两白花花的银子不要了？"

"这两个人是晋朝的细作，是想借用购买军粮的数量来套取天王南征情报的。你把购买军粮的总数告诉了他们，到时候给你带来的不是什么几十万两白花花的银子，而是全家脑袋搬家的死罪。"

张轨摸了摸项上的脑袋说："好险呀，我看这两个人也不像是客商。"

"轨儿，你马上带人把王召父子抓来，明日一早和南朝的两名奸细一块儿审问。"张豺阴险狡诈而又自负，"明日中午，天王在金凤台大宴百官时，你将这四名奸细一块儿献上，天王必定大喜，赏赐你的何止是白花花的银子，肯定还要给你加官晋爵，为父的脸上又是何等的荣光。"

"父帅高见，我现在就去抓王召父子。"

张轨出府前往城内、城外的太白居酒楼抓捕王召父子扑空，回到府里，天色已晚。张豺父子都有一些乏累，两人先行睡觉，准备明日一早再提审洞内的两个细作。张豺做梦也没有想到，午夜未到，他和全家就被生擒活捉。

王荟、谢康从洞里跃上地面后，褚蒜子看到二人毫发未损，方才放心道："请二位哥哥速去张豺寝室，立即提审张豺，获取石虎南征情报。"几人来到张豺寝室，王荟、谢康坐在两把椅子上，其他人站立两旁。王勇、王奎把张豺父子提到王荟、谢康面前，取掉两人口中棉布，从后面朝两人腿上踢了一脚，两人跪倒在地。张轨一脸惊恐，张豺惊恐的底色里游荡着几丝狡诈。

王荟开门见山："大将军，我们闲话少说。我们来邺城的目的，大将军已经知道，就是弄清石虎这次南征主要情报。"

张豺貌似无奈地说："官爷，南征情报都是天王的核心机密，天王生性多疑，许多军令朝出夕改。南征军事情报，别说是我这样的外姓奴才，就是太子石邃也未必能够知道全部底细，小人实在毫不知情。”

徐健来到王荟面前说道：“报告官爷，午夜前后，街上巡逻的兵马，就会来到张豺府上打尖（吃饭）。张豺这个狗贼，是想拖延时间，等待援军。官爷必须尽快撬开张豺的嘴巴，取得情报，安全撤离。”

王荟已经听褚蒜子介绍了徐健投诚的情况，真诚地说：“谢谢徐大哥的提醒，街上巡逻的队伍是谁接待?”

徐健答道：“是张府的管家。”

王荟对王奎说：“王大哥，你带张府的管家去大门，如果石虎的巡逻队伍来到张府的门前，真的要进府打尖，让管家想法拖延一些时间。”

王奎把管家叫了出来，让他想法阻止石虎巡逻队伍进府打尖。管家为了活命，讨好地说：“请官爷派人跟随小的到库房抬几根大圆木。”

“抬圆木做什么?”

“官爷有所不知，小的可以以酒菜还没有准备好为借口，尽量拖延时间。可是这些巡逻的兵丁很暴躁，小的怕他们等急了，会破门进来。抬来几根圆木，把东、西两道大门顶死，巡逻兵丁无法进来，就能拖延时间。”

王奎听他说的有道理，让王升带领几个家丁，抬来了几根圆木，把西门、东门顶得死死的。王奎和管家在东门等候，王升在西门等候，应付巡逻兵丁进门打尖。

王荟看到张豺不肯吐露石虎南征情报，吩咐王勇、徐健说：“你俩分别站立在张豺的两旁，我最后向张豺发问一次，他再不回答，就把张豺和他全家的脑袋砍下来。”

王荟的话音刚落，王勇、徐健已经来到张豺的两旁，将他从地上拉起来。两人拔出佩剑，一人揪住他的一只耳朵，准备行动。张豺家人一看，吓得面无人色，张轨大声地央求说：“父帅，快说吧！不然，我们全家包括你的孙子、孙女都会被杀死呀!”

张豺本来就有些胆怯，在两把宝剑寒光照射下，他的内心在激烈地斗争着。说吧，就会把石虎的南征军事机密全部让东晋的细作掌握；不说，刹那间，全家都会变成刀下之鬼！说一点儿，藏一点儿，这几个人都是高手，他们小小的年纪，不但能潜入邺城，还能轻而易举地进入自己戒备森严、护卫成群的大将军府，可见绝对不是等闲之辈。权衡利弊，只有把自己知道的军事机密全部倒了出来，方为上策。张豺主意拿定后，问道：“南朝官爷，我和全家落入你们手中，我只有把我所知道的天王南征的军事机密全部相告，不知我倾情相告后，官爷是否会放过我们全家的性命?”

王荟回答说："这个自然。我们不但不会伤害大将军及全家的性命，还希望大将军在石虎身边继续担任高官。"

张豺深陷的双目中冒出希望的蓝光："谢谢官爷不杀之恩。"

王荟双目如炬道："这里有一个前提，就是大将军必须把你知道的石虎南征的军事情报全部说出，并且一定是真话。否则，大将军和你的全家人休想活命！"

张豺肯定地说："我明白，我全家老小性命攥在你们手里，我绝对不会拿全家人的性命开玩笑。"

王荟转向王勇说："请给大将军松绑，让大将军坐下讲。"王勇给张豺解开绳索后，张豺活动一下胳膊，坐了下来。

王荟问："石虎这次南征从什么时间开始？"

"天王的南征时间会选在麦收前后。"张豺感到对着晋朝将领称石虎为天王不合适，随即改口说，"石虎军粮不足，必须等到麦熟，好抢割小麦。"

"大概会出动多少军队？"

"石虎现在有三十多万军队。燕王慕容皝，一直对邺城虎视眈眈，石虎需要留下足够数量的军队守备邺城。"张豺想了一下，继续说，"我认为石虎最多能出兵二十万。"

"石虎会亲征吗？"

"石虎嗜血如命，可能会亲征。"

"石虎会出动多少骑兵？"

"石虎大约有十万骑兵。因为燕军以骑兵为主，为了防备燕军，石虎最多能出动五万骑兵。"

王荟："石虎第一仗的攻击目标会选在什么地方？"

张豺："石虎南征的目标是灭掉晋朝，真正当上全国的天王。第一仗是攻取历阳。然后，以历阳为基地，训练水军，向上挡住荆州晋军的增援，向下攻取建康。"

王荟自己先点了点头，接着转向谢康问道："谢都尉以为大将军说得如何？"

谢康回答道："军情瞬息万变，就石虎的准备情况来看，我看张大将军说的是实情。"

午夜将近，正当王荟提审张豺时，张府大门外面突然传来了一阵阵剧烈的刀枪打门的声音。

第十八章　水淹赵军

王荟吩咐："王勇大哥下楼弄清情况?"

王勇还没有下楼。王升已经跑上楼来说："东门外来了很多巡逻的骑兵，吵闹着要进门吃夜宵，张府的管家虽然一直在门里劝阻，但是这些兵丁非常蛮横，大喊着要破门进来。"

王荟果断地说："谢都尉，我们在这里对大将军不方便，还是撤出为好。大将军，多谢了，后会有期。"

张豺听说王荟说要撤出，脸上很快浮起不易觉察的喜色道："后会有期，砸门的很可能是石虎巡逻的骑兵卫队，一旦交起手来，就会招来大队人马。"

褚蒜子说："王、谢二位将军很累了，王升带领他们和全部家丁从西门撤出，我们几个断后。"

王、谢感到她的布置有条不紊，说了声："褚兄弟小心。"下楼去了。

太白居酒楼就在张豺大将军府的北墙外。王升带着王荟他们出了张豺的西门，进入了太白居酒楼西门。

褚蒜子看到王荟他们全部安全撤出后，向王奎等人打了一声招呼，飞过北墙，来到太白楼酒店院内。清点了一下人数，全部到齐。

褚蒜子吩咐家丁带领众人先下地道，沿着地道向城外西门豹祠退去，自己和抱琴帮助王奎、王升处理洞口。

褚蒜子问道："王奎大哥，我们全部进洞后，洞口打算怎么办?"

王奎回答说："如果怕张豺来搜查，可留下王升在洞外把洞口隐蔽好，然后伺机出城。"

褚蒜子说："张豺很狡猾，他不会来搜，也绝不会暴露我们的真实身份。那样，就会把他被我们俘虏过的真相告诉石虎。"

王奎："只要张豺父子不来搜查，就好办多了。这洞口旁边立着一个没有底座的大铁柜，就是专门压住洞口用的。你们下到地道后，我和王升两人钻进铁柜里，将它移到洞口之上，外人一般发现不了洞口。"

"王大哥是个有心人，每一步行动都是准备好的。"

全部人员通过地道来到了西门豹祠。这里地道口，就在后厢房之内。

王召听到已经从张豺口中获取了石虎南征的主要情报，招呼大家洗漱、吃饭。饭后，天色已亮，大家商量南返事宜。

王荟说："王老伯，太白居酒楼已经暴露，必须撤出。"王召明确表示准备撤离邺城，前往京城。

王荟对爷儿俩很感激："王老伯和王奎大哥为这次强取石虎南征情报出了大力，朝廷一定会对王老伯和王奎大哥论功封赏的。"

"老夫年事已高，不需要什么封赏。"王召认真地说，"倒是奎儿还年轻，还望长史向朝廷引见，日后让他在战场上立功建业，也不辱没了祖上的一世威名。"

"王奎大哥也可以先和我一块儿在琅琊王府当一段时间差，琅琊王文武全才，为了北伐石虎、收复洛京，近几年对练武特别上心。"王荟想引荐王奎先去琅琊王府做事，"王奎大哥到王府后，一定会是王爷的一个好帮手。"

"我自幼在邺城长大，对朝廷的礼仪规矩都不懂，还是跟着王长史在琅琊王府做一段事情比较好。"王奎又高兴又担心，"只是不知道像我这样的村野之人，能否进得去琅琊王府的大门?"

"琅琊王求贤若渴，王大哥当然进得王府的大门。"王荟胸有成竹，"琅琊王妃就在当场，王大哥正可借力。"

王召、王奎等人满脸疑惑地向褚蒜子望去："谁是琅琊王妃?"

褚蒜子突然被王荟道明了身份，脸色微微一红，站起身来，向王召、王奎先后道了个万福说："王老伯、王奎大哥，小女子姓褚名蒜子，是我朝左将军褚裒之女，也是没有过门的琅琊王妃，江抱是我的侍女抱琴。还望王老伯、王大哥恕免小女子没有先行告知之罪。"

王召恍然大悟："褚兄弟一来到小店，老夫看到你丹眉凤目，只是一身男装，没敢往女子身份上去想。"

王奎接着说："我一见到褚兄弟，就看出是个美女，但是没有想到褚兄弟竟然是未来的琅琊王妃，小人的事情还望王妃玉成。"

"小妹一定尽力。王大哥，我们是生死兄弟，还是兄妹相称为好。"

"好的。"

谢康说："我们现在最要紧的就是尽快把情报送回京城，上呈皇上。"

"康哥哥说得对。"褚蒜子说，"我的意思是王荟、谢康、王勇三位大哥骑快马回京送情报，我和抱琴跟随王大伯全家一起返回。"

王荟望着王召："老伯意下如何?"王召说："褚姑娘的话甚妥。"王荟说："我们还是先前的做法，昼伏夜行。我们已经完成了刺探情报的任务，现在需要的是安全返回，一路上少生枝节，少惹是非。”众人齐声答应。

众人走后，王奎看到褚蒜子并没有要离开的样子，问道：“姑娘还在思虑如何撤回京城之事?”

“城内城外的太白居酒楼暴露后，石虎的人马要趁着我们休息，通过地道来到祠里偷袭我们怎么办？我心里担心，一点儿睡意都没有。”

王奎听了，带领着褚蒜子、抱琴和王升，来到了后厢房靠近北门的东侧，看到这里架着一台绞车。王奎指着绞车说：“这台绞车带着一扇铁闸，铁闸东面是漳河，西面是我们的地道。”王奎又指着绞车南侧的东厢房说，“地道出口就在里面，我已经派了两名家丁看守着出口。石虎的人马不来追赶，还算罢了，如果来了，我们将铁闸绞起来，让他们全部到漳河里去喂王八。”褚蒜子看到王奎心思这么缜密，这才放下心来。

王召上了些年纪，白天睡不着，在祠堂院内转了起来。当他转到东厢房时，听到里面有刀枪的撞击声。他进门一看，两员赵将正在挥舞着大砍刀，和两个看守地道出口的家丁战在一起。赵将力大刀沉，家丁显然不是对手。王召进到房内，顺手抄起门后的一把铁锨，把家丁挡在身后，让他们赶紧逃命，自己举起铁锨向赵将的面门横扫过去。两员赵将双双擎起大刀，向上一格，铁锨已经被断为三节，两个人齐声狞笑，双双举刀向王召砍来。王召轻轻地向后一跳，躲过刀锋，顺手将手中一小节铁锨把向两人的面门砸去，两人低头闪开。他趁此间隙，连续几个向后跳跃，已经来到后厢房院子的中央。两员赵将追了出来，又和王召大战起来。王召将门之后，身手不凡，无奈上了一些年纪，又是赤手空拳，渐渐落了下风。

正在危急之时，一间东厢房里面飞出两个倩影，用纤细的声音喊道：“老伯闪开，让我们收拾这两个狗贼!”

王召跳出圈外一看，来者正是褚蒜子和抱琴。两人疾风般地来到两员赵将身后，分别伸出左腿和右腿，从两侧向他们的下三路轻轻地一扫。两人正在用力砍杀王召，重心前倾，立即“咕咚、咕咚”两声，摔倒在地。两人身高近丈，过于肥胖，趴在地上起不来。

王奎、王荟、谢康等人听到院内的打斗声，也都来到院内。王奎命王升将两员赵将绑了起来，然后说：“这是石虎的侍卫。”

褚蒜子忙问：“有什么印记吗?”

“石虎皇宫卫队都穿黄色号衣。”

褚蒜子向一员赵将问道：“你们是什么人?”这员赵将怒目相对，拒绝回答。

站在一边的王奎，命令家丁割掉赵将的一只耳朵，疼得赵将哇哇大叫，赶紧说："我说，我说。"

"小人是太子府将领。"

褚蒜子问道："你们是怎么发现这个地道出口的?"

"太子石邃前些时间派人挖地道时，找到了曹操当年的转兵洞，非常高兴，命令他的亲信、太子府侍卫统领，率领几千名太子府的兵丁，日夜都在扩展地道，现在，这条地道已经修到了太子府、天王府和金凤台下面。"

"石虎知道石邃在修地道吗?"

"不知道。"

"石邃修建地道目的是什么?"

"等待机会，利用地道派兵杀进天王府或者金凤台，杀死石虎，自己登基称帝。"

"你们往祠堂这里修地道为的是什么?"

"把地道修到祠堂，是为了起事失败后，石邃可以通过西岗的地道逃到城外。"

"你们头领知道你们上来了吗?"

"知道。我们的地道无意中和祠堂这个地道挖通了，将领派我们看看情况，然后回去给他汇报。"

"现在里面有多少人?"

"大约有五六千人。"

"你回答得很好，让你从地道原路回去愿意吗?"

"多谢老爷大恩大德。"

褚蒜子吩咐将两名赵将原路放回。她转身对王奎说："王大哥，赶紧开闸放水呀!"

王奎吩咐王升："开闸。"汹涌澎湃的漳河水，将正在挖地道的石邃太子府的几千兵丁，冲入波涛之中。

褚蒜子带上抱琴，来到祠堂北门外的高岗上，向东北面的金凤台瞭望：台上，彩旗飘扬，管弦高奏，歌声入云。

"妹妹这么专注，是在思谋如何攻取邺城?"

褚蒜子听到谢康的声音，回头望去："是的，石虎狗贼通宵达旦歌舞宴饮，醉生梦死，总有一天，我朝大军会直捣邺城，活捉石虎。"

"妹妹放心，一定会的。"

"三台和邺城互成犄角之势，易守难攻。康哥哥，我军真的来到城下，应该如何攻城呢?”

谢康到邺城的第一天上午，在拜谒西门豹祠堂时，就观看了三台和邺城地形：“南北西三面佯攻，主攻东门。”

“小妹也是这样看的，漳河环绕邺城南、西、北三面，只能东门突破。”

“凤凰，愚兄出来找你，主要是想让你和王荟、王勇大哥一路先行，还是由我陪王老伯一家一块儿南返比较好。”

“谢谢康哥哥的关心。传送情报事大，妹妹的安危事小，我们绝对不应该因小失大。康哥哥武艺是最好的，理所应当担当传送情报重任。”

“在妹妹眼里，任何时候都是朝廷的事大，百姓的事大，自己的事小。”

“这也是我们兄妹共同的心结。”谢康默然无语，和她们一起折身返回。

来到祠堂北门，褚蒜子看到徐健独自一人站在门外向北远望，脸上布满了愁云。

褚蒜子上前问道：“徐大哥家里还有什么人?”

“小人孑身一人。”

“那还犹豫什么？留在邺城张豺会放过你吗?”

“小人自幼被张豺的护卫头领拉来当兵，现在年岁老大，回到老家，什么都不会做，何以为生？岂不让人笑话?”

“徐大哥郡望何处?”

“寿春。”

“贵庚多少?”

“二十岁。”

“徐大哥正是青春年华，年岁老大从何说起?”

“从头开始学习种地、经商，年岁大了，晚了。”

“那就继续当兵。”谢康插话进来。

“我是张豺的护卫，南朝官爷哪个肯收留我?”

“徐大哥善恶分明，武艺高超，又在强取张豺情报中立了大功，如蒙不弃，跟随在下到豫章从军如何?”

“感谢都尉再造之恩。”

徐健跪地要拜，被谢康搀住：“生死兄弟，何谢之有？不过在下有一个请求。”

“请讲。”

“王长史让我先行送情报回京，你可和褚姑娘一块儿回京，褚姑娘年纪小，请徐大哥一路精心照应。”

“两位都是徐健的恩人，谢都尉放心，回京路上，有徐健在，就有褚姑娘在。”褚蒜子分别向谢、徐致谢。

晚饭后，王荟、谢康、王勇骑马先行，王召、褚蒜子等人带领家丁、侍女骑马，随后跟行。中间还有三辆马车，一辆车王召夫人和侍女乘坐，另外两辆车拉一些金银细软和藏起来的刀枪，以备不测。

路上，徐健向褚蒜子介绍说：“我家乡寿春的天师道正一道观，藏有函谷关《道德经》碑帖拓片。”

褚蒜子来了兴趣说：“徐大哥原来是读书人。”

“是的。几年前，张豺的军队在寿春烧杀抢掠，我的全家都被赵军杀死，我正想办法替全家报仇，却被他的护卫头领拉着当了一名小护卫，进入张豺府中后，我一直都想手刃狗贼，可惜没能找到机会。”

“这次徐大哥大仇得报，可以告慰全家在天之灵了。”

“正是。”

“正一道观坐落在哪座仙山上?”

“在三峰山上。”

“到了寿春后，有了闲暇时间，一定前去正一道观看看，徐大哥如果有兴趣，我们一同前往。”

“我想拜访一下本族亲友，三峰山离寿春只有几里路，一路上向山民打听一下，很好去的，在下就不再作陪了。”

“谢谢徐大哥。”

很快就可以看到渴望多时的函谷关《道德经》拓片了，褚蒜子很兴奋。她早就听闻当年老子李聃在过函谷关时，应关令尹喜之请，写下了五千言的《道德经》，也称《老子》《五千言》。尹喜读后，惊为神来之笔，并预感到此文将会长久地广为流传，为了防止以讹传讹，便命人将《道德经》镌刻在函谷关东城门内的一通石碑上。此后，正像尹喜预感的一样，《道德经》被道俗人等广为传阅、镌刻，各种版本多达数千种。

褚蒜子知道，函谷关的碑刻拓片是《道德经》在世流传众多版本中的唯一正本。函谷关被石虎占领，无法前去观看。现在能在路过寿春时，观看一下函谷关《道德经》的拓片，也是一件美事。

徐健还说他在寿春的一个发小叫淮平，淮平和他的父亲在寿春南关开着一家名叫八公仙居的酒店。前几年，他跟随张豺的军队在寿春和晋军作战时，还到过这家酒店。并说淮家父子很可靠，可以入住。

几天后，她们夜渡淮河，拂晓时分，来到了寿春。寿春是淮河南岸的一个大都市，物产丰富，市井繁华。寿春西北有八公山，淮水和淝水、洛涧两条支流在城北汇合后，淮河更加宽阔、水流更加湍急。寿春依山傍水，自古就有“铁打寿州”的美名。春秋时期的蔡，战国时期的楚，西汉时的淮南国，都曾在此建都。寿春也是石虎的攻打建康的跳板，派有重兵设防。

褚蒜子一行渡河后，由王奎、王升、徐健在前，王召居中，褚蒜子、抱琴殿后。车队避开穿越城内繁华的街区，从寿春城外西侧绕行来到寿春的南关。

车队正要前往八公仙居时，寿春的南门大开，里面飞出一队骑兵，领头的一名校尉挥刀拦住了前面的王奎、王升的去路，指挥几名兵丁上前搜查车辆。

车队的三辆马车，除最后一辆由王奎母亲乘坐外，前两辆拉的是金银细软和刀枪。石虎害怕百姓反抗，规定民间私藏刀枪者，满门抄斩。为了不让兵丁搜查马车，王奎、王升只好横马阻拦。

校尉挥刀就向他俩砍去，两人勒马向一侧闪过，校尉带着几名兵丁，趁隙驱马直扑前面的第一辆马车，挥刀向辕马砍去。辕马受惊，高高跳起，几乎直立起来，带动着马车向上倾斜，一场马死车翻、刀枪撒地的危局，瞬间就要发生。

第十九章　三峰论道

正在这时，一条身影从后面的马背上飞了过来，高高跃起，抓住辕马的辔头，把辕马摁住，同时挡住了校尉的去路。王奎一看，正是徐健。校尉也不回话，举刀就向徐健砍去。徐健侧身闪过，从怀里掏出张犲镇卫大将军府的腰牌，向校尉亮出。校尉看到张犲镇卫大将军府的腰牌后，把手中的砍刀放了下来。他知道张犲是石虎心腹，也是一位心狠手辣的恶魔，不敢继续逞凶。

徐健问道："将军为什么要拦截镇卫大将军的车队?"

校尉实话实说："我原来本不知道这是大将军的车队。刚才，我在城上巡逻时看到你们的车队绕城而行，猜想必定带着大量的金银。这几天囊中羞涩，这才出城拦截。"

徐健笑道："这有何难?"

他向身后的王奎说明了情况，王奎当即封了两锭大银一包碎银，交给校尉，校尉欢天喜地地带领手下兵丁回城去了。

徐健带领众人来到淮平的八公仙居，淮平出来迎接。徐健介绍双方认识。

褚蒜子她们洗漱后，淮平把他们请到酒店的雅间坐下，伙计笑嘻嘻地把早点糍粑、牛肉汤送了上来。褚蒜子吃着糍粑，喝着汤汁，鼻尖上都冒出了细细的汗珠，抱琴在一旁出神地看着。

褚蒜子笑问："你不吃，光看我干什么?"

抱琴光看着褚蒜子吃得喷香，自己却忘了动筷子："很长时间没有看到公子吃得这么香了。"

"这是淮南王爷刘安吃过的淮王牛肉汤，还不快吃!"

"为什么说是淮南王爷吃过的呢?"

"当年，淮南王爷在八公山里炼丹，经常忘记吃饭。等到仆人提醒他吃饭时，饭菜已凉。王妃让厨师将煮好的粉丝和牛肉，放入滚烫的瓦罐中，汤里再放上几根香菜，色香味俱佳，又解饥，又热乎，淮南王爷非常喜欢，传了下来，人称淮王牛肉汤。"

这时，正好酒店的老店主、淮平的父亲进来照看客人，听到褚蒜子说的话，称赞道："这位小哥，小小年纪，还知道淮王牛肉汤的来历，好学问。"

抱琴正在用汤匙喝着汤汁，听了店主的话语，接话说："老伯，你夸对人了，我家公子满腹经纶，一本《淮南子》读了无数遍，还能不知道淮王牛肉汤的来历吗?"

"店主老伯不要听他胡说，小可主要敬仰淮南王爷的为人，他才真正是满腹经纶、学富五车。"

"敢问小公子郡望名讳?"

"小可姓褚名苏，颍川阳翟人氏，现住在京城，刚从郸城过来。"

"老夫淮琪，本地人氏。"

褚蒜子问道："老伯可听说过京口守备淮珏淮老爷?"

"那是老夫本家的一个兄弟。"

"这么说，老伯也是淮南王爷刘安的后人?"

"正是。只是小公子是如何得知?"

"家父褚裒和淮珏老爷是至交。淮珏老爷亲口告诉家父，淮姓一族很多都是淮南王爷的后代子孙。"

"确是如此。当年淮南王刘安因谋逆罪被诛灭九族，人们都以为他老人家已经断子绝孙，殊不知他有一个儿子侥幸逃出，跑到黄河东岸，在周朝祖先后稷的发祥地稷王山深处藏身，改刘姓为淮姓。前汉消亡后，子孙后代才走出大山，读书、经商、做官。"

"小可虽然少不更事，但是绝对不相信，像淮南王爷这样一个祈求炼丹成仙的出世之人会谋逆。"

"淮家世世代代都是这样认为的，但是在家族的外面，老夫还是很少遇到褚公子这样的知音。大家走了一夜，吃过早点后抓紧休息。中午，老夫请褚公子吃饭，在座的全体作陪。"

褚蒜子慌忙阻拦："借住贵店，徒添麻烦，怎敢再让老伯额外破费?"

"破费什么？都是本店的食材。说好了，中午还在这个雅间，我请客。"

"小可今天还要前往三峰山正一道观，上香和观看《道德经》拓片，恐怕时间不济。"

"三峰山离寿春只有几里路，来回一个时辰就够了。现在离午时还有三个时辰。褚公子不回店，我们不开席。正一道观无为长老是我的故交，见到长老，亮明是我的朋友即可。"

"多谢老伯。"

早饭后，抱琴备好香烛，褚蒜子骑黑马，抱琴骑红马，两人一起从酒店出去，来到寿春的南城门。寿春城有四个城门：南通淝，北靖淮，西定湖，东宾阳。

寿春南大门城墙上的箭楼飞檐斗拱，高高耸立，城门的正上方有一方巨大的匾额，刻着“通淝”两个大字。

褚蒜子策马西行，前往城西北三峰山。

汉成帝年间，陕西咸阳的茅盈从故乡东行，游历天下名山，遍寻修行道场。茅盈来到三峰山后，看到山上古木叠翠，飞瀑倒垂。山下淮水如练，泉水喷涌，风景如画。茅盈见此宝地，喜不自禁，决定在此修行。

后来，他两个在朝做官的哥哥茅固、茅衷一起挂印辞官，前来三峰山，加入了修行的行列。他们在山民的帮助下，修建了一座道观，取名正一道观，供奉三清神像。三兄弟在此悬壶济世，普度众生，得道成仙。

茅家兄弟升天后，山民为了感念他们的功德，在正一道观的后面又修建了一座三茅殿，供奉茅家三兄弟神像。

路上，抱琴有些不解，问道：“小姐一心礼佛，怎么现在又朝拜起道家了?”

“函谷关《道德经》拓本是稀世珍品，现在近在眼前，本小姐岂能错过?”

半炷香的工夫，两人就来到三峰山下。褚蒜子放眼望去，三峰胜景尽收眼底。山中林壑叠嶂，佳树葱茏，草茂水丰。巍峨迤逦的山峰犹如一双巨臂，东揽硖石，西揽淮水。硖石似一面斧砍刀削的石壁，上插云天，下探碧泉。一路东流的淮水，被硖石挡住了去路。淮水积聚起千里奔腾的巨力，试图冲破石壁，打开东流的道路，在石壁之前激起数丈水花，仍然无功而返，掉头西行，形成了千里淮水东流，唯在硖石倒流西行的奇观。经过硖石峡口后，画了一个“之”字，又折返东流。硖石峡既是淮南胜景，又是淮南险隘，历来为兵家必争之地。

三峰山共有西峰、中峰、东峰三峰，正一道观挂在中峰山的悬崖峭壁之上，褚蒜子和抱琴把战马拴在中峰山下的两棵大树上，徒步登山。

两人先到正一道观三清殿拜谒了玉清、上清、太清三位天尊，接着到三茅殿拜谒了三茅神像。然后到方丈室拜见主持无为长老。褚蒜子在方丈室落座后，看到无为长老银髯飘洒，一派仙风道骨，心里暗暗浮起深深的敬意。

无为长老和花山正一道观的清虚长老，原本是祖逖部下的参军，是祖逖北伐的左右手。祖逖死后，两人看到朝政腐败，相约皈依天师道。

无为长老听说褚蒜子是八公仙居淮琪的朋友，前来古洞上香和亲览函谷关《道德经》拓片。长老热情洋溢，命小道士给褚蒜子主仆奉上两杯香茶。

顷刻之间，浓郁的清香随着杯上的水汽向上飘起，弥漫在整个方丈室内。

褚蒜子的眼睛向杯内一看，杯内一片片嫩绿的片茶，在绿色的茶汤中上下漂浮，像一枚枚绿色的瓜片。她站起身来道谢："六安瓜片乃当今茶中极品，长老得来不易，何故让小可饮掉，岂不可惜？"

听了褚蒜子的话，长老瞪大了眼睛问："小居士年华多少？"

"小可虚度十四岁。"

"小居士品过六安瓜片？"

"没有。"

"没有品过，你小小年纪，何以知道这是六安瓜片？"

"小可有一位好友，平素喜欢品茶、论茶。小可听他说过六安瓜片，是华夏名茶中独有的一种去梗去芽的片茶，清香芬芳，沁人肺腑。三峰山地处寿春、六安之间，小可认为长老这香茶可能就是六安瓜片。"

"小居士好学问，想必你的那位好友一定也是一位好学之人。"

"他是一位朝廷重臣，深得皇上信任，常恨六安茶区沦落敌手，不能得品六安香茶，更恨不能早日收复六安，解百姓于倒悬。"

"真是一位有识之士。朝廷之中多些小居士朋友这样的仁人志士、少些虚妄清谈、醉生梦死的行尸走肉，我朝收复失地才有希望。"

"当今皇上年少有为，有志北伐。只要我朝上下勠力同心，共同杀敌，长老的心愿一定会实现。"

"说得好，敢问小居士姓氏名讳？"

"小可姓褚名苏，乃我朝左将军褚裒之子。"

"小居士面若春花，骨骼清奇，眉宇间蕴藏一股蓬勃向上的英气，几年后必定会成为我朝一个大贵之人。"

"人生无常，大贵非我所愿。小可有生一日，必定会以中原父老为爹娘，以天下苍生为骨肉，竭尽微薄之力，支持朝廷北伐。"

"自古英雄出少年，贫道相信小居士一定会说到做到。"

"小可一定会努力去做的。"

"贫道在此给小居士交个底。此地虽然沦陷多年，仍然保留着三股忠于朝廷的势力：一股是贫道联络的八公山山民；一股是八公仙居淮琪联络的北方流民；另一股是在八公山主峰四顶山上落草的山寨人马。我们这三股人马，互相联络，互相支持，全部召集起来，有两万多人，是朝廷北伐的重要内应。"

"长老说的这些情况，小可一定会想法通过我的朋友，上达天听。"

随后，长老从身旁的一只旧木箱中拿出一个大纸包和一个小纸包。他指着大纸包说："这是函谷关石碑上的《道德经》的拓片，送给小居士。"褚蒜子双手接过，躬身谢过，放在面前的八仙桌上。

长老又指着小纸包说："这是几两六安瓜片，请带回京城。"

褚蒜子推辞说："适逢战乱，香茶种采两难，小可绝不应该连喝带拿、掠人之美。"

长老说："这是送给你的那位朋友的，但愿他品茶不忘种茶人，早日请旨朝廷，率军杀退敌兵，收复六安。"

褚蒜子觉得长老既是送茶，又是嘱托，只得躬身收下："收复包括六安在内的我朝全部失地，是我这位朋友和小可的共同心愿。小可一定会把长老和六安百姓的心愿转告这位朋友。"

长老脸上浮现出期望的神色："等到你的朋友收复了六安，贫道定会送他一担香茶。"

"小可代我这位朋友谢过长老。"

抱琴打开纸包，取出拓片，一片一片递给褚蒜子。褚蒜子双手捧着拓片，看得如饥似渴。

褚蒜子将拓片全部翻阅完后，诚挚地向无为道长请教："小可天生愚钝，研读《道德经》多年，心中的难点、疑点很多，长老今天如有闲暇，请不吝赐教。"

无为欣然说："小居士热心求道，贫道自当倾囊相助。"

褚蒜子眸中喜色飞扬："请问长老，究竟什么是'道'？"

"小居士先说说自己的学习之得。"

"老子说：'人法地，地法天，天法道，道法自然。'小可理解，'道'是《道德经》的总纲，是老子从天人合一之立场出发，穷究作为天地万物、人事本源的最高之理则、最高之宗极。"

"贫道和小居士理解一样。"

"谢谢道长。"

"贫道想问小居士，世间一切万物，什么最接近'道'呢?"

褚蒜子感到无为长老是在用发问方式引导、启发自己，心境豁然开朗，她思忖一下："老子说：'上善若水，水利万物而不争。'世间万物最接近'道'的是水。"

"确是如此，在小居士看来，什么是道常无为而无不为?"

"道常无为而无不为，体现了道法自然的核心。从字面上理解，什么都不去做，就等于什么都做到了。小可认为，老子这是在强调顺其自然。一个君王，一个施政者，只要顺势而行，与民休息，就能政通人和，百废俱兴。汉朝文景二帝，笃行无为而治，为汉武击败匈奴提供了强大的国力。”

“小居士显然是个游在方内之人，对方外的道家理论研读得如此精深，今后一定大有作为。”

“长老过奖了。八公仙居淮老店主，今日中午请小可小酌，小可谢谢长老赐教，就此告辞。”

“请代贫道向他问好。”

“小可一定会把长老的问候带给淮老店主。”

褚蒜子告辞无为长老，抱琴拿着两个纸包下山，主仆俩走出道观后，向身后回望，看见无为长老站在观前的台阶上，高声说：“山南的山大王是两个女的，和贫道有深交，她们如果为难你们，亮出贫道朋友的身份，即可平安。”

褚蒜子大声回复：“谢谢道长。”

抱琴心情愉悦地说：“小姐本性善良，这一路上净是碰见好人了，王召老伯、淮琪老店主、无为长老都是大善人。”

褚蒜子说：“道家道法自然，佛家追求来世。但从目的来说，都是在规劝人们弃恶扬善。佛、道两家多少有些殊途同归的意味。”

抱琴明白，这是小姐对她上山前提出的既礼佛又朝道的回答。抱琴朝褚蒜子的脸上望去，并朝她点头示意。抱琴却发现，褚蒜子正在惊疑地向前方张望。抱琴顺着她的目光向前望去，她们拴在大树上的两匹战马踪迹全无。

第二十章　寿春做媒

坐骑不见了，褚蒜子心里非常着急。

她骑的这匹黑马，名叫乌云踏雪，马的周身上下，黑缎子一般漆黑，四蹄雪白，日行千里。乌云踏雪原本是司马岳心爱的坐骑，褚蒜子前往邺城之前，司马岳特地把这匹战马送给了她。前往邺城探险的日日夜夜里，乌云踏雪奔跑如飞，褚蒜子已经深深地喜欢上了这匹战马。现在京城未回，战马却不翼而飞，怎能不让她心烦意乱。

“唏——咻！”“唏——咻！”

抱琴连续发出了几声传唤战马的尖尖的呼哨后，南面不远的密林中传来了两匹马的嘶鸣声。两人喜出望外，施展轻功，向战马嘶鸣的方向追去。两人追到密林之外，看到一座高山坐西朝东，从一片开阔的平地上突兀跃起。山前的绿茵之中，几位身穿红衣、手持刀枪的少女，强行鞭打战马，驱赶战马前行。两匹战马在原地乱踢乱叫，就是不肯前行。

褚蒜子见状大怒，大喝一声：“不许打我的战马！”话到、人到、鞭到，她飞身向前，亮出马鞭，先后把几个红衣少女手中的马鞭打落在地上。

被马鞭打痛了的少女非常气恼，纷纷仗剑向褚蒜子杀来。抱琴迎上前去，扬鞭把她们手中的宝剑抽落在地，少女们大惊，转身向山上逃去。

褚蒜子上前抱住乌云踏雪的脖子，用手抚摸它身上的鞭印，心痛地流下了眼泪。乌云踏雪懂事地摇首嘶鸣，回应主人的爱抚。与此同时，抱琴也安抚了自己心爱的战马。两人正要牵着战马回往八公仙居时，突然听到山中一阵清脆的梆子声，一队全部由女子组成的骑兵冲下山来。

这队骑兵下山后，南北分开变作两队，两队人马刚刚排列好，从山上飞下两员女将，其中一人二十多岁，红马红衣金枪，另一人只有十多岁，白马白衣银枪。

那几个参加抢马的女兵，指着褚蒜子主仆大喊：“当家的，就是前面的两个贼人，抢走了我们的马匹。”

白衣女将，也不搭话，她飞马过来，挺枪直取褚蒜子，枪势挟带着马势，枪尖就像射出的飞箭一样，向褚蒜子的面门刺来，惊得一旁的抱琴出了一身冷汗。褚蒜子等到枪尖刺到面前时，疾速地向一侧跳出一步，躲过了枪锋。白衣女将的枪尖刺空后，连人带马跑到了褚蒜子的身后。白衣女将也不转身，双手用力将枪尾后尖，飞快向身后的褚蒜子戳去。褚蒜子在白衣女将连人带马冲到自己身后时，早已转身过去，面对她的身后站定。她看到枪尾后尖戳了过来，也不躲闪，只是轻轻地抓住枪柄，顺着对方的力道向后一拉。白衣女将由于向后戳枪的力度过大，被她拉下马来，扔掉银枪，跌落在马下。她抢步上前，伸出双手扶起白衣女将。

虽然身处无可奈何的境地，白衣女将仍为被一个陌生的男子搀扶发窘。当她用含羞的双目轻轻地向褚蒜子的脸上扫过，以示谢意时，顿时被褚蒜子的美貌惊呆了。白衣女将从没有见到过姿仪如此风采的男子：双瞳剪水，钟灵毓秀，吐气如兰。白衣女将满脸飞红，既不道谢，也不上马，站起身来，低着头飞快地跑回本阵，向年长的红衣女将耳边说了几句话。

红衣女将微笑着点头，策马来到褚蒜子面前，翻身下马，高举双手作揖："民妇羊金容，恭请两位公子上山一叙。"

"多谢寨主美意。"褚蒜子同样高高作揖还礼，"尊驾寨主大王，怎好屈称民妇?"

"穿白衣的是我的亲妹妹羊玉容，征南大将军羊祜是我们的祖父。"

"为何在此落草?"

"我们家乡泰山南城被石虎占领，我丈夫和家人都被赵军杀死，只有我们姐妹俩侥幸逃出，暂且在此占山为王，等待时机，手刃石虎。"

"原来是羊姐姐，姐姐越说越近了，小可的义父王导王老丞相是羊征南的外甥，排辈下来，小可应该是羊征南的外孙，两位小姐应该是小可的表姐妹。"

"太巧了，真是不打不知亲呀！公子高姓大名?"

"免高，姓褚名苏。我朝惠皇帝的皇后、后来成了刘曜皇后羊献容，是你们的亲姐姐吗?"

"是堂姐。献容姐姐的祖父羊瑾和我们的祖父羊祜是亲兄弟。"

"羊氏一门多丽人呀！这是我的小厮江抱。"

抱琴上前和羊金容见礼后，羊金容夸赞说："真是有其主必有其仆，连褚公子身边的小厮都是一位美男子。"

"姐姐过奖了。"

"褚公子说的哪里话？小妹玉容仰慕公子，想请公子上山一叙。"

"小可和两位一见如故，很想上山叙谈，只是山下八公仙居的主人今日中午宴请小可，午时将近，小可分身无术呀！”

“公子说的可是八公仙居的淮琪老店主？”

“正是。不知二位姐姐是否方便前往酒店一叙？”

“老店主是我们姐妹的至交，很长时间没有去看老店主了。公子如果无暇上山，我和舍妹可以和公子一块儿下山，既可借此和公子叙谈，还可以顺便看看老店主。”

“能和两位小姐敞开肺腑，真乃人生幸事。就请两位小姐和我们一块儿下山吧。”

“待我去和小妹商议商议。”

羊金容跑过去和羊玉容说了几句，姐俩正待移步，褚蒜子带着抱琴已经迎了过来。

褚蒜子向羊玉容躬身施礼：“玉容小姐天生丽质，武艺高超，使小可大开眼界。”

羊玉容绯云满面，低下头来：“手下败将，高在哪里？”

她刚想抬起头来，重新打量一下褚蒜子，没有想到褚蒜子迎着她的目光，正在大方地审视着她。羊玉容刚刚扬起来的眼睛，立即被吓得又垂了下来。

两人的表情都被羊金容收在眼底，她笑着对褚蒜子说：“褚公子先行一步，请老店主多备两大桌饭菜，我和小妹上山换换衣裳，随后就到。”褚蒜子辞别羊家姐妹，和抱琴飞马下山。

抱琴问道：“玉容姑娘看上了小姐，小姐难道没有看出来吗？”

“看出来了。”

“小姐肚里有了什么坏主意？”

“本小姐肚里都是好主意，从来没有坏主意。”

“那你明明知道自己中看不中吃，还不想办法退步脱身，你主动招惹人家女孩子，究竟为何？”

“本小姐是中看不中吃，可是我们有中看又中吃的呀！”

“小姐指的是王荟公子和谢康公子。”

“羊玉容将门之后，姿色不在你我之下，绝对配得上王荟大哥和康哥哥。两位哥哥也绝对不会嫌弃玉容姑娘，问题是玉容现在是山大王，肯定过不了义父和舅父两人的法眼。”

“那可怎么办呀？”

“还有一个呢？”

“王奎大哥？”

“算你小丫头儿聪明。王睿的征吴大元帅还是羊祜举荐的，两家世交，又是都从公侯高门跌落到民间的。王奎大哥和玉容姑娘真是天造地设的一对。”

两人来到了八公仙居，看到淮琪正站在门口焦急地等待。

褚蒜子心存感激：“让老伯久等了。”

淮琪担心地说：“老夫生怕你们出点什么事情，这里毕竟是石虎的地盘。”

褚蒜子盈盈一笑：“小可非但无事，还给老伯带来了故交的问候。”

“哪位故交？是无为长老吗？”淮琪知道她刚才是去正一道观上香的。

“不只是无为长老，还有金容、玉容两位寨主。”

“老夫花了几年时间，才和他们相识，小公子用了两个时辰，便和他们成了朋友？”

“也是机缘凑巧。金容、玉容两位小姐随后就到，请老伯多备上两大桌饭菜。”

“不劳小公子操心。”

褚蒜子回到二楼的房间，让抱琴去请王奎。

王奎来到后问：“姑娘呼唤我何事？”

“我的一个朋友待字闺中，由我保媒，将她嫁给大哥如何？”

“不瞒姑娘，愚兄要的是上等姿色的。”

“姿色远在小妹之上。”

“人在哪里？”

“远在天边，近在眼前，就是四顶山的寨主羊玉容。”

王奎一下子泄了气道：“一个山大王，打家劫舍的女强盗，能有什么姿色？”

“玉容姑娘和你一样都是将门之后。”褚蒜子将羊玉容姐妹家遭石虎灭门的情况叙说了一遍。

“听说玉容妹妹的家世遭遇后，心里很难受，我们两家确实是世交，后来叫战乱给搅散了，多年没有交往，音信不通。”

“今天一见，你们两家就又联系上了。”

“婚姻大事，还得玉容妹妹点头才成。”

“这个自然。玉容来了，我马上给她挑明，她如果有意，我就是你们的月老。她无意的话，就当什么事情也没有发生。”

“多谢姑娘。”

两人说话之间，酒店外面传来了战马的马蹄声和山鸡、山羊、山猪的叫喊声。褚蒜子说道：“两位姑娘到了，我们下去迎接。”

四顶山的山兵用马驮来了茶叶、山菇、金针、木耳、山笋、猴头等山珍，驮来了山鸡、野兔、山羊、山猪、狍子、野鹿等活蹦乱跳的野味。

淮琪随后也迎了出来说：“带来这么多山珍野味，老夫就是把酒店全卖了，也付不起钱呀！”

羊金容说：“主要是给老伯打打牙祭，顺便给褚公子开开荤。”

羊玉容美眉一扬，笑上嘴角：“本想去打只狗熊，急着来赴宴，时间来不及，要不可以给老伯炖只熊掌。”

“玉容姑娘辛苦了。”褚蒜子趁此和羊玉容搭上了话。

“多谢褚公子。”

“这是我的好哥哥王奎，是我的生死之交。”

羊玉容一看，王奎年未弱冠，神清骨秀，英俊潇洒，正在满脸堆笑地看着自己，不觉得脸又红了起来。

王奎看到羊玉容丹唇列素齿，云鬓发蛾眉，经过多年的山寨军旅生活的打磨，宛如一株挺拔的白杨，给人一种清新、脱俗的美，真真地把王奎看呆了。

王奎还没有开口，已经被看得满面娇羞的羊玉容向他道了个万福：“王大哥一向可好，羊玉容这厢有礼了。”

王奎有些失态，回答道：“多谢玉容妹妹。”

“小可想请王大哥和两位姑娘上楼一叙。”

褚蒜子嘴上说着话，眼睛却向王奎看去，王奎向她轻轻地点了点头，嘴上却说：“我得帮助淮平大哥打点酒席，咱们席上说话。”说完后，先行离开。此话正中羊氏姐妹下怀，因为只有和褚蒜子单独在一起，才能提起亲事。来到褚蒜子的房间，抱琴冲泡的三杯瓜片，散发出一阵阵清香。

褚蒜子礼让两姐妹坐下，喝茶。褚蒜子赞曰：“好一个礼数周全的小丫头儿，还知道提前给两位姑娘泡上香茶。”羊氏姐妹还没有明白她的“小丫头儿”一词在称呼谁时，抱琴一身红装已经从内间走了出来，月眉星眼，娉娉婷婷。

两姐妹十分意外，站起身来，仔细观看。想看清楚褚公子的这个小厮，转眼间是怎样变成了一个豆蔻年华的小姑娘的。两姐妹正在惊异之间，这边的褚蒜子已经把头上的方巾摘下，拔掉发髻上的素钗，散开了的长发快速地向身后的腰腿间滑落，如波似浪。姐妹俩惊呆了，一时不知说什么好。

褚蒜子走上前去，拉住两姐妹的手，充满歉意地说：“小妹不是有意冒犯玉容姑娘的，只是在马前一时无法说得明白些。”

羊玉容脸上虽然浮现出了莫大的失落，但是并没有对褚蒜子指责什么，她想弄清褚蒜子的身份：“小姐是什么人？来到寿春干什么？”

“我姓褚，名蒜子，受当今皇上指派，女扮男装到邺城打探军情，现在完成任务，正待返回京城。”

“小姐是朝廷官员，邀请我们姐妹前来酒店为的什么？”羊玉容进一步问道。

“我也是一个布衣之身，听闻你们横遭石虎灭门的不幸家世后，我既深表同情，同时也想为玉容姑娘牵牵红线，男家就是刚才在楼下说话的王奎大哥。”

羊金容问道：“王公子一表人才，堪配我家小妹。只是不知王公子是何方人氏？”

“王奎大哥是前征吴大元帅王睿的孙子，羊、王两家是世交。王大哥英姿天成，武艺超群，不知能否配上玉容姑娘这样一位玉人儿？”

羊玉容看到褚蒜子的真容后，心里已经转过了想嫁给褚蒜子的弯儿，在楼下已经看到了王奎对自己的顾盼，只是姑娘家一时碍于面子，粉脸飞红，低头不语。

“小妹，羊、王两家在战乱后虽然断了音信，但是音断情未断。王公子仪表堂堂，褚姑娘慧心热诚，你到底说句话呀！”羊金容低声地催促。

羊玉容满脸娇羞，低声说道：“全凭褚姑娘做主。”

“太好了。王大哥对玉容姑娘一见钟情，不知玉容姑娘芳龄多少？”

“玉容妹妹今年正是二八年华。”

“王大哥今年十八岁，两人年龄正好般配。我们不要让淮老伯久等，先下去吃饭，再谈婚事。”

落座后，褚蒜子充满歉意地说：“小可为了军情需要，一直女扮男装。其实，我们主仆两人都是女儿之身，我名叫褚蒜子，侍女叫抱琴。”

淮平笑着说：“褚姑娘不用解释，因为在我们大家眼里，并没有把你看作一个男子呀！”几句话说得席上笑声一片。

伙计抬来一个未启封大瓮，上面写着四个红漆大字：八公玉液。启封后大瓮酒香四溢。淮琪介绍说：“这是本店自酿的上等黄酒。”酒店侍女上了四凉、四热，八盘精美菜肴。淮琪招呼席上众人吃菜、喝酒，“野味难熟，大家先垫点底儿。”

正在众人纷纷赞扬淮王酒店的菜美酒香之时，侍女双手端上一盆热气腾腾的豆腐。

豆腐晶莹如雪，用素油配以虾仁、笋片烹调，出锅前放入了几段芹菜嫩芽和几粒红辣椒尖儿，俨然像一座雪山上生出的几片绿叶和几朵红梅。色香味俱佳，引得人们食欲大开。淮琪亲自用公用汤勺给褚蒜子舀了一大块豆腐和汤汁，褚蒜子连忙道谢。

淮平出来找事说："大家不远千里来到八公山，我想褚姑娘给说说八公山豆腐的来历，褚姑娘肯赏脸吗？"

褚蒜子面向淮平做出可怜状："淮大哥，这盆豆腐，清香四溢，美如图画，小妹实在嘴馋得不得了，能否先吃后说？"

淮平笑得前仰后合，说道："还是先吃后说好，免得馋坏了褚姑娘的身子。"

吃了几口后，褚蒜子说道："一桌酒席，只是听见吃声、喝声，也不雅观，总是讲点趣闻才好。"

大家齐声说："褚姑娘所说极是。"

"这道菜名叫淮王豆腐，名字来源于淮南王爷刘安，当年淮南王爷在八公山炼丹，炼丹的药材很多。他无意中将石膏粉撒在了炼丹的母液豆浆之中，豆浆神奇地变成了豆腐。淮大哥，小女子说得对否？"

"褚姑娘真是个饱学之人。"

"谢谢淮大哥夸奖。"褚蒜子换了个话题，"金容、玉容姐妹是前征吴大元帅羊祜的孙女，家遭石虎灭门，为了报仇雪恨，才上山落草的。"众人一听，纷纷向姐妹俩投来问候的目光。

王召夫妇走了过来，拉住姐妹二人的手说："早就听闻你家遭了大难，一直在打听你们家人的下落，没有想到我的两个好侄女流落至此。"说着话，王召夫人抽泣起来。

羊金容说："由于褚姑娘牵头，我们才得以见面，等报了家仇后，一定会去看望伯父伯母的。"

褚蒜子看到王召夫妇和羊氏姐妹很投缘，便将二人请到门外，问道："王奎大哥和玉容姑娘一见钟情，不知二老尊意如何？"南归之中，又喜得玉容这样一个世交之后的儿媳，二人喜出望外，齐声说好。

这是褚蒜子第一次当月老牵红线，事情这么顺利，令她非常兴奋，酒又喝得急了，眼中秋波荡漾，脸上流霞慢染，越发显得十分美丽。

重新归席后，褚蒜子说："小女子再次自饮一杯，有喜事宣布。"

抱琴有意代饮："小姐今天喝多了，由奴婢替你喝吧。"

褚蒜子不让代饮："人逢喜事精神爽，多喝一杯也无妨。"

淮平笑着问道："褚姑娘有什么喜事？难道你要宣布你和琅琊王的婚期？"

"什么也瞒不过淮大哥，是谁告诉你的？"

"徐健大哥。"

"小女子就是未过门的琅琊王妃。不过，今天在这里只有褚蒜子，没有琅琊王妃，小女子还是你们的小侄女、小姐妹。"

众人齐声赞好。

淮平大声说道："褚姑娘快说喜事吧，你什么时候和琅琊王成亲呀？可不能忘了请我们大家喝杯喜酒呀！"

"放心吧，淮大哥，小妹绝对忘不了。不过，我现在说的是王奎大哥和玉容姑娘的喜事。"事出突然，褚蒜子话还没有说完，众人的目光一齐向王奎、羊玉容看去。王奎满脸的喜悦，羊玉容娇羞地低下头去。

"现在上有王老伯夫妇的父母之命，下有王大哥和玉容姑娘的两情相悦，两人就等择日拜堂成亲了。"众人纷纷离座向两人表示祝贺，两人站起身来表示感谢。

褚蒜子乘着大家这股高兴劲儿，继续说："小女子还有一件大事拜托。"

淮琪说："褚姑娘一路上净办善事了，你有什么事，大家一定帮忙。"

"当今皇上年轻有为，一直在积极准备北伐，寿春是朝廷必定要收复的战略要地，小女子希望各路义军经常联络、互相支持，积极招兵买马，策应朝廷北伐。"淮家父子、羊氏姐妹齐声答应。

散席后，王召父子想上四顶山盘桓几天。褚蒜子因为担心父母和琅琊王牵挂，今夜先行。羊玉容让自己武艺最好的亲兵松枝、松叶随行，并让二人留在褚府伺候，盛情难却，褚蒜子只好答应。夜色低垂，一轮明月挂上树梢，银色的月辉洒满了八公仙居，褚蒜子和众人洒泪分别。

抱琴、徐健、松枝、松叶身穿夜行衣，骑上快马，跟着褚蒜子，踏着月色，飞奔历阳。天色微明，已经赶到历阳北面的武岗镇。褚蒜子看到人、马都累了、饿了，让抱琴到镇南，找了一间干净的小店，吩咐大家轮流吃饭，喂马。

这边的徐健、松枝吃好后，正要前去马厩换回抱琴、松叶过来吃饭，忽然从马厩方向传来了一阵阵的叫喊声。

第二十一章　青龙赠马

褚蒜子提剑赶到马厩，看到马厩外面有十几个手持刀枪的喽啰将马厩围住了。

一个头领模样的人喊道："你爷爷是青龙山大王，识相的赶紧把马留下，饶你们不死。"头领身后的喽啰跟着叫喊，就是不敢上前。有几个想冲进马厩抢马的喽兵，已经被抱琴用弓弩射中手臂和大腿，头领和喽啰明白抱琴的弩箭很准，并没有去射他们的要害。

褚蒜子向店家问道："那个喊话的头领真的是青龙山的山大王吗？"

"真的是青龙山的王寨主。"

"青龙山有多少人马？"

"少说也有几千人，保不准还会有很多人下山，客官留下马匹，赶紧往北逃命去吧。"

"我们要回京城，怎么反倒向北逃命？"

"小店前面的这条官道直通青龙山和白虎山对峙的峡谷，峡谷由寨主控制，你们过不去。"

"要到历阳，只有这一条官道吗？"

"方圆几百里，只有这一条官道。"

褚蒜子心里一亮，说道："多谢店家指路。"

褚蒜子对徐健说："徐大哥，敢不敢去见大王。"

"王妃差遣，小的愿往。"

褚蒜子在他的耳边交代了几句。徐健放下手中的宝剑，空手走出马厩，他朝寨主喊道："小的徐健，求见大王，商量遣送马匹事宜。"

寨主大声地说："过来吧。"

徐健对寨主说："我们是朝廷派往邺城刺探石虎军情的，现在急着回京复命。"

寨主睁大了眼睛，大声问道："你们真是刺探石虎情报的？"

"千真万确。"

寨主放声大笑："不打不相识，本寨主在此占山为王，不为打家劫舍，就是为了亲手杀死石虎狗贼。”褚蒜子看到徐健很快就和寨主亲热地聊了起来，就走了过去。

褚蒜子问：“寨主尊姓大名？”

“本人姓王，名敢，原本是青州守备的牙将。青州被石虎攻占，朝廷守军全部战死，我一家十几口都被石虎的兵丁杀死。我逃脱后本想去京城再次从军，却被青龙山原来的寨主挽留，坐了头把交椅。”

“石虎罪恶滔天，罄竹难书。”

“敢问小将军尊姓大名？”

“小人姓褚名苏，左将军褚裒之子。”

“褚裒将军大名，我在青州早有听闻，是朝廷的一个大忠臣。”

“多谢王将军。”

听到喊他王将军，王敢很高兴：“本将军想着，有朝一日前往邺城手刃石虎，想抢几匹马骑骑，没有想到却抢到了自家人头上。”

“王将军想要多少马匹？”

“少则给两匹就行，我和二头领有马骑就行了。”

“多则需要多少？”

“能给一百匹最好，本寨可组织一支骑兵，打起仗来突击敌阵。”

“小可尽量想办法。小可有个请求，石虎南侵路过此地时，请寨主出兵截杀。”

王敢很爽快：“一百匹战马，你可能弄不到。只要送我两匹战马，我保证出兵截杀。”

“我想请徐将军留在青龙山，我回京复命后，将一百匹马送来，接回徐将军。不知徐将军意下如何？”

“徐健和寨主谈得来，愿意暂留青龙山，等候褚将军前来送马。”徐健也想借此为朝廷出些力。

王敢派出一个喽兵打着自己的令旗，骑上徐健的马匹，将褚蒜子送到峡谷南出口，褚蒜子不肯。王敢说：“没有我的令旗，到了峡谷，管保山上的弟兄们把你们砸成肉饼。”褚蒜子只好听从。

峡谷山高坡陡，峰峦如削。褚蒜子在领路的喽兵称作一线天的险隘下马，驻足观看：东有青龙，西有白虎。两山的岩石，犬牙交错地向前伸出。两山之间，紧紧留有一条缝隙，这里的峡谷非常狭窄，仅容一辆马车通过。

她默默地想到，如果在这里设伏，南侵赵军必然会受到重创。

武岗关到历阳只有几十里路程，褚蒜子一行，一个多时辰就赶到了。

褚蒜子来到城南的长江北岸，在一处名叫“望江楼”的酒店前下马，让抱琴进店联系吃饭、喂马。

抱琴正要动身，店内传来了一个熟悉的声音：“琅琊王妃，别来无恙。”

褚蒜子看去，原来是王荟笑眯眯地看着她，谢康跟在身后，互相问候后，褚蒜子问道：“大哥不在京公干，跑来历阳做什么？”

“王妃打探情报有功，家父特令我和谢都尉前来历阳迎接。”

褚蒜子跟随王荟、谢康上楼，来到了楼上的一个雅间。褚蒜子临窗望去，大江滚滚东去，南岸郁郁葱葱，北岸百花争艳。粉色的桃花，雪白色的梨花，汇成一片花的海洋，随着一阵阵的东南风吹过，整个望江楼都在花香之中。

江面上几只大船张满风帆，向东快速驶去，褚蒜子看得呆呆的。

“妹妹想姑父、姑母了，心里早已飞回了京城。”

“何止光是想伯父、伯母，还有未来的夫婿呀！”

“两位哥哥说得都对。在郯城时满心想着打探情报，现在家在咫尺，想的都是亲人。抱琴，先去码头订一条船。”

“王妃有功之臣，家父派官船迎接，哪里还需要自己再去订船？”

王荟要了一桌饭菜，几个人坐下吃了起来。大家看到褚蒜子只喝了几口汤，不想吃饭，也就放下了筷子，下楼登船。

褚蒜子站在船头，望着大船劈波斩浪，快速地向东驶去，犁出一道道雪白的浪花。“逝者如斯夫，不舍昼夜”的意境，在心中时隐时现。她想，人生就像白驹过隙，转瞬即逝，自己应该趁着年轻，多为朝廷黎庶做点事情。

在燕子矶弃舟登岸后，王荟对褚蒜子说：“琅琊王有急事相商，让我们请王妃先到王府。”

“离家将近一月，小妹还是回家先见父母，以慰双亲想念之情。”王荟执拗不过，只得和褚蒜子话别。

褚蒜子骑马回府，抱琴拍马先行告知褚裒夫妇。褚蒜子回到家门口，褚裒夫妇带着褚歆出门迎接。谢真石抢先来到女儿面前，上下左右打量了一番，抱住女儿大哭。褚蒜子受到母亲的感染，也俯在母亲的肩头哭了起来。

褚裒上前劝阻道：“凤儿平安归来，夫人怎么反倒哭了起来！”

“娘亲，爹爹说得对，全家团圆，应该高兴才是。”

“凤儿身闯贼巢，为娘的没有一刻不挂念凤儿的。现在见了凤儿平安无事，心里别提多高兴了，不知为什么却哭了起来？”

褚歆趁此走上前来道：“姐姐好，歆儿同样十分想念姐姐。”

褚蒜子将弟弟抱了起来道：“姐姐也想念歆儿，一个月不见，歆儿长高了，姐姐快抱不动歆儿了。”

“歆儿长大了，不用姐姐抱了，以后歆儿来抱姐姐。”说得大家笑了起来。

褚蒜子向父母介绍了松枝、松叶，两人对褚裒夫妇行了跪拜之礼。

谢真石弯腰将二人扶了起来，赞道：“好整齐的两个姑娘。”

两人齐声答道：“谢谢夫人。”

谢真石吩咐开宴，一家人举杯庆祝褚蒜子平安归来。

“凤儿到石虎贼窝刺探情报，期间艰险自不必说，为父和你母亲都可以想到。”

“褚家世代忠于朝廷，爹爹在军中更是宵衣旰食，准备北伐。凤儿长大了，应该为国家做点事情。”

“为父听康儿说，你们成功取得石虎南侵的重要情报，受到皇上赞赏。现在王丞相正在调兵遣将，准备迎敌。”

这时褚歆上来插话：“姐姐这次杀死了多少个坏蛋？”

“杀死了几千坏蛋。”

褚歆掰着指头数了几次，也没有数清：“几千很多吗？”

“很多，这些人从咱家可以排到皇宫。”

“这么多，你的刀杀得过来吗？”

“是姐姐和康哥哥他们，一块儿放水淹死了这些坏蛋的。”

“姐姐，你们可不能把坏蛋都杀光了呀！”

“为什么？”

“得留下几个，让我长大了好杀呀！”

“好的。歆儿练好武艺，长大后多杀坏蛋。”

一家人在欢乐的气氛中，边吃边聊。褚蒜子胡乱吃了几口，对父母说道：“女儿已经吃好，琅琊王有急事等着女儿商议，女儿这就前往王府。”

褚裒夫妇连声说：“赶快去，不要叫琅琊王等急了。”

褚蒜子刚来到前院，就看到采薇宫宫门开着，司马岳背着双手，正在中厅走来走去。侍书眼尖，喊道：“小姐到了。”

司马岳向外看去，褚蒜子一身青衣，上衫下裙，上俭下丰，裙摆随着步幅扬起，一根帛巾束腰，犹如散花天女的彩带飘洒。

他快步迎出门外，抓住褚蒜子的双手，周身上下打量起来。

打量完后，四目对视了很久，两人的千言万语，尽在目光中传送。

“小妹比走之前更美了。”

“王爷这一个月贵体可好？”

“本王很好，只是思念小妹的安危，寝食难安。”

褚蒜子听了暖暖的：“王爷亲眼看到，民女不缺胳膊不少腿儿，这下可该放心了吧。”

司马岳剑眉挑起，朗声大笑，道：“上天眷顾我们，本王深信小妹一定会平安回来和本王喜结良缘。尽管如此，你身在邺城，本王还是万分担心的。”

“多谢王爷关心。”

抱琴、侍书、张鼐在中厅等候，两人进入东阁，关上房门。

司马岳等不及落座，就和她相拥在一起，两人热烈地亲吻起来，互相吻得都喘不过气来。司马岳把亲吻移开，反复在她的脸上、颈部和头发上吻来吻去。褚蒜子犹如一尊玉雕石像，一动不动，任由司马岳亲吻。

抱琴、侍书估摸着两人亲热够了，打开房门，送上两杯热茶。司马岳意犹未尽，仍然和褚蒜子紧紧地相拥在一起。看到抱琴、侍书进来，两人只好分开。

“成婚后，由民女这两个懂事的丫头伺候王爷如何？”

“天赐你们主仆照顾本王，是本王莫大的幸事。”

“民女代替两位丫头谢谢王爷，请喝茶。”

司马岳先闭目闻了闻茶香，然后向杯内看去，几片茶片浮在杯中，像一块块绿色的船板漂来漂去。司马岳惊呼：“这是六安瓜片，小妹从何得来？”

褚蒜子将无为长老送茶、送拓片之事讲述了一遍，然后说：“北方难民日夜期盼朝廷大军，杀退敌兵，收复失地。”

“王长史、谢都尉将石虎即将南侵的情报上呈皇上后，皇上已经颁旨让王老丞相早做准备。”

褚蒜子让抱琴把《道德经》拓片铺在西阁的书案上，褚蒜子陪司马岳过来观看。司马岳边看边翻，很快翻完了几张拓片。

褚蒜子感到他根本无心继续谈及拓片：“王爷急着呼唤民女，所为何事？”

“本王有天大的喜事告诉小妹。”

“王爷请讲。”

“皇上恩准我们近日完婚。”司马岳满面笑容，上前重新抓住了褚蒜子的双手。

“虽然民女早已猜到，还是感到满心欢喜。”

“小妹何以早就猜到？”

“大战在即，成婚以后，皇上放下了一桩心事，好集中心思打仗呀！”

“皇兄就是这个主意，抱琴到厢房去请王长史、谢都尉。”

“不用请，卑职在外等候多时了。”

王荟、谢康进来之后先向两人表示了祝贺，司马岳、褚蒜子双双表示了答谢。

司马岳说："皇兄赐婚之事，两位哥哥都已经知晓。本王拜托两位哥哥，全力办理此事。朝廷正在多事之秋，不宜太奢，也不能太简，委屈了小妹。"

"民女请求，还是简单点儿好。民女生性尚简，委屈不了，不缺礼数就行。"

王荟神情庄重："谨遵王爷和王妃之命，不过礼数总得按照太常寺的规矩来办。"

"本王明白，大哥你看大约需要多长时间？"

"今天四月初十，有二十天时间足够。"

"那就定在月底，本王婚事拜托两位哥哥费心了。"

两人齐声答道："愿为王爷效劳。"

"民女还有一件大事，请三位哥哥帮忙。"

三人一齐问道："什么大事？"

褚蒜子将自己应允向青龙山赠马的事情，讲述了一遍，最后说："青龙山峡谷是历阳的咽喉，是石虎南侵的必经之道。"

王荟思虑良久，为难地说："王妃事先联络青龙山义军，确是明智之举。一百匹战马，乃是军事重要战备资源，别说我和谢都尉无法弄到，就是王爷也无法弄到。"司马岳、谢康二人也都是面带难色。

褚蒜子满脸愁色，说道："此事让三位哥哥为难了，小妹想自己办成此事，请指点迷津。"

王荟想了想，回答道："或许此事只有兵部尚书诸葛恢大人能够办成，还必须有正当的理由。"

"小妹连夜前往兵部，请诸葛尚书帮助解决。"

"诸葛尚书不认识你呀！"

"我是褚裒之女、未来的琅琊王妃，尚书大人认识家父和王爷呀！"

三人都被她为国抗敌的热忱所感动，一致提出陪同她前去诸葛恢府。

诸葛恢正在书房读书，听到门童报知琅琊王前来拜见，大声地说："有请。"他走出书房，把司马岳等人迎入书房落座。

诸葛恢内敛、聪慧，羽扇纶巾，须髯飘拂，双眼炯炯有神。他环视一下来访的客人，定睛在褚蒜子身上，问道："这位姑娘，可是勇闯邺城的琅琊王妃吗？"

"正是民女，伯父一向可好？"

“姑娘夜间来府，定然有什么要事吩咐老夫?”

诸葛恢这么直接向自己发问，是褚蒜子没有想到的。她想的是官场之上还是司马岳为大，眼睛不由自主地朝司马岳望去。

“姑娘不用看王爷，王爷如果自己有事，是不会带姑娘来的。”

诸葛恢的睿智，在朝廷是出了名的，司马岳、王荟、谢康都没有急着说话。诸葛恢心明似境，褚蒜子反而感到向他求助马匹的事情，可能会成功。她简要将为了联络原青州牙将、现青龙山寨主王敢抗击石虎，自己答应向他馈赠一百匹战马，现在无法弄到马匹，特来求援的事情讲述了一遍。

诸葛恢听了，伸手翻了一下书案上的朝廷将领名册，然后说：“王敢所说他是青州牙将属实，朝廷将领名册记得很清楚。”

褚蒜子说：“从面相上看，王敢是个老实人。”

“他如果出兵抗击石虎，就是义军。如果不出兵，就是山寇。姑娘把战马给了山寇，罪责谁来担负呀!”

“民女担负。”

“姑娘为什么非要冒着担负罪责的危险，让朝廷损失一百匹战马呢?”

“如果王敢不出兵，朝廷只损失了一百匹战马。如果出兵，就会在青龙山险隘让石虎损失成千上万人马。民女宁肯承担罪责，也要为朝廷保住一座抗击石虎的险隘。”

诸葛恢眼睛有些湿润，说道：“姑娘虽然贵为未来的王妃，可你在朝廷没有实职，无权担负罪责呀!”

“我们三人一起担负。”司马岳和王荟、谢康齐声应承。

四人为国分忧，争抢担负罪责，感动了老成持重的诸葛恢。他动情地说：“王爷不宜参与此事，康儿的舅父袁耽大人现任历阳内史，康儿也不宜参与。老夫以为此罪责只有荟儿承担稳妥。”

王荟坦然地说：“如果王敢不出兵抗击石虎，小侄愿全力担此罪责。”

“明日，老夫给兵部战马司下达军令，调一百匹战马给荟儿，写明由荟儿送交历阳内史，抗击石虎。同时，请王爷和康儿亲赴历阳，向袁大人说明真情，免得穿帮。王爷，你看这样处理是否稳妥?”

司马岳起身答谢：“全靠大人周全。”

次日，王荟和王勇早早到兵部战马司，领了一百匹战马，由战马司十名驭马高手赶着战马出了京城，在燕子矶码头和褚蒜子、抱琴会合，乘船过江后，一起赶着战马到了青龙山。

王敢深知战马是朝廷的重要的战略资源，没有想到褚蒜子真的送来一百匹战马，王敢大喜过望，在青龙山大摆宴席，宴请她们。

席前，王敢特地介绍把守白虎山的二寨主宋庄和她们相见。

几年前，王敢路过青龙山，被当时的青龙山寨主宋庄截住，交手几个回合，宋庄就被打倒在地。宋庄感谢王敢不杀之恩，力邀他上山落草，由王敢坐第一把交椅，他坐第二把交椅。

王敢上山后，劫富济贫，很受喽兵拥护，人马由几十人发展到几千人。

王敢主张和朝廷军队一起作战，抗击石虎。宋庄主张占山为王，在山上大块吃肉，大口喝酒，两人的分歧越来越大。这次招待朝廷官员的酒宴，宋庄本不想参加。王敢多次相邀，宋庄才勉强入席。席上，王敢十分热情，多次向褚蒜子敬酒，褚蒜子不胜酒力，大都由王荟、王勇代饮，气氛十分热烈。

酒宴进行了一半，宋庄以身体不适为名，带着亲随中途离席。

宋庄离开后，褚蒜子感到说话方便多了："小可准备和朝廷几位将军，率军前来青龙山截杀石虎，请将军提供方便。"

"青龙、白虎两座山峰虽然高大险峻，可是山顶之上，平坦之地很多。褚将军放心，朝廷军队来了，上山驻扎，我们共同对敌。"

"多谢王将军，击退石虎之后，将军立此大功，当应恢复军职，担当重任。"

"到时，拜托褚将军、王将军多多向朝廷保荐，使本人和我山寨人马都能编入朝廷军队序列。"

褚蒜子和王荟答应，一定尽力。褚蒜子感到此行十分顺利，同时看到王敢喝高了就和王荟等人起身告辞，王敢在亲兵的搀扶下，跌跌撞撞地送下山来，双方才拱手告别。

褚蒜子一行刚走出不远，前面一声梆子响，几十个喽兵挡住了去路，为首一人正是宋庄。

褚蒜子惊异地问道："宋寨主意欲何为？"

宋庄一阵狂笑："青龙山本是老子开的，老子把寨主让与王敢，可这小子不识抬举，一心想投靠朝廷，投靠朝廷，老子还能快活吗？所以先来杀了你们几个朝廷的走卒。"

"此事宋寨主告诉了王敢寨主了吗？"

"王敢此时，已经被我的亲信剁成了肉泥，青龙山已经被我的亲信占领，我给他个死鬼说些什么？"

宋庄手举大砍刀，飞身向褚蒜子砍来，只听见"嘭"的一声，血花迸溅，人头落地。

第二十二章　关关雎鸠

宋庄狂言王敢已经被他派人杀死，青龙山重新被他占领，举刀要杀褚蒜子。褚蒜子躲过了他的刀锋，喝令抱琴："给我立杀此贼。"

宋庄再次举刀向褚蒜子砍来，抱琴飞马上前，一剑砍下他的脑袋。看到宋庄死了，他的几十个亲信，立即四散逃命。褚蒜子也不追赶，赶回青龙山，来救王敢。

青龙山下，王敢被宋庄几十个亲信喽兵围在垓心。王敢武艺出众，本来再多来几个人，也不是他的对手。但是今天他喝得太多了，手脚不好使，虽然他的亲信递给了他一把钢刀，刀锋却少了平时的锋芒，他被宋庄的亲信围在中间，打斗多时，未见输赢。

褚蒜子飞马冲了进去，把王敢救了出来。宋庄的亲信见势不妙，就想逃走，被王荟等人逼住。王敢走上前去，对宋庄的亲信说："你们逃命去吧。"宋庄的亲信听了，四散逃去。

褚蒜子看到王敢已经酒醒，下山救他的人越来越多，便和他辞别，一行人返回京城。

咸康三年五月初一，是司马衍为御弟司马岳钦定成婚的黄道吉日。

司马衍听王凤春说司马岳因相思而病和褚蒜子深夜来王府探病的事情后，连声赞叹："真是一对痴情人。"

司马衍飞笔狂草"关雎宫"三个大字，命封开轩派人挂在原来采薇宫的正门上方，在夏日阳光的照耀下，三个金色大字，璀璨发光。

一大早，琅琊王府红灯高挂，彩旗招展，车水马龙，热闹非常。关雎宫宫门的前方，一张大香案上摆放着天地的牌位，香案的左、右两侧各放着两张椅子。香烟袅袅，气氛吉祥。关雎宫门外的院子里，几十棵白玉兰，正值花期，大朵的白玉兰迎风怒放。花朵像莲花一样，盛开时，花瓣围着花蕾，向四方开放。一树白玉兰，就像一位白衣仙子，水袖轻扬，迎风摇曳，亭亭玉立，神采奕奕。白玉兰花白如玉，花香似兰，花片像是玉石雕刻出来的，像是冰雪浸染过的，晶莹闪亮。浓郁的花香，在王府院子里飘飘袅袅，到处弥漫，前来参加婚礼的宾客，全部浸在花香的氤氲之中。

刚进午时，司马衍已经从皇宫来到了琅琊王府，先和正在关雎宫东阁检查洞房布置的王凤春见礼后，坐在中厅，毕恭毕敬地在听当朝丞相、王府婚礼执行官王导，汇报如何迎击石虎军队的南侵的部署。司马衍请王导全权负责京城守备，王导一口应允。说完正事后，两人吃着糖果，静候司马岳迎亲的队伍归来。

午时中分将到，琅琊王府院外，鼓乐齐鸣，鞭炮震天。穿着一身大红婚服的新郎官司马岳喜气洋洋地从高头大马上下来后，不住地向身后的花轿看了又看。

站在花轿旁边的侍书，给他使眼色说："王爷你再回头，也看不到坐在轿里的新娘，一会儿到了洞房，包你看个够，急什么！"

王府总管太监张鼐大声向院内喊道："新娘进门了！"

被司马岳的红绸牵着的褚蒜子，在抱琴、侍书的搀扶下，小心地迈过了王府大门高高的门槛，和司马岳一起背南面北地站在了香案之前。香案的两侧坐着王凤春、司马衍和杜陵阳。婚礼执行官王导满面春风，站在香案的左侧，宣布婚礼开始。

王导一诵："一拜天地。"夫妻二人躬身拜了天地。

王导二诵："二拜高堂。"夫妻二人跪在地上向王凤春、司马衍、杜陵阳行叩头大礼。司马衍、杜陵阳离座将两人扶起。

王导正要宣布夫妻对拜时，一直站在他的身旁的张鼐轻轻地将他扶到椅子上坐稳，抢先诵曰："三拜丞相。"

王导赶忙说："使不得！使不得！"

司马衍、王凤春齐声说："使得！使得！"

他们的话音还没有落下来，夫妻二人已经跪倒在地，行了叩头大礼。

王导慌忙离座，把夫妻二人扶起。王导内心满心喜悦，嘴上却说："张公公，你这是唱得哪出呀？这不折煞老夫了！让王爷、王妃行此大礼，老夫哪里担当得起！"

张鼐回道："奴才哪里有这样的胆子！这是新王妃提议的，王爷同意的。"

王导内心里明白，这时褚蒜子在还自己十年前救她的那笔情债。

他继续诵曰："夫妻对拜，送入洞房。"

在抱琴、侍书和一群宫女的簇拥下，夫妻二人被送进东阁洞房。王导高声宣布，喜宴开始。

前来祝贺的王公大臣、褚家的亲友，在各桌的喜宴上推杯换盏，热闹非常。

王导和司马衍、王凤春、杜陵阳、周月婵坐在关雎宫中厅的大桌上，边吃边谈。

王导喜气洋洋地说："坊间传说，褚家女儿，才识不凡，此女大有其父高远的气度，真是一个好女儿、好王妃。这也是皇帝陛下、太妃娘娘慧眼识金，选妃选得好，真是琅琊王之福呀！"

司马衍夸奖说："朕看弟妹的学识，当在岳弟之上。"

王导回应说："琅琊王品学兼优，少年老成，很快就会成为皇帝一只有力的臂膀的。"

张鼐来到洞房的门前，高声地说道："王爷，该出来敬酒了。"

抱琴、侍书一左一右站在两旁，双双伸出手来拦阻："人家小两口还没有亲热够，张公公你慌什么？"

"王爷得赶紧出来敬酒，不能失礼！"

里面褚蒜子说道："张公公请进。"

张鼐进去一看，红盖头早已被揭在一旁。

褚蒜子正坐在菱花镜前整理弄乱了的发型。上轿之前，抱琴将她的秀发挽成环髻，在正头顶高高地上竖起来，梳成了一个"飞天云鬓"，她生怕被新郎弄坏了，正在精心梳理。司马岳站在她的身后，含情脉脉地向镜里看着。

褚蒜子仔细打理完自己的头发后，又帮助司马岳整理了一下衣冠。

出门前，褚蒜子对张鼐说："王爷大病初愈，不胜酒力，要想办法让王爷少喝点酒。"

"王妃放心吧，酒壶里装的都是水。"

"给皇上那席敬酒，可不能用水。这样吧，给皇上、太妃、丞相敬酒时，由王爷喝。给皇后、周淑媛敬酒时，由本宫替。"

"奴婢记住了。"

今天的褚蒜子，在新婚的喜悦和幸福滋润下，更加美丽动人，一袭红衣，肌肤如雪；杏脸桃腮，似芙蓉出水；体态婀娜，如玉树临风。特别是一双凤目，像一泓秋水，顾盼生辉，涟漪迭起。正在宴饮的宾客，纷纷都看呆了。

在给司马衍这桌敬酒时，前面几人都很顺利。

轮到向周淑媛敬酒时，她脸色阴郁地说："本宫不似皇后好欺负，琅琊王向本宫敬酒时，弟妹要替也可以，敬我一杯，弟妹必须喝三杯。"

褚蒜子看到周月婵脸色不大好看，虽然不知道什么原因，已经存上小心。

她笑盈盈地回答说："御弟大病未愈，只好由臣妾代替，臣妾谨遵淑媛娘娘懿旨，不过，臣妾想皇嫂一定会疼小叔子的。"

周月婵也不答话，举起酒杯，一口喝干。

褚蒜子连饮三杯，说了声："臣妾多谢淑媛娘娘赏脸。"和司马岳起身要走。

周月婵发话了："不能走呀！酒还没有敬完呢！"

"臣弟已经给皇嫂敬完了。"

周月婵没有搭理司马岳，她给自己倒好了两杯酒："本宫说没有敬完，就是没有敬完。这次本宫喝两杯，弟妹喝六杯。下次，本宫喝三杯，弟妹喝九杯。"

褚蒜子只是满脸平和地赔着笑，既不说喝，也不说不喝。

司马岳很是吃惊："皇嫂，你弟妹酒量比皇嫂差远了，再说那么多文武百官的席上还没有去敬酒。"

司马衍实在看不过眼了，说："弟妹，不要听她说疯话，到别的席上敬酒去吧，虽然是我们皇家的婚宴，也不能失礼。"

褚蒜子亲热地对周月婵说："今日客人太多，改日臣妾专门宴请太妃娘娘、皇后娘娘和淑媛娘娘，臣妾一定陪淑媛娘娘喝个够。"

周月婵被司马衍斥责了几句，很不痛快，听了褚蒜子的话，觉得捡回了一些面子："本宫静等弟妹的安排。"

两人走出关雎宫，向摆在前院文武百官的席上一一敬酒后，来到前院最南头的几桌酒席前，王荟、谢康、王勇、徐健、王召父子、淮琪父子、羊氏姐妹、无为长老都坐在这里。

司马岳早已听褚蒜子介绍了她们在郧城和寿春得到众人帮助的情况，今天利用敬酒这个机会，向众人一一致谢。

两人刚敬完酒，王荟率先发难："新婚三天没大小，我提议王爷、王妃当着我们这些老相识的面，喝杯交杯酒。"

褚蒜子说："这有何难？"

她让张鼐倒了两杯酒，和司马岳交杯后，一饮而干。琅琊王府的婚宴，一直进行了一个多时辰才结束。

回到洞房，褚蒜子看到司马岳直挺挺地趴在床上，抱琴立在床头用褚府自制的松木小锤为他捶肩，侍书站床尾为他捶腿。

褚蒜子坐在北窗下的椅子上，伸了伸腰，大声地叹道："琅琊王大老爷艳福不浅呀！本姑娘只有两个贴身丫头，都伺候你去了，本姑娘孑然一身，没人管、没人顾的，命好苦呀！"

司马岳听到褚蒜子诉苦，就想翻身起来，他说："你们府上的小锤真神奇，本王被捶得好舒服，现在一点儿也不累了，你们给你们小姐捶吧。"

侍书笑着对司马岳说："王爷以后跟我们小姐在一起，可不能小心眼了。她有时候神神道道，正话反说。小姐心疼王爷，她不是想让给她捶，她巴不得我们给你捶一夜，立马累死才好。"

抱琴出来指责侍书："小妮子这样说小姐，其实是在说她自己。"

"你们两个丫头片子，都是正话反说。"

两人都笑了起来："我们两个都是跟小姐学的，过不了几天，王爷也就变成了神神道道。"

褚蒜子眉目飞扬，笑道："王爷实诚，一辈子也学不会。"

抱琴、侍书从东阁撤出道："我们躲出去，你们爱怎样亲热就怎样亲热。"

用过晚膳后，褚蒜子带着抱琴、侍书先到浴房查看。浴房在东阁正南耳房内，浴房西有前门，东有后门。前门后面，立着两个更衣柜，供夫妻两人更衣，几位宫女侍立伺候。

进到浴间后，正中有两个浴盆，南侧的一盆是药浴，北侧的一盆是清水。南侧的浴盆里，不断升起的水蒸气蕴含着一阵阵清香，沁人心肺。南侧有两架白银制作的衣架。

抱琴闻着清香四溢，问道："小姐从来是不用香料的，这是什么香料啊？"

"不是香料，我放了四味中药：七里香、番红花、凤仙花，杜鹃花，既能活血化瘀，又散发香气。王爷身子弱，常泡药浴定可强身健体，祛病延年。"

"王爷娶了小姐这样一个高明的大夫做王妃，一定能活一百岁。"侍书赞扬说。

"本宫倒是没有敢奢望让王爷活到期颐之年，古人曰'六十而寿'。王爷身子虽然羸弱，本宫从今天开始，精心给他强本固基，一定要让他活过祝寿之年。"褚蒜子用手试了试水温很满意。

她对抱琴说："本宫和侍书去请王爷。"

抱琴和几位宫女正在里面等候司马岳，却见褚蒜子在侍书的伺候下，穿着浴袍来到浴盆前。

抱琴惊奇地问："王爷呢？"

"王爷让本宫先洗。"宫女上来要替褚蒜子脱掉浴袍。

"你们下去吧，本宫的身体还没有让抱琴、侍书以外的人看到过。"

宫女退出后，褚蒜子在侍书帮助下脱掉浴袍，跳进热气腾腾的药盆里。药盆很大，水很深，她平躺在药盆水面上，闭目养神。

抱琴、侍书两人一齐用木瓢往她身上倒水，她竟然能纹丝不动。

抱琴赞叹说："凫水凫得这样真好。"

"本姑娘在玄武湖避难一年，整个夏天跟着康哥哥练习凫水，我俩还想去长江去凫，舅母不让。"

"爱妃还会凫水，让本王看看。"司马岳穿着浴袍兴冲冲地闯了进来。

褚蒜子又羞又臊又慌张，生气地说："王爷这算什么？谎称让臣妾先洗，然后乘机掠色。”

司马岳笑着说：“爱妃说掠色就掠色。以前，本王想碰你一下，你都不让，今天我们已经成婚，看你还有何理由拒绝本王?”

他就要脱衣下水。看到抱琴、侍书站在一旁，既不助力，也不阻止，只是笑着看热闹。

他说：“自今天起，本王的身体也不想再让外人看到，二位姑娘能够回避一下吗?”

褚蒜子认真地说：“不用回避，臣妾今日索性把话挑明：诚请王爷收下二位姑娘，二位美色远在臣妾之上。”

“爱妃一直想着嫁入贫家，过上一夫一妻的生活，今天怎么反过来怂恿本王纳妾？三女共侍一夫?”

“琅琊王府美女成群，王爷阅历美色无数，臣妾怎敢奢望一夫一妻?”

“本王在此向爱妃发誓：天下美色万千，从今天开始，本王只钟情爱妃一人。本王满足爱妃的夙愿，一夫一妻，白头偕老。”司马岳又转向抱琴、侍书说，“二位姑娘，得罪了。”

抱琴拍掌称赞：“好一个痴情的王爷，奴婢也在此发誓：终生服侍小姐，永不嫁人。”

侍书说：“奴婢也是此誓。”

褚蒜子说：“你们先退下吧。”

抱琴、侍书还没有走出房门，司马岳已经急不可耐，他把浴袍挂起来，跳入浴盆之中，和褚蒜子拥在一起。

司马岳靠在了浴盆的一端，从后面紧紧地拥着她的娇美、柔软、炽热的玉体。在情欲的催发下，褚蒜子的脸上飞满了红晕，双目闪动着爱意的光芒，娇美动人。两人的身体，紧紧地偎依着，越抱越紧。一阵一阵的情欲热浪和浴水一起，不断地在两人的身体里火热地传递。

入夜，抱琴为东阁点上八支大红宫烛，精心修剪好烛花，退了出去。

褚蒜子站在床前，杏眼含春：“洞房之夜，万物皆美。王爷请看，那八支宫烛多像八位红衣仙子，腾挪摇曳，广舒衣袖，在为我们夫妻洞房花烛献舞。”

司马岳注目着穿着大红内衣的褚蒜子说：“红衣仙子只敢在宫烛上跳舞，不敢下来，因为她们自知虽然贵为仙子，也要输给爱妃几分颜色。”两人拥在一起，都能看到对方的眼睛里，闪烁着强烈的情欲光芒。

褚蒜子心里虽然像一头小鹿怦怦乱跳，身体却柔软如棉，一动不动，静等着夫君的爱抚暴风骤雨般地猛烈袭来。

正在这时，关雎宫的外面，响起了一阵急切的敲门声。

第二十三章　截杀石韬

关雎宫外的敲门声，惊醒了在中厅值夜的抱琴和侍书。抱琴心想，这是哪一个缺德鬼！洞房花烛夜都不让人家好好过。嘴里却问道："谁呀?"

"是我，封开轩。"

侍书机灵，很快打开了宫门。封开轩径直来到东阁门前正要敲门，褚蒜子已经打开了房门，正在给司马岳整理衣冠 。封开轩向司马岳宣示了皇上召开朝会的口谕。司马岳辞别褚蒜子，和封开轩一起来到了太极殿。

太极殿内，司马衍坐在龙床上，丞相王导，征西将军、荆州刺史庾亮，会稽王司马昱，武陵王司马晞，振威将军庾冰，徐州刺史郗鉴，中书令何充，兵部尚书诸葛恢等朝廷重臣，分列在两旁。

由于朝廷极少在午夜召开朝会，太极殿内的气氛严肃而紧张。

王导出班大声说道："石虎集结兵力二十万，发兵南侵。石韬的三万骑兵十天的时间，就可抵达江北。皇帝下旨召开朝会，让大家廷议如何迎敌?"

庾亮二弟庾冰不慌不忙，朗声说道："兵来将挡，水来土掩。石虎胆敢来犯，我朝给予迎头痛击便是。"

"季坚（庾冰，字季坚）将军，何人挂帅？出兵多少？兵马从哪里抽调?廷议定了，老臣才好部署。"王导深知从各个方镇抽调兵马，比割方镇的肉都疼。

"先从荆州军中调出一万，再从京口军中调出一万，还可以从石头城调军一万，作为策应。"庾亮问道："三万军队在手，茂弘丞相，不知可以迎敌否?"

庾亮一直矢志北伐，陶侃去世后，请调荆州。司马衍加封庾亮为征西将军、荆州刺史，都督荆州、梁州、益州、雍州、广州、江州诸军事。

庾亮自己主动提出从他掌握的荆州军中调出一万人马，王导拍掌称赞："元规（庾亮，字元规）不愧是皇亲国戚，带头调兵，老臣佩服。"

郗鉴明确表示，遵照朝廷命令，调出一万京口军，供朝廷统一指挥，迎击石虎。

司马衍心里畅快，颁发口谕："荆州刺史主动调兵，堪为表率，徐州刺史踊跃支援，忠心可鉴。这次迎击石虎，王老丞相挂帅，琅琊王司马岳监军，制定出具体作战方案后报朕。我朝上下，勠力同心，定能击败石虎。”

散朝之后，夜色已经悄悄地退去。一抹绯红色的晨曦，染红了东方的天际，启明星已经从东方高高升起，拉开了京城黎明的幕布。王导与司马岳一道来到琅琊王府，褚蒜子在霞光中，迎接他们。

抱琴端上来几碗热气腾腾的虾仁菠菜粥和几碟小菜，放在中厅的大桌上，褚蒜子夫妻俩陪着王导一边喝粥，一边说话。王荟带领谢康、徐健也来到了关雎宫。

王导说道：“凤凰，你们几个刚从邺城回来，了解了一些后赵军队的情况，如何破敌，有什么意见?”

褚蒜子直抒胸臆：“永嘉以来，我朝已经失去了大片土地，当今之计必须寸土必争，寸土不失，然后再谋划收复失地。石虎人多势众，我朝最好采取避实击虚之策。”

“凤凰，哪里是实？哪里是虚?”

“历阳是实，重在防守。寿春是虚，可以趁机攻击，以收围魏救赵之效。”

“爱妃，围魏救赵可以攻取广陵（今江苏扬州)，为什么要舍近求远攻取寿春?”司马岳有些不解。

“广陵周围，一片水网沼泽，不宜设伏。寿春距离历阳之间纵深几百里，可以选择好的设伏地点，还可以借力寿春的各路义军，协助朝廷军队攻城。”

“老夫知道北方的很多义军，战斗力很强，值得借重。”

“寿春义军盼望朝廷北伐，望眼欲穿。我军进攻寿春，各路义军一定会踊跃参加。女儿恳请义父接见一下各路义军的头领。”

“义军远在寿春，老夫何以接见?”

“他们都来京城参加琅琊王和女儿的成婚大典，就住在附近的驿馆。”

“快快有请。”王导连声催促。

褚蒜子吩咐抱琴、徐健前去驿馆相请。

不到半炷香的工夫，淮琪父子、羊氏姐妹、王召父子、无为长老来到了王导的面前。

双方见礼后，王导对众人说：“石虎即将南侵，威胁京城。朝廷决定出兵攻打寿春，请各路老少英雄助威。”淮琪等人表示，一定全力帮助朝廷军队攻打寿春。

王导和大家一起仔细研究了围攻寿春的各个细节后说：“这次迎击石虎，我们虽然是后发制人，但是必须提前做好准备，好以静制动。”众人齐声答应。

中午，司马岳设宴宴请众人，午宴散后，众人和王导等人话别。褚蒜子看到羊玉容和王奎恋恋不舍的样子，走上前去：“击败石虎后，我和王爷亲自在王府为你们举行成婚大典。”两人齐声答谢。

朝廷在石头城设立元帅府，王导、司马岳进驻石头城。调兵遣将，兵分三路，准备迎敌。

第一路，由荆州大将袁乔带领一万精兵，火速进入历阳城内，和历阳内史袁耽率领的一万历阳守军，一起坚守历阳。

第二路，在王荟、谢康、王勇、王奎等人引导下，由郗鉴之子、兖州内史郗谙率领五千京口军骑兵，带着两万套朝廷军队号衣，在寿春的两万义军的配合下，攻击寿春。

第三路，在褚蒜子引导下，由郗鉴的侄子、徐州刺史参军郗迈率领五千京口精兵，前往武岗关会合王敢的喽兵，准备截击攻打历阳的石韬骑兵。

郗迈、褚蒜子率领京口军来到青龙山后，王敢亲自下山迎接。褚蒜子带领抱琴、侍书和郗迈率领的京口军一起守卫白虎山。徐健帮助王敢守卫青龙山。

东晋这边正在紧锣密鼓准备迎敌，石虎却刚刚遭遇了一场未遂的宫廷政变。

咸康三年三月，褚蒜子、王奎在西门豹祠开闸放水，漳河河水涌进了石邃挖掘的地道，将正在挖地道的数千名石邃太子府兵丁淹死。不久，死尸从太液池和漳河中漂了出来，很多尸体已经泡得变形发臭。

正在巡城的石虎的次子、河间王石宣发现以后，让人大概统计了一下，少说也有几千具尸体。石宣感到事关重大，立即报告给石虎。石虎大惊，心想除了天地神仙，哪里还有人能够在自己都城将数千兵丁淹死？命令石宣秘密调查，弄清楚原因。石宣查了几天，没有查出来。被石虎痛骂为“笨蛋”，鞭打了三十皮鞭，并限期他三天破案。石宣知道张豺鬼点子很多，只得屈驾来到张豺府中释疑。

张豺看到石宣亲临府中求救，不由得心花怒放，问道：“王爷可曾打捞出几具尸体？”

“打捞出几具。”

“穿着什么号衣？”张豺知道石虎规定，天王府着黄色号衣，太子府着绿色号衣，其余全部着青色号衣。从号衣可以看出个大概。

“黄色号衣。”

“黄色号衣？是天王府的人马？这里边有鬼！”张豺仰着脸，翻着蓝眼珠转了几遍，“尸体放在何处？”

“就在城内的大街上。”

“走，卑职陪同王爷前去看看。”

张豺跟随石宣来到尸体旁边，转了几圈，突然抽出腰中的佩剑，将一个尸体的黄色号衣上向上一挑，里面的绿色号衣赫然在目。

张豺直接撕下石邃的面具：“这是怕露出了太子府号衣的尾巴，才穿上天王府的号衣掩耳盗铃。”

“原来是太子府的人马，这几千人马为什么被淹死了呢？”石宣有些不解。

“王爷，太子府的人马在曹操的转兵洞内向金凤台挖地道，不小心与漳河挖通了，才被淹死。”因为张豺知道褚蒜子他们，就是从地道进来的。

“大将军是说太子已经把地道挖到了金凤台地下。”石宣早就觊觎太子之位，一心想把石邃的太子之位夺了过来，今天抓住了石邃这么大的把柄，心中暗喜。

“王爷，卑职认为不但挖通了金凤台，肯定也挖通了天王府。”张豺煽风点火，“私换号衣，暗挖地道，这是想谋害天王、起兵造反呀！”

张豺和石虎的宠妃刘昭仪走得很近，早想帮助刘昭仪搞掉石邃的太子之位，为刘昭仪的儿子石世谋取太子之位。

“大将军，本王这就去向天王报告有人谋反，你就在府内听候好消息吧。”

石宣来到金凤台，添油加醋地向正在观看歌舞的石虎报告说太子府人马私换号衣，暗挖地道，图谋不轨。

石虎将信将疑，将石邃传到金凤台，问道：“你太子府的几千人马换上我天王府人马的号衣，私挖地道，你想造反吗？”

石邃无言可对。石虎大怒，命令护卫鞭打了石邃五十皮鞭，直打得石邃皮开肉绽，体无完肤。

石邃被人抬回太子府，恨得咬牙切齿。命令亲信李颜连夜向石虎报告自己病重，诱骗石虎前来太子府探病，利用在府内暗藏的刀斧手，杀死石虎，登基称帝。

石虎听了李颜的报告，正要起身前去探病。

他的亲信僧人佛图澄竭力阻止，说道：“天王前往东宫，必遭杀身之祸。”

石虎命人将李颜抓来严刑审问。李颜受刑不过，将石邃意图杀父篡位的阴谋全部招认。

石虎暴跳如雷，下令废去石邃的太子之位，废去石邃嫡母郑樱桃的皇后之位，将石邃全家三十多人全部处死，把太子府的官员数千人全部处死。

石虎丧尽人性，儿子石邃和二十多个孙子、孙女全部被他杀死，全无半点心痛。他暴躁易怒，嗜血成性，杀人如麻，杀人越多，怒气消得越快。

转眼之间，石虎就在金凤台上怀抱美姬，手持酒碗，宴舞笙歌起来。石虎喝到高兴之处，立即传唤次子河间王石宣，三子乐平王石苞，四子燕王石斌，五子秦王石韬、九子彭城王石遵和张豺前来金凤台，当场下旨封石宣为太子留在邺城监国；封石韬为正先锋，石遵为副先锋，率领三万骑兵，择日起程，攻打历阳；封石苞、石斌为中护军和自己一起率兵十万，随后跟进；封张豺为运粮官，负责筹措、督运粮草。

石韬率领三万骑兵，几日内就来到武岗关。石韬早就探明，武岗关南面的两山对峙，山上有一股山寇，山下有一道峡谷，崎岖难行。石韬心想井水不犯河水，山寇不干扰赵军行军，他也不去攻山。他派石遵带领一队骑兵，先行探路，石遵和他带领的骑兵，很快从峡谷里安全通过。石韬感到山寇不会找事，命令部将张雄率领大队人马，通过峡谷，向历阳进发。张雄率领大军刚刚来到峡谷中间，山上一阵梆子响，滚木礌石像雨点一样，向赵军砸来。张雄回马逃出峡谷，进谷的骑兵和马匹非伤即残。青龙山北麓，伤兵痛哭，残马悲鸣，十分凄凉。

石韬大怒，下令攻山。他久经战阵，认为只有攻下山头，才能安全通过峡谷。褚蒜子他们看到在峡谷砸死了很多赵军，一片喜悦。石韬恼羞成怒，指挥赵军攻山，全在褚蒜子他们意料之中。攻山的赵军同样遭到居高临下的晋军和喽兵的弓箭、滚木礌石的痛击。

石韬把张雄召来，责令他不惜一切代价，一定要踏平这青龙、白虎两山。

石韬率军先行后，石虎随后离开邺城，率领大军南下。一面行军，一面强行抢割沿途百姓的小麦，抢到手的小麦，由张豺负责保管。

张豺曾在寿春三峰山附近和郗鉴率领的徐兖军作战多年，他看到三峰山硖石峡三面环水，一面环山，地势险要，易守难攻。便把抢收的小麦，全部运进硖石粮仓。

石虎率军来到寿春，寿春太守路永出城十里前来迎接。路永是一个反复无常的小人，信奉“有奶就是娘 ”的信条。他原本是苏峻的部下，苏峻死后，他把台城献给了朝廷，被封为寿春太守。后来，赵军攻打寿春，他看到赵军势大，他又投降了石虎，仍然官居寿春太守。

石虎惦记着粮仓，在张豺、路永的陪同下，亲往硖石巡视。在硖石数不清的粮垛隐蔽在一个个小山包之下，从麦收现场抢来的小麦，正在一车车源源不断地运入粮仓。粮仓守将李农、副将张轨站在粮仓门口，清点着粮车数量。石虎心花怒放，张着大嘴夸奖张豺："我大军有了粮草，夺取司马氏小朝廷的江山，犹如囊中取物，等到朕坐上建康龙椅那一天，爱卿就是开国功臣。"

"淮水两岸土地肥沃，麦田万顷，我大军抢割小麦后，可以就近收仓。硖石地势安全隐蔽，卑职打算先在硖石建立一个总仓，然后再在历阳前线建立一个分仓。"

"好主意。先在历阳建立一个分仓，随着朕攻占的地方越来越多，还要在建康、京口等地建立很多分仓。"

"谨遵天王圣旨。"

大军未动，粮草先行。硖石粮草堆积如山，石虎心中狂喜，在寿春大宴众将。酒宴刚刚开始，快马就送来了石韬在青龙山受阻的战报。

石虎看了气得把酒碗摔到地上，大骂："逆子，几个山贼还消灭不了，要他何用?"石虎亲率大军，兵发青龙山。

石韬连续多日攻山，赵军死伤惨重，攻山仍然毫无进展。峡谷过不去，攻山又攻不上去，石韬一筹莫展，夜间在帐内喝起闷酒来。

张雄是张豺的亲弟弟，和张豺一样狡诈无比。他向石韬献计，五更造饭，平明退兵，引诱山寇追赶。山寇如果下山追赶，就在山下将山寇消灭，趁着山上兵力空虚，驱兵攻下山头，顺利通过峡谷。石韬连称"好计"，次日平明引兵退去。

王敢派出探子下山打探，确认赵军拔寨向北退去。王敢心想，哪能这样就让石韬跑了？他安排徐健守山，自己带领一部喽兵下山追赶。

并未走远的石韬，看到王敢果然中计。军中一声炮响，石韬、张雄率领骑兵回马杀来。石韬率军攻山，张雄率军将王敢和喽兵围在垓心。

王敢率领喽兵奋勇抵抗，他这些由难民和山民组成的喽兵，哪里是如狼似虎的赵军的对手？很快就被赵军打得落花流水，没命地向山上逃去。

张雄是赵军之中有名的悍将，王敢抵挡不住。他怕把张雄引上山去，驱马向北逃去。

张雄哪容他逃跑，跃马挺枪，向王敢的后心刺了过来，要将王敢挑落马下。

第二十四章　计挫石虎

褚蒜子在白虎山上，看到石韬率军攻山，张雄紧紧追赶着落荒而逃的王敢。知道王敢中了石韬的调虎离山之计。她请郗迈、侍书带领朝廷军队和喽兵抗击石韬攻山，自己和抱琴一起去救王敢。

她深知石韬率领的赵军骑兵，是一支虎狼之师。自己和抱琴下了山去，失去了大山的依托，不但救不出王敢，反而会将自己和抱琴陷于绝境。可是，正是自己请求王敢截杀赵军的，王敢现在正被张雄追杀，自己焉能不救？

褚蒜子黑马银盔银甲银枪，抱琴红马银盔银甲银枪。两人的头盔上的枪尖各绑着长长的红缨，随风飘起，十分醒目。两人身骑快马，像两朵彩云，飘下山来。

石韬正在指挥着赵军攻山，忽然看见白虎山上飞下两员将领。石韬金甲金盔，把手中的鬼头大刀一挥，赵军骑兵纷纷赶了过来，将褚蒜子、抱琴围在垓心。

褚蒜子低声对抱琴说："我去救王寨主，我听闻这个石韬非常凶猛，丫头千万小心。"

抱琴回答说："明白。"

褚蒜子跃马扬枪，冲了出去。张雄驱马追赶王敢，挥舞手中长枪，向王敢的后心刺来。

王敢感到后背发凉，大呼"不好"，一个镫里藏身，躲到战马的肚子之下。好的战马都通人性。王敢的战马看到主人危急，拼命地向前狂奔张雄一枪刺空。

张雄哪里肯舍？他用枪杆狠狠敲打战马的屁股，战马发疯地向前追去。他的战马是从北方大草原挑选出来的顶尖好马，很快追上了王敢的战马。这时王敢藏身在镫下，张雄只好挺枪向王敢战马的屁股上一枪刺去。王敢的战马惊叫一声，将王敢甩了下来。张雄跃马上前，挺枪直刺王敢咽喉。事情紧急，褚蒜子在张雄的身后，取出弓弩，张弓搭箭，一箭正中他的后背。张雄大惊，调转马头，向青龙山方向逃了回去。

褚蒜子担心王敢的性命安危，也不去追赶张雄，驱马前去救王敢。等她赶到王敢近前时，王敢自己已经从地上爬了起来。褚蒜子上前，仔细观看王敢受伤情况，所幸王敢藏在镫里重心低，只是受了几处皮外伤。

王敢躬身施礼，多谢褚蒜子的救命之恩。褚蒜子还礼后，亲切地说：“自家兄弟，何谈谢字！王大哥贵体无恙，就是山寨之福。”

两人回到青龙山前，山下一片狼藉。石韬趁着混乱，率领赵军突破峡谷，向历阳攻去。

王敢遗憾地说：“可惜让石韬这个狗贼穿过了峡谷。”

褚蒜子安慰他：“石韬过去了，石虎的大军还在后面，我们要做好准备，截杀石虎。”

王敢说：“好。”

“王大哥，我们在山上居高临下，大山是我们的依托，是我们的制胜之道。下了山，我们这点人马，根本不是石虎大军的对手。”

褚蒜子一口一个王大哥，使王敢感到很亲热：“褚兄弟放心，愚兄再不会傻乎乎下山追击了。我让弟兄们多准备一些石头，石虎敢来，就让他吃个饱。”

褚蒜子向喽兵询问抱琴的情况，喽兵将他们看到的情况说了一下。

褚蒜子冲出去救王敢后，赵军很快合拢了缺口，纷纷挥舞刀枪向抱琴杀来。抱琴毫无惧色，一条银枪上下翻飞。靠近她身边的赵军纷纷被打落马下，非死即伤。石韬爱才，特别喜欢武艺高超的将领。石韬在阵外看到晋军这员小将，小小年纪，一杆银枪舞得如银龙飞舞，似风拂梨花，心里喜欢。他朝抱琴喊道：“小将军，你如果肯下马投降了本王，本王上报天王，封你个扬武将军当当。”抱琴听了圆睁杏眼，大骂：“瞎了你的狗眼，白日做梦！”石韬听了也不生气，说道：“待本王亲自将你擒下马来，不由得你不投降。”

石韬身高过丈，力大无比，在赵军中是一位仅次于石闵的勇将，一杆鬼头大砍刀，重达二十多斤，舞动起来，就像挥舞着一根木杆。石韬让赵军退下，驱马挥刀，朝抱琴杀来，抱琴听说石韬凶猛无比，已经加一个小心，她看到石韬的大砍刀呼呼地带着风声，向自己头上砍来，双手奋力将枪向上一举，想把石韬的大刀磕开。只听见“咣当”一声，火星迸溅，抱琴的银枪和石韬的大刀撞击在一起。抱琴双臂发麻，虎口震开，银枪差点脱手。抱琴暗暗吃惊，心想石韬哪来的这么大的力气。抱琴再也不敢用枪和石韬的大刀正面相碰，只有招架之功，没有还手之力。石韬一刀向抱琴面门砍来，抱琴慌忙低头闪过，闪得稍微慢了一些，头上的银盔被大刀削了下来，三千青丝抖落在胸前。

石韬一看，原来是一位小美人儿，高兴地“哇哇”大叫：“这么美的一个小妞儿，快过来给本王当个王妃！”说完，左手提刀，伸出右手，想把抱琴生擒过来。

抱琴怒不可遏，回身双手用力将银枪向石韬前心投了过来。

石韬被花心迷失了本性，没想到抱琴会舍枪投刺自己，慌忙躲闪，差一点儿跌落马下。石韬迟疑之间，抱琴纵马已经向西逃出百步之外。石韬和石虎一样，都是好色之徒，哪里肯放过这样的一个美人儿？他心想你就是上天入地，本王也要把你抓了回来。他吩咐部将率军继续攻山。自己率领几十名骑兵追赶抱琴。

抱琴转过一个小山包，看到一个少年公子，身骑白马，银盔银甲，手提亮银枪，身后带着几十名骑马的家丁，正在向青龙山赶来。

抱琴大声求救：“公子救我！公子救我！”

银甲公子抬眼一看，一个十多岁的小女孩儿慌慌张张，青丝散落，战袍不整。尽管小女孩儿狼狈不堪，丝毫也掩盖不了她的秀色：眼似秋江清澈水，面如三月春桃花。银甲公子看得呆了，一时竟然忘了回话。

抱琴已经到了他的面前，大声地呼喊：“大哥救我！”

银甲公子这才不好意思地将目光从抱琴的脸上移开，微笑着说：“姑娘不必惊慌，一切有小可担当。”说完，把抱琴挡在身后。

这时，石韬正好赶来，看到小将救下了抱琴，也不搭话，举刀就向小将头上砍来。

小将看到他的大刀很重，向左侧一闪，举起酒杯粗细的银枪枪柄，顺着石韬大刀向下砍的力道，从大刀刀头的上面，全力向下击去。

石韬的大刀向下砍空，大刀的力道已经惯性向下快速地降落。小将用枪柄打击他的刀头，石韬准备不足，被小将猛力一击，将大刀击落在地。

小将身手敏捷，挺枪向石韬前心刺来。石韬手无寸铁，慌忙调转马头，逃了回去。小将挥枪追赶，被几十名赵军骑兵拼命挡住。

赵军看到石韬已经逃脱，纷纷转身，追赶石韬去了。

抱琴看到石韬脱逃，心里着急，向家丁要一支长枪，向小将说了声“多谢恩公救命之恩”，就要挥马追赶石韬，却被小将拦住。

“我要追杀石韬，恩公为什么拦阻？”

“石韬身边有众多骑兵保护，姑娘杀得了吗？”

“那怎么办呀？就这样让他逃了？”

“姑娘不要着急，小可和姑娘一起追上前去。”

小将和抱琴并马向前追赶，家丁随后紧紧跟着。

小将一路上用眼不断地向抱琴看来。

抱琴早已明白了他的心意，人在马上无处躲无处藏，脸上的红云一片落下一片又起，抱琴无奈，只得说："公子不要再看了，再看我真的要钻到地下去了。"

小将微微一笑："小可想与姑娘缔结秦晋之好，看上两眼都不让吗？"

抱琴吃惊地问道："公子知道我是谁吗？我只是一个侍女。"

小将轻轻地点了一下头，说道："小可诸葛云，兵部尚书诸葛恢之子。姑娘一来到我面前，我已经猜想到你可能就是抱琴姑娘，看来我猜得不错。"

抱琴在马上弯身道了个万福："原来是诸葛公子，小女子这厢有礼了。"

诸葛云在马上双手向抱琴作揖："诸葛云这里还礼了。"

"公子是怎么知道我的名字的？"

"琅琊王妃带着侍女抱琴邺城探险，在京城传为美谈。听家父说琅琊王妃正在青龙山和赵军作战，小可特来助战。恰逢一个小女孩儿被赵军追赶，猜出姑娘是抱琴不难。"

"诸葛一族都是极聪慧之人，抱琴只是一个侍女，配不上公子。我曾经对小姐当面发誓：终身不嫁，服侍小姐，还望公子另觅官家名媛。"

诸葛云看到抱琴有意推托，也不强求，两人直奔青龙山而来。褚蒜子担心抱琴的安危，正在山下等待。她让王敢先回山，王敢不肯。正在焦急之时，抱琴从西面飞马来到她的面前，跳下马来。两人互相拉起对方的双手，周身上下仔仔细细看了个遍。确认对方没有受伤后，才紧紧相拥在一起，放声痛哭。抱琴哭得更厉害，伏在褚蒜子的肩上，身体抖个不停。王敢、诸葛云在一旁看到主仆二人如此深情，很是感动。

褚蒜子静静地等待抱琴止住了哭声，用手爱抚地向她身后梳理着她的秀发，担心地问道："丫头受惊了？头盔被打掉了？"

"是的。奴婢差点丧命石韬之手，是诸葛尚书之子诸葛云公子救了我一命。"

褚蒜子抬眼看到，诸葛云挺拔如松、英姿勃发，心里暗暗思忖：抱琴要是能够嫁给这样一个玉面郎君，可称嫁得其所。她双手向诸葛云施礼："多谢公子。"

"不必言谢。小可原本就是来青龙山助战的。"

褚蒜子说："有了诸葛公子助阵，我们要更加努力杀敌。"

诸葛云和王敢见礼后，双方辞别。王敢回青龙山，褚蒜子、抱琴、诸葛云一起上了白虎山。

不出褚蒜子所料，石虎几日后，就赶到了青龙山。石虎来到山前，知道石韬已经率兵突破峡谷，前去攻打历阳。他看到天色已晚，吩咐石苞、石斌安营扎寨，埋锅造饭。石虎久经沙场，夜间派探子进入峡谷打探。探子回来向他报告：峡谷小道非常狭窄，峡谷里面到处都是滚木礌石和被砸死的兵丁、战马的尸体，臭味熏天，很难通行。石虎明白只有先行削平山头，才能安全通过峡谷。

次日天明，石虎传来石苞、石斌，命令二人各自率领兵丁攻山。石苞攻青龙，石斌攻白虎。石虎给二人立下军令状，限令二人三日之内，攻陷山头，否则提头来见，二人非常惊恐，率领兵丁死命攻山。

褚蒜子、王敢在山上准备大量的石头，看到赵军攻山，轻轻地把石头一推，石头越滚越快，携带着风声和尘土，滚入赵军阵中，砸得赵军鬼哭狼嚎。

石虎虽然有十万大军，面对着青龙、白虎两山的悬崖峭壁，无法大面积展开兵力。石苞、石斌攻山三日，没有攻下一座山头，在山坡上扔下了无数尸体，败下阵来。两人来到石虎帐内磕头请罪，石虎大怒，命令刀斧手，将两人推出帐外斩首。

张豺慌忙进帐，跪地求情："大战之中，先斩大将，于我军不利。"

石虎说道："死罪可以免除，活罪绝不轻饶，每人各打三十皮鞭，继续攻山。"两人被打得皮开肉绽，带伤继续攻山。

寿春城下，郗谙率领的五千京口骑兵，已经提前潜伏起来。

石虎刚刚离开寿春，和京口军一起来到寿春的王荟、谢康、王勇、王奎，很快和无为长老、淮琪父子、羊氏姐妹沟通好联络，约定好攻城的暗号和攻城时间，并将京口骑兵驮来两万多件朝廷士兵的号衣，分送给寿春义军。

黎明时分，震耳欲聋的炮声接连响起，郗迈率领的京口骑兵在东门，羊氏姐妹和王奎率领的四顶山喽兵在北门，无为长老的大徒弟清风和王荟率领的八公山山民在西门，淮琪父子率领的北方流民在南门，两万多穿着朝廷的号衣的人马，将寿春围了个铁桶一般。

一夜之间冒出了这么多的朝廷军队，吓得路永心惊胆战。他原本是晋军将领，一旦城破，他将死无葬身之地。他连续派出了三匹"马上飞递"，用八百里加急，向石虎求救。

一个月明星稀的夜晚，无为、谢康率领一百名箭术高超的护寺道士，潜伏在粮仓西侧的一个小山包上。每个道士的箭壶里插着十支火箭，每支箭头上绑着一个用野猪油浸泡过的棉花包。

无为的二徒弟明月带领一百名山民，牵着一百头水牛助阵，这些水牛都是齐口（长齐牙齿）水牛，异常凶猛，由寺中出银高价买下，每头牛的头上捆绑着两把长长的利剑，尾巴上绑着一根浸泡过野猪油的松明子。趁着夜色，潜伏在硖石粮仓西门附近。无为吩咐明月，看到粮仓起火后，点燃牛尾巴上的松明，让火牛冲进粮仓点火。

硖石正处在淮水的臂弯之中，南、北、东三面环水，东面有黑龙潭天险，西面有西峰山拱卫，地势险要。西峰山下，有粮仓守将李农、副将张轨率领一万赵军守卫，要想攻占粮仓，势比登天。

无为长老是在一次巡山时，发现了石虎的粮仓。他看到粮仓建在群山怀抱的一块平地之上，占地几百亩。中间是粮仓，周围是松木围成的栅栏，栅栏之内搭建了很多帐篷，供守卫粮仓的兵丁居住。粮仓的大门设在西面，正通西峰山的山口。

无为长老原来是祖逖军中的一位青年将领，位居参军。他作战勇敢，常出奇谋，协助祖逖收复了黄河以南大片失地。祖逖去世后，无为到三峰山天师道的正一道观出家。升为主持后，他广收徒弟，扩充护寺道士队伍，广泛联络被赵军害得家破人亡的山民，组织了一支几千人的山民队伍。

无为长老和谢康率领由道士组成的弓箭手，登上粮仓西面的一个小山包，做好向粮仓发射火箭的准备。时近子时，一夜无风的三峰山刮起了一阵阵西北风。无为大喜，高声说道："苍天保佑，命该赵军人亡粮绝。"

他一声令下："放箭!"一百支火箭带着呼啸声顺风射向粮仓。霎时间，几十堆粮垛全被点燃。随着更多的火箭射入粮仓，整个粮仓燃起漫天大火。

粮仓的大火烧到守军睡觉的帐篷，从睡梦中惊醒的赵军，被烧得哭爹喊娘，光着身子，从粮仓西门向外逃窜。粮仓守备副将张轨正在睡觉，看到粮仓火起，也不救火，随着兵丁的人流逃向西门。

在粮仓西门之外等候多时的明月，已经提前把火牛分成十排，每排十头，每头牛身后站着牛的主人。看到粮仓起火，明月下令："点火!"

第一排水牛的主人点火后，迅速地向两边躲开。以后各排按照排列的顺序依次点火，一排排尾巴被烧疼了的水牛，飓风般地冲进西门。牛是一种见到火光异常兴奋的动物，越是火大，越是发疯似的乱闯乱撞。一百头向火光冲去的牛群，在西门口被外逃的兵丁挡住了去路。火牛怒不可遏，挺着角上的双剑向人群顶去，包括张轨在内的躲闪不及的赵军，纷纷被火牛头上的利剑穿透胸膛，尸体被疯牛踩成肉泥。

从睡梦中惊醒了的粮仓守备李农，在护卫的保护下，从西门旁边逃出，站在高坡上望着越烧越大的粮仓大火，摇头叹息，无可奈何。

李农派出八百里加急，飞报石虎。自己收拢了残兵败将，在废墟旁边搭起临时帐篷，等待石虎的命令。

青龙山连续多日攻不下来，入夜，石虎在帐内喝闷酒。路永的八百里加急快马的信使，进帐跪下向石虎递上路永的求救信，石虎草草地看了几眼，大骂路永无能。正在大骂路永的时候，李农的八百里加急快马信使，又在帐外求见。

石虎惦记硖石粮食，听到李农来了八百里加急，心中陡然增加了无明的紧张。向帐外大叫："快传信使进来！快传信使进来！"

信使进来后，还没有跪倒。石虎迫不及待地问："李农有何急事上奏！"

信使连忙回答："硖石粮仓被烧了！"

石虎一听，脸上青筋突起，暴跳如雷，他抓起桌上的大酒碗，拼命地向信使的头上砸去。信使脑袋被酒碗砸裂，鲜血迸溅了石虎满身。

石虎浑然不觉，命人前往寿春，抓捕路永、李农，等候处理。

石苞、石斌哥儿俩一商量，决定利用寿春被围、粮仓被烧这两个让石虎非常窝心的议题，催他退兵。两人来到帐内，先让兵丁将李农信使的尸体抬了出去，又让侍女打扫了地上的血迹，两人小心翼翼地垂手侍立在两旁。

侍女进来，给石虎换上了新的锦袍，石虎阴云密布的脸上，生出了一丝亮色道："攻山进展如何？"

两人来到石虎的酒桌前，躬身施礼，齐声说道："父皇，现在形势对我们不利，宜速退兵，不宜再继续攻山。"

石虎闻听大怒，脸上青筋重新暴起，扬起手中的酒碗向两人的面门砸去。

两人不敢躲避，顺势跪了下去，酒碗从头上飞了过去，正砸在前来送酒菜的侍女的头上。侍女惨叫了一声，当场毙命。张豺听到了宫女的惨叫声，来到帐里看个究竟。

石苞、石斌跪在地上，匍匐前行，上前搂住石虎的双腿，哀求道："父皇，现在我们粮草被烧，寿春被围，路永原为晋将，惯于看风使舵，这个狗贼如果投降了晋朝，我们的退路将被切断。后果不堪设想呀！父皇。"

张豺趁势劝道："天王陛下，两位王爷言之有理。路永是一个反复无常的小人，不可不防。"

石虎也知道路永不可靠，他虽然骄横，但是熟知兵书战策，处事果断。听了三人的劝解，随即决定亲率大军回援寿春。

石韬率军突破峡谷，和在峡谷南口等候了多日的石遵会合后，率兵将历阳围了个水泄不通。历阳城高池深，石韬攻城多日攻不下来，双方处于胶着状态。

寿春城下，郗谙的京口军和义军的联军只是佯攻，目的是迫使石虎放弃攻击历阳。正当联军大张旗鼓攻打寿春时，探马向郗谙报告，石虎亲率大军，返身向寿春杀来，准备和寿春赵军一起，内外夹攻，围歼围城的晋军。

第二十五章　醉舞花丛

探马报告，石虎大军撤出了青龙山向寿春杀来。

郗谙和各路义军互相道别，各自率军从寿春撤出。褚蒜子、郗迈也和王敢告别，褚蒜子一行回京城，郗迈率军回京口。

石虎在从青龙山撤军的同时，派快马给石韬送去密信，告诉他：如果攻破了历阳，一定要把全城屠杀个干干净净；如果还没有攻下历阳，就要尽快撤出。历阳久攻不下，石韬只好撤军。

石虎回军寿春后，晋军和义军已经全部撤走。石虎进军不利，连日暴怒，头晕目眩，只好率军回到邺城养病。

这次击败石虎，是继祖逖北伐之后，东晋王朝对北方少数民族政权取得的又一次胜利。

司马衍大喜，加封王导为始兴郡公，加封司马岳为骠骑大将军，对参战的郗谙、郗迈、袁耽、袁乔、王荟、谢康等朝廷将领全部加官晋爵，对王奎、徐健、王敢等人也封授了官职，并奖励全部参战将领一个月休假。

褚蒜子和司马岳，分别从青龙山和石头城返回琅琊王府。晚上，褚蒜子吩咐在王府后花园安排晚宴，为司马岳庆功。

这天正值六月的月半，一轮明月，从东方的天幕上升起，像一个出浴的处子，浑身上下散发着皎洁的光辉。

在银雾空蒙的月光下，花园里玫瑰花、茉莉花争奇斗艳，月季花、丁香花姹紫嫣红。白花如雪，黄花似金，红花像火，汇成了一片花的海洋。彩蝶飞舞，蜜蜂流连。浓郁的香气四处荡漾，沁人肺腑。

席上，抱琴抚琴，侍书弹筝，张鼐布菜，松枝执壶，松叶斟酒，场面热闹、欢畅。

水萍、水莲从褚府出嫁后，从山阴老家先后给褚蒜子送来了几坛陈酿的女儿红。

褚蒜子手举女儿红，对司马岳说："臣妾恭祝骠骑大将军得胜归来，臣妾先干为敬。"说完端起酒杯一饮而尽。

司马岳听到褚蒜子称呼自己为骠骑大将军，感到亲切、新鲜，说道："全凭爱妃运筹帷幄之力。”同样一饮而尽。

褚蒜子看到夫君今晚心情舒畅，再次举杯道：“骠骑大将军高兴，臣妾再敬一杯，以成双杯之数，祝愿我夫妻二人双宿双飞，白头偕老。”说话之间，褚蒜子眼中秋波涌动，闪烁着爱意的光芒。司马岳和褚蒜子碰杯后，共同干杯。接着，司马岳又回敬了褚蒜子两杯。

“奴婢敬骠骑大将军一杯。”

“奴婢敬大将军夫人一杯。”

抱琴、侍书、松枝、松叶、张鼐等人趁机向二人敬酒。两人来者不拒，一口气喝了八九杯酒。

水莲送来的女儿红，都是家乡在地下埋藏了百年以上发酵黄酒，酒性甚烈。两人都有了一些醉意。

女儿红的发力，使褚蒜子的脸上飞起了一片片红霞。朦胧的月光，照在她雪白的肌肤上，更像是南海云雾之上袅袅婷婷的玉色观音。

司马岳望着美艳如花的褚蒜子，诗兴荡漾，赞道：

黛眉绽翠横远山，芙蓉出水起春烟。
罗衣飘飞风拂柳，广寒仙子下凡间。

“臣妾不过是山野之间的一枝花草而已，承蒙王爷抬爱，虽粉身碎骨，难报万一。”

褚蒜子吩咐侍书去取宝剑，吩咐抱琴：“弹奏一曲《剑啸云天》，本宫要为王爷舞剑、作歌助兴。”

抱琴听了暗暗吃惊，她想：“小姐一向端庄稳重，平常在娘家从来没有见她给老爷、夫人舞过剑。有时小姐兴致起来，都是带着自己和侍书前往府中花园舞剑，小姐今天真是喝高了。”

这边抱琴正想着心事，那边侍书已经取来了宝剑。褚蒜子从侍书手中的剑鞘里抽出青剑，一道寒光如雷闪电光，刺人眼目。抱琴弹奏起《剑啸云天》古曲，时而高亢，如穿云破雾；时而轻扬，如风拂杨柳。

褚蒜子一袭白衣，在高挑身材的带动下，犹如一朵天山雪莲迎风飞扬，她意在八极，神游太空，时而轻移曼舞，像紫燕伏巢；时而疾飞高翔，似黄莺惊枝；时而高高跃起，志在高山巍巍之势；时而莲步低履，意于流水荡荡之情。

在舞剑的同时，褚蒜子莺声娇啼：

“明月照君席，花雨湿我衣。
感君情满满，观我剑离离。”

席上一片喝彩。司马岳看得呆了，诗情涌动：

“青锋剑光冲云天，月色如水照玉颜。
西子低吟飞燕舞，月中嫦娥舞婵娟。”

褚蒜子听了，连说：“太过奖了。”

如水似乳的月色映照着她的俏脸，漫天飞扬的花雨紧裹着她的玉体。褚蒜子形舒意广，犹如一株绝世芬芳的空谷幽兰，在月光和花雨融合的氤氲中翻飞，白色罗衣和宝剑的光芒缠绕在一起，人剑合一，身姿如嫦娥广寒起舞，生出莲花千朵，剑气似玉龙东海戏水，卷起寒光万道。

褚蒜子再次歌曰：

“今夜为君歌一诀，一片冰心报天阙。
月中剑光倚天起，万里已溅石贼血。”

她舞到兴致高潮之处，用力向东侧高高跃起，滞空之间，转身向西，面向侍书，说了声：“侍书接剑。”扬出青锋，向侍书手中的剑鞘飞去。

侍书见状，一跃而起，斜举剑鞘，向着青峰迎了过去。褚蒜子的宝剑“嗖”的一声，插入剑鞘。随之，褚蒜子像一个秀美的白衣仙子，翩翩落地，寂静无声。

席上众人响起了一阵阵喝彩声，酒宴直到夜阑方散。

这段时间，朝政清净。司马岳早朝归来，褚蒜子亲自到膳房为夫君烹制菜肴。遇到司马岳高兴，褚蒜子打开女儿红，夫妻二人推杯换盏，浅饮低酌。

白日，司马岳处理完政务的闲暇时间，两人带上抱琴等人，泛舟玄武，观花梅山，寄情于青山绿水之间。夜晚，两人或是挑灯夜读，或是共研书法。

司马岳与皇兄司马衍一样，都是当朝的书法大家，他自幼练习书法，师从东汉草圣张芝，尤善草书。他的草书含奇于正、寓刚于柔，石破天惊、变化莫测，藏筋抱骨、清韵逸发，点画凌空随意舞，横沟落纸任神驰。

褚蒜子善小楷，师从卫烁夫人，字如其人、平和简静，不施粉黛、丽质天姿，于妩媚之中蕴含着一股绝伦的英气。

夫妻两人志同道合，如胶似漆，琴瑟和鸣，度过了一段惬意的美好时光。

抱琴、侍书父母双亡，两人的婚事，褚蒜子一直萦绕于怀。抱琴从青龙山回到王府后，向她讲明了诸葛云求婚之事。诸葛云从石韬刀下救过抱琴的性命，抱琴对诸葛云又感恩又爱慕，只是担心自己是个侍女，怕诸葛恢不同意。

诸蒜子对她说："诸葛尚书是个极聪慧、极明白的智者，我这就前去尚书府求见尚书大人，请他玉成。江大小姐愿意与我一同前往吗？我给尚书大人说你是侍书，反正你俩长得很像。"

抱琴吃惊地张开了樱桃小嘴："世上有女儿家自己跑到婆家自找夫君的吗？"

"怎么没有？司马相如不就是卓文君自己选的吗？"

"奴婢没有文君那样的胆量。"

"我就知道你小丫头儿有这个心，没这个胆儿！"

两人正在说笑，侍书来报："诸葛云公子求见。"

褚蒜子眉开眼笑："快请！"抱琴听了，快步躲到帐幔之后。褚蒜子看了，开怀大笑。

诸葛云进来后，问道："王妃有何喜事？如此高兴？"

"本宫在笑抱琴，银样镴枪头中看不中用，叶公好龙口是心非。小丫头儿整天想你、盼你，你来了她却吓得藏到屏风后面去了。"

诸葛云又高兴又惊异道："小可求见王妃，正是为婚事而来。抱琴曾经亲口对我说，她已经在王妃面前发誓，终身不嫁，服侍王妃。"

"女儿家对自己婚事说的话，公子能当真吗？小丫头儿想嫁给你都想疯了。不过，她担心尚书府不会接纳她，所以才说终身不嫁。"

"原来如此。"

"尚书大人不介意抱琴是个侍女吗？"

"不介意。"

"为什么？"

"家父对于女方着重看品德，抱琴勇闯邺城之事，家父极为赞赏。家父和小可都不介意她是王妃的侍女。"

"公子好像话中有话？"

"抱琴是王妃的侍女，肯定是个完璧之身。如果她是其他的朝廷官员的侍女，小可是很在意的，王妃能够理解小可的用心吗？"

"能够理解。本宫和抱琴、侍书名义上是主仆，实则为姐妹，我们三人现在还是同池洗浴。本宫告诉公子，抱琴、侍书姐妹出身书香门第，文墨功夫都很好，两人现在的确都是处子之身。”

“多谢王妃。”

褚蒜子笑着问道：“公子对抱琴一见钟情，究竟看中她哪一点呢?”

“美色天成。”

“好一个坦诚的公子，抱琴和本宫完全同意这门婚事。如果公子的父母也同意，明日尚书府就可来王府行聘。”

“人言王妃处事果断利索，名不虚传。小可明日就请家父派人来下聘礼，十日前后的一个吉日前来迎娶。”

“公子走后，本宫请王爷加封抱琴、侍书为王府司仪，请尚书府在聘礼的礼单上写明。”

诸葛云心里一顿，当即说道：“小可和抱琴感谢王妃大恩。”

“十日前后正好。本宫需要给抱琴置办嫁妆，还需要给王奎、羊玉容布置新房，准备婚典。”

“我回去回复家父，就按照王妃提出的日期下聘和迎亲。”

十天后的一个吉日，琅琊王府热闹非凡。上午，褚蒜子刚刚送走尚书府迎娶抱琴的迎亲队伍。侍书作为娘家人，前往尚书府送亲。中午，褚蒜子又在王府院内，为王奎、羊玉容举办了成婚典礼。两人的婚宴上，除了两家本家亲朋好友参加外，司马岳、王荟、谢康、徐健、淮琪父子、无为长老和徒弟清风、明月都参加了婚礼，大家开怀畅饮，热闹非凡。

本来朝廷依据羊金容、淮平等人围攻寿春的功劳，都封授了官职，二人辞官不做。羊金容放不下四顶山的喽兵，参加了妹妹的婚礼后，准备返回四顶山。淮平祖上有遗训，不准淮家后代子孙做官，他本人生性散淡，也准备在婚宴结束后和父亲一起返回寿春。

褚蒜子说道：“本宫生性尚静，即便这样，想到大家在婚宴结束后，就要各奔东西心里有些不舍。”众人听了都很感动。

羊金容说：“王妃放心，民女有空闲一定会来看望王妃和玉容妹妹的。”

谢康趁势说道：“王妃原本说过，为王兄弟、玉容妹妹举办了婚礼后，准备前往阳翟具茨山祖坟扫墓，我们又在假期，都想跟随王妃前往阳翟。”

褚蒜子非常感动：“祖父褚洽公仙逝之后，安葬在故乡阳翟，至今已经二十多年。父亲在军中难离职守，歆儿还小，我只好代劳。”

羊玉容说：“我和王大哥趁着新婚，正好出去游览一番。”

“石虎用兵的重点在建康，对于包括阳翟在内的西部地区疏于防范。我只带侍书前去，不会轻易被发现。王爷担心我的安全，几次提出和我同去，正因为担心王爷的安全，才被我婉拒。”

“阳翟是黄帝和夏禹的发祥地。既然很安全，大家更应该前去游览一下。”

“王长史说得对。皇上已经命本王前往江州、武昌督察军务，顺便去颍川拜谒外祖父、骠骑大将军庾琛公的陵墓。凡是能够去的，都可以随本王前去。”

无为长老对褚蒜子说：“武昌正一道观，是我教一个圣地，主持是贫道师兄灵虚长老。贫道正在研制一剂化解剧毒的药方，缺少一味重要的药材，贫道让小徒清风、明月前往武昌求药，正好和王妃一道前往。”

褚蒜子说：“如此正好。”

褚蒜子思忖一下，王召年龄大了，不方便去，无为、淮琪父子、羊金容还得赶回寿春，王奎、羊玉容、抱琴刚刚新婚，她不让去。松枝、松叶留在王府照看。能够去的有司马岳、王荟、谢康、徐健、清风、明月、侍书和自己，共计八人。八人这样一个小队，不会引起多大的注意，褚蒜子只好答应了大家的要求。

喜宴结束后，无为长老等人向司马岳、褚蒜子等人辞别。

司马岳吩咐前往阳翟的人等，准备好衣物用品、选好马匹，明日一早到燕子矶，乘官船去江州。

次日平明，司马岳看到人员已经全部登船，吩咐开船。官船正在徐徐离岸，准备向西开去。

正在这时，岸上忽然飞来两匹快马，其中一人用柔美的声音喊道：“不要开船，等等我。”

船上的众人，都在船头向前观望，没有听到岸上的喊声。

岸上的人无奈，后退几步，然后疾风一般冲了过来，临近江边，一跃而起，飞在空中，隔着江水，向船上跳来。

船尾有人惊呼起来：“有人跳江了！”

第二十六章　具茨祭祖

听到有人跳江，众人向船尾看来，一道倩影，红衣红裙，飘飘洒洒，落到了船尾。

褚蒜子一看，正是抱琴。褚蒜子快步走了过来，抱住还没有站稳的抱琴，轻声责怪说："你新婚刚刚几天，不在府里陪着新郎，跑来做什么？"

抱琴没有回答，从褚蒜子的怀里转身过去，向着岸上摆手致意。

褚蒜子向岸上看去，诸葛云骑着白马，手里牵着抱琴的红马，也在向抱琴和褚蒜子致意。褚蒜子赶紧吩咐艄公停船靠岸，放下船板。

诸葛云把红马牵上船来，说道："抱琴听到王妃西行祭祖，急急地赶来，末将有家父交代的一件公事在身，不能陪王妃和抱琴前去。"

褚蒜子说："还是公事要紧。"

双方互相辞别后，诸葛云回府，官船继续西行。几天后，司马岳一行人乘船来到江州。江州刺史袁耽出城迎接，袁耽将他们安置在江州的北门九华门外的镇江楼。

司马岳顾不上休息，带着王荟、谢康、徐健，在袁耽的陪同下，察看了江州防务。江州又称九江，南靠匡庐，北依长江，为京西的重要屏障，战略地位十分重要。袁耽防卫历阳有功，由历阳内史升任江州刺史，江州的防务井井有条，无可挑剔。

午后，司马岳和褚蒜子一起在楼上凭栏北望。镇江楼楼高三层，青砖黛瓦，龙檐飞角，雕梁映日，画栋飞云，四面回廊，凌空飞立在长江南岸，巍峨壮丽。当下，长江正是汛期，长江后浪推前浪，两个浪头撞击之时，发出轰天的巨响，摄人胆魄。两人从内心里都感到自然的伟大、人力的渺小。

当晚，袁耽在刺史府设宴为司马岳、褚蒜子等人接风洗尘。袁耽是谢尚夫人袁女正的亲哥哥，是谢康的亲舅舅，也可称作褚蒜子的舅舅。在镇江楼，袁耽已经向司马岳、褚蒜子行了官礼。进入内宅后，司马岳、褚蒜子、谢康，向袁耽和夫人行了家礼。席上，袁耽向司马岳介绍了江州的风土人情，以"匡庐秀美甲天下"一语赞誉了庐山，劝司马岳上山游览。司马岳欣然答应。

次日丑时，袁耽和司马岳等人骑马来到匡庐山脚下，换乘山民的竹轿上山。在向导的带领下，寅时已经来到了含鄱口观看日出。刺史府的士兵们，已经从含鄱峰上的归仁寺里，借来了竹椅，放置在含鄱口的最高处。

司马岳一行人刚刚坐下，本来已经显出亮色的天空，转而又像重新墨染了一遍似的，渐渐地暗了起来。

在黎明前的黑暗之中，只见东南面的鄱阳湖上，出现了一丝晨光的熹微。刹那间，整个湖面染成了红色。一轮火红的圆球，从湖面上一跃而起，射湖而出，飞跳到了湖面之上。圆球下半部拖着长长的红色水帘，仍然和湖面粘连在一起。红霞满天，瑞霭千条，湖天一色，山水尽赤，整个湖山，包括正在观看日出的司马岳等人，全部被刚刚出浴的旭日，披上了一层浓浓的红装，组成一幅色彩绚丽的壮美画卷。众人不禁齐声喝起彩来。

在含鄱口观看日出后，向导带领众人前往南面的秀峰观看开先瀑布。来到香炉峰山腰，已经申时，日挂西天，天清气朗。由于山路崎岖陡峭，大家弃轿徐行。忽然，一阵山风吹来，从香炉峰上，铺天盖地涌来一排排密密重重的云山雾海，云雾之浓，连前后相随、咫尺之隔的司马岳和褚蒜子都看不到对方的身影。

司马岳深恐爱妃有失，惊骇地大声呼喊："爱妃！爱妃！"褚蒜子慌忙答道："臣妾就在你身后。"褚蒜子赶上前去和司马岳站在一起。

两人回首望去，云海就像洪峰一样排山倒海地向山下奔腾而去，峰卷波涌，瞬息万变，横无际涯，惊涛拍岸，浪花飞溅，恰似置身蓬莱仙境。

又一阵更大的山风席卷而来，司马岳怕褚蒜子坠落山崖，紧紧抓住她的小手不放。褚蒜子的手虽然被抓得生疼，心里确是暖暖的。随着山风吹过，无边无际的云山雾海，很快无影无踪。

云海散去，大家随着向导向山上爬去。翻过一个小小的山峰，豁然开朗。开先瀑布从鹤鸣峰、龟背峰之间喷涌而下，有如玉龙天降，洽似银河倒悬，降落在两山之间的黑龙潭上，发出了雷鸣般的响声。

六月正是丰水季节，开先瀑布水量充沛，水面宽阔，巨大的落差，溅起十几丈高的水花，在金色光芒的照耀下，紫气蒸腾，赤烟缭绕，浮光跃金，五彩斑斓，气象万千。

司马岳等人从匡庐下山后，告别袁耽，驰马飞奔鄢陵，为庾琛墓扫墓、培土后，又赶往阳翟。

阳翟，又称禹州，是大禹的封地，城内的钧台是大禹的儿子夏启建都的地方，被称为华夏第一帝都。一日凌晨，褚蒜子来到阳翟城内北大街的驸马巷，拜见伯父褚究。

褚究五十多岁的年纪，高高的身材，慈眉善目，须髯飘洒。褚裒兄弟三人，褚究是老大，褚裂行二，褚裒行三。褚究在故乡隐居不仕，褚裂、褚裒在朝为官。褚氏是阳翟名门望族，在前朝出过几位驸马，家族聚居地人称驸马巷。

褚究已经从褚裒的来信中，知道侄女褚蒜子入选琅琊王妃，今日看见侄女夫妇冒着生命危险，不远千里前来祭拜祖坟，心中喜悦，吩咐大摆筵席，款待褚蒜子、司马岳一行。

散席后，褚究带领他们来到内室喝茶。大家坐下后，褚究从桌上拿起一个褡裢，打开多层锦帛包装，取出两件精致的钧瓷，一件是大禹治水，另一件是三顾茅庐。将瓷器送给司马岳，希望司马岳像大禹、诸葛亮一样鞠躬尽瘁、为民谋利。

褚究送给司马岳的两件钧瓷：大禹治水的瓷面上，大禹手持耒锸，伟岸地挺立在黄色的滚滚波涛之中，抬眼远望，面容坚毅，胜利在握。三顾茅庐的瓷面上，茅庐幽静，竹林青翠，刘备虔诚，诸葛恬淡，景色天然如画，人物形态逼真。

司马岳、褚蒜子非常喜欢，再三致谢后，让抱琴放置起来，妥善保管。

次日寅时，褚究带领近支几十名族人，带上祭祀用品，分乘车、马陪同褚蒜子前往荟萃山新的褚氏祖茔。

荟萃山是具茨山西部的一座山峰。具茨山，是黄帝的发祥地和出兵征伐的根据地。《史记》《庄子》等很多典籍都有记载。

具茨山群峰叠嶂，雄伟险峻，飞瀑倒挂，泉水喷涌，野花遍野，风景如画。山脉从阳翟西北潜入，在东南出境，在阳翟绵延百里。

褚氏荟萃山新祖坟，是褚究的好友、东晋大风水学家郭璞二十多年前选定的。

褚究、褚裒的父亲褚洽去世后，褚究请郭璞为父亲在老祖坟选址下葬。

郭璞来到褚家，褚究让郭璞为尚在总角之年的弟弟褚裒相面。

男孩未冠时，头上梳着两个发髻，像角，人们称之为总角之年。

郭璞为褚裒相面后，大惊："此儿不是人臣之相，二十多年后才能出来结果。我也算不出为什么？请究公好好培养此儿。"

郭璞到褚家老坟勘察后，认为老坟龙脉已断，不可继续葬入先人。他在具茨山中勘察了几天，在其西部的余脉荟萃山为褚家选了一处龙脉。

荟萃山群峰之中，围着一块平地，周围四山呈左青龙、右白虎、前朱雀、后玄武的格局，还有两山呈后朝（朝椅）、前案（龙案）的配置。完全符合我国最早的风水宝典《黄帝宅经》制定的最好的风水龙脉标准。颍河在山前，潺潺东流，又应了郭璞自己所著作的《葬经》中关于头枕山、脚蹬河的布局。

郭璞说，这是他一生勘察的最好的风水龙脉之一，可保褚家数代富贵荣华。

褚兖笃信风水，他自己就是一位风水学家。他对郭璞的话深信不疑，完全按照郭璞的指点，在荟萃山前，新起了祖坟，将父亲褚洽葬入新的祖坟。

从阳翟到荟萃山只有十几里的路程，卯时，祭祀队伍已经来到褚氏祖坟。褚蒜子按照祭祀礼仪，完成了对祖父褚洽以及褚家祖先祭祀的各项议程，并对祖坟培土整固。祭祀结束后，褚兖带着褚蒜子一行前往具茨山的主峰始祖山，拜谒黄帝活动遗迹。

始祖山在荟萃山东侧，高高耸立在具茨群峰之中，雄伟巍峨、挺拔险峻。

始祖山四周全是刀削斧砍的悬崖石壁，悬崖下面深渊万丈，南面有一条羊肠小道，可以登山。

褚兖带领众人来到始祖山南侧，大家向北望去，北峰最高，似头。东西两峰稍低，似双肩，三峰组成了一幅黄帝的头像，慈眉善目，俯瞰着大地。

众人攀登到南峰尽头，眼界为之一亮：在始祖山诸峰的拱卫之下，中间出现了一片广阔的平地。这块平地的北半部，排列着无数道石墙。这些石墙，全部是断垣残壁。有的已经全然倒塌，有的虽然仍在高高低低地屹立着，大都被山风风化得筋酥骨断。这些石墙围出了许多大小不等的建筑空间，隐约可以看出当年这些建筑物的规模。石墙围起来的这些大大小小的建筑空间，有两千多个，也就是说当时山上的石屋也有两千多间。

司马岳环顾石墙后，说道："这些石头房子，常年可住成千上万人。可见黄帝当时实力强大。"

褚蒜子引经据典："《山海经·大荒北经》说，黄帝出具茨，将兵上万，于逐鹿之野，大战蚩尤。直杀得天昏地暗，血流成河，蚩尤战败被杀。"

褚兖带着大家来到北峰一个石洞前，石洞的上方用大篆镌刻着"逍遥洞"三个大字。

褚蒜子问道："《庄子》记载：'黄帝修炼于崆洞山逍遥洞'。这个北峰是崆洞山吗?"

褚兖回答："正是崆峒山。"

平地的南半部，生长着很多野生的小麦和荞麦，白色的荞麦花，在微风中摇曳。一股泉水自西峰脚下喷涌而出，流经田地，从东面的悬崖飞瀑而下。

褚兖带着大家观看了北峰前面的轩辕殿、嫘祖宫、点将台等遗址后，来到南端一块圆形石盘之前，石盘底下有数块巨石支撑，中央有一个小洞，是安插指针之洞，石盘上面刻着很多已经模糊不清的刻度。

褚兖指着石盘说："这就是史书记载的具茨山黄帝日晷，中间的石制指针已经丢失。在古代，日晷是帝王才能使用的计时用品。日晷的存在，更加验证了具茨山是黄帝都城的真实。"

褚蒜子感叹说："始祖山坚固险峻，山上有粮可食有泉可饮，进可攻退可守，黄帝可谓知兵也。"

下山后，褚兖想请侄女在家乡多住几天，褚蒜子回答说琅琊王还要前往武昌察看军事，她请伯父有空前来京城，全家人也好叙谈。褚兖点头应允。

告别褚兖后，褚蒜子一行顺着南行的官道，一连几天的昼伏夜行，夜半时分，乘船渡江，在黄鹤楼附近的一处驿馆落脚休息。次日凌晨，褚蒜子早早地起来，为司马岳整理好衣冠，正要前往荆州刺史帅府拜见庾亮。徐健来到她的面前，慌张地说："清晨起来，我才发现，清风、明月不知道什么时候离开了驿馆?"

第二十七章　血战郏城

清晨起来，不见了清风、明月，褚蒜子心里着急。抱琴上前安慰说：“小姐不必担心，二人武艺高强，不会出什么事的。”

褚蒜子想了想，说道：“两位小道长，人小主意大，一路上我行我素。我猜想他俩可能是遵照无为长老的嘱咐，前去武昌正一道观求药去了。”

褚蒜子陪同司马岳前往帅府，庾亮向司马岳细致地询问了他给外公庾琛扫墓的情况。

司马岳回答道：“身在鄢陵的庾氏后人，对外公十分敬仰，墓庐保护完好。甥儿夫妻这次前去祭奠，又为墓庐进行了培土筑基，大舅大可放心。”

庾亮叹道：“你外公归葬祖坟三十多年，作为长子，我竟然没能前往鄢陵为他老人家的墓庐培过一锹土，内心惭愧至极。”

司马岳劝道：“大舅忠于王事，夜以继日，因公废私，皇兄和朝臣都看在眼里。”

褚蒜子从囊中将两件钧瓷取出，说是伯父所赠，特地献给庾亮。庾亮爱不释手，对褚蒜子说：“这两件钧瓷珍品，既然是褚老先生送给你们夫妻的，你们就应该珍视才是，何故转送老夫?”

褚蒜子回答说：“大禹、诸葛都有经天纬地的治国之才，当今朝堂之上，只有舅舅才堪与两人比肩。珍品送给了舅舅，才能算物适其人。”庾亮脸上隐约地现出了恬淡自信的神色。

司马岳神色谦恭，说道：“皇兄安排甥儿这次出行，除了给外公扫墓之外，还要了解一下武昌的防务，从中学习大舅的治军方略。”

庾亮让司马岳缓几天再查看武昌军务：“老夫这几天有要事要办，武昌和建康都是江城，景色迥异，你和王妃一路鞍马劳顿，先游玩两天，我们再谈军务。”

司马岳说：“就依大舅安排。”

夫妻两人辞别庾亮，回到驿馆。司马岳剑眉轻扬，对众人说：“梅花山联句，已经过去了几年，本王直到现在意犹未尽，我们今日上山登楼、联句如何?”

抱琴十分踊跃："上次联句，我没有参加，这次专为联句而来。"

褚蒜子心中愉悦："抱琴准备了几年，你可不要把好句好词都抢光了。"

徐健放心不下清风、明月，留在驿馆等候二人。司马岳带领褚蒜子、王荟、谢康、抱琴、侍书上山。

黄鹤楼于三国孙权黄武二年，建于长江南岸蛇山的黄鹤矶上，以矶名为楼名。相传，长江江中水怪逞凶，江水泛滥。大禹派手下龟蛇两名力士，化作龟山和蛇山，压住水怪，才根治了长江水患。三国时期，曹魏和孙吴之间的战火连年不断，孙权为了加强武昌的防卫，在蛇山上面建立了一个军事瞭望塔，和江北的龟山遥遥相对，便于瞭望江北曹军的动向。晋朝统一全国以后，黄鹤楼的军事功能已经不复存在。武昌地处天下通衢，黄鹤楼迎合了人们爱好临水登高的习俗，文人墨客来到武昌，必登黄鹤楼，黄鹤楼成了武昌的一个观赏圣地。

褚蒜子一行登上蛇山，各自忙着观看山景，酝酿诗情。褚蒜子跟随司马岳来到黄鹤楼前，站在夫君的身后，驻足观看：黄鹤楼雄踞蛇山之巅，高出大江江面百丈，巍峨独立，高耸云天，气势雄伟。黄瓦黄墙，在蓝天白云的衬托下，闪耀着金色的光芒，庄严肃穆，瑰丽辉煌。飞檐翘角，凌空舒展，像一只黄鹤展翅欲飞。黄鹤楼上仰河汉，下俯长江，龟山雄伟，蛇山迤逦，江水滔滔，奔流不息。

褚蒜子胸中涌起了心灵与山川江河宇宙万物合为一体的意象。

司马岳看到人员到齐，请王荟率先联句，王荟不肯，司马岳只好先联：

鹤楼巍巍三百丈，大江茫茫万里长。——司马岳
气吞云梦播恩泽，势连衡岳锁苍黄。——王荟
伸手星斗摘寒芒，探臂月宫捧玉光。——褚蒜子
极目楚天千山绿，帘卷乾坤万木芳。——谢康
玉笛声声两江雨，梅花朵朵一城香。——抱琴
胸怀两山行风雨，襟带三江沃稻粱。——侍书

下面轮到司马岳联句，司马岳仰望楼顶，正在用心索句。

抱琴等不及了，越过司马岳等人，抢着联句：

剑峰穿云天外飞，鹦洲抱水江心荡。——抱琴

侍书看到抱琴抢着联句，就紧跟上来：

江汉春风送如意，潇湘秋云呈吉祥。——侍书

褚蒜子看着姐妹俩抢得有趣，笑得弯下了腰。

抱琴问道："小姐不联句，光笑什么？"

"你俩不是在联句，而是在抢句。你们姐儿俩都把好句抢走了，本小姐哪里还有什么好句可联？"

抱琴抢得佳句，心情兴奋，玉脸飞红："联句原本应该抢联，才显热闹。"

褚蒜子看了看天色："说得有理。只是天已近午，我们回去用饭吧。"众人应允。

褚蒜子等人下山来到驿馆门前，清风、明月二人，已经在门外等候多时。两人向褚蒜子说明了早起外出的原因。原来，二人虽然在外，依然保持了黎明即起的练功习惯。两人练完功后，看到天色未明，徐健还在睡觉，不好打扰他。径直前往蛇山东侧的正一道观，向师伯灵虚长老求取解毒药草白蛇草。

白蛇草，主要生长在江南，花株蔓生，绿叶白花，花枝白色细长，状如白蛇，人称白蛇草。它的根、枝、叶都是解除各种剧毒的良药。传说，炎帝神农尝百草时，背囊中始终带着晒干了的白蛇草。神农晚年，为百姓采药，来到长沙茶乡之尾（今湖南茶陵）的深山采药，一日尝了七十种毒草，均靠白蛇草解毒。最后误尝断肠草，囊中的白蛇草已经吃完，神农亡于茶乡之尾。

灵虚得知无为配制解毒药剂急需白蛇草，将自己晒干的几斤白蛇草，全部给了清风、明月，让二人带回去。

次日，司马岳带着王荟、谢康、徐健前往庾亮帅府，商量察看武昌军务。褚蒜子因为夜间偶感风寒，未能前去。

司马岳来到帅府，庾亮正在召集众将布置救援邾城（今湖北黄冈），让司马岳一块儿参加商议。原本被后赵占领之下的邾城，是江北的一处军事重镇，隔江对武昌形成了钳制。陶侃为荆州刺史时，诸将多次向陶侃建议，夺取邾城，使武昌防务更加稳固。陶侃说："邾城地面很小，城低池浅，背江而据，易攻难守，本帅不去捅这个马蜂窝。"庾亮接任荆州刺史后，准备北伐，他趁着石虎在青龙山作战，派大将毛宝率军一万攻取邾城。毛宝劝道："陶公在任时，多次劝诫诸将，邾城攻下容易，守住很难。"庾亮一脸的不悦："陶侃在荆州多年，未夺寸土。本帅志在北伐，岂能不拔掉邾城这个眼前的钉子？"毛宝不敢再言，率军渡江，攻打邾城。邾城的赵军只有数千人，抵挡不住，弃

城而逃，飞报石虎。石虎接到郏城守军报告，晋军乘虚夺取了郏城，十分恼怒。在石虎眼里，郏城虽小，却是赵军攻击武昌、占领荆州的一块跳板，岂能失去？石虎密令石韬、石遵放弃攻打历阳，率领两万多骑兵西行收复郏城，同时命令三子义阳王石鉴为主将，姚弋仲、苻洪、冉闵、李农为副将，率军三万，助攻郏城。郏城被围后，毛宝向庾亮求救。庾亮认为毛宝骁勇善战，赵军远道而来，粮草供应，难以为继，日久不战自退，庾亮先是按兵未动。后来，毛宝多次派人过江向庾亮陈说赵军攻势凶猛、郏城危在旦夕，请求庾亮速派大军救援。庾亮这才召集众将，商议救援。

庾亮决定派都护樊竣率军五千，乘船渡江前去救援。司马岳听到郏城危急，自告奋勇，参加援军。褚蒜子卧床不起，除留下抱琴、侍书，奉汤熬药外，其余王荟、谢康、徐健、清风、明月等人，随从司马岳支援郏城。司马岳、樊竣率军离船登岸后，石韬并没派兵拦截，反而让赵军撤离南门，放晋军从南门进城。郏城的晋军守军只有一万多人，攻城的赵军多达五万多人，对晋军形成了绝对的优势。石韬狡黠无比，他将晋军援军全部放入城内后，猛攻东、西、北三门，剩下南门网开一面，让晋军逃跑。郏城的东、西、北三门，被攻破之后，赵军潮水般地涌进城来，晋军恨不得多长出几只腿脚来，从南门夺路而逃。毛宝制止不住，只得劝说司马岳弃城逃走，否则以王爷之尊，被石韬俘虏，丢失朝廷颜面。王荟等人保护着司马岳、毛宝、樊竣一起从南门逃出，向江边的晋军战船停泊的位置，且战且退。刚刚逃出南门，有人高喊："战船被烧了！"晋军战船被石韬派兵烧毁。冲天的火光烧红江边的夜空，映照在长江的波涛上，似血浪翻飞，令人心惊胆战。溃逃的晋军看到战船被烧，更加乱作一团。有的跳入滚滚的波涛，被江水卷走；有的来不及跳江，被赵兵追上，乱刀砍死。兵败如山倒，逃命的晋军，像爆发的山洪，汹涌澎湃地涌向江边，将司马岳和毛宝等人冲散。王荟等人保护着司马岳且战且退。几人舞剑如飞，杀出一条血路，来到江边。他们看到战船上的熊熊火光，根本无法靠近，背后的赵军喊杀震天，只得放弃乘船逃跑的打算，保护着司马岳，沿着江边，向东逃去。

卧病在床的褚蒜子，一夜未曾合眼，多次派抱琴、侍书前往江边打探消息。

两人回来后，报告说郏城被赵军攻破，江北战船全部被烧。晋军或者被杀死，或者被淹死，就是打听不到琅琊王的消息。褚蒜子心急如焚，一夜咳嗽不止。

凌晨，庾亮的帅府长史受庾亮之命，来向褚蒜子通报：刺史府只收容了几百名渡江南逃的残兵败将，郏城的守军和过江救援郏城的晋军全军覆没。

褚蒜子听了，“哇”的一声，口吐鲜血，昏死过去。褚蒜子吐血昏迷，吓坏了抱琴、侍书二人。庾亮的长史慌忙回府报告。抱琴、侍书二人赶忙为她掐人中，又将褚究送给的始祖山野参，熬汤让她服下。褚蒜子才“呀”的一声，醒了过来 。二人为她擦拭了嘴角，扫静了地上的血迹。长史已经带着刺史府的大夫，来到褚蒜子的床前。医生要为她诊脉，被她婉言拒绝：“我一时剧痛攻心，迷失了本性。现在喝了一些参汤，身上暖和了，也有了精神，不必再劳烦大夫了。”

长史欣慰地说：“王妃贵体恢复，刺史大人也就放下了一件心事。”

“刺史大人身体如何?”

“刺史大人一天一夜，滴水未沾。他一直希望琅琊王、毛宝将军等我朝高级将领能够顺利归来，结果没有等回一个人。"

“吉人自有天相。琅琊王、毛宝将军，武艺高强、机警过人。本宫相信他们既不会命丧赵军之手，也不会命丧江水之中。”

抱琴说：“仰仗小姐吉言，王爷一定会逢凶化吉，尽快归来。”

“倒是舅舅更令人担忧，年龄大了，内心遭此创伤，很难抚平。抱琴，天亮以后，准备一乘暖轿，本宫前去看望舅舅。”

清晨起来，褚蒜子来到刺史府，亲随向庾亮报告后，庾亮传出话来：“公务繁忙，王妃保重，改日再见。”

褚蒜子知道郏城一败，深深刺痛了庾亮的心。他官居高位，自尊心极强，不想在此时让任何人看到他真实的状况。

褚蒜子回到驿馆，先喝了一碗参汤，又喝了一碗稀饭，躺在床上将息着。眼前，司马岳的身影一次次向她走来，使她无法安静下来，她索性乘轿来到江边。微风习习，江面上水波不兴，褚蒜子下轿以后，不住地在江堤上一会儿向东，一会儿向西，走过来，走过去，等待的时间越长，她的心里越是失望。骄阳似火，她没有感到丝毫的炎热，反而紧张得四肢冰凉。她虽然相信她的夫君一定会安全归来，但是总要见到人才算数呀!

“小姐快看，东面来了一只小船。”

听了侍书的喊声，正在向西踱步的褚蒜子，回首东望，一只渔船双桨双橹，在江面上快速地向西驶来，船头站立着一人，那人正是司马岳。

始听才知双橹响，浪花飞溅送归船，当两人都看清对方的面容时，褚蒜子沿着江堤向着小船飞奔跑去。司马岳见了，不等小船停稳，不顾一切地跳了下来，江水湿透了他的衣裤鞋袜，全然不觉。两人紧紧地拥抱在一起，脸上的泪水肆意流淌，打湿了他们的衣衫。

褚蒜子看到前往郏城的王荟、谢康、徐健、清风、明月随同司马岳一块儿归来，喜悦之情从心里升腾起来：“多谢几位哥哥，拼死保护王爷安全归来。”

王荟等人还礼：“这是卑职职责所在，王妃风寒可好?”

褚蒜子笑眉高扬：“受了些惊吓，把风寒一块儿吓跑了。”

回到驿馆，褚蒜子让抱琴、侍书熬些参汤，为司马岳等人补身。

褚蒜子让司马岳先到内室，为他验看身体，看到司马岳双臂和胸前有多处伤口，已经用白布包扎得很严实。

来到外面后，褚蒜子问道：“几位哥哥伤势如何?”

谢康回答道：“王荟大哥伤势重了点，也只是皮肉之伤，不消王妃挂念。”

褚蒜子看着他们喝完了参汤，额角都冒出了热汗，便询问他们突围、脱险情况。谢康向她一一做了介绍。昨天傍晚，石韬意图利用夜色将晋军全部赶到江里淹死。王荟等人保护着司马岳沿着江边向东逃去，发现前面的竹林之中，住有一户渔家，听说来人是琅琊王，在和石虎的军队作战受了伤。渔家受尽了赵军欺凌，对赵军恨得咬牙切齿，全家热情地接待了他们。渔家家中都有常备的消炎药。渔家父子用红花、血竭、当归等，熬制药汤为他们洗净伤口，又在伤口上敷上冰片、田七粉末，用白布为他们裹伤。渔家婆媳为他们洗净、烤干了战袍。早上，又为他们做了一顿丰盛的鱼肉大餐，才用快船送他们回归武昌。

司马岳问及庾亮情况，褚蒜子回答说，舅舅一天多没有进食。褚蒜子和司马岳一道，前去看望庾亮。

亲随报告给庾亮后，庾亮传话出来：“琅琊王好生休息，来日再见。”司马岳说：“舅舅心高气傲，遭此大败，不愿见人。”司马岳写了一封告别信，请长史转交庾亮，一行人乘船回到了京城。

次日，褚蒜子早早起来，侍候司马岳更衣上朝后，打算前去看望新婚中的羊玉容和王奎，却看见随从司马岳上朝的张鼐急急忙忙地赶了回来，脸色凝重地向她禀报说：“王荟大人遣人向皇上报告，王导老丞相今晨上朝，人还没有上车，一头摔倒在地上，昏迷不醒。”

第二十八章　被冷襟寒

褚蒜子担心义父王导的病情，带着侍书前去探望，王荟早已在门前迎候。

褚蒜子问道："义父病情现在怎样?"

王荟说道："这几年老喊头晕，今天早朝，走得有点急，出门时摔了一跤，昏了过去。皇上派太医来诊了脉，开了药方。服过药后，睡下了。"

褚蒜子怕惊扰了义父，先去看望义母雷云。雷云和王导一起居住在乌衣巷相府的正房之内，王导在东阁养病，雷云在西阁休息。王导的原配曹淑已经去世，王导便将雷云扶正。来到室内，雷云正在垂泪，看见褚蒜子，就像见到了久未见到的亲人，和她相拥在一起，轻声地哭了起来。

褚蒜子问道："义父最近的饮食情况如何?"

雷云说："年纪大了，病情总不见好，饭更是吃得很少，全靠人参汤和蜂蜜水补养。"

"女儿听说，皇上派了几位太医，常住府中为义父诊治?"

"皇帝是很关心，几位名医每天用心诊脉、开药，可是仍然没有什么起色。"

褚蒜子来到王导床前，王导刚刚睡醒，褚蒜子看见他须髯皆白，骨瘦如柴，面色蜡黄，眼泪扑簌簌地掉了下来。

王导看见褚蒜子进来，说道："琅琊王妃，别来无恙?"声音微弱但很清晰。

褚蒜子听了泪流满面，心想义父病入膏肓，尚且如此诙谐幽默，真是世间少有的奇男子。

她转涕为笑："义父鹤发童颜，精神矍铄，乃南极仙翁转世下凡，还有阳寿八百年。"

"谢谢好女儿。"

褚蒜子怕王导说话伤神，不敢继续和他叙话。她请王荟拿来手枕，仔细地为王导诊脉后，拿过来太医院的药方反复看了几遍，加大了药方中的山楂、怀药（河南沁阳古称怀庆府，所产山药，质地最佳，人称怀药）剂量后，将药方交给王荟，说道："大哥，义母说义父食量很少，小妹加大山楂、怀药用量，可帮助义父消食，请开方的太医审方后定夺。”

“多谢王妃费心，微臣这里谢过了。”

“举手之劳，何谢之有?”

夜幕降临，褚蒜子正想向王导告辞，看到王导已经昏然入睡，轻轻离开并拉着送出房门的雷云的手说：“义父生性诙谐，义母不必过于悲伤。”雷云点头应允。

走出丞相府的大门，侍书请她上车。褚蒜子摆手示意不上。侍书知道她心里难受，只好让马车跟在后面。这时，繁星满天，夜幕低垂，无数颗流星雨从天而降，把夜空装扮得五彩缤纷。一颗明亮的紫星，划破长空，在寂静的夜空中，留下了一道长长的紫烟，耀人眼目。褚蒜子心里暗暗思忖，人生都有落幕的时候，义父的人生，波澜壮阔，宠辱不惊，相星坠落，必将使朝廷治世经国的舞台折断了一根有力的台柱。

王导年少时，风姿飘逸，见识器重，清越弘远。十岁时，陈留高士张公一见到他，大为称奇，对其从兄王敦说：“此儿容貌清奇，来日宰相之器也。”

王导历经司马睿、司马绍、司马衍三朝。特别是司马衍，对他十分尊崇。登基之初，王导上朝，司马衍都要到太极殿门口迎接并下拜。司马衍给王导的诏书开头都写着“诚惶诚恐敬问”字样。王导晚年体弱多病，上朝不便，司马衍下旨，平常朝会，王导不用参加，重要朝会，司马衍亲自乘车前往丞相府迎接王导上朝。王导享尽人臣荣华，做事更加尽心。

咸康五年春天，江南大旱，很多稻田无法插秧，民怨纷纷。王导主动站出来，承担辅佐不力的责任，上书请辞丞相、太傅等职务，退职回家。

司马衍深为王导的高风亮节感动，下诏阻止：“造成天旱日久，责任在于我一人，明公切不可继续谦虚礼让，应当继续担负起治世经国大任。诚此，万民仰安。”

王导生性简朴，家中常常没有一月以上余粮，身上常常外罩锦帛，内穿粗布。这和东晋朝野上下醉生梦死、穷奢极欲的世象相比，极其难得。

司马衍咸康五年八月，王导病逝，享年六十四岁。

司马衍罢朝举哀三日，比照汉朝霍光故事，办理王导的丧事。丧礼之隆重，无人能及。

王导去世后，司马衍顿感失去总揽朝政的栋梁之臣，下旨封御弟、琅琊王司马岳为侍中、司徒，作为首辅之臣，帮助自己协理朝政。

司马岳在褚蒜子的帮助下，精心地处理各类朝廷政务，做到大事多请示，小事多自裁，帮助身体有病的司马衍处理了很多难题。夫妻二人时时出于公心，从未为司马岳自己和褚氏一族谋取丝毫私利，把王导去世后一度紊乱的朝廷政局，重新纳入正常有序运转的轨道，受到了司马衍和众臣的一致赞誉。司马岳在朝廷中迅速树立了忠贞有为的良好形象。

咸康六年正月初一，征西将军、荆州刺史庾亮去世，享年五十二岁。司马衍下诏追封庾亮为永昌郡公，给予厚葬。

咸康七年三月，正值仲春，桃李争妍，百花盛开。前一天，头上戴着鲜花、身穿艳丽服装的三吴（吴郡、吴兴、会稽）一带的少女，在田野里踏青，在闹市里游玩，把原野和市井装扮成一片花的海洋。第二天早上起来，无数的少女全部改戴白花、身穿素服。大街小巷，到处是一片惨白，阴森森地，使人心惊胆战。郡守听报大惊，差人前去询问。少女们回答说："花神托梦给我们，说是天上的仙女死了，让我们都要穿素服。"郡守听了汇报，感到这是一种不祥之兆。正在惊疑时，驿马传来驿报："皇后杜陵阳去世了，享二十一岁。"皇后刚死，皇帝又染上了重病。咸康八年六月初五，司马衍头昏目眩，病情日渐沉重，太医束手无策。

六月初六，司马衍召集武陵王司马晞、会稽王司马昱、中书监庾冰、尚书令诸葛恢、中书令何充前来太极殿西堂，商议立储君事宜。

中书监庾冰，以帝舅之尊，率先发言："当今国难时艰，应立年长皇胄，才好驾驭朝政。侍中、司徒、琅琊王司马岳英才盖世，尽忠皇祚。微臣以为应该立为储君。"

中书令何充出面反对："自古皇位，父终子及。皇上现有二子，长子丕虽然年幼，然而天姿聪慧，假以时日，在朝中贤臣辅佐下，一定会成为一个有道明君。"何充，字次道，江州庐江郡（今安徽省霍山）人，为人耿直，直言不讳。

司马晞、司马昱、诸葛恢心里都很清楚，庾冰提出立长的目的，是想以帝舅身份继续独揽朝政。

何充提出的立司马衍的长子司马丕，符合历朝以来的父终子及的惯例，但是司马丕年仅两岁，很难使朝局稳定。

司马衍自幼明于事理，堪比其父晋明帝司马绍。他心里反复衡量立谁更能使朝政稳定，而不是立谁对自己的儿子们更有利。

他想到，他的长子司马丕才两岁，如果立丕儿为储君，丕儿的母亲、淑媛周月婵就会顺理成章地垂帘听政。周月婵几个在朝为官的兄弟，就会像舅家庾氏一样垄断朝纲。现在庾氏至今还掌握着朝廷中枢，如果再让周氏一门参加进来，司马氏皇权更是有其名无其实。

他还想到，御弟司马岳乃是自己一母同胞，为政勤恳，心无旁骛，在朝堂上树立了很好的口碑。弟媳、琅琊王妃褚蒜子眼光高远，心地纯良。周月婵刁蛮粗野，连皇后杜陵阳都惧怕她三分。难能可贵的是褚蒜子却把这匹烈马收降得服服帖帖，妯娌两人，亲如姐妹。作为一个婶母，褚蒜子待自己的两个儿子丕儿、奕儿，视同己出，被朝野传为佳话。在治世经国上，褚蒜子对文武之道都有涉足，必将成为日后荣登大宝的司马岳的贤内助。

庾冰的力荐，坚定了司马衍的信心："舅舅所言极是。岳弟体则仁长，君人之风，允塞时望。"当天，司马衍下诏，立司马岳为储君。六月七日，下诏任武陵王司马晞、会稽王司马昱、中书监庾冰、尚书令诸葛恢、中书令何充为新皇帝辅政大臣。六月八日，司马衍驾崩，享年二十二岁，谥号成帝，葬兴平陵（今江苏省江宁鸡笼山之阳）。

六月九日，司马岳在太极殿登基，他采用褚蒜子的建议，当天连发多道诏令。

第一道：大赦天下。

第二道：诏令从成帝丧事开始，全国各地文武大员一律在所在地坚守岗位。任何人不得擅离职守，来京奔丧。以往国丧期间，各地官员为了邀功，忙于奔丧，使各地政务无人处理，强盗横行，事故频频，民怨丛生。一纸安于职守的诏令，保持了在国丧期间，全国各地的安定局面。

第三道：封司马衍长子司马丕为琅琊王。

第四道：封司马衍次子司马奕为东海王。

司马岳的这些诏令，既稳定全国各地的秩序和朝政大局，又回报了司马衍传位给自己的大恩，受到了朝野一致赞誉。

十二月十九日，司马岳下诏加封褚蒜子为皇后。同日，下诏加封豫州内史褚裒为侍中、尚书令，参与辅政。

褚裒担心落下外戚干预朝政的恶名，坚辞不受，请求继续外任。褚裒这种不以外戚身份、趁势邀宠延揽朝政的品德，受到赞扬。

司马岳下诏改封褚裒为建威将军、豫州刺史。司马岳还下诏加封褚蒜子的生母谢真石为寻阳乡君。

司马岳建元元年正月十五元宵节的早晨，旭日东升红霞满天，正午时分，褚蒜子在式乾殿东阁产下一个男孩儿。男孩儿眉清目秀，粉脸丹唇，可爱喜人。令人称奇的是，男孩儿双耳垂肩，酷似道家鼻祖李聃。司马岳借取李聃的"聃"字，为儿子取名司马聃，寓意耳大寿长。抱琴、侍书在照顾好褚蒜子母子的同时，迅速派人前往褚府，向褚裒夫妇报喜。

二月十五日，司马岳在式乾殿为儿子摆设满月喜宴，宴请司马氏、褚氏两家亲戚。

式乾殿内，舞女翩翩，丝竹齐鸣。抱琴、侍书提着红色竹篮，把一个个红色的喜蛋，送到前来祝贺的嘉宾的面前。

褚裒为外孙送来了金印，寓意外孙长大成人后，能够顺利地继承晋祚。谢真石为外孙送来了金锁。金锁上镌刻着八个隶字：福禄绵长，既寿永昌。身高已经超过褚蒜子的褚歆，为外甥送来了一把一寸长的金剑，寓意外甥武艺超群，威震华夏。

喜宴散后，夫妻两人送走了两家亲戚，一起回到东阁。

晚间，一轮明月挂在天上，皇宫沐浴在雾色空蒙的月光之中，式乾殿前的几株梅花迎风怒放，东阁浸泡在花香的氤氲之中。

褚蒜子从摇篮中抱起儿子，坐在床上，解衣开怀，亲自为儿子喂奶。

褚蒜子听着儿子在吃奶时，嗓子里不断发出的“咕咚、咕咚”的吃奶声和鼻子里不断发出的“呼哧、呼哧”呼吸声，笑靥泛起，心醉神迷。

司马岳频频地向褚蒜子表示感激：“多谢爱妃诞下聃儿，使晋祚延续永固。”

褚蒜子也向司马岳献上深情祝福：“臣妾能够上承龙体，下育麟儿，此生愿得意满，再无他求。祈盼我夫妻鸾凤和鸣，得享天年。”

“朕与爱妃同此一心，愿我夫妻如松柏常青不老，愿晋祚似泰岱江山永固。”

“有如陛下吉言。臣妾口占一诗，聊表心意：

梅香盈朱阁，月华照宝殿。
夫君如青松，臣妾草曼曼。
永岁结连理，冰心奉君前。”

司马岳登基改元之后，褚蒜子一有机会，就会用心发出祝福夫君健康长寿的吉言。这是因为在司马岳改元的第一天，褚蒜子就听到了郭璞的不祥卜言。

司马岳在咸康八年九月继位，次年正月初一，他采用庾冰的建议，改元建元。

何充看到了司马岳下发的改元诏书后，立即找到庾冰说：“当年郭璞有卜曰‘立始起而丘山颓’。立即是建，始即是元，丘山即是岳字，庾大人为何要给皇帝起这个年号?”

庾冰听了不以为然:“建元乃新皇开创新元的吉兆，次道你怎么能拿多年前一个江湖术士的卦语出口诽谤呢?”

何充无奈，只得向褚蒜子汇报，褚蒜子听了非常震惊。但是改元的诏书已经颁布，人人皆知，况且身为帝舅、中书监庾冰不预更改，她也无能为力。

她深知郭璞的很多预言都是很准确的。“立始起而丘山颓”，说白了就是“建元起司马岳颓”。这个卜言，像一块千斤巨石压在她的心头，压得她喘不过气来，使她常常满身冷汗地从梦中惊醒。

建元二年九月二十三日，褚蒜子带着儿子，回到位于皇宫大夏门北面的褚府娘家，看望母亲。

皇宫总管太监张鼐满脸惊恐地闯进褚府，在褚蒜子面前跪下:“报告皇后娘娘，皇帝在式乾殿批阅奏章时，突发急症，昏迷了过去，现被抬到东阁治疗。”褚蒜子听了，吓得魂飞天外，急忙向母亲辞行，飞似的赶回式乾殿东阁。

太医们看到褚蒜子进来，躬身施礼。褚蒜子先到龙床前看望了司马岳，司马岳面如黄纸，昏迷不醒。褚蒜子泪流满面，强忍悲痛，才没有失声痛哭。她清楚，自己是主心骨，自己一哭，朝廷上下会更加乱作一团。

褚蒜子问道:“哪位大夫为皇上诊过脉?”

太医齐声回答:“微臣全都诊过。”

“本宫请问各位神医，皇上所患何病?何时才能醒来?是否会危及性命?”

太医们一脸无奈，回答道:“微臣没有一人能够诊断出皇上所患何病?”

一种强烈的不祥预感，从褚蒜子的心底涌起，惊恐地使她浑身战栗。她明白这么多太医高手，都诊断不出夫君的病情，无法用药。这样她处于昏迷的夫君，随时都可能龙驭归天。

她决定亲自为夫君诊脉，诊完脉后，她也无法诊断出夫君昏迷的原因。可是她感到夫君的脉象虽然绵细无力，但也不至于随时就要面临大限，现在最关键的是想办法让夫君尽快醒来，交代朝廷大事。想到这里，褚蒜子心神稳定了下来。

她问道:“皇上近来操劳过度，身体消耗极大。能否给皇上喂些参汤等大补之物，让皇上苏醒过来，处理一下立储等朝廷大事。”

众太医一致同意。太医熬好了浓浓野参汤后，褚蒜子亲自喂送，司马岳果然慢慢醒了过来。司马岳醒来后，褚蒜子让御膳房煮了一些米粥，给司马岳喂下。

司马岳自知不起。他先是派人向二舅、中书监庾冰征询立储建议。庾冰很快回复，建议立长，让会稽王司马昱继位。接着，他诏令辅政大臣何充入朝，询问如何立储。何充和司马衍去世后的建议一样，主张父终子及，建议立他的儿子司马聃为储。

司马岳对何充的耿直记忆犹新。司马岳坐上龙床的当天，感激地对坐在两侧的庾冰、何充说："全赖两位先生举荐之功，我今日才能坐在龙床之上。"

何充随口说道："这全是庾大人一人的功劳。微臣一向主张父终子及，如果成帝听从微臣的建议，坐在这里就会是成帝的儿子司马丕了。"弄得司马岳满脸窘色。

司马岳把何充立聃儿为储的建议，告诉了褚蒜子，并征求她的意见。

褚蒜子主张立司马丕为储君："自古以来虽然常例是父终子及，可是皇上你欠着皇兄和丕儿一个天大的人情。这个皇位本来应该由皇兄传位给丕儿的。因此，应该立丕儿为储君。"

司马岳在和褚蒜子相处的几年中，深深感到褚蒜子考虑和处理问题的出发点，总是以朝廷大局为重、以事理为重，绝对不会以一己、一家私利为重。在是立自己亲生儿子还是立皇兄儿子的选择上，褚蒜子毅然决然地建议立皇兄的儿子。司马岳从内心里对自己皇后充满了深深的敬意，同时也坚定了立司马聃为储的决心。

"朕考虑立储的标准是谁能延续祖宗基业。丕儿今年才四岁，丕儿登基后，必然由周淑媛临朝听政。"司马岳喘息了一阵，继续说，"周氏如果垄断朝纲，远比庾氏更烈。朕决定，立聃儿为储君。朕去世后，爱妃必能稳定朝纲，善育新帝，使晋祚绵长永固，不负我夫妻一片深情。"

褚蒜子感到夫君在立储问题上眼光高远，大局观强，含泪答应了夫君的托付。

九月二十五日，司马岳下旨立司马聃为太子。九月二十六日，司马岳驾崩。他在位两年，享年二十三岁。二十七日，司马聃在太极殿登基，尊褚蒜子为皇太后。十月二十三日，司马聃为父皇上谥号康帝，葬父皇于崇平陵（今江苏省南京市蒋山）。

司马岳的丧事刚刚办完，探马来报，石虎趁晋朝国丧，派正在寿春布防的秦王石韬，率领十万大军，前来攻取建康。

石韬在郑城斩尽杀绝晋军一万多人，在晋朝人的眼中成了一个杀人魔王。

石韬准备出兵攻打建康的消息，像一块巨石，向褚蒜子孤儿寡母头上泰山压顶般地砸了下来。

第二十九章　攻占襄阳

面临石韬来犯的巨大压力，褚蒜子并没有慌乱。她以新帝司马聃的名义下诏，让朝臣对石韬来犯，提出书面对策。

领司徒蔡谟接到诏书后，并没有先行提出对策，而是连夜写好请皇太后垂帘听政的奏章，次日一早，送进宫来。

蔡谟，字道明，陈留考城（今河南省民权）人，为人机敏，见多识广。蔡谟清楚地记得明帝、成帝驾崩之前，都曾经为新帝任命了几位顾命大臣，可是康帝临终前并没有任命顾命大臣。接到皇太后以新帝的名义让众臣提出书面对策的诏书后，蔡谟明白，康帝意在让自己的皇后、现在的皇太后听政。他知道皇太后还很年轻，今年才二十岁，不便在朝堂上抛头露面，只能垂帘听政。

蔡谟奏道：“嗣皇年幼，陛下体兹坤道，您的品德和贤淑超过了《关雎》中所歌颂的很多有名的贤后。臣等伏地恭请太后，上顺祖宗之意，下念官民之生，亲自垂帘听政，以协调天人，使天下安宁。”

褚蒜子正在为自己召集群臣朝议多有不便发愁，接到蔡谟请自己垂帘听政的奏章，立即下诏，做了巧妙而明确答复：“皇帝幼冲，全赖众卿同心辅佐。今天既然众卿意见相同，恳切上表让本宫垂帘听政，本宫即刻敬从众臣的请求，暂且像先后那样临朝听政。”

军情紧急。褚蒜子让总管太监张鼐连夜在太极殿龙床后面，设置了白纱帐。第二天五更早朝，一岁多的司马聃尚在熟睡之中，她含泪从侍书手中接过娇儿，抱在怀中，她凤冠霞帔，坐在白纱帐后垂帘听政。凤冠上镶嵌的金凤凰展翅欲飞，霞帔上绣的金凤凰栩栩如生。她封抱琴为尚宫，主管政令；封侍书为尚仪，主管礼仪。抱琴、侍书站立她的左右，帮助接送诏书、处理政务。褚蒜子提出如何抵御石韬南侵问题，让群臣朝议应对之策。

尚书令诸葛恢上奏，调江州军一部加强历阳防卫，调京口军一部，在建康城北扎营，形成犄角之势，拱卫京城。

褚蒜子准奏，命诸葛恢即刻落实。

中书令何充上奏，加封豫州刺史褚裒为侍中、司徒，作为首辅，总览朝政。加封南中郎将谢尚为豫州刺史。

褚蒜子准奏，诏封褚裒为侍中，命侍书捧诏前往豫州，召褚裒即刻入朝。

何充自视很高，常常自比王导，有意在朝政上有所作为。司马岳晋封何充为中书令，入朝辅政。何充投桃报李，先是奏请立司马聃为储君，这次又奏请褚裒入朝辅政。

太常卿殷融上奏："褚裒入朝后，和皇太后经常面议朝政，双方的礼仪必须事先确定下来。按照东汉大儒、经学家郑玄《礼记注解》上的释义，褚裒上朝时，应该对太后称陛下，行臣礼。太后回家时，对褚裒称父亲，行家礼。"

褚蒜子对此很谨慎："这件事，我朝礼典没有明确规定，我朝以前也没有如何处理的先例，请各位爱卿各抒己见。"

庾亮三弟安西将军庾翼奏曰："君在天下最重，父在一家最尊，郑玄的释义合情合理。"南中郎将谢尚附议。褚蒜子听从了他们的建议。

褚裒接到了让他入朝辅政的诏书后，坚辞不受。随即回京，准备面见女儿陈述理由。何充这次马屁拍到了马腿上。

褚蒜子听说父亲回到京城，让抱琴、侍书抱上儿子，乘车回到娘家，看望父亲。

褚裒夫妇听说女儿、外孙回府，连忙和褚歆一起来到门前迎接。

褚蒜子和母亲见礼后，让母亲和抱琴看管儿子，自己带着侍书和父亲说话。

她先以女儿之礼向父亲请安后，开门见山地说："我朝南渡以来，一直存在着臣强君弱局面。女儿听政后，竭力想强本固基、革除积弊，抑制门阀、集权朝廷，北伐后赵、还都洛京。不知爹爹为何不愿入朝帮助女儿?"

褚裒解释道："我朝在江南立国，一直是门阀交替垄断朝纲。现在庾氏未衰，何氏新起。两家必将为争夺权柄重起硝烟。我现在入朝，必将陷于庾何争锋的泥沼之中。我在军中既可防卫石虎、伺机北伐，还可为太后、新帝提供军事屏障和后盾。"

"王导、庾亮等几位重臣先后谢世，女儿在朝中无得力的能臣可用。"

"我朝忠贞之士甚多，容当我为太后伺机推荐。"

她看到父亲执意不肯入朝，况且父亲一直致力北伐，父女心意契合，也就不再强求。

次日早朝，褚裒上表，称自己才疏学浅，不堪担当侍中大任，推荐车骑将军庾冰担任侍中，总揽朝政。

谢尚已经赴任豫州刺史，褚裒已经处于无职在身。诸葛恢奏请诏封褚裒为卫将军、徐兖二州刺史、都督徐州、兖州、青州军事，出镇京口。

褚蒜子准奏。她叮嘱诸葛恢、褚裒、谢尚："防备石韬南侵，是当前朝廷第一大事。本宫把京城防务托付给三位爱卿，三位爱卿一定勠力同心，击败石韬，保卫京城。"三人齐声答应。

庾冰接到朝廷命他总揽朝政的诏书后，已经病入膏肓，上表辞让。司马岳建元二年十一月初九，庾冰去世，享年四十九岁。褚蒜子下诏追赠庾冰侍中、司空，给予厚葬。

褚裒再次上表，举荐会稽王司马昱升任抚军大将军、录尚书事，与何充、蔡谟共同辅政。褚蒜子准奏。

司马昱（320—372），字道万。晋元帝司马睿幼子。司马昱自幼聪明，深得司马睿喜爱，被封为琅琊王。因为司马睿的祖父、父亲和他自己都曾经受封为琅琊王。南渡以后，琅琊郡已经落入后赵之手。琅琊王这个尊号，一直被封给除太子之外的最亲近的皇子。司马昱两岁时，司马睿让郭璞为他相面后，郭璞悄悄地对司马睿说，陛下这个幼子有天子之相，司马睿深信不疑。

太子司马绍之母荀氏是鲜卑人。司马绍黄发、高鼻、碧眼，有着明显的鲜卑人特征，司马绍长相上不像司马睿。司马睿不喜欢他，多次想废掉他的太子之位，听了郭璞的话后，司马睿下定决心废掉司马绍。

他请大臣们朝议时，王导等人一致反对，认为储君是国家稳定的基础，一旦废掉，就会引起朝纲震动，晋鼎不稳，才使司马睿打消了废立的念头。

司马衍登基后，加封御弟司马岳为琅琊王，改封司马昱为会稽王。

郭璞的相面，并非虚言。五十年后，司马昱亲登大宝，帝位从司马绍一脉转给了司马昱。司马昱死后，又传了两代三帝。元熙二年六月，司马德文禅位给南宋武帝刘裕，晋祚结束。此为后话。

司马岳建元二年十二月底，褚蒜子下诏次年改元永和，昭示朝廷上下永远平和康泰。

司马聃永和元年六月，安西将军、荆州刺史庾翼赶赴京城，亲自上表请求北伐襄阳。庾亮任荆州刺史时，也曾多次上表北伐，很多朝臣顾虑赵强晋弱，出面反对。直至庾亮去世，也未能实现北伐夙愿。庾翼知道太后的北伐意愿，比成、康二帝更加强烈。

褚蒜子让侍书在白纱帐前设座，请庾翼当朝宣读奏章。

庾翼在表章中说："微臣夙夜难眠，常思继承长兄（庾亮）遗志，北伐后赵，收复襄阳。微臣近日已经联络好燕王慕容皝和凉王张俊。燕军攻襄国

（今河北邢台），凉军兵攻长安，我军兵出襄阳，三军分津合击。我军乘机先取襄阳，后取洛阳。”庾翼在奏章中还请朝廷派驸马都尉、琅琊太守桓温出兵临淮关（今安徽凤阳），做出前出郯城的态势。桓温是偏师，意在牵制在石虎的主力，使其既不敢西向救援襄阳，又不敢东向侵犯建康。

前凉（318 —376 ），是十六国中，由西晋凉州刺史、汉人张轨在西北建立的一个政权，都城为姑臧（今甘肃武威）。现任凉王张俊是张轨的孙子。

前燕（352—370），是十六国中，由鲜卑部落首领慕容皝建立的少数民族政权。都城为龙城（今辽宁朝阳）。

何充出班反对攻取襄阳。他认为凉、燕出兵的承诺并不可靠，三家共同出兵的部署难以实现。现在，赵强晋弱，我军贸然出兵，根本不是赵军的对手。大多数朝臣支持何充的意见。褚裒、谢尚等人支持庾翼出兵。

褚蒜子早就听闻坊间传说，大庾（庾亮）文章华美，小庾（庾翼）兵法精深。这次由庾翼率军北伐，又得到凉、燕出兵相助，如果真能收复了襄阳，让石韬不敢出兵南侵还是有可能的。褚蒜子准奏，加授庾翼征北都招讨。

“襄阳地势险要，现在石虎手里，是石虎攻打荆州的跳板。我军如果攻取了襄阳，襄阳就会成为荆州的屏障。”她亲切地对庾翼说，“众卿都说赵强晋弱，但在襄阳可能就是晋强赵弱。爱卿英武果断，全力北向。石虎蓄谋攻取建康，必然疏于襄阳防务。我军出其不意，定可攻占襄阳。本宫期盼为爱卿庆功。”褚蒜子命他速回武昌，全力准备出兵。

庾翼看到太后这么重视这次北伐，而且只把这次北伐的目标定位为收复襄阳，心里感到很踏实。

永和元年五月，庾翼率领五万大军兵出夏口（今武汉汉口区）。桓温率军三千，兵出临淮关。

出师前，庾翼在夏口演武场上召开誓师大会。梁州刺史桓宣，益州刺史周抚，先锋、杨威将军袁乔，庾翼长子、扬武将军庾方之，庾翼次子、耀武将军庾爰之等众将陪同庾翼登上检阅台，检阅出征的全体将十。

五万大军，分水军、步兵、骑兵三个方队组成，整齐地排列演武场上。全军将士精神抖擞，士气高昂，在初夏的阳光照射下，五万支刀枪闪耀着夺目的光芒。

阅兵结束后，庾翼带领袁乔、庾方之、庾爰之，走下检阅台。检阅台的前方，放置着一块箭靶。四人来到距离箭靶大约一百步的距离，一字排开。庾翼要用自己百步穿杨、箭中靶心的高超箭术，提高晋军士气。亲随给他们送来了惯常使用的铁弓和弓箭。庾翼弓步站定，稳稳心神，张弓搭箭，向箭靶瞄准片刻，拉开铁弓，一箭正中箭靶红心，桓宣等人连连喝彩。庾方之、庾爰之依次射箭，全部箭中红心。

庾翼看到袁乔只是喝彩并未射箭，心里诧异："本帅听闻袁将军箭术高超，为何不射？"

"末将想射三箭，将靶心的三箭射出，不知是否对庾帅构成不敬之罪？"

庾翼大喜道："演武场上，艺高为大，哪里有什么不敬之罪？将军果能将靶心的三箭射出，本帅定将身上的锦袍赏与将军。"

"多谢庾帅。"

袁乔站定之后，弓如满月，连射三箭，三箭全部射中靶心。三支箭的箭羽（箭尾），将靶心三箭全部射出到靶后，掉落在地。庾翼等人和全场将士，齐声喝彩，声震云天。庾翼大声宣布："出征。"

晋军兵分东西两路，互为依托，分别出击。东路由益州刺史周抚率军一万，攻取汝南。后赵的汝南太守戴开（原为晋汝南太守），开城投降，鼓舞了晋军士气。西路由梁州刺史桓宣率军四万，攻击襄阳。

桓宣，谯国（今安徽濉溪）人，冠军长史桓弼之子，五十多岁，熟悉兵法，足智多谋。他在荆州军中任职三十多年，多次在襄阳和赵军作战，熟悉襄阳的地形。

襄阳原为晋朝属地，后被后赵夺走。襄阳自古就是兵家必争之地，南临襄水，北依汉水，西北群山巍峨，城东为丘陵地带，道路崎岖难行，夏季山洪暴发，全城被汉水包围，陷于一片汪洋之中，自古就有"夺命的汉水，铁打的襄阳"之称。

襄阳北通豫州，南逼荆州，战略地位十分重要。三国时期，关羽水淹七军，夺取了襄阳、樊城后，曹操震动，准备从许昌迁都邺城。

桓宣率军渡过襄水，在襄阳城南安营扎寨。自己率领一部晋军，佯攻襄阳，牵制襄阳赵军。他派出庾方之率领一部晋军，趁着夜色掩护，夜渡汉水，埋伏在樊城城外。派出袁乔和庾爰之各率一部晋军攻占砚山。袁乔强行登山，庾爰之在砚山和襄阳之间的峡谷埋伏，准备截杀襄阳救援砚山的赵军。

砚山在襄阳西南七里，峰峦插天，地势险要，为襄阳西面重要屏障，也是襄阳和樊城赵军的粮仓所在。

守襄樊必守砚山。三国末期，晋征南大将军羊祜守砚山，东吴名将陆逊之子、大将军陆抗守荆州，两人均有很高的军事造诣，相持多年，各有胜负，任何一方暂时都没有压倒对方的实力。两人虽然互为敌国，相互倾慕，惺惺惜惺惺。

羊祜听闻陆抗患病，亲自派襄阳军营中最好的军医，专程赶赴荆州，为陆抗诊脉、开药。陆抗的部将怕羊祜的军医往药中下毒，纷纷劝阻陆抗千万不要饮用羊祜军医开的汤药。

陆抗坦然一笑道："羊公顶天立地真男子，他要取本帅的性命，必定会在战场上取之，哪里会采用往药里下毒这种阴损龌龊手段?"

他命亲随，依据羊祜军医开出的药方抓药、熬好，当着羊祜军医的面当场喝下，用药后，陆抗很快痊愈。一时间，羊陆之交，传为佳话。

羊祜在襄阳多有惠政，羊祜死后，襄阳百姓感念他在襄阳的功绩，自发地筹资在砚山山顶立了一通羊公功德碑。襄阳官员、百姓含泪瞻仰功德碑。继任羊祜镇守襄阳的晋镇东大将军杜预（皇后杜陵阳的亲爷爷），称之为堕泪碑。

入夜，袁乔率领精干士兵，在当地山民的引导下，乘着明亮的月光，强登砚山山顶，从山上居高临下，击鼓震敌。夜间，守卫砚山的赵将，听到山顶鼓声大作，十分惊悚，他也不知道砚山攻上了多少晋军，黑暗之中，无法派兵反击。他派出快马迅速向襄阳守将李罴报告。

砚山是赵军的粮仓，不容有失。李罴连夜率领襄阳赵军主力，前往砚山救援。李罴率军刚刚通过砚山和襄阳之间的峡谷，只听见三声炮响，早已在峡谷出口等候多时的庾爰之，率军将李罴堵在砚山和襄阳之间的狭窄的峡谷之中。

袁乔从山上往下攻打，庾爰之从峡谷外面往里攻打，李罴惊恐万状，不敢再去救援砚山，突围出来，来到襄阳城下。

晨曦之中，几十面书写着斗大的"晋"字战旗，在襄阳城头上迎风飘扬，襄阳已经被桓宣乘虚抢占。

李罴无奈，率领残兵败将，渡过汉水，向北面的丹水城（今河南淅川）逃去。

桓宣、袁乔、庾爰之率军和早已埋伏在樊城城外的庾方之，合兵一处，攻打樊城。

襄阳、樊城虽然一水之隔，襄阳南临襄水，北依汉水，西靠砚山，易守难攻，樊城周边地势平坦，南临汉水，背水而战，易攻难守。自古就有"铁打的襄阳，纸糊的樊城"一说。

赵军守卫的重点在砚山和襄阳，守卫樊城的赵军只有区区几千人，根本抵挡不住数万晋军的攻击。樊城赵军看到砚山、襄阳已经失守，主将李罴向北逃去，只好打开樊城北门，跟随李罴，弃城而逃。

晋军一日之内，连克砚山、襄阳、樊城，庾翼听报大喜，派人将捷报飞送朝廷。

早朝时，褚蒜子让抱琴宣读了庾翼收复汝南、砚山、襄阳和樊城的捷报。群臣一片欢呼雀跃。

襄阳失守后，石虎大怒。派石遵率五万大军，限期夺回襄阳。

石遵、李罴率军渡过汉水，将襄阳、樊城层层包围，全力攻打，仍然无法破城。石遵在襄阳四周挖通了几十条地道，企图从地道攻进城内。

桓宣在城上瞭望时，发现赵军在挖地道，命令袁乔从百姓家里买来了几百口大缸，埋在地下深处。听到赵军挖地道的声音后，布置好精壮兵士，在地道口截杀从地道攻进城内的赵军，并从北门引来汉水，沿着襄阳城墙的内墙修建一条水渠。赵军被杀退后，晋军就向地道内灌水，从地道攻进来的赵军，被淹死无数，汉水之中漂浮着很多赵军的尸体。

赵军士气大挫，桓宣率军出城击敌，石遵大败，退守丹水。石遵本想整顿兵马，再攻襄阳，石虎接到急报，慕容皝和张俊分别派军攻打襄国和长安。石虎只好派冉闵率军救襄国，派石遵率军救长安。庾翼听报石遵前往长安救援，正待和桓宣商议，出兵攻打洛阳。不期两人先后病倒、辞世。

褚蒜子下诏，追赠桓宣为镇南将军，追赠庾翼为车骑大将军，厚葬二人。

庾翼弥留之际，上表举荐次子庾爰之为荆州刺史，褚蒜子留中不发。

刚刚处理完桓宣、庾翼的丧事，她又接到庾爰之送来的八百里加急战报：成汉皇帝李势乘桓宣、庾翼新丧，起兵十万，战船千艘，向荆州杀来。

第三十章　平定四川

褚蒜子接到庾爰之的成汉兵犯荆州的战报后，审时度势，把为荆州选帅放在了优先位置。

成汉（304—349），也称“成”，是十六国时期，由李雄在四川建立的一个小国。晋惠帝元康六年，氐族首领李特率领流民入蜀，在绵竹聚众起义。李特死后，儿子李雄，攻下成都，占领四川东部。李雄以成都为都城，建立成汉，全盛时，占有今四川东部、云南和贵州各一部分

褚蒜子请众臣廷议荆州刺史人选：“荆州地处战略要冲，选拔荆州主帅既要看他能否固守荆州，还要看他能否依托荆州北伐石虎、西征成汉。”

很多大臣都认为庾氏镇守荆州多年，人脉很广，纷纷表示同意庾爰之继任荆州刺史。

中书监何充出班奏道：“庾爰之年未弱冠，也没有多少战绩可陈。徐州刺史桓温才略过人，定可担当荆州刺史重任。”会稽王司马昱，出班附议。

褚蒜子赞赏桓温的军事才能。庾翼北伐襄阳时，她曾经派琅琊内史桓温兵出临淮关，佯攻兖州，牵制石虎。

桓温率领三千晋军北渡淮河后，布置疑军，昼伏夜出，在北岸纵横驰骋，既不攻城，也不撤回南岸。石虎摸不清这支晋军的底细，一时既不敢南下攻打建康，又不敢西向增援襄阳。桓温因功升任徐州刺史。

褚蒜子下诏，加封桓温为征西将军、荆州刺史，都督荆、广、梁、益、雍、司、宁诸州军事。她任命尚书丞荀蕤，兼任徐州刺史。

散朝后，驸马都尉、丹阳尹刘惔对司马昱说道：“桓温眼睛像紫石水晶，胡须像刺猬毛，和曹操、孙权、晋宣帝（司马懿）一样，有鹰视狼顾之相（不用转身，眼睛就可以向后看），野心很大。绝对不能让他担任荆州刺史这样形胜要地的官员，否则后患无穷，王爷应该自请出任荆州刺史。”司马昱不同意。

刘惔又自荐担任荆州刺史，司马昱更不同意。

刘惔，字真长，沛国（今江苏沛县）人，娶妻司马绍次女、庐陵公主司马南弟。刘惔和桓温同为驸马都尉，对桓温相知很深。

司马昱在司马衍、司马岳两朝，只是一个空有会稽王头衔的王爷，在朝

中没有任何实职。褚蒜子垂帘听政后，晋封他为抚军大将军、录尚书事，参与辅政。尚书省是处理朝廷日常政务的衙门，录尚书事，是尚书省的领班。

虽然司马昱也认为桀骜不驯的桓温，不宜担任荆州要职。他对褚蒜子心存感激，不愿意出面反对她对桓温的任命。

桓温（312—373），字元子，谯国龙亢（今安徽省怀远龙亢）人，宣城内史桓彝之子。桓温出生不久，江州刺史温峤，来到桓彝府上做客。桓彝久仰温峤的大名，便让奶娘将小孩儿抱出来，让温峤观看。温峤看到这个小孩儿脸上有七颗黑痣，有如北斗七星，连连称奇说："这个小孩儿，可真是个英物呀!"桓彝遂为儿子取名为温。

苏峻之乱中，叛将韩晃率军攻打宣城，桓彝率军奋勇抵抗，并传令泾阳县令江播，率军支援宣城。江播带兵来到宣城，看到韩晃势大，非但没有帮助桓彝攻打韩晃，反而投降了韩晃，帮助叛军一起攻打宣城，致使宣城被叛军攻破，桓彝阵亡。

桓彝殉难时，桓温才十五岁，他枕戈泣血，练习武艺，誓报父仇。

平息了苏峻之乱后，韩晃被杀。江播见风使舵，阵前反正，仍然官居泾县县令。韩晃已死，桓温便把江播作为报仇的目标。江播听到桓温矢志为父报仇的消息后，在县衙内外布置重兵，日夜巡逻。桓温一时无隙可乘，只好等待时机。

咸和六年二月，江播病死，其子江彪等兄弟三人为父守丧，因怕桓温前来寻仇，三人预先将兵器放在身边，还安排了数十名家丁手持利刃守卫在灵棚，防范桓温来袭。

桓温乔装改扮，衣袖内暗藏短刀，混入吊丧人群，来到江播灵前，手刃江彪。

江彪的两个弟弟，不救哥哥，逃出灵棚。桓温追了上去，置两人跪地求饶于不顾，把两人杀死。杀死了江播的三个儿子后，桓温并没有逃跑，径自前往宣城府衙自首。

桓温连杀三人，而杀桓彝的是江播，与江播的三个儿子无关。宣城太守只好将桓温的案情上报。

这件事传到了司马衍那里，司马衍认为桓彝是在守卫宣城时，被叛军韩晃和帮凶江播杀害的，江播实际上是一个漏网的叛逆。桓温此举既报了父仇，又为朝廷斩除了叛逆之后，称赞桓温为父报仇，视死如归，孝义兼备。

司马衍亲自在太极殿召见桓温，他看到桓温身材高大，姿貌雄伟，武艺高强，非常喜欢，当场将一母同胞的姐姐、南康公主司马兴男，下嫁于桓温，还加封桓温为驸马都尉、琅琊内史。

褚蒜子任命桓温为荆州刺史后，立即命他来京晋见。次日早朝，褚蒜子看到桓温已经站列朝班之中，赞许说：“桓爱卿来得好快呀！”

桓温出班奏道：“微臣听闻成汉大军犯境，准备面见太后以后，星夜赶往荆州御敌。”

褚蒜子稳稳地说道：“所谓到成汉派兵犯境的紧急军情，都是李势利用庾翼新丧，虚张声势，试图给我朝添乱而已。”

“微臣已经接到细作密报，李势发兵十万，准备攻打荆州。”桓温心里有点疑惑。

“那是李势的障眼法。”褚蒜子胸有成竹地说，“涪陵北面长江中的白鹤梁冬出夏藏，现在正值汛期，白鹤梁依然挺立在水面上，可见四川旱情之重。成汉内乱四起，哪里还顾得上攻打荆州？”

褚蒜子很早就从细作的密报中得知，四川大旱，颗粒无收，灾民纷纷揭竿而起，攻占各地的粮仓，开仓放粮，攻城略地。李势的从兄、汉寿太守李奕乘势起兵造反，在灾民的大力支持下，李奕一路攻打到犍为。李势慌忙派叔父李福、从弟李权率兵阻击。李势害怕晋军攻打四川，故意散布谣言说要出兵攻打荆州。

听了太后的话语，桓温很是吃惊。他怎么也没有想到，皇太后这样一个不出宫门的女流之辈，对成汉的时局知道得这么清楚，不由得自内里产生了一丝敬畏。桓温问道：“太后宣微臣前来，是想派微臣起兵入川吗？”

褚蒜子轻轻一笑，说道：“正是。四川离开我朝版图已经四十多年，本宫希望爱卿到达荆州任上，早日准备，尽快平灭成汉。”

“微臣遵旨。”

褚蒜子略加思索说：“四川地势险要，必须出奇制胜。本宫送爱卿八个字：疑中布疑，奇中生奇。”

“微臣谨记太后战策。”

桓温有雄才，史称他有“挺雄豪之逸气，韫文武之奇才”。荆州人口、财富均居天下一半，兵精粮足。而荆州地处上流，常能对京城形成威胁，桓温既居此形胜之地，就为他日后专制朝政，觊觎晋鼎，创造了条件。

桓温来到荆州，征尘未洗，立即召开军事会议，商讨西伐成汉事宜。

众将认为，荆州北面石虎强敌压境，倘若我军西向，赵军乘机南犯，荆州很难保全。将军刚刚到任，应该首先安抚军民，等待时机成熟，再西伐不迟。看众多将领都反对西伐，桓温闷闷不乐，呆坐在帅椅上，一言不发。

江夏相袁乔站了出来，大声地说：“石虎谋求一统，意在建康，在攻下建康之前，他绝不会进军荆州。”

益州刺史周抚说：“成汉地势险要，易守难攻。庾翼为荆州刺史时，曾派我和曹据将军攻打四川，我们攻下夷陵，败在夔门。我军乘船逆水而上，汉军在白帝居高临下，力挫我军。庾翼将军自此也就打消了攻蜀的念头。前车之覆，不可不测。”

“李势依据四川天险，从来没有谋划过如何守卫四川。”袁乔分析说，“李势现在被内乱烧得焦头烂额，无心西顾。庾翼将军新丧，出兵伐蜀，可谓出其不意，攻其不备，李势瞬间可破矣！”

桓温受到鼓舞，从帅椅上一跃而起，道：“我即起兵伐蜀，灭汉在此一举。”

他转向袁乔问道：“袁将军在战策上有何见教？”

“四川天险，全在夔门。末将认为，我军可兵分两路，偏师从北岸佯攻白帝城，主力从夷陵乘船，溯江而上。汉军顾此失彼，我军乘势攻取四川腹地。”

桓温赞曰：“真乃妙策也。”永和二年十一月，桓温派周抚率军五千，从陆路攻打白帝城。他亲率水军，在夷陵誓师出发。夷陵地处长江三峡最东部的西陵峡出口，取“水至此而夷，山至此而陵”而得名。意思是说水到了这里就化险为夷，山到了这里就变成丘陵。夷陵，自古就是兵家必争之地。三国时期，陆逊在此火烧蜀营七百里，刘备率领残部大败而逃，丧命白帝城。

桓温派袁乔为先锋，率精兵三千人乘船先行，自己率精兵一万人，随后跟进。永和二年十二月，桓温率领水军到达鱼腹浦（今四川奉节东南），桓温和众将向北岸望去，鱼腹浦的沙滩之上，垒着八行巨石，每行巨石首尾衔接，纵横交错，不露丝毫破绽，石阵之上，云雾缭绕，阴风凛冽。诸将虽然远在船上，仍然感到一股冷若冰霜的杀气。桓温环顾众将道：“哪位将军认识此阵？说来听听。”众将面面相觑，无人能知，“此阵名叫八阵图，乃诸葛武侯在进川之前所布。”众将叹服。

相传八阵图易守难攻，击其尾则首至，击其首则尾至，击其中则首尾俱至。当年陆逊火烧连营，刘备落荒而逃，陆逊紧追不舍，企图生擒刘备，不期追到鱼腹浦，八阵图内狂风大作，卷起无数飞沙走石，朝追兵迎面击来，陆逊大惊，慌忙撤兵，刘备才得以逃脱。

桓温乘着白帝城的汉军正在和周抚率领的晋军激战，率军顺利通过夔门天险。白帝城汉军看到晋军已经通过夔门，害怕被包抄，弃城逃走。周抚占领了白帝城后，和主力会合，晋军声势更加浩大。

在晋军西伐的同时，李奕的叛军已经打到成都城下。胜利在望的李奕，被胜利冲昏了头脑，竟然跑到城下亲自督战，被城上的李福一箭射中面门，当场坠马身亡，李奕叛军四散逃命。

永和三年三月，桓温一路势如破竹，连战连捷，攻至成都南郊。李势和叔父李福、从弟李权率领两万汉军，从成都倾巢而出，在笮桥（今成都南面南河上），凭险据守。晋军在攻取笮桥时，李势亲自督战，汉军拼命死战。南河水深浪急，晋军无船无法渡河。笮桥狭小，大部队无法展开。笮桥地势北高南低，李势、李福组织汉军居高临下放箭，大片的晋军纷纷死伤在弓箭之下。晋军前锋受挫，参军龚护中箭身亡。桓温的马头和身上中了数箭，战马当场倒地死亡，把桓温摔在地上。桓温心中害怕，晋军军心不稳。桓温下令中军传令退军。慌乱之中，中军把本应该发出鸣金收兵信号，错发成击鼓进军的信号。

正在笮桥桥头督战的袁乔见此情景，乘势率领晋军向笮桥杀去。袁乔跃马扬枪，冲上笮桥，枪刺剑砍，桥上的汉军大片倒下，剩下的抱头鼠窜。袁乔率领晋军攻上笮桥，大破汉军。李势败走成都，晋军把成都团团围住。

这时，日落西山，夜幕降临，成都城城墙高耸，护城河河阔水深。桓温看到晋军将士人困马乏，一时间，很难攻破坚城，准备收兵。

袁乔力劝道："汉军并没有在笮桥被我军消灭，大都随李势退入成都。我军今晚收兵，汉军连夜做好守城准备后，明日成都将更难攻取。现在汉军新败，惊魂未定，正可连夜破城。"桓温让袁乔传令：连夜攻城。袁乔借着夜色，派"水鬼"潜水渡河，砍断吊桥铁索，火烧城门。刹那间，成都各个城门火光冲天，桓温率军攻进成都。

李势站在皇宫正殿含元殿前，熊熊的火光，像一片排山倒海的血浪，从空中劈头盖脸地向他拍来。李势吓得面无血色，带领亲信大臣，趁乱从北门连夜逃走。李势乘马一口气跑到了葭萌关（今四川广元西南），天已大亮，李势被葭萌关守将接进城去。

桓温率军攻进成都后，命令诸将一面继续消灭负隅顽抗的汉军，一面救火安民。桓温安排妥当后，带领护卫来到成汉皇宫。成汉皇宫经过李家四十多年的建造，极尽豪华。他闻听李势的女儿李玉，绝色倾城，现在仍然留在自己的芙蓉宫内，径直来到芙蓉宫。宫女听说是桓温来到，赶紧向李玉禀报。宫女很快返身回来，走到桓温面前道了个万福："公主有请大将军。"

听说公主有请，桓温压了压狂喜的心跳，吩咐护卫在宫外等候。自己一人轻手轻脚地走进了芙蓉宫。芙蓉宫内，地面宽阔，布置却非常简朴。李玉正在中厅桌旁的座椅上看书。

桓温来到离李玉还有两步远的地方，停身站住，轻声说道："晋征西将军桓温，拜见公主殿下。"桓温在问候的同时，顺眼望去，李玉芙蓉扑面十三春，豆蔻枝头三月初。桓温被李玉的美色惊呆了。

在桓温贪婪的目光照射之下，李玉没有丝毫躲避，她像入定了一样，手捧书卷，目不转睛，既不回话，也不抬头，就像一朵可观而不可亵玩的冰山雪莲，浑身散发着逼人的清冷之气。

桓温无奈，只得进步上前，准备再致问候。说时迟，那时快，就在桓温抬步向前、重心前移的一刹那间，李玉从座椅上弹起，亮出藏在书卷下的匕首，飞身向桓温刺来。下身长长的裙摆，像两个翅膀，迎风飞扬。

桓温当即惊出了一身冷汗。情急之下，一个旱地拔葱，就地飞起在李玉的头顶之上。由于花心分神，加之重心前倾，桓温动作拖泥带水。左脚脚踝之上，已经被匕首划了一下，痛得他撕心裂肺。

桓温不敢大意，迅速从空中落下，快速转身过来，准备站在李玉身后，进行防卫。李玉早已经转身过来，正好和桓温面对面，手中的匕首，顺手向桓温的胸膛刺来。桓温本来只想见招拆招，进行防卫，内心里并不想伤害自己心仪的美人儿。可是，眼看着李玉的匕首飞快向自己的胸膛刺来，桓温只得奋力反击，飞出左掌，迎着李玉右手的匕首打去。

李玉看到桓温不但不躲闪，反而用左掌和自己的匕首硬碰，心里有些犹豫。

就在李玉迟疑的瞬间，桓温迎击匕首的飞掌，就势一拐，绕过匕首，轻轻向李玉的右腕击去。咣当一声，李玉手中的匕首，被桓温击落在地。

与此同时，桓温飞起右脚，向李玉的左腿扫去。李玉年龄尚小，轻轻的身体就像一片叶子，被桓温扫倒在地。李玉双眼紧闭，躺在地上一动不动，静等着桓温来杀自己。桓温慌忙俯下身子，为她轻轻地打掉身上尘土，扶她起来。这时桓温的护卫冲进宫里，要杀李玉，被桓温撵了出去。桓温把李玉抱在怀里，在椅子上坐下，李玉羞得满脸通红。在激烈的打斗之后，她身心俱疲，躺在桓温宽阔温暖的怀里，她无力反抗，也不想反抗。

突然，桓温的左脚抖动一下，李玉向下看去，桓温左脚踝骨流出的鲜血，已经染红了军靴。李玉试图从桓温的怀里挣扎出来，为他包扎。

桓温示意她不要动，说道："公主，流一点儿血，死不了一个经常上战场的将军。"

"你难道不怕我在刀上喂毒吗？"

“不怕，公主这么美，怎么会干那些阴毒之事？”

李玉听了，感动得热泪夺眶而出。

桓温看到李玉的情绪已经缓和，弯腰捡起匕首，递给李玉。

李玉心中诧异，问道：“大将军这是何意？”

“公主不是想杀我吗？”

“大将军侵我国家、赶我父皇，难道不该杀吗？”

“公主一口一个我的国家、我的父皇。公主知道你的国家、你的父皇是怎样来的吗？”

他看到李玉无语，接着说：“蜀地本是晋朝一个州，公主先祖乘着动乱，杀死益州刺史，建立成汉，原本就是乱臣贼子。”

李玉虽然还是静静无语，可美丽的面容泛起一丝稍纵即逝的愧色。

他知道李玉已经被自己话语打动，心中暗喜：“本将军和你父皇无冤无仇，西征是皇命所迫。且本将军对成都四门是围三缺一，专门留下北门，让公主父女出逃，不期，你父皇忘了带你。”

“父皇岂会忘掉奴家？都城已破，逃到哪里是万全？是奴家执意不逃，宁为玉碎，不为瓦全。”

听了李玉改称她自己为奴家，桓温感到她内心的情感已经全然改变，欣喜之情溢于言表：“这是天意，也是缘分，是上天安排我和公主在此相遇，公主不要辜负了上天的一片美意。”李玉脸上红晕飞出，默默无语地躺在桓温的怀里。

两人相拥了很长时间，李玉站起身来，用自己配制的金创药，为桓温包扎了伤口。服侍他在自己绣花床上睡下，自己才和衣靠在床头歇息。

天亮之后，桓温前往含元殿，召开军事会议，商讨军情。众将来到之后，笑他交了桃花运。

袁乔汇报了李势已经逃到了葭萌关，正在集结军队，和晋军决一死战。

桓温问道：“众将有何高见？”

周抚建议趁汉军还没有完成集结，火速派重兵前往葭萌关，消灭汉军残余，活捉李势。袁乔听了，微笑不语。

“袁将军何故发笑？”

“启禀大将军，卑职听说李势只有一个女儿，待如掌上明珠。倘若大将军能请公主修书一封，劝李势归降，岂不是化干戈为玉帛吗？”

“好主意。公主深明大义，一定会修书劝父的。”

桓温的话语刚出，殿外响起了莺声燕语：“我是不会修书的。”

第三十一章　我见犹怜

桓温和众人回头望去，李玉美目流盼，裙摆飘动，袅袅婷婷走进殿来。

看到桓温和众人用诧异的目光看向自己，李玉莞尔一笑道："父亲大人身边佞臣很多，我猜想现在葭萌关的大臣们正在劝说他举兵反抗，我的书信既费时间，又可能词不达意，我怕耽误了大将军的大事。"

桓温忙问："难道公主打算亲身前往？"

"正是，还是大将军懂得奴家的心。"

"我请袁乔将军带领一队人马，护送公主。"

"城内安民正需要袁将军料理，奴家只带几个宫女随行即可。"

"路上遇到事情，宫女自顾不得，如何保护公主？"

"宫女的武艺，个个都在奴家之上。在成汉地面上，还没有人能把奴家怎么样。"

"公主快去快回。"

"大将军放心。"

葭萌关的成汉太守府内，李势君臣正在太守府大堂上议事。有的主战，有的主降，众说纷纭，吵成一团。

李势心乱如麻，他躲开朝臣的嘈杂，跑到太守府的后花园内，一边围着花池转圈，一边思谋着战与降的利弊。

他首先想到战，可是数万汉军，在笮桥被晋军打得大败。现在，葭萌关只有数千残兵败将，怎能抵挡住晋军的胜利之师？然后就是降，一旦投降，他又怕桓温翻脸无情，把投降的君臣全部杀了，自己死不足惜，连累了跟随自己跑到葭萌关的众多大臣。他想来想去，也想不出一个对策。

他在转圈当中，突然有人挡住了他的去路，他抬头一看，竟然是自己的女儿。

李势一时没有从沉思中醒悟过来，惊问道："你是玉儿吗？你是人还是鬼？"

"父皇大人想糊涂了，我是玉儿。父皇何至于连人鬼都分辨不清？"

李势上前一把抱住女儿，放声大哭："我的心肝宝贝呀，你死活不出城逃命，父皇早以为你被桓温杀死了。”

“父皇休要悲痛，女儿这不是好好的吗？”李玉先劝住父亲，然后问道，“父皇如此悲伤，可为如何决断是战是和之事？”

“正是。”

“战是以卵击石，父皇何不主动请降？”

“我听说桓温生性凶残，我怕请降之后，他把我和请降的众位大臣，全都杀了。”

“桓温当面向女儿保证，一定善待主动请降的父皇和众位大臣。”李玉为了解除父亲的担忧，耐心劝解，“桓温是个大丈夫，言必行，行必果。”

“可是对于降将、特别是对父皇的处理，桓温并不能完全做主呀！大权还是在晋朝皇帝手里。”

“这个父皇更不用担心了，晋朝现在是褚太后垂帘听政。父皇不是常常对女儿说，褚太后是观音转世，慈悲为怀吗？”

李势听了一跺脚：“就依女儿。”

李势和女儿一起回到太守府正堂，当堂宣布了请降决定。众位大臣内心还是愿意投降的，听了李势的决定，大家的心情很快安定了下来。

“愿意请降的随我赶赴成都，不愿意投降的，或回乡，或投奔别处。”李势对投降事宜做了细致安排，“叔父李福负责向我朝全体官员将士发出投降晋朝的命令，命令他们放下武器，就地等候晋军处置。散骑常侍王幼负责乘快马，递送降表。”

安排好请降事宜后，李势对李玉说：“玉儿劝降有功，不必纳入请降队伍之中，可先行返回成都。”

李玉回绝父亲的好意：“女儿寸步不离地跟随父皇左右，桓温如果出尔反尔，为难父皇。我一定会让他血染当场。”

李势连夜命人草就了降表：

略阳李势，叩头死罪，伏惟大将军节下：

我的先人占据蜀地，我也偷安于此。现在大军前来征讨，我的将士狂妄愚蠢，有犯天威。我魂飞魄散，心甘情愿投降，来祭大将军军鼓。大晋天网恢宏，恩泽四海，胜过阳光。我现在已派私署散骑常侍王幼送上降表，并令各州郡一律投降，我现在像干涸的池鱼一样，在等候您的处理。

伪嘉宁（李势的年号）二年三月十七日

李势的降表写得严密简约，情真意切。桓温看了降表，喝起彩来。北门守将报告，李势已经来到城外。

桓温和众将起身出城，看见李势、李福、李权三人身穿白色罪衣，麻绳五花大绑，跪在北门吊桥的北面，后面汉军兵丁抬着三口棺材。李玉右手按剑，站在李势的身后，后面是成汉的几十位文臣武将，一律罪衣跪地。

桓温看到李玉一袭白色罪衣，越发衬托星眼月面，比那天晚上初见时更加楚楚动人。他看见李玉双目垂泪，心疼得不得了，连忙快步上前，扶起李势，当场为李势松绑。与此同时，周抚、袁乔也扶起了李福、李权，并为他们松绑。

桓温当场宣布，李势主动请降，并传令成汉全体官员、将士向朝廷投降，立下大功。他当场宣布李势、李福、李权三人无罪，宣布所有主动请降的文武大臣无罪。桓温命人当场将三口棺材烧掉。委派袁乔护送李势、李福、李权三人，乘坐大船，前往建康，由朝廷论功奖赏。余下众人，愿意回家的，送足盘缠路费。愿意做官的，到益州刺史周抚衙门登记，由周抚量才授官，在益州刺史衙门做事。不久，反抗晋军残余势力也被周抚消灭。成汉历经五代六主，共四十六年。

处理受降事宜后，桓温在含元殿上，置办庆功宴。邀请西征全体将士、李势父女和全体降将参加。成都的很多官员、名门望族，主动携金送银、杀牛宰羊，前来庆贺。含元殿上，贵客如云，华灯齐放，觥筹交错，气氛热烈。

酒过三巡，在古筝、玉笛的伴奏下，周抚、袁乔先后出来舞剑，两人起承转合，舞剑如飞，宾客齐声称赞。

桓温兴起，提剑出场，走到李玉身旁，力邀李玉一起舞剑。李玉怕羞，竭力推辞，不肯出来。周抚、袁乔、李势纷纷站立起来催促，李玉方才答应。

随着席间一曲《鹤鸣九皋》玉笛响起，两人剑由理出，势从法生，两枚青锋，合着笛声的节奏，一来一往，一开一合，缠绕在一起。一个似白鹤滞空，一个如黄莺穿云；一个疏狂奔放，一个似水柔情；一个似巍巍高山耸立，一个如细细和风吹林。

桓温和李玉两个情欲男女，眉目传情，神交意合。两人剑速越舞越快，飞舞的剑光，将两人裹在一起。众人只看到剑光闪烁，银光如练，只听见剑声嗖嗖，如雷似电，全然看不见两人的身影。

李玉舞到情致高处，奋力向上高高跃起，突然折身向下，右手挥剑向桓温头顶劈去。众人意想不到，一片惊叫。桓温镇定自若，弃剑于地，仰面微笑，双手举起，去接李玉的剑锋。

李玉怕伤了桓温，小心将宝剑倒置于身后，再次翻转身体，跳入桓温怀中，顾不上害羞，紧紧和桓温相拥在一起。众人惊醒过来，发出一片喝彩声。

舞剑之后，桓温在席上致辞。他新平蜀地，志得意满，神采飞扬，历数古今成败先例，臧否多少英雄人物。

桓温身材伟岸，生性豪爽，口似悬河，满座叹赏。散席后，众人追忆桓温之言，余味绕梁。

袁乔乘船护送李势进京，李玉坚持和父亲一起同船进京。桓温再三相邀，想让她同自己一起回荆州，李玉执意不肯。

为了不让桓温失望，李玉暖暖地说："奴家这次陪父亲进京，尽了女儿孝道，了却了一桩心事，很快就会赶回荆州，一辈子服侍大将军。"

看到桓温的脸色由阴转晴，李玉的心情开朗起来道："奴家还有一桩心事，想瞻仰一下太后的威仪，只是不知太后会不会召见奴家？"

"太后寡居深宫，除了忙于国事外，常爱念佛、练武。我在给太后的奏章和书信里，求她与你比武，你在劝降上立下了大功，太后一定会召见你的。"

李玉看到自己提到褚太后，桓温脸上立即现出了尊敬的神色，心里暗暗称奇。

"汉晋虽然互为敌国，令人不解的是，褚太后在成汉朝野内外，也有很好的口碑，就连我父亲常常对她赞不绝口，大将军能告诉奴家其中的原因吗？"

"褚太后是一个奇女子，秀外慧中，勤政爱民，在大晋也是万民称颂。"李玉点头称是。

永和三年十二月，四川由益州刺史周抚镇守，桓温回师武昌。

褚蒜子念李势招降成汉文武官员和汉军有功，下诏封李势为归义侯，封李福、李权为归义将军，在乌衣巷为李势建造了归义侯府。

李玉看到父亲已经得到了很好的安置，与父亲告别后，手持桓温拜帖，前往皇宫求见褚蒜子。宫门太监告诉她，太后出巡去了。李玉无奈，和一直在京城等候她的袁乔，乘船返回武昌。

在船上，袁乔对她说："南康公主妒火极盛，武艺又高，千万要小心。"

李玉坦然地说："我受大将军深恩，以死相报，了无遗憾。"

袁乔提醒说："大将军对南康公主也无可奈何。"

李玉美眉微挑："大将军豪气干云，杀伐果断，如何却怕了南康公主？"

袁乔分析说："想是大将军当年连杀江播三个儿子，按律当斩，是公主当皇帝的弟弟司马衍将他无罪释放，并将公主下嫁给他，桓温感恩在心。"

李玉微微地点了点头，自此就有了以死相报桓温的准备。

桓温亲自把李玉接到蛇山东麓的一处别院，为的是怕南康公主为难李玉。

东晋时，外地的牧守，为了办公方便，都是前衙后府，就是把内室设在大堂的后面。桓温的帅府在蛇山西麓，黄鹤楼下，坐北朝南，北依蛇山，南临官道。官道西通巴陵、荆州，东接江州、建康。帅府后面，建有前后两栋精巧的庭院。桓温和南康公主住的是前院，是主院。南康公主为其取名甘棠苑，五间正房，坐北朝南，两侧各有五间厢房。在主院的后面，还有一所庭院，叫采蘋苑，暂且空着。南康公主不许桓温纳妾，他只好为李玉另外建造了一个别院。

南康公主是司马绍的长公主，端庄大方，风姿殊丽，自幼在宫中练就一身武艺，一把青峰宝剑舞动如飞，三五个男人休想近前。和两个弟弟司马衍、司马岳的冷血质不同的是，南康公主有一个热血质的性格，泼辣豪爽，颇具男子汉气概。

可能是一物降一物吧，威风八面的桓温，到了南康公主的手里，就像一只软柿子。桓温连南康公主的婢女都不敢碰一下。桓温赌气，夜间宁肯睡在帅府的白虎大堂上，也不肯到南康公主房间去睡，南康公主只得自己独守空房。

当年，谢奕在桓温的幕府，担任行军司马。谢奕，字无奕，出身于陈郡阳夏谢氏，太常寺卿谢裒长子。谢奕嗜酒如命，常常邀请桓温一起在帅府喝酒。一天，谢奕喝醉后，衣冠不整，又唱又跳，还要缠着桓温继续喝。

桓温无奈，只好躲到南康公主的房间。谢奕在南康公主的门前大呼小叫：“桓元子喝酒无能，只能向女人求救。”桓温在南康公主的内室，不予理睬。

南康公主喜出望外，心想如果不是这个狂司马，我哪里能够见上郎君一面?

南康公主为了晒晒谢奕，在内室重新置办了酒席，夫妻二人推杯换盏，又吃又喝。

谢奕在门外闻着酒香，心里馋得难受，就是不敢越雷池一步，只好找到桓温身边的一个老兵，陪着他到帅府大堂继续喝，还自嘲说：“跑了一个老兵，又得到一个老兵，不算赔本。”

桓温借故负荆请罪，南康公主有意投怀送抱。谢奕耍了一次酒疯，成就了二人一段好事。如果不是谢奕的无心帮忙，南康公主的嫡子桓熙也来不到世上。

南康公主为了让桓温早日回到自己的身边，在桓温周围安插了很多耳目。严令他们打探到桓温拈花惹草消息，立即向她汇报。

一天清晨起来，李玉正在别院梳洗，南康公主手持宝剑，带着十几名侍女，挥舞着刀枪，冲进别院。李玉的侍女看到南康公主来到，正待向李玉通报，被南康公主一剑逼住，不敢动弹。

南康公主看到窗下端坐一个小女孩儿，正在梳头。

南康公主妒火中烧，恨恨地骂道："都是你们这些贱人，害得我独守空房。"说完，挥剑就向李玉头上砍来。

李玉回过头来，看到一个女人凤冠凤袍，怒容瞋目，手举宝剑向自己砍来。知道来人就是南康公主，她既不慌乱，也不躲闪。

她面色娴静，从容不迫地说："国破家亡，奴家本来无心来到此地，若能被杀而死，倒是遂了奴家的心愿。"

南康公主抬眼看去，李玉朱唇点樱，双眸如星复似月，长发光亮如漆，像波浪一样，从她的胸前流下，盘旋了几圈堆在地上。

南康公主只觉得眼前惊鸿一瞥，心旌摇曳，手中的宝剑，"哐啷"一声落在地上，急步上前，俯下身子，把李玉紧紧拥在怀中，软语说道："我见犹怜，何况老奴？"

南康公主体态丰盈，两个饱满的乳峰，紧紧地挤压着李玉那对还没有完全发育成熟的乳峰。李玉羞得红霞满面，不敢正眼对视南康公主。南康公主见状，松开了李玉。

李玉就势跪下："感谢公主殿下不杀大恩，玉儿愿意终生服侍殿下。"

南康公主双手将她扶起，拉着她的手说："妹妹说的哪里话？自今天起，我俩就是亲姐妹。妹妹称我姐姐，方不辜负了我的一片心意。"

"玉儿多谢姐姐。"

南康公主和李玉同车回到甘棠苑，对她说道："老奴独自在帅府大堂休息，姐姐自己在甘棠苑很是寂寥，妹妹先在这里住下，等我派人把采蘋苑打扫干净后，妹妹再搬过去。"

李玉谢道："让姐姐费心了。"

桓温闻听南康公主和李玉姐妹相称，并把李玉接回帅府，这才放下心来。

后赵的石虎父子，天生就有自相残杀的本性，石虎的次子石宣被立为太子后，看到石虎宠信五弟石韬，害怕石韬取代自己，派人将石韬杀死。

石虎查出石宣是杀死石韬的真凶后，将石宣吊在邺城北门的柴堆上，石虎带着数百名受宠的嫔妃和满朝文武百官在城门上观看。在众目睽睽之下，将石宣活活烧成骷髅，并将骷髅扔在邺城四门，任凭人踩车轧。

丧失人性的石虎，将石宣的太子妃以及二十多个儿女全部杀死。将太子府卫队十多万人全部充军凉州。卫卒不堪石虎虐待，在卫卒首领梁犊率领下起义，石虎派征虏将军石闵领三万乞活军，前去征讨。

两个成年的儿子，当了太子后，为了早日登基，都想杀掉石虎，抢班夺权。吓得石虎不敢再立年长的儿子。张豺趁势向石虎举荐他的幼子石世当太子。石世只有十岁，石虎想到石世成年后，自己已经老去。不用石世来杀，自己可能早已去见阎王了，于是立石世为天王太子。

五十岁以后，石虎的身子日见衰败，他感到自己来日不多，想到自己十多年来，只敢称天王，不敢称帝，现在自己已经是一个行将就木的人，还怕死吗？即便是死，也要在临死之前，过过做皇帝之瘾。永和五年三月，石虎即皇帝位，加封刘青玉为皇后，加封石世为皇太子，大封诸子和文武百官。登上皇帝之位，也救不了石虎性命。永和五年四月二十三日，只当了一个多月皇帝的石虎，两腿一蹬，结束了罪恶的一生。

次日，张豺和众臣奉石世登基，石世加封其母刘青玉为皇太后。石世才十岁，张豺上表，请皇太后刘青玉垂帘听政。刘青玉投桃报李，下旨封张豺为丞相，总揽朝政。

石虎第九子彭城王石遵，奉旨镇守长安，听闻石虎驾崩后，石世继位，心里非常不满，率兵五万，从长安出发，屯兵河内（今河南温县），准备攻打邺城。

征虏将军石闵，率军三万，西征梁犊得胜班师，路过河内时，前去看望石遵。

石闵是后赵第一勇将，石遵好言拉拢他说："先帝晚年昏庸，被刘氏、张豺蒙蔽，立了个乳臭未干的小儿。请将军助我讨伐张豺，事成之后，我做皇帝，将军做丞相、大单于。我无子，百年之后，由将军做皇帝。"

"王爷之意，闵敢不从命？闵愿率本部兵马，直取邺城。"石闵爽快地答应了石遵的要求。

石遵当下拜石闵为先锋，石闵率领本部三万乞活军，兵发邺城。

第三十二章　北伐后赵

探马报告，石闵已经率兵向邺城杀来，刘氏忙让张豺传令沿途各个州县，出兵阻挡石闵。

石闵率领三万大军，一路势如破竹，很快打到了安阳亭（今河南安阳），离邺城仅一百多里。

刘氏和张豺吓得六神无主，慌忙以小皇帝石世的名义下诏，加封石遵为丞相、大司马、大将军。

石遵概不受命，当场将诏书撕碎，向下诏的太监脸上砸去，喝令："速让张豺狗贼前来迎接本王，请本王入朝主持朝政，如果稍有迟延，本王诛灭他九族。"

张豺无奈，只好前往安阳亭迎接。石遵立即下令将张豺捆绑起来，推到帅旗下，斩首祭旗。

石遵、石闵率军进入邺城，石遵直接登上皇宫太武殿，在石闵和众将拥戴下，登基称帝。石遵照例大封百官，大赦天下。他下旨将被贬为海阳妃的生母郑樱桃重新尊为皇太后，加封自己妻子、彭城王妃张氏为皇后，立燕王石斌长子石衍为皇太子。为了防止自己几个兄弟闹事，对石氏诸王大加封赏。石遵格外恩宠朝中的两员战将，加封石闵为武兴公、辅国大将军、都督中外诸军事，加封李农为大将军。

他下旨废小皇帝石世为谯王，降刘青玉为太妃，夷灭张豺三族。几日后，派人杀死了石世和刘氏。可怜十岁的石世，仅仅做了三十三天的皇帝，就糊里糊涂地做了刀下之鬼。

石虎之子新兴王石邸奉石虎之命镇守襄国，听闻石遵杀石世自立，大骂石遵乱臣贼子。石虎驾崩后，石邸一直在招兵买马，准备伺机攻打邺城，夺取皇位。这次石遵杀死石世自己称帝，给了石邸出兵的口实。他向各个州郡发出了征讨石遵的檄文，列数了石遵背父、弑弟、杀母、荼毒天下的十大罪状，率领十万大军向邺城杀来。

石虎诸子，都有意问鼎皇位，生怕天下被石遵一人独占，纷纷起兵，讨伐石遵。后赵皇朝陷入了一个兄弟残杀的混乱局面。

朝廷在邺城的细作将后赵内乱的情报报告给徐兖刺史褚裒后，他立即上表朝廷，请求北伐。

褚蒜子接到父亲请求北伐的奏章后，立即召集百官廷议。

领司徒蔡谟出班，率先反对："三国时，诸葛亮可谓神人，六出祁山，功亏一篑。盖因不占天时地利之故。依老臣之见，我朝当应休养生息，不可轻举妄动。"

褚蒜子看到蔡谟反对，转向兵部侍郎荀羡："荀爱卿以为如何?"

荀羡，出身于颍川（今河南许昌）名门望族荀氏，是曹操的大谋士、魏国太尉荀彧的六世孙。荀氏和褚氏并称颍川双璧。

荀羡娶元帝司马睿之女寻阳公主，被封为驸马都尉、建威将军。荀羡文武双全，见识高远，深受褚蒜子赏识，先升吴郡内史，后入朝升为兵部侍郎。荀羡从辈分上高出褚蒜子一辈，年龄却和她相仿。

"敌强我弱，单靠褚裒刺史属下的徐兖军北伐，很难取胜。"荀羡具体指明了徐兖军军力单薄的窘况。

看到朝中两位重臣都反对北伐，且说得头头是道，褚蒜子脸上闪现出一丝不悦之色。她知道，南渡以来，朝政大都被南渡的门阀所把持，这些重臣关心的是自己和后代子孙官职的升迁，至于北伐胜败，与他们的利益关系不大。因此，需要费力气说服他们。

"前些年，本宫曾经亲身去过邺城打探消息，亲眼看见石虎的兵丁公然在大街奸淫、煮吃青年妇女。"说到这里褚蒜子有些哽咽，"当时，本宫就立下誓言，一有机会，就要亲身攻灭后赵，解救河北和中原黎民。"

会稽王司马昱出班奏道："微臣支持褚裒将军北伐。徐兖军就算是一只蚍蜉，也要咬掉石赵这棵大树几片叶子。"

荀羡反驳道："石赵有兵百万，徐兖军北伐可不是蚍蜉撼树，可能是以卵击石。"

"荀爱卿，石赵鼓吹兵丁百万，是吓唬人的。"

"臣启太后，石赵动辄起兵几十万，我朝全部军队只有十多万人。"荀羡善意提醒褚蒜子。

"后赵大约有人口七百多万，我朝现有人口五百多万。后赵穷兵黩武，十人抽一丁，兵丁最多七十万。我朝重视农耕，五十人抽一丁，兵士约有十多万人。"褚蒜子耐心地分析了双方的兵力数量后，"兵贵精不贵多。本宫想的是，徐兖军力单薄，可能无法攻取邺城，单是趁乱攻取了徐、兖二州，也可向世人表明了朝廷没有忘记河北和中原父老。"

司马昱、蔡谟、荀羡等一干重臣，都被她解民于倒悬的情怀所感动，齐声说道："太后英明，臣等全力支持徐兖军出兵灭赵。"

褚蒜子连下三封诏书，加封褚裒为征北大都督，择日率军北伐；命令桓温的荆州军，兵出襄阳，牵制洛阳、长安的赵军；命令殷浩的扬州军兵出历阳，攻击汝南，牵制豫州的赵军。褚蒜子还任命王荟、谢康为褚裒的参军，前往京口，襄助褚裒指挥。

司马聃永和五年八月，秋高气爽，草长马肥，褚裒在上表朝廷的同时，命令中郎将陈逵为前锋，率军攻打寿春。后赵的寿春太守王浃，原是晋朝寿春太守，在赵军攻打寿春时，赵军势大，主动降赵，现在看到石赵内乱，就又主动降晋。王浃不战而降，褚裒大喜，上报朝廷，仍然任命王浃为寿春太守。晋军收复了寿春，褚蒜子和朝野一片喜悦。

徐兖军大受鼓舞，褚裒派都护王龛率军三千攻击彭城，派都护麋嶷率军三千攻击下邳。彭城、下邳相继被徐兖军攻克。

褚裒命先锋王龛率领徐兖军前锋继续向北挺进，褚裒亲率两万大军跟进。一路上，很多河北、山东的难民，带领居家老小和族人，前来迎接晋军，请求褚裒将他们带到江南。

褚裒下马，亲自拉住难民的手，好言安慰，并派部将护送这些难民，前往广陵安置。

王龛在行进到代彼时，数万难民，扶老携幼，前来归附。王龛命令部下，好好安抚、接待他们。

后赵骁将、大将军李农奉石遵的旨意，率军十万，前来迎击晋军。李农率领赵军，从四面八方向王龛率领的徐兖军前锋和难民包抄过来。

王龛正在安抚百姓，看到赵军铺天盖地杀了过来，立即召集徐兖军抵抗。可是，三千徐兖军哪里是十万赵军的对手？王龛率军奋勇杀敌，浑身是伤，血染战衣，终于寡不敌众，被李农生擒、斩首。徐兖军前锋几乎全军覆没，只有几百人侥幸逃脱。

李农看到天已过午，命令就地安营扎寨，埋锅造饭，打探清楚褚裒的消息后，再作部署。

王龛的部下向南逃走几十里路后，黄昏时分正好和褚裒率领的两万徐兖军主力相遇，王龛的部下向褚裒哭诉了三千前锋大部战死的惨状。

褚裒暗暗吃惊，立即派出探马，前去打探赵军消息，吩咐王荟、谢康就地安营扎寨。正在这时，从北面传来一阵清晰的马蹄声，褚裒等人迅速拔出身上的佩剑，准备厮杀。一匹战马率先奔跑过来，马上之人喊道："老爷，是小姐到了。”

褚裒一看，喊话的是侍书，褚蒜子、抱琴、王奎、徐健率领一队骑兵随后赶来。

褚蒜子和父亲见礼后，向王荟说道：“王参军，不要在此地宿营，此地向南十里，就是灌江，请王参军迅速率领全军从桥上过河 ，在河南高处选址安营，饱餐夜饭，早点休息。”

褚裒惊问：“赵军近在咫尺，微臣正在布置安营造饭，明日前往代彼和赵军决战，为徐兖军前锋将士报仇。太后怎么反倒让全军撤退？两军相遇勇者胜，后退之军是要吃败仗的。”

“父亲大人，如果我军在灌江以北安营，就是背水而战，乃为兵家大忌，退到河南，灌江就是帮助我军战胜赵军的一道天堑。”

褚裒想了想说：“还是太后所虑周全，微臣愚不能及。”

褚蒜子吩咐谢康在徐兖军过河后，将灌江上的唯一的桥梁拆掉。

接着，她又命抱琴、侍书、王奎、徐健率领兵士，挨家挨户动员灌江北岸的船家，连夜将船划到江南。船只划到江南后，点清数目，大小船只一律赏银。

褚蒜子严命抱琴：“江北的大船全部要划到江南，一只也不能留在江北。江北最多只能留几只小船，好让赵军乘船渡河。”

抱琴回答说：“卑职明白。”

褚裒和众人，至此都明白了褚蒜子退回河南，棋高一着。

过河后，褚蒜子带领抱琴、侍书、王奎、徐健来到褚裒的帐中，褚裒正在和王荟、谢康商议军情。

互相见礼后，王荟问道：“太后本在京城，怎么反倒从赵军方向过来?”

抱琴回答说：“老爷起兵后，小姐当天就带领我们从京城赶了过来。我们一直跟在徐兖军的后面 ，没有引起你们注意。小姐怕老爷分心，没有前来见老爷。”

王奎接话说：“按照太后的安排，我们分成两队，太后在徐兖军的队伍后面，我和徐健将军在前面。我们赶到代彼时，徐兖军前锋已经战败，我们赶紧报告了太后。太后就赶到了徐兖军的前面，了解敌情。”

“我们抓了赵军几个‘舌头’，一审问才知道，石遵派大将军李农率军十万，前来迎战。”褚蒜子简要地分析了敌情，“李农和石闵一样，是后赵有名的骁将，石闵长在勇猛，李农长在谋略，敌众我寡，只能据险防守。”众人齐声应允。

次日一早，探马向李农报告，褚裒大军连夜退回了灌江之南。李农志得意满："算他还识趣。"命令探马继续打探。探马再次向他报告，褚裒的女儿、皇太后褚蒜子现在褚裒军中。李农听报大喜，他决定向南攻击，企图一举击溃褚裒、活捉晋朝皇太后，那就是他征战半生立下的最大的战功。李农率领随从来到灌江北岸，察看地形。

灌江是代彼和寿春之间的一条大河。灌江从大别山发源，一路上接纳了几条支流，到了代彼境内，水深流急，从代彼的南面奔腾而下，至连云港流入大海。

李农在江边看了半天，有些茫然。河上唯一的桥梁，已经被晋军拆掉。当下秋雨连绵，河水暴涨，无法涉水过河，只能乘船渡河。他下令部将率领兵丁前去寻找船只。部将跑遍了灌江北岸，只找到了十多只小船。李农亲自接见了船家，当面许诺：每渡过一船，奖银一两 。次日平明，李农向全体将士宣布：活捉晋朝皇太后者赏金万两，杀死晋朝皇太后者赏银万两。赵军听了欢呼雀跃，恨不得插上双翅飞过河去，活捉东晋皇太后。

李农看到赵军的士气高昂，下令擂鼓进军，十只小船乘坐着一百名兵丁，向南岸划去。

灌江南岸，褚蒜子和褚裒一起，带领王荟、王奎等将领，将两千弓箭手分里外两排在中央摆开，箭阵的东西两翼各布置有一千名骑兵。谢康立在箭阵中央，手中拿着红、黄两旗，举红旗，射箭；举黄旗，骑兵上前冲杀。第一排射完箭后，退到后面准备，第二排前进到第一排位置接着射箭。

赵军在渡河期间，谢康引而不发。等到一百多名赵军刚刚下船涉水登岸，喊叫着向晋军杀来时，谢康将手中的红旗举起，千箭齐发，向赵军射来。霎时间，赵军大部分中箭倒地 ，剩下的少数赵军，掉头转向河边逃去 。谢康黄旗一举，两翼两千多名骑兵飞马冲了过来，将试图逃跑的赵军砍瓜切菜般地全部杀光。

第一拨渡河的赵军虽然全部被杀死，可是李农的心思完全被捉拿褚蒜子的欲望占领，紧接着又先后派出了几拨赵军乘船登岸，晋军如法炮制 。很短的时间，数百名渡河的赵军全部被杀死。

李农在北岸看得目瞪口呆，他征战大半生，胜仗无数，从来没有打过如此窝囊的败仗。他气得直跺脚，恨得咬牙切齿。他骑马在北岸走过来，走过去 ，思谋着渡河良策。他转悠了半天，无计可施，只得率军向代彼退去。

王荟等众将请求："启奏太后，李农败走，臣等请求乘船渡河追击。"

褚蒜子不以为然道：" 李农只是无法渡河，并没有败走，他率领的十万赵军并没有受到多大的损失。赵军是我军的数倍，我军渡河，背水而战，以寡敌众，没有胜算。”她命谢康率军在南岸守卫一段时日，防止李农卷土重来，自己和父亲率领徐兖军主力退回广陵。

傍晚，褚蒜子到帅府看望父亲，看到父亲躺在床上情绪颓丧，王荟等人正在劝慰。褚蒜子在床边坐下，拉住父亲的手说：“胜败乃兵家常事。这次北伐失利，有很多原因，其中最主要的是女儿对石赵在内乱中集中军力的能力估计不足，没有想到他们能在很短时间集中起十万兵力。”

褚裒悲伤地说：“太后不必安慰老臣。老臣自八岁进入军营，一直以收复失地为己任，没想到代彼一战一败涂地，几十年心血付之东流。”

“女儿认为，我们只是偏师受挫，主力并未受到多大损失。我们在灌江给了李农一击。更重要的是，我军以弱击强，向河北和中原父老表明，朝廷时刻惦记着收复失地，解救沦陷区的黎庶百姓。”

“桓温的荆州军和殷浩的扬州军都没有按照朝廷的旨意出兵，才让后赵能够集中兵力对付我们。”王荟对桓温、殷浩抗旨不遵，非常气愤。

“元帝南渡开国之帝，尚不能节制王敦等方镇，本宫和聃儿现在是孤儿寡母，号令能出台城，已经是很欣慰了，现在要紧的要全力做好南下难民的安置事宜。”

褚裒说道：“太后心里惦记难民，荟儿要确保做好难民的吃、穿、住、行等各件大事。”

王荟表示：“末将一定尽心尽力。”

褚蒜子她们正在议论难民安置事宜，张鼐从京城前来，报告褚蒜子：“后赵大将苻洪派使节来到京城，求见太后。”

第三十三章　招降苻洪

褚蒜子向父亲辞别："苻洪使节来京，女儿需要赶回京城。女儿留侍书在父亲大人身边侍候，父亲宜早日回镇京口，母亲也好就近照顾。"褚裒点头答应。

褚蒜子回京后，得知苻洪的使节是来向朝廷递降表的，立即在太极殿召见来使。她仔细地翻阅了苻洪的降表后，好言安抚使节说："略阳公归顺朝廷，乃是明智之举。朝廷很快会委派钦差，前去封赏。"使节谢恩后，离京而去。褚蒜子让众臣对苻洪来降之事廷议。

荀羡出班奏曰："微臣以为，苻洪离开邺城，进驻枋头（今河南浚县）后，大量扩充军队，实力不可小觑。我朝应该厚赏苻洪，使之为我所用。"

收复失地，一直以来是褚蒜子的一个心结。这次父亲代彼兵败，更使她看清了晋朝和后赵在军力上的巨大差距。父亲准备多年，才出兵两万。后赵尚在内乱之中，一次出兵十万。

她认为，在短时间内，晋朝还不具备单独攻灭后赵的实力，如果能和苻洪联合起来，后赵的实力大损，灭赵的实力大增，即便朝廷和苻洪不能联合灭赵，能把苻洪从后赵阵营中分离出来，也是一件大好事。她对荀羡的建议很重视。

"依爱卿看来，怎样封赏好呢?"

作为皇亲国戚，荀羡本来就对朝廷怀有亲近之情。褚蒜子垂帘听政以来，处理政务从来都是从朝廷的大局出发，从来没有为自己和娘家谋取分毫私利。荀羡从内心里敬佩这位年轻的皇太后，也常常设身处地为她建言献策。

"微臣愚见，朝廷应该将后赵的疆土封给苻洪，下诏让他征伐石遵，使之和石遵互相攻杀，我朝在作壁上观的同时，伺机出兵，攻灭石遵。"

褚蒜子下诏，加封苻洪为略阳王、冀州刺史、河北都征讨，加封苻洪长子苻健为征讨前锋，派荀羡为使节，亲赴枋头，宣读诏书。

苻洪（285—350），略阳临渭（今甘肃秦安）人。西晋末年，苻洪趁乱聚集氐人部落起事，被推为部落长。苻洪先投前赵昭文帝刘曜，被封为建威将军。刘曜败亡后，转投石虎，屡立战功，被封为车骑大将军、略阳公。石遵登基后，任用石闵都督全国军事。石闵深知苻洪既有野心，又有实力，力劝石遵寻机除掉苻洪。苻洪为了避祸，率军离开邺城，驻守枋头。一直奉行抛弱投强策略的苻洪，左右逢源，从一个小小的部落长，变成一个拥兵数万的车骑大将军。苻洪在志得意满的同时，也给自己的人生定下了更高的目标：生逢乱世，他也要像石勒、石虎一样，想法当个皇帝。

苻洪原来姓蒲，名洪。一日，蒲洪在枋头帅帐中夜读兵书，部属为他献上一块古石，上面镌刻着“草付应王”四个古篆大字谶文。蒲洪观看多时后，决定改“蒲”姓为“苻”姓，并随即向诸子和族人宣布。苻洪离开后赵后，害怕受到赵、晋双方的夹击，便向晋朝递上降表，乃是稳住晋朝的缓兵之计。

荀羡来到枋头，宣读了朝廷的诏书后，向苻洪道喜：“恭喜王爷、贺喜王爷。”

苻洪满面笑容：“刚刚投奔圣朝，寸功未立，皇太后就封我为王，实感荣幸。”

“王爷英才盖世，在赵为将时，所向披靡，屡立战功。今天我大晋太后下诏，加封王爷为河北都招讨，请王爷择日起程，攻灭石遵。”

苻洪看到荀羡二十多岁的年纪，一开始，并没有把他放在心上。后来荀羡的话语步步紧逼，苻洪才感到晋朝虽然偏安于东南一隅，可是褚太后孤儿寡母的手下，有的是人才，自然加上了小心。

“石遵逆天行事，人神共怒，就是朝廷不下诏令，苻洪也在积极准备攻灭石遵。只是当前天气骤冷等明年春暖花开之时，就是苻洪为朝廷灭赵之日。”

冬日的来临，使苻洪为拖延出兵找到了借口。荀羡只好回京向褚蒜子复命。褚蒜子带着抱琴在太极殿东堂召见荀羡，静静地听着荀羡汇报情况。

“苻洪以天气变冷为借口，拖延伐赵。他虽然当面向微臣承诺明年春天出兵，只是不知道他明春是否会变卦？微臣在枋头几天，冷眼观去，此人十分狡诈。”

褚蒜子认为苻洪主动向朝廷投降，其本身就使他站在了石遵的对立面，大大削弱了石遵的军力，为朝廷北伐减少了阻力。

她褒扬了荀羡几句后，转换了话题：“爱卿对姚弋仲情况可有收集？”

褚蒜子问到的姚弋仲，羌族，南安赤亭（今甘肃陇西）人，原为羌族酋长，先投刘曜，后投石虎，跟随石虎四处征战，屡立战功，被封为南安公、冠军大将军，拥军数万，精于骑射，骁勇善战。

“石赵的四大重臣苻洪、姚弋仲、石闵、李农的情报，微臣一直在用心收集，不知太后想问姚弋仲哪些事情？”

“去向？姚弋仲的去向？”

“现在的后赵，李农已经被石闵收服。石闵想取代石遵，苻洪、姚弋仲都是不可逾越的障碍。苻洪已经被石闵赶出邺城，姚弋仲被石闵赶出邺城的日子不会太远。”

荀羡话还没说完，侍书穿着一身孝衣，风风火火地闯进东堂，跪在褚蒜子面前哭诉说：“老爷升天了。”

骤然听到父亲去世的噩耗，褚蒜子脸色“唰”地一下惨如白纸，眼睛直直地望着侍书，一句话也说不出来。突然，她的身子向前一歪，昏了过去，一头向书案砸去。站在她身边的抱琴，伸手将她扶住，轻轻地掐住她的人中，低声在她耳边说：“小姐，老爷虽然仙逝，可是皇帝尚小，朝廷大事全靠小姐打理呀！小姐可不能有事呀！”抱琴连掐带呼，才使褚蒜子苏醒了过来，“哇”的一声痛哭起来。

看到太后已经苏醒，荀羡起身相劝：“褚公已经升天成仙，太后徒哭无益。褚公善后的大事都需要太后裁定，太后应该节哀顺变才是。”

听了荀羡的相劝，褚蒜子止住了哭声道：“先帝刚刚驾崩，父亲又撒手仙逝。现在国事艰难，他们自顾自地去了，扔下本宫寡母幼子不管。本宫痛彻心扉，差点儿乱了心绪。尚宫派人去请会稽王司马昱、领司徒蔡谟前来商议父亲大人后事。”抱琴出殿去请司马昱和蔡谟，侍书向褚蒜子汇报了褚裒病逝的情况。

褚蒜子和父亲在广陵分别后，褚裒和王荟率军从广陵回到京口。

褚裒的帅府坐落在京口的北固山山下的西津渡口，依山临江。北固山高耸巍峨，峭壁如削，形势险固，风景秀丽。北固山还是一座充满着英雄豪气和历史底蕴的名山。三国时期，刘备就是在北固山上的甘露寺招亲，迎娶孙权的妹妹孙尚香。寺院内有一块巨石，刘备担心孙权把自己扣留在东吴作人质，身处险境的刘备在石前祈祷：如能顺利脱险，回到荆州，剑劈石裂。刘备一剑砍下，火星迸溅，果然是剑劈石裂，心中大喜。孙权向刘备问道：“皇叔为何如此恨此石头？”刘备回答：“我是向上天许愿，如能联吴灭曹，剑裂此石。”孙权明知道刘备在忽悠自己，嘴上说“我也和皇叔许下同一愿望”，内心里许的却是“我如能讨回荆州，剑裂此石”。孙权横剑对着刘备砍裂之处砍去，同样是剑砍石裂。两人在巨石上留下了一个十字形的裂纹，人称十字石，试剑石，或称恨石。此石现在仍然耸立在甘露寺的院内。

京口军的步兵大营安扎在北固山北麓，水军的大寨安扎在西津渡口的附近的长江南岸。褚裒把帅府安放在西津渡口，既方便指挥又方便水、步两军出兵作战。

夫人谢真石在帅府大门外亲自迎接，她看到夫君在王荟的搀扶下从马上下来，面色蜡黄，萎靡不振，出征不过才两个多月，好像老了几十岁，连忙搀扶他来到别院内室坐下，侍女奉上香茶。

谢真石抿了一口茶，问道："听说凤儿也去了代彼？凤儿现在可好？"她知道战事不利，不敢多问前线战况。褚裒神情恹恹的，没有应答。

侍书回答道："小姐很好，只是现在国运艰难，朝中又缺少能臣良将。小姐常常感到势单力薄，孤掌难鸣。"

谢真石趁势劝道："老爷正当盛年，养足精神，帮衬女儿重振国运。"

褚裒长叹一声："为夫一生以收复中原为己任，几十年呕心沥血，枕戈待旦，代彼一战，功亏一篑。既使自己的一世英名毁于一旦，又使凤儿的威仪受损，还有何面目奢谈帮助女儿重振国运？"

谢真石知道代彼兵败深深刺痛了夫君的心，夫君自幼少言寡语，自己多说无益，吩咐侍女准备热水，让夫君沐浴休息。

褚裒却说："沐浴不急。侍书取过文房四宝来，请荟儿代我为朝廷起草奏章。"褚裒即刻向王荟口授，自己全部承担代彼兵败的责任，请求朝廷撤掉自己所担任的征北大都督、卫将军、徐兖二州刺史、都督徐兖青三州军事全部职务。

王荟劝道："太后在广陵已经当面对伯父讲得很清楚。我们在代彼只是前锋偏师受挫，主力并未受损，且太后自己首先承担了对后赵集结重兵的能力估计不足的责任，伯父不应过分承责。"

"老夫正是不愿意使太后凤仪受损，才主动承担全部败责。"

王荟清楚了褚裒心曲，便按照他的要求，拟好奏章，派快马呈送朝廷。

司马昱接到褚裒请求自贬的表章后，以司马聃名义下诏：敌众我寡，偏师受损，主力安然退保，不足自贬，免去征北大都督之职，其余官职不变。

褚裒接诏后，深感皇恩浩荡，情绪逐渐安稳下来。一天黎明时分，褚裒在睡梦之中被隐隐约约的哭声惊醒，醒来之后，哭声越来越大。听起来不是一个人在哭，而是很多人都在哭。哭声之中，夹杂一些男声，更多的是女声。褚裒唤来值夜的家丁问道："何来哭声？"

家丁回道："听说河北和中原难民，家中亲人多在代彼被赵军杀死，来到京口后，无衣无食无住处，因而啼哭。"

褚裒一听，骤然变色。他颤颤巍巍地下床穿衣，前往北固桥难民营察看。侍书劝阻不住，赶紧派人告诉夫人。谢真石穿好衣服后，出了帅府，向北固桥头追了过去。

北固河是长江的一条支流，发源北固山，流经西津古街，在西津渡口注入长江。北固桥建在西津古街之内，石桥的周围搭建了很多临时窝棚，跟着褚裒徐兖军逃难到江南的河北、中原难民，都被安置在这一带。

褚裒率军回到京口后，吩咐王荟好生安置难民的吃住。王荟心有余而力不足。徐兖军只有两万人，北伐回归后，军粮并不宽裕。京口虽然是建康的东大门，可是整个京口也不过上万人口，这次跟随徐兖军逃难过江的难民，少说也有几万人。

王荟虽然想法从京口粮库中调出了几万斤粮食，但杯水车薪，根本无力解决这些难民的吃穿住问题。当下已是天寒地冻，难民饥寒交迫，怨声载道。

褚裒拄杖来到桥下，走进一座窝棚内，看见小小的窝棚，横七竖八拥挤着十多个人，个个衣衫褴褛，面黄肌瘦。

褚裒近前向一个正坐在地上哭泣的老年妇女问道："大嫂是哪里人氏？有何难处？为何哭泣？"褚裒这一问，老年妇女哭得更痛了。

侍书冷眼看去，老妇人虽然在哭泣，可是哭泣来自她内心的痛楚，哭泣并没有使她的神气散乱，也没有掩盖住她身上内在的华贵之气。

侍书上前劝道："这位伯母好像也是出身于官宦人家，这是褚老爷，徐兖刺史，正在带病想法安置难民。"

老妇人一听是褚老爷来了，连哭带说："民妇拜见褚老爷，先夫原来是朝廷青州刺史的别驾。这次带着儿子、孙子一家十几口跟着褚老爷南迁，没承想在代彼被赵军全部追杀，只剩下老妇人一个。这样的惨状，不止我一家，南逃难民，大都如此。"

褚裒心地善良，本想出兵北伐，解民于倒悬，没料到北伐失败，不但没有解救了北方难民，反而使南逃的很多难民死于赵军的刀枪之下。代彼兵败以来，褚裒的良心一直受着自责的煎熬，听了老妇人的哭诉，褚裒心里又痛又愧，一阵头晕目眩，昏倒在地。站在身边的王荟、侍书赶紧上前，准备将他搀扶起来。

谢真石已经跟着进了窝棚，还没有来得及劝阻夫君回府，便看到夫君已经昏倒，她略有慌张，很快脱下身上的棉袍，让王荟、抱琴慢慢使夫君平躺放在棉袍之上。她匍匐在地上，托起夫君的一只手臂，为夫君诊脉。

谢真石的手刚刚触摸到夫君的脉搏，脸色骤然惨白，诊了一会儿脉，慢慢地将手移开，放声痛哭。

侍书见状大惊，她伸手朝褚裒的鼻孔一摸，气息全无，随即也放声大哭道："老爷升天了！"侍书这一哭，整个窝棚里的难民全都哭了起来。

难民们都知道褚裒是当今太后的父亲，是个好官，此次北伐，也是为了解救北方百姓，兵败代彼，非他所愿。这次回军京口，他一直在命人安排难民的吃穿住行，只是难民人数太多，有心无力。

王荟强忍悲痛，命人将褚裒尸体抬回帅府。

谢真石哭成了一个泪人，丧仪全由褚歆操办。

建康城中，司马昱、蔡谟和荀羡等众大臣已经拟定了追授褚裒官职的表章和接任官员的表章，经褚蒜子批准后下诏，追授褚裒侍中、太傅，谥号文穆；加封荀羡为徐兖二州刺史，接替褚裒。朝廷命荀羡前往京口宣诏。

褚蒜子穿好孝服后，带着聃儿和侍书、抱琴乘辇，由五百名御林军护送，出了建康东门。在东门外，和荀羡会合后，兵分两路：褚蒜子和荀羡、抱琴骑快马赶赴京口。聃儿由侍书照顾，改乘马车，在御林军护送下随行。

褚蒜子来到了父亲在京口的别院，别院的大门挂起了白帐，门口的家人一律身穿孝服。家人通报进去，褚歆夫妻二人、王荟以及从灌江回师的谢康、王奎、徐健，出门跪接。褚蒜子命抱琴扶起众人后，上前和褚歆抱头痛哭。

众人劝阻后，褚蒜子来到别院前厅设置的灵堂，向父亲的灵柩行跪拜大礼。

褚蒜子伤心欲绝，在哭声之中行完跪拜之礼后，又向在灵堂的谢真石磕头。前来吊丧的水莲、水萍，正站在谢真石身旁，连忙上前扶起。褚蒜子和母亲相拥而哭，众人劝阻不住。谢真石连日伤心过度，哭晕过去。褚蒜子和水莲、水萍扶她回内室休息。

按照褚裒生前丧事从简的遗愿，褚歆把丧事办得庄重简约。褚裒的棺椁暂时被安葬在北固山之阳的兰花峪，等待朝廷收复阳翟后，再迁入褚氏祖坟。

办完褚裒的丧事后，为了舒缓一下母亲的悲痛，褚蒜子力劝母亲去宫中住几天，并请水莲、水萍一块儿陪着母亲。

水莲、水萍在褚蒜子入宫前，已经分别嫁入祖籍会稽的两户京城富庶人家。

褚蒜子期盼地说："宫中人少，聃儿还小。抱琴白天在宫里帮我处理朝务，晚上还得回夫家休息。宫里只有我、聃儿和侍书三人，我常常感到寂寞，你们去了，宫中也许要热闹了许多。"

谢真石、水莲、水萍进宫，使宫中一时间热闹起来。一天，褚蒜子处理完朝政，坐在显阳宫院中的一把椅子上，观看聃儿舞剑。

小皇帝司马聃挥舞着手中的宝剑，劈、刺、杀、挑，有板有眼。

褚蒜子正看得出神，侍书轻轻地来到她的身边，说道："启奏太后，石闵向我朝下战书了。"

褚蒜子微微一惊，心生郁闷：朝廷和石闵素无瓜葛，他下哪门子战书呢？

第三十四章　重获玉玺

褚蒜子心中烦闷，吩咐侍书："你给本宫念念吧。"

"遵命。"侍书把手中的一个长长的黄色绸缎包打开，揭掉写着战书两个大字的黄色的书札封皮，用眼睛先把战书扫了一下，还没有念，先自笑了起来。

褚蒜子责怪说："就要打仗了，你还笑得起来?"

侍书也不解释，朗朗地念道：

"大晋皇帝陛下：

孤已经灭掉石赵，在邺都登上大魏皇帝之位。现在石虎的几个孽子和燕贼慕容俊联合起来向孤进攻。诚请大晋速派援军，来邺助孤。孤本晋人，消灭贼人后，定将传国玉玺献给大晋。

大魏皇帝御笔

永兴二年正月初七"

原来，石闵准备联合晋军对抗石祗和慕容俊，他的部下纷纷反对，石闵无奈，只好在战书的封皮里面，藏着一封求援信，派密使送到建康来。

听侍书读了石闵的密信，褚蒜子为之一振，思绪很快拉回到邺城的敌情上面。

父亲褚裒北伐受挫以后，褚蒜子对收复河北和中原一直没有忘怀。

石闵是石虎的养孙，作战勇猛，手下有一支三万多人的乞活军。正是在石闵的帮助下，石虎第九子、彭城王石遵，才杀掉了石虎第十一子石世，自立为帝。当时在后赵，苻洪任车骑大将军拥兵数万，姚弋仲任冠军大将军也拥兵数万。石虎死后，石闵就蓄谋灭赵自立，他忌惮苻洪、姚弋仲的强大实力，让石遵削掉了苻洪、姚弋仲的军职。两人大怒，率军离开邺城。苻洪出驻枋头，姚弋仲出驻滠头（今河北枣强）。

石闵支持石遵登基是有交换的，那就是石遵无子，石遵答应立石闵为太子。但是石遵继位后，却立石虎第四子、燕王石斌的儿子石衍为太子，石闵对此怀恨在心。石遵知道石闵不会善罢甘休，派自己的哥哥、石虎的第三子义阳王石鉴，率兵杀掉石闵。石鉴在石虎的诸子中是最奸诈的一个，为了取代石遵，他非但没有前去杀石闵，反而告发了石遵。石闵大怒，派部将杀掉了石遵，石遵只当了一百多天皇帝。

石闵随即立石鉴为帝，作为报答，石鉴加封石闵为武德王、大将军，统率全国兵马。

石鉴并不甘于当个傀儡皇帝。一天晚上，石鉴的侍卫探听到石闵和大将军李农在琨华殿夜宴，密令弟弟、乐平王石苞，领兵前去捕杀石闵。

石闵勇猛无敌，且早有准备，交手几个回合，石苞的脑袋就被石闵砍下。他提着石苞的人头，和李农一起来见石鉴。

石鉴见状大惊，道："石苞谋反，我正要派人捕杀，大将军杀了他，正合我意。"

石闵冷冷地说："你不要再演戏了。"说完，下令把石鉴押往囚室，接着将石鉴和留在邺城的石虎几十个子孙全部杀死。石虎一门，只有石祗、石琨提前逃到襄国，才得幸免。灭掉后赵后，石闵召集亲信文武大臣，商议下步行动。

石闵说："我们都是晋人，最终都要认祖归宗。不如我们现在给晋朝上表，归顺晋朝，迎接晋帝回銮洛阳，我们大家都在晋廷做个方镇，也好封妻荫子。"

尚书申钟说："晋朝只是个流亡的小朝廷，千万归顺不得，否则耽误了王爷和满朝文武的前程。"

申钟言罢，朝臣众口一词："尚书大人眼光高远，是在为王爷献上奠定万年基业大计，望王爷采纳。"申钟事先联络好的文武大臣，献上联名劝进的表章。

司马聃永和六年四月，石闵前往邺城南郊祭天，恢复冉姓，即皇帝位，国号大魏，年号永兴，史称冉魏。冉闵册封夫人董氏为皇后，册封长子冉智为太子。加封李农为齐王，大封文武百官。

冉闵称帝后，石虎之子、新兴王石祗在襄国称帝，加封弟弟、汝阴王石琨为相国，集结后赵北境的全部兵力十万人，讨伐冉闵。石祗派出使者携带重礼，分别求见慕容俊、苻洪、姚弋仲，请求出兵支援，联合击败冉闵。

使者到了前燕的都城龙城（今辽宁朝阳）之后，燕王慕容俊十分高兴，当场应允出兵十万。苻洪、姚弋仲也同意出兵，剿灭冉闵。

前燕，主要由鲜卑部落组成，一个部落既是一个行政组织，又是一个军事组织。他们不事农耕，专事游牧，鲜卑人自幼就练就了一身骑射的好本领。河北和中原连年战乱，鲜卑远在龙城，没有受到战乱的纷扰，人口稳步增长，军事实力大增。

燕王慕容皝死后，世子慕容俊继位。慕容俊年轻气盛，正想南下吞并河北，染指中原，一统华夏。

石祗和这三家勾搭连环，给冉闵增加了很大的压力，为了稳妥，冉闵密派出使者，给晋廷送来一封求助援兵的密信。

褚蒜子决定派豫州刺史谢尚率军北伐，寻找玉玺。

她对谢尚说："我朝虽然不屑与冉闵结盟，但乘乱北伐，收复失地，却是天赐良机。将军在亲率大军北伐的同时，派出一小队精兵，在本宫选派的向导带领下，进入邺城，追讨玉玺。"

谢尚略加思索："微臣亲率豫州军北伐，参军戴施、何融，机智英勇，可率精干士兵进城。"

褚蒜子称赞说："将军部署甚为稳妥。"

谢尚走后，褚蒜子转过身缓缓地看向站在自己身后的抱琴、侍书。

"小姐想让奴婢前往邺城，就请下令好了，这样看着奴婢，还真有点不好意思。"抱琴已经猜到自己就是褚蒜子所说的向导。

"本宫是在想，我命苦就罢了，怎么连累的两位姑娘也跟着受苦呢?"褚蒜子说着眼圈就红了。

抱琴、侍书的眼圈也红了："奴婢不苦，这整个朝廷就数小姐最苦。"

褚蒜子心想：侍书还没有出嫁，抱琴虽然嫁了，一直在宫中帮助自己处理朝政，至今还没有要小孩儿。像她俩这样的年纪，正是怀抱娇儿向丈夫撒娇的年龄，现在自己却要她们去邺城犯险，想到这里，褚蒜子的眼里就噙满了泪水。

抱琴、侍书同样是眼泪汪汪的，口中却说："小姐快下命令吧!"

褚蒜子很快稳定了自己的情绪："本宫现在已经不是上次前往邺城那个小姑娘了，无法和抱琴一起前去。我想请侍书和抱琴同行，一路上可以互相照应。"

侍书说："我也很想去邺城追寻玉玺，我俩本来就是亲姐妹，一定会誓死相扶。"

褚蒜子看到侍书求战情绪很高，欣慰地说："你俩明日带着我的书信，先到寿春，请寿春的义军筹措一些粮草，以备豫州军用度。"

抱琴笑容满面："几年不见，奴婢很想念金容姐姐。"

“王升已经在邺城重开太白居，离开寿春后，你俩带领戴施、何融，在王升掩护下进入冉魏皇宫寻找玉玺。”

两人齐声说：“遵旨。”辞别出宫。

抱琴回府后，将奉旨前往邺城追寻玉玺的事情，告诉了诸葛云。诸葛云担心抱琴的安危，陪同抱琴、侍书一起出征。

谢尚趁冉闵和石邸大战，率军攻占了安阳亭，直逼邺城。

抱琴三人先到寿春，把寿春的事情办妥后，来到安阳亭参见谢尚。

冉闵称帝后，石祗也在襄国称帝。石祗联合前燕慕容恪、苻洪的世子苻健、姚弋仲的世子姚襄，率领四路大军夹攻冉闵，冉闵大败，退守邺城。邺城城高池深，四路联军围攻邺城多日，无功而返。

联军退军后，冉闵率军攻打襄国，石祗及其全家都被部将杀死。石琨逃亡建康，向晋廷递上降表。石虎一家屠杀了几十万计的北方无辜百姓，褚蒜子将这笔血泪账，一起清算，拒不接受石琨的降表，下令将石琨全家斩首。石虎一门，经石虎、石世、石遵、石鉴、石祗五帝，历二十三年，至此灰飞烟灭。

慕容俊出动二十万骑兵，先后攻占了蓟州、冀州，企图入主中原。慕容俊派四弟、辅国大将军、太原王慕容恪率领五万骑兵攻打冉魏常山（今河北正定）。

冉闵让大将蒋干帮助太子冉智守邺城，自己率领八千魏军，救援常山。

冉闵和慕容恪在常山相遇，冉闵十战十捷。

冉闵所部为步兵，燕军为骑兵。冉闵将魏军部署在密林之中，引诱燕军进入密林。

慕容恪是十六国时期著名战将，他将五万燕军部署密林之外的一马平川，分成三部。中部箭术高超的骑兵，用铁链连成方阵，防止冉闵冲乱阵脚。左右两侧各埋藏骑兵，准备向中央驰援。慕容恪派亲信将领来到密林之外高喊：“闵贼！闵贼！原来是一个怕死的鼠辈，只能藏在密林之中，不敢前来平地决战。”

冉闵大怒，冲出密林，攻入燕军阵中。燕军的弓箭铺天盖地向他射来。冉闵左手挥动双刃矛，右手舞动钩连戟，一人连续砍杀数百名燕军。燕军骑兵用铁链连成方阵，冉闵冲击不动。

慕容恪在军中挥动令旗，五万燕军骑兵蜂拥而至，三面合围，将冉闵和八千魏军围在中央。魏军大败，冉闵身骑宝马朱龙驹，奋勇突出重围，向东逃去，燕军骑兵紧追不舍。

冉闵即皇帝位后的两年多来，不管春夏秋冬，每个月都在激战。朱龙驹筋疲力尽，身受重伤，跑出几十里后，倒地死亡，将冉闵摔落下来。慕容恪率领骑兵追了上来，生擒冉闵。司马聃永和八年五月初三，冉闵被斩于龙城遏径山（今辽宁朝阳东南）。

慕容俊派叔父、太宰慕容评率军五万，攻打邺城。冉魏太子冉智年幼，大事皆由大将蒋干主持。蒋干获悉冉闵已经被燕军俘获，现在慕容评又来攻城，邺城城内无兵无粮，人心惶惶，急忙派使者前往安阳亭拜见谢尚，向晋廷递上降表，请求谢尚派兵支援、送粮。

谢尚让戴施、何融率领三百名骑兵，押运了十几车粮草，随同抱琴等人前往邺城，出了安阳亭北行，本来几人骑马并行，抱琴他们听到何融对侍书一口一个“江尚仪”，喊得很亲热，都感到很有趣，便让何融和侍书并马先行，几个人有意和他俩拉下一段距离。

抱琴向戴施问道：“何将军郡望哪里？今年韶华多少？”

“夫人这是想给令妹提媒了？”

“小妹一直没有结缡，太后和我都很着急。难得何将军对小妹一见情深。”

“何融今年二十岁，京城人氏，其父何辉同在谢尚大人麾下效力，官居都护。”

“何将军和小妹年龄般配，又是同乡，习俗、饮食比较一致。”

“何融对江尚仪可不是一见情深，而是相思已久。每次随谢尚刺史上朝之后，都会向江尚仪多看上几眼，散朝以后，都会催促刺史大人向太后提亲。”

“太后一直想为小妹寻找一个合适的人家，可我从来没有听到太后提起何将军求婚之事？”

“可能是刺史大人戎马倥偬，还没有来得及向太后提起。”

抱琴一行人到了邺城南门外的太白居大酒店，和王升见面后，抱琴、侍书、诸葛云在店里待命。

戴施、何融带领三百名士兵，将粮食送上了金凤台，交给蒋干。率领晋军帮助守卫金凤台，并向蒋干索要玉玺。

慕容评连日攻打不下邺城，慕容俊又派宗室大将慕容军率兵两万，前来帮助慕容评，燕军加大了攻城的力度。

邺城守备正在吃紧之时，蒋干看到戴施只带来三百人，大失所望，心里有些迟疑，不愿献出玉玺。

蒋干推托说：“我想自己派人，把玉玺直接送给朝廷。”

戴施知道蒋干嫌弃自己带来的粮少兵寡，耐心地解释说：“现在燕军已经围城，将军派人出城去送玉玺，很容易被围城的燕军截获，不如先将玉玺暂放我处。我今夜就请参军何融突围，急告天子玉玺已经在我手里。天子相信将军的忠诚，一定会增派大军，带着大量粮草前来支援。将军献玺有功，朝廷肯定会重赏将军。”

邺城无粮，这次戴施带来的粮食虽然不多，也有几百斛，暂时解决了守城魏军的无米之炊。

蒋干盘算之后，感到还是将玉玺交与戴施为上策，他单独进入密室，取出玉玺，交给戴施。

戴施将玉玺藏在怀中收好后，当着蒋干的面命令何融，让他连夜赶回，向谢尚请求给邺城派遣援军、运送粮食。

何融遵令，下去准备。戴施暗中将玉玺递给何融，让抱琴、侍书、诸葛云保护何融突围，自己留下三百名士兵帮助蒋干守卫三台。何融等人趁着夜色，乘马前往安阳亭。

冉魏龙骧将军籍罴，已经投降了慕容评，有人向他密报晋将拿了蒋干献的玉玺，准备南逃时，率军挡住了何融的去路。诸葛云、抱琴挺枪来战籍罴，何融、侍书趁乱突围出去。这时已近午夜，月明星稀。

抱琴看到何融、侍书已经跑远，打了一个呼哨，向东突围而去。诸葛云心领神会，跟着抱琴向东逃去。

籍罴看到四员晋将，两人朝南，两人向东，不好追赶。他担心自己出城截击玉玺之事，被蒋干知道，带领人马从南门退了回去。

何融和侍书飞马出了邺城南关，快马加鞭，向南赶去。忽听见前面三声炮响，迎面杀出一彪燕军。

籍罴将晋将携带玉玺南逃的情报，报给慕容评后，慕容评率军将二人截住。

何融说：“事情紧急，我来掩护，请姑娘先行突围。”

侍书正色说：“将军身怀国宝，哪能因私废公？”

侍书不容何融再说，驱动身下的桃花马，挺枪直取慕容评。何融趁隙杀出血路，向南逃去。

慕容评挺枪迎战侍书，双方战了几个回合，侍书抵挡不住，向北败去。

侍书不向南逃，反而向北逃走。使慕容评明白，玉玺就在南逃的晋将身上。他置侍书于不顾，率军向何融追来。

正在危急之时，南面又冲来一队骑兵，为首的两员晋将，一个是振威将军谢康，一个是振武将军胡彬，两人率领所部骑兵，前来接应玉玺。

谢康让过何融，挺枪和慕容评战在一起。何融飞马来到胡彬身边，将玉玺交给胡彬，嘱咐说："请胡将军迅速赶回安阳亭，亲自将玉玺奉交给谢尚大人。"胡彬收藏好玉玺后，率领所部骑兵赶回安阳亭。

何融知道谢康神勇，穿过两军战阵，向北寻找侍书。何融刚刚冲出战阵，却见不远之处，侍书的战马在草地吃草，她自己坐在一旁休息。

南面杀声震天，侍书知道援兵到了，她已经疲惫不堪，无力再上前去厮杀。她担心姐姐、姐夫的安危，本想北去寻找他们，可又担心玉玺和何融的安危，只好在此等待双方交战的结果。

两人都在第一时间看到了对方，何融飞身跳下马来，和迅速站起身来的侍书紧紧地相拥在一起。经过今夜的磨难，双方都清楚了自己在对方心里的位置，两人热烈地相拥，侍书更是激动得满脸泪花。只是相拥了一小会儿，侍书说道："姐姐、姐夫生死未卜，我俩还是先去寻找他们去吧。"两人快马来到邺城南关附近，不见抱琴夫妻的踪影，只好顺原路返回。

慕容评和谢康大战了几十个回合，慕容评不是谢康的对手，引兵退去。

谢康吩咐安营扎寨，接应戴施等人。何融、侍书回到谢康营中后，侍书看到姐姐、姐夫仍然没有回来，十分担心。

谢康安慰她说："从邺城出来，除了我们脚下的这条官道，还有很多小道都能通往安阳亭。"侍书感到谢康讲得有理，心里安定下来。

慕容评没有截获到玉玺，会同慕容军，合力攻城。籍罴开城投降，戴施、蒋干从金凤台缒城逃走。

慕容评破城后，将冉闵的皇后董氏、太子冉智、太尉申钟以及文武百官全部俘虏。冉闵于司马聃永和六年四月建立冉魏，永和八年五月被杀，在位两年。八月，邺城沦陷，冉魏灭亡。

戴施、蒋干来到谢康营中，谢康率军回到安阳亭向父亲谢尚复命。

侍书随军回到安阳亭后，看到抱琴、诸葛云已经回营，姐妹两人劫后团圆，分外喜悦。

褚蒜子下诏加封蒋干为护玺将军，对其他有功人员，也都进行了封赏。

玉玺是秦始皇即始皇帝位时，由和氏璧雕刻而成。

春秋时期，卞和在荆山得到一块璞玉，先后向楚厉王、楚武王献玉未成，反被砍断了双脚。卞和矢志不移，最后将它献给了楚文王。楚文王将璞玉琢成天下闻名的"和氏璧"。

和氏璧后来流落到赵国，秦王嬴政灭赵后，将和氏璧抢到秦国，把和氏璧雕刻成玉玺。玉玺的底面，镌刻着丞相李斯写的"受命于天，既寿永昌"

八个篆字，人称传国玉玺，是皇权天授的象征。秦二世投降刘邦后，将玉玺献给刘邦。

王莽篡汉时，王莽逼迫姑姑、皇太后王政君交出玉玺。王政君大怒，将玉玺摔到地下，玉玺被摔坏了一角。王莽命玉工用黄金补齐。新莽被灭后，玉玺被刘秀所得。玉玺经东汉到曹魏，再到西晋。

司马邺建兴四年十一月，刘聪的汉军攻破洛阳，司马邺将玉玺献给刘聪。后来，玉玺又先后落入石勒、石虎和冉闵手中。

玉玺失落三十多年后，几经辗转，永和八年八月，玉玺又回归朝廷。褚蒜子在欣喜之余，对这个玉玺进行甄别。她看到这个玉玺方圆四寸，上纽交五龙。直到她找到了玉玺底面的残角，辨认出残角，正是玉石师凭借着高超的技艺用黄金补齐的，才放下心来。

侍书问道："小姐，这个玉玺是真品吗？"她肯定地点了点头。

侍书："为什么会有假玉玺呀？"

"乱臣贼子，都想黄袍加身，都想得到玉玺。可真正的玉玺只有一个，只好以假乱真。"

辨出了玉玺的真伪，褚蒜子看了谢尚给何融保媒的书信，听了抱琴讲述了两人互相扶持、护送玉玺的故事，一直惦记侍书婚事的心结，才得以解开。

她亲自为侍书置办了嫁妆，在何府选定吉日，将侍书嫁了过去。

侍书和抱琴一样，白天在宫中帮助褚蒜子处理朝务，晚上回到各自府里休息。

一天，褚蒜子让母亲和抱琴带着聃儿一起到御花园玩，让侍书陪着自己在太极东堂批阅奏章。

一个小黄门慌慌张张地跑了进来，哭着对她说："一个蒙面强盗闯进了御花园，拿着宝剑要杀皇帝！"

褚蒜子暗暗吃惊，摘了身后的宝剑，带着侍书飞步向御花园赶去。

第三十五章　喜收义女

褚蒜子赶到御花园，看到一个年未及笄的女孩儿怀抱着聃儿，正在逗聃儿玩。聃儿一只手里拿着一把小木剑，另一只手里拿着一方黑色的丝巾，正在往脸上蒙。谢真石她们看着聃儿滑稽的动作，在一旁笑个不停。

女孩儿正面对着褚蒜子，她远远地望去，一个年轻的女人手持宝剑，快步流星似的赶来。此女头戴凤冠，身着凤袍，步子走得很急，袍摆向后高高扬起，好似风抚杨柳。直觉告诉她，当朝太后到了。她轻轻地把小皇帝放了下来，就地跪倒，匍匐在地："民女李玉，惊扰了太后凤驾，罪该万死。"

褚蒜子听到女孩儿口称李玉，知道这就是李势的公主、桓温的小妾。

她将宝剑交给身后的侍书，紧走几步，双手将李玉扶起，拉着她的手，仔细端详了一阵，赞道："这么美的一个女孩儿，怪不得把桓大将军迷得神魂颠倒。给本宫又上奏章又写书信，请求本宫与你比武。"李玉羞得红霞满面，不敢抬头。

"与本宫说话还脸红的女孩儿，怎么被你说成了仗剑行刺皇帝的刺客?"褚蒜子转脸看向小黄门，问得却是李玉。

李玉慌忙跪下，道："民女多次拿着拜帖来到宫门，求见太后。黄门都说太后出巡去了，每次都把民女挡在宫外。"

"于是，公主就假扮蒙面刺客，手持木剑，闯入御花园，惊动侍卫，为的是见到本宫。"

"民女求见太后心切，只好出此下策，死罪，死罪。"

褚蒜子弯腰将李玉扶起来，脸色温和地说："这么美的一个女孩儿，本宫见非常喜欢，死罪就免了吧!"

李玉躬身道了个万福："多谢娘娘不杀之恩。"

"朝廷法度高悬，本宫可以免去公主死罪。可是公主仗剑私闯皇宫，本宫和皇帝也无法免去你的活罪，只好交与廷尉府议罪。"褚蒜子的眼神里流露出些许无奈。

李玉一听，花容失色，再次跪倒在地，低低央求说："民女犯下弥天大罪，还望太后娘娘念在民女从小长在成汉宫中，骄纵惯了，对朝廷律法愚蠢无知，请太后娘娘开恩。”

李玉来到御花园只不过很短的一点时间，谢真石就喜欢上这个小姑娘，听到女儿要把李玉交给廷尉府，也慌了神。

谢真石心想：到了廷尉府，仗剑私闯皇宫大内，这罪还能轻了啊！这李玉可是桓温的爱妾，这不是明着在打桓温的脸吗？

谢真石向女儿的脸上望去，心里想着女儿这么聪明的人，现在怎么这样犯糊涂呢？谢真石看到女儿的目光里依然流露着深深的暖意。谢真石很快就明白了，女儿心里也是喜欢李玉的，只是在朝廷律法面前，需要给李玉活罪全免找出一个理由。

她走到女儿面前，双膝跪倒：“老身奏请太后，赦免玉儿无罪。”

褚蒜子正在思考着如何才能赦免李玉无罪。没提防，母亲竟然跪下来为李玉求情。她慌忙走上前去，弯腰双手将母亲扶起，声泪俱下：“女儿无能，竟让母亲跪拜求情，真真折煞女儿了。”

谢真石被女儿扶起来后，满怀期望说：“老身也知道娘娘心底喜欢玉儿，想把玉儿的死罪活罪全免，只是碍于朝廷律法。老身愚钝，以桓大将军的爱妾的身份，难道就不能赦免玉儿无罪吗？”

“母亲，别说是桓温的爱妾，就是桓温自己也不能仗剑私闯皇宫呀！”

褚蒜子示意抱琴扶起李玉，可是李玉匍匐在地，不肯起来。

她仔细聆听了褚蒜子母女的对话，母女俩对自己这样一个初次相见的小女子，竟然全身心地进行相救，感动得热泪盈眶。

她是一个很有主见的女孩儿，她惭愧自己的无知，今日私闯皇宫犯下了弥天大罪。但是她并没有一丝一毫的悔恨，因为她见到自己心仪已久的太后娘娘，这个美丽的女人，不但有着观音一样的容貌，同时也有着像观音一样善良的心地。自己因此获罪，也算值了。

李玉抬起头来，泪眼汪汪地望着褚蒜子：“娘娘和老夫人不必为民女费心，民女此行虽然犯下死罪，但也因此得见娘娘天颜，民女无悔无恨。民女请求娘娘把民女送交衙门治罪，免得因民女这样一个小女子，亵渎了朝廷律法的尊严。”

褚蒜子望着这个比聃儿大不了几岁的小姑娘，心想：她自幼长在深宫，娇生惯养，竟有如此的担当。心里一动，泪如雨下，叫了声：“我的儿，难得你小小的年纪，竟有这样的心地。可你哪里知道，别说本宫舍不得让你获罪，就是舍得，那桓温岂能无怨？朝局岂能安稳？”

李玉听明白了她的心曲，就是既不想让自己获罪，更不想惹怒桓温，心里就有了主意："民女有个非分之想，民女想拜娘娘做义母。然后，娘娘就把民女送交衙门。义母难道不想救义女吗？可是朝廷律法高悬，娘娘贵为国母，也无法施予援手，桓大将军也就释然了，不知道娘娘是否愿意收下我这个不孝之女？"

褚蒜子听了，破涕为笑："本宫愿意，本宫求之不得。"她走上前去，双手将李玉扶起，搂在怀里。一只手爱抚地梳理着李玉的秀发，高兴地说："好聪明的女孩儿，一句话使本宫添了一个好女儿，又解决了本宫的一个大难题。"

李玉仰脸向褚蒜子望去，怯生生地问道："娘娘说的是真的吗？"

"当然是真的。"李玉一听，把头向褚蒜子的怀里一埋，放声大哭。

"好女儿，应该高兴才是。"

"民女太高兴了，民女能够拜娘娘做义母，简直就是异想天开，喜出望外。"

谢真石、抱琴、侍书，包括小皇帝司马聃，在一旁看着，都感动得流下热泪。

侍书在一旁提醒说："公主应该改口称'女儿'呀！"

"谢谢姐姐的提醒。"

说罢，李玉就势从褚蒜子怀里抽出身来，跪在她的面前，连磕三个响头："义母大人在上，请受女儿一拜。"

褚蒜子就势宣旨："玉儿听封，今封李玉为义阳公主，官品正三级。"

魏晋宫中规矩，皇后、太子正一品，贵妃、皇子正二品，公主最高正三品。

褚蒜子加封李玉正三品，是把她劝降李势，特别是加强和桓温的关系等一些因素都考虑在内。

"臣女接旨，多谢母后，母后娘娘千岁，千千岁。"

褚蒜子双手将李玉扶起，回身对侍书说："命人把紫薇宫里里外外打扫一下，让义阳公主居住。"接着又对李玉说，"紫薇宫还是明帝爷的两个女儿，南康公主和庐陵公主的居住之所。本宫没有女儿，紫薇宫一直没有人住，打扫一下才能住。玉儿今晚就和本宫一起在显阳宫西阁暂住一下吧。"

李玉睁大眼睛问道："母后今天不送玉儿到衙门去了？"

"刚才为娘说了，你的一句话解决了为娘的一个大难题。你虽然身为桓大将军的爱妾，可是你仗剑私闯皇宫，为娘仍然无法赦免你无罪。"

"女儿深明其中道理，所以主动请求母后把女儿送往衙门治罪。"

“傻女儿，你现在是本宫的义女，大晋当朝的义阳公主。女儿进宫来看母亲，别说拿着一把木剑，就是拿着一把真剑，看看朝中的众臣，谁还会说半个不字?”

李玉听了像小孩儿一样跳了起来：“还是母后有办法，转眼之间，玉儿就从一个朝廷的钦犯，成了当今太后娘娘的一个义女，玉儿高兴死了。”

褚蒜子提醒说：“好女儿，不要光顾着高兴了，忘了礼节，还不前去拜见老夫人。”

李玉听了，快步走到谢真石面前，跪在地上：“外孙女李玉拜见姥姥，多谢姥姥相救之恩。玉儿衷心祝愿姥姥福如东海，寿比南山，长命百岁。”

谢真石笑得满脸开花，双手将李玉扶了起来：“多么好的一个女孩儿，一听说要把你送到廷尉府，心疼死老身了。现在好了，只是虚惊一场。”

小皇帝司马聃也跑了过来，拉住褚蒜子的手说：“聃儿谢谢母后，给聃儿招了一个仙女一样的姐姐。”褚蒜子和众人听了，都笑了起来。

李玉走到司马聃面前，双膝跪倒：“臣女李玉，拜见皇帝陛下。”

司马聃把李玉扶起来：“仙女姐姐，赶快起来。你是我姐姐，不必磕头的。”

褚蒜子一手拉住司马聃，一手拉住李玉：“也不是聃儿这样的说法。按照现在朝廷的规矩，朝堂之上，玉儿见了皇帝，那是必须行君臣大礼。到了后宫，你们才可以姐弟相称的。”两人齐声回答：“谨遵母后教诲。”

褚蒜子心情愉悦，话多了起来：“抱琴、侍书很小的时候就一直跟在本宫身边，比本宫也小不了几岁，我们名为主仆，实则情同姐妹。在后宫，聃儿应该称呼两位为小姨的，可是聃儿这个小捣蛋却喜欢喊两位为姐姐。整个后宫的辈分都让聃儿一个人给搅乱了。”

抱琴、侍书齐声说：“我俩哪敢和小姐平辈呀！听到皇帝叫一声姐姐，高兴得我俩就分不清楚南北了。”大家一听，都笑弯了腰。

谢真石很少看见女儿像今天这样高兴，心情大好，道：“太后，要让老身说，在朝堂之上，遵循君臣大礼就成。回到后宫，他们虽然亲如一家，可毕竟没有血缘关系，他们高兴怎么叫，就怎么叫。”

褚蒜子说：“母亲说得有理。”大家有说有笑，东晋的后宫里充满着一片欢乐气氛。

河北和中原依然是波诡云谲，杀机四伏。

慕容俊率领二十万大军，击杀了冉闵，攻陷邺城，占据了河北和中原的大部，平定了北方局势。

姚弋仲据滠头，苻洪据枋头，两人都无力与慕容俊抗衡，都想向关中称雄。

苻洪屯军枋头，占据地利之便，很多秦雍流民前来投奔，苻洪兵力达到十万人。后赵的将领麻秋，归附苻洪后，被封为军师。麻秋向他献计，先西占关中，再东争天下。苻洪大喜，视麻秋为心腹。苻洪自称大都督大将军大单于、三秦王，准备进军关中。麻秋觊觎苻洪的军权，在和他一起宴饮时，趁他不备，在酒中下毒后，借故离席。苻洪腹中剧痛，自知中了麻秋的暗算。急召世子苻健前来，嘱咐道："我死以后，你要率兵西进，夺取关中。"说完，毒发身亡。

苻健秘不发丧，率领亲兵前去拘捕了麻秋，将他一刀两断。永和六年，苻健率领大军西进，一路上横扫后赵的一些残部，占领长安。永和七年正月，苻健自称天王，定都长安，国号大秦，史称前秦，为十六国之一。次年，即皇帝位。

永和七年九月，姚弋仲派出使节向晋廷递上降表，褚蒜子诏封姚弋仲为高陵公、车骑大将军，都督淮北都军事，诏封他的世子姚襄为平北将军、并州刺史。姚襄身八尺，垂手过膝，爱护部下，作战勇敢，甚得军心。姚弋仲的亲信，纷纷向他请求立姚襄为世子。姚弋仲因姚襄只是第五子，开始时不同意，后经亲信多次跪求，才立他为世子。

姚弋仲年高多病，嘱咐姚襄说："我死后，你要尽快率领你的兄弟和部属归顺朝廷，竭尽臣节，不要多行不义，自取灭亡。"不久，姚弋仲病重身亡，享年七十三岁。

姚襄秘不发丧，率领六万羌军，攻打前秦的元城，被秦军击败，南逃至荥阳。为父治丧后，遵照父亲的遗嘱，率领部属，投奔晋廷。晋廷将姚襄和其部属，安置在谯城（今安徽亳州）。姚襄自己单骑南下，渡过淮河，前往谢尚设在寿春的豫州刺史的治所，拜见谢尚。

谢尚撤掉帅府侍卫，穿便衣出府迎接姚襄，两人如多年老友坦诚相待，谈笑风生。晚上，谢尚在帅府设宴为姚襄接风。谢尚抚琴，姚襄自吹羌笛，舞女翩翩起舞，场面非常热烈。谢尚曾经当面对褚蒜子赞扬姚襄："仪表俊朗，才兼文武。好学多能，谈吐高雅，纵然孙伯符再世，也难匹也。"一时间，姚襄的"小孙策"之称享誉朝野。

桓温平定四川以后，自恃功高，桀骜不驯。褚蒜子和司马昱为了抗衡桓温，加封大名士殷浩为中军将军、扬州刺史，都督扬、江、豫、徐、兖五州军事，入朝辅政。扬州统辖三吴地区和荆州一样，是晋廷最重要的两个州，任所设在京城。

殷浩、桓温两人自幼相识，互相看不起，结怨很深。

殷浩入朝后，对内处处制衡桓温，对外极力排挤姚襄，使朝廷内部矛盾激化，政局紊乱。褚蒜子和司马昱以及众多大臣十分着急。

江州内史王羲之，写了一封《致殷渊源书》（殷浩字渊源），在信中恳切地劝告殷浩放弃个人恩怨和桓温精诚团结，共同对抗外敌。殷浩对王羲之的劝告置之不理。

王羲之的这种把朝廷利益放置于个人利益之上的大局观，受到众臣的一致褒扬。王羲之（303—361），字逸少，出身琅琊王氏，东晋名臣，名士，著名书法家。永嘉之乱后，举家迁入会稽郡山阴（今浙江绍兴）。其父王旷，东晋名臣，著名书法家，善行书、隶书。王旷和晋元帝司马睿是姨表兄弟，也是一位较早劝说司马睿渡江发展的政治家，东晋建立后，官居淮南太守。王羲之自幼在父亲的教导下，刻苦练习书法，其书法兼长隶、草、楷、行各体，心摹手追，博采众长，精研诸体，熔于一炉，摆脱了汉魏之风，自成一家，人称“书圣”。王羲之笔力功夫深厚，太常寺的官员请他将祝词写在木板上，然后刻成字，供皇帝祭祀时用。刻工在刻字时发现，墨汁已经渗透到木板三分的深度，人称“入木三分”。

司马绍永昌年间，太尉、徐州刺史郗鉴，一天早朝后在太极殿外对王导说：“我的女儿郗睿，年方二八，自幼熟读经书，酷爱书法。我想从你们王氏的年青一代中挑选一位佳婿，请丞相帮忙。”

王导大力支持：“这是件好事呀！我早就听闻太尉爱女聪慧秀丽，我把王家没有婚娶的年青子弟全部集中起来，任由太尉挑选。”

选婿的日子到了，王导二十多个子侄，听说太尉的女儿才貌双全，都想成为他的乘龙快婿。大家一早就来到了中厅，等待挑选。

郗鉴亲派心腹门生，前去挑选。门生遍览王氏子弟后，向郗鉴汇报说：“王家的子弟很多，个个穿戴整齐，人才出众。大家都渴望被选上，显得有些拘谨、矜持。在东跨院有一个美少年，英俊潇洒，风流倜傥，他袒胸露腹，斜靠在床上吃饼，没有过来参加应选，好像根本不知道相亲这回事儿。”

郗鉴听了大喜，一拍桌子：“我就是要选这样的女婿呀！”

一段美满姻缘，王羲之得来全不费工夫。婚后，郗睿为王羲之生了七子一女。王羲之全心钻研书法，郗睿在持家之余，悉心辅导、讲评儿子们的书法。

在王羲之夫妇教导下，几个儿子，特别是小儿子王献之的书法成就很高，人称“小圣”。

殷浩担任扬州刺史后，也想仿效桓温立下军功，提高自己在朝臣中的威信。苻健叛晋称帝后，殷浩积极招揽人才，准备北伐，收复洛阳。他上表朝廷，加封江州内史的王羲之为护军将军，请他前来扬州刺史衙门襄赞军务。殷浩没有等到王羲之前来报到，晋廷却收到了王羲之请求辞职回家的表章。

第三十六章　兰亭修禊

王羲之上表朝廷，因多病缠身，不能就任护军将军，请求辞官返回会稽山阴家中休息。褚蒜子念及王羲之操守清正，注重实务，任命王羲之为右军将军、会稽内史。

永和八年，在没能征来王羲之襄赞军务的情况下，殷浩仍然决定出兵伐秦。

殷浩命令驻守在谯城的平北将军姚襄，率五万大军为先锋，率先攻击洛阳。自己率七万晋军，从寿春出发为后应。

殷浩大军在山桑（今安徽蒙城），中了姚襄的埋伏，死伤过半，粮草和军械全部被姚襄截获，殷浩狼狈逃回寿春。

桓温和很多官员纷纷上表弹劾殷浩，请求朝廷追究殷浩罪责。

褚蒜子对殷浩也极为失望，认定他辜负了朝廷重托，褚蒜子下旨将殷浩废为庶人，流放到东阳。

殷浩心中怨恨，一天到晚躲在室内，用手在空中书写“咄咄怪事”四字。

桓温是个性情中人，不想把事情做得太绝。他知道殷浩是个书生，打仗不行，做点文案还是可以的。他给殷浩写了一封信，信中说准备推荐殷浩到京城任职尚书篆吏，询问殷浩是否同意？

殷浩看到桓温的推荐信后，高兴得夜里睡不着觉，连夜给桓温写回信。

他首先表示同意就任尚书篆吏，其次对桓温表示感谢。回信写好后，他又担心词不达意，多次从信封中取出信笺，反复修改，直到他认为回信尽善尽美后，才将回信发给桓温。

由于过度兴奋和紧张，他并没有将信笺装入信封，只把一个空信封发给了桓温。回信发出后，他才发现信笺，仍然放在书案上。桓温收到了一个空信封，误认为殷浩有意侮辱他，大骂殷浩不识抬举。殷浩更加忧郁，不久一病身亡。

王羲之没有应征前往殷浩军中，躲过了人生的一大劫难。

他深感皇恩浩荡，在会稽内史任上精心处理政务，百姓安居乐业，一时政清人和。

王羲之在会稽大兴文化之风，身边聚集了一大批有识之士和文人骚客，使会稽成为文人士大夫理想的精神家园和乐土。

在众多的朋友中，谢安和他相交最密切。谢安（320—385），字安石，陈郡阳夏人，东晋著名政治家，名士、书法家。太常寺卿谢裒第三子，谢尚从弟。谢安相貌清奇，神采英拔，多才多艺，善行书，通音乐，性情娴雅，名声远播。朝廷多次征召他入朝做官，都被他婉辞，一直隐居在山阴东山。

民间传说："二月二，龙抬头。三月三，生轩辕。"人们在三月三修禊本来是为了纪念黄帝，并为自己消灾祈福。到了魏晋，逐渐演变成为文人墨客前往郊外春游在水边宴饮的一种文化活动。

永和九年三月三日上巳节，在谢安的帮助下，王羲之经过精心筹备，在兰亭举办了一次大型的修禊活动。

兰亭在山阴西南二十多里的兰渚山下，越王勾践曾经在这里遍植兰花，汉代曾经在此设置驿亭，称为兰亭。

应王羲之的邀请，谢安、谢万、郗昙、庾友、孙绰等三十二位当朝顶尖高姓大族的代表和一些知名度很高的朝廷高官，以及九位琅琊王氏后人，参加了修禊。年龄最大的是王羲之五十岁，最小的是王羲之幼子王献之，只有九岁。这些宾客，几天前陆续入住在王羲之的兰亭别墅。

这天的凌晨，在橙红色晨曦映照下，王羲之率领众人，从别墅北门出来，沿着兰花溪向北走去，一路上说说笑笑，来到了王羲之在山中的一处园林。

兰花溪顺着地势蜿蜒曲折地由南向北流去，忽而舒缓，款款而流，水波不兴；忽而急促，受阻于河间的石头，扬起清清的浪花。溪水清澈见底，游鱼历历可数，山穷水复，曲径通幽，山竹青翠欲滴，兰花姹紫嫣红。溪水两旁，散发着浓郁的花香。

兰花溪之上有一座竹桥，竹桥的北面，立着一座建筑精美的八角亭，亭台的横匾有两个隶书大字：兰亭。为王羲之所书。

被兰亭台挡住了去路的溪水，只好在亭子的南端，分作两股，从亭子的东西两侧分流，绕过亭台后才合流北去。

兰花溪南端的岸边，会稽太守府的长史，让太守府的家人用牛车，拉来一大瓮山阴黄酒。

山阴土地肥沃，稻谷优良，日照充足，气候湿润，又有鉴湖这一方得天独厚的优质水源，是酿造黄酒的好地方。酿出的黄酒呈琥珀颜色，酒味悠长。

山阴黄酒历史悠久，在春秋战国年间，遍设米酒（黄酒的前身）酒坊。《吕氏春秋》中记载有"投醪劳师"这个典故，是说越王勾践在攻打吴国之前进行犒军时，因为醪糟（米酒）太少，只好将其投入河中，让全体将士共饮溶进河水的醪糟。山阴黄酒酒色橙黄，清澈透明，入口绵软，芳香馥郁。“吸取门前鉴湖水，酿出黄酒万里香。”山阴黄酒在魏晋时，已经成为贡品，同时也成为士族文人宴饮的必备珍品。

王羲之面容清瘦，精神矍铄，头戴黑纱笼冠，身着青衣，上衫下袍，宽衫大袖，褒衣博带。谢安等人也是一色的青衣。

王羲之坐在溪流东岸上首，谢安、郗昙、孙绰、谢万等人依次落座。

每人面前都有一床矮榻和一个茶几。脚下的溪水里，都预置了一块河石，专门用来阻挡流觞。

太守府的十几位侍女，华服淡妆，云鬓高耸，春风吹过，裙摆犹如水波摇曳。

太守府长史，把侍女分成两拨儿。一拨儿负责曲水流觞，一拨儿侍候文房四宝。

负责曲水流觞的侍女，将一个荷叶状并贴着新摘荷叶的木板，放置大瓮之下的曲折而流的溪水之中，叫作曲水。在溪流中有一个用短竹竿做成的围挡，每一个木板上放着三大杯盛满黄酒的酒觥，称作流觞。

这次修禊，王羲之为曲水流觞定下的新规矩，流觞到了谁的面前，谁就要吟诵出一首四言诗或五言诗，吟诵不出的，需要将流觞的三大觥酒全部喝掉。

当第一位侍女拔掉了围挡中的一根竹竿，流觞随着溪水向下流动。王羲之坐在东岸最上首，流觞流到他面前，被水中的挡石挡住。

侍女恭敬地问道：“老爷是喝酒还是吟诗呢？”

王羲之眉角向上轻轻一挑道：“笔墨侍候。”

负责笔墨纸砚的侍女，有的躬下身来，在他的茶几的一端铺好宣纸，有的取来溪水，在龙尾砚上研墨。

王羲之站起身来，在矮榻后面踱起步来。

谢安看到王羲之在茶几后踱步，想是诗已吟成，在西岸高声说道：“太守佳作已成，何不先吟后书，何苦让我们久等呢？”王羲之的内弟郗昙，与姐夫交清深厚，也站起响应。

王羲之说道：“也好。”

他随即吟诵了一首四言诗：

“代谢鳞次，忽然以周。

欣此暮春，和气载柔。
咏彼舞雩，异世同流。
迤携齐契，散怀一丘。”

侍女看到他诗歌已经做成，挥动手中的竹竿，准备拨动流觞向下流去。被王羲之用眼神制止。侍女只好将三大觥黄酒，放在他的茶几上。这时，墨已研好。王羲之坐下来，一边饮酒，一边用行书书写。书写完刚才吟诵的四言诗外，诗兴大发，又一口气做了五首五言诗。诗歌还没有书写完，三大觥黄酒已经下肚。长史看到太守今日快意无比，便命侍女又去舀来三大觥。

第一个流觞被王羲之拦下后，侍女又放出了第二个流觞。流觞在溪水西岸谢安面前停住。

谢安趁侍女研墨之时，站起身来，吟诵了一首四言诗：

“伊昔先子，有怀春游。
契此言执，寄傲林丘。
森森连岭，茫茫原畴。
迥霞垂雾，凝泉散流。”

吟完诗后，也让侍女将三大觥放置在茶几上。很快将四言诗用行书书写出来，接着又书写了一首五言诗。书写完两首诗歌后，举起手中的酒觥和王羲之隔着溪水对饮。

“太守的‘咏彼舞雩’，典出论语‘风乎舞雩’，用典贴切，不露斧痕。”

“安石谬赞了。你的‘森森连岭，茫茫原畴。迥霞垂雾，凝泉散流’，意象鲜明，对仗工整，不失为佳句。”

坐在下边的孙绰不耐久等，大声说道：“两位兄台不要只是自顾自地写诗、论诗，请把书写好的佳作传了过来，让我们既赏诗作，又品书法。”

王、谢听得有理，便让侍女将两人书写好的诗作传了下去。

侍女将王羲之的诗作传给了王献之下面的谢万，将谢安的诗作传给了他下面的郗昙。

郗昙和谢万拿到了诗作，都被两人意象丰满的诗句和行云流水的行书给吸引住了，聚精会神地看了起来。

这时，第三个流觞已经来到坐在东岸王羲之下边的王献之面前。

王献之低着脑袋，冥思苦想了大半天，也没有做出半句诗来。

对岸的谢安大声地对他说："官奴（王献之乳名），做不出诗来，背诵一首诗也好。三大觥酒，我来替你代饮。"

王献之正在发愁，听了谢安的点拨，高兴地从矮榻上跳了起来："多谢伯父。"他站在榻前，大声背诵起《小雅·南有嘉鱼》：

"南有嘉鱼，烝然罩罩。
君子有酒，嘉宾式燕以乐。"

王献之的声音戛然而止。他在背诵"南有嘉鱼"诗歌时，看见了鱼儿应声而至。他面前流觞中的黄酒，随着溪水的波动，溢到荷叶板上。几尾小鱼闻到了酒香，围着荷叶板边，在吮吸流觞溢出来的黄酒。酒香四溢，荷叶板周围聚集的游鱼越来越多。王献之兴味大增，也顾不上背诗了。他跳在水里一块大石上，扑下身子，伸手来抓游鱼，由于用力太猛，脚下的石头一滑，跌落在水中，打翻了荷叶板，三樽酒觥也落在水中，游鱼四散逃走，呈爬姿落水的王献之，喝了几口冰凉的溪水，受到了惊吓，大喊："救命！"

王献之对面的谢安，见到他落水，当即大喊："官奴，溪水很浅。勇敢点！站起来！"

王献之听了，试图从溪水之中站立起来。脚下的鹅卵石很滑，他的双脚用不上力，挣扎了几次，没能站立起来。

他下手的谢万和对岸的郗昙，放下了手中的诗作，下到溪水之中，来扶王献之。

一直在观察儿子动静的王羲之，这才放话出来："不要去扶官奴，让他自己想法站立起来，自己上岸。"

溪水很浅，大约只有两尺多深，可是水流湍急，河石光滑。郗昙、谢万两人鞋子和裤袍已湿，前行很困难，便停了下来，对王献之说道："官奴，用力站起来。"

众人的鼓励，使王献之勇气倍增，他将双手在溪底用力一撑，站了起来。由于用力太猛，脚底一滑，又仰面躺在溪水中。他正想再挣扎站起来时，二哥王凝之已经赶到，将他抱了起来，送上岸来。

长史吩咐家丁将王献之、王凝之、谢万、郗昙等人扶到亭子里休息。派侍女快步回到王羲之兰亭别墅取回衣服，让他们换上，几人才重新落座。

王献之的执着，谢安、王羲之的镇静，谢万、郗昙、王凝之的热情，这一层一层的温馨，像暖暖的春风，将王献之落水带来的寒意吹落得无影无踪。

众人诗兴大发，流觞随着溪水快速传递，一个多时辰，共作诗三十七首，都是四言诗和五言诗，语言清新，意境隽永，构思精巧，情景交融，赢得了一片喝彩声。

中午，王羲之在兰亭宴请全体宾客。席上，众人以当日所作的诗篇伴酒，饮酒评诗。

谢万看着孙绰夹着一大块清蒸鳜鱼正在往口里送，随即背诵起他刚作的五言诗：

“携笔落云藻，微言剖纤毫。
时珍岂不甘，忘味在闻韶。”

郗昙打趣：“时珍岂不甘，啖鳜忘闻韶。”

孙绰细细咀嚼了鳜鱼的美味后，快慰地说：“鳜鱼味道之美为江南鱼味之首，兰花溪的鳜鱼又为鳜鱼鱼味之首。郗公知道兰溪鳜鱼美味原因何在?”

郗昙儒道佛三家皆有精研，犹善清谈，他害怕鱼腥，从不吃鱼，对鱼类知识知之甚少，想了许久，也没有回答上来。

孙绰得意地哈哈大笑：“兰花溪水质清澈，小鱼儿众多。鳜鱼以兰花溪的小鱼儿为食，味道焉能不美?”

郗昙称赞说：“孙兄今日作了好诗，尝了美味，不虚兰亭一游。”

孙绰回复道：“郗公的‘温风起东谷，和气振柔条。端坐兴远想，薄言游近郊’对仗工整，意味悠长。游了近郊，仍未解鳜鱼味美来由，也怨不得郗公，在座的都知道郗公不近鱼味呀!”

谢安看到郗昙面有赧色，换了一个话题说：“兰亭修禊堪称我朝士人文人之间的一桩盛事。今日最出彩的是太守，诗作最多，一人独作六首。诗作、书法堪称双绝。郗公、孙公及其他诸公的诗作皆是字字珠玑，篇篇上品。”

郗昙提议：“今日诗作应该结成诗集，请在座的大家作序，誊写之后，结集出版成书。今日前来参加修禊的每人留存一本诗集，以便永久流传。”

王羲之在作诗时，已经连饮了六大觥，作为午宴的东道主，他频频举杯敬酒、劝酒，又连饮了数大觥，已成酩酊大醉状态。他微微闭着眼睛在消酒，一直没有说话，听了郗昙的提议，立刻来了精神，说道：“安石文章呈汪洋恣肆之势，书法现螭盘虎踞之姿，这个序由安石作最好。”

谢安谦让道：“安石书法师从太守，至今仍是太守的学生。学生安敢在老师面前班门弄斧?”

谢万、孙绰、郗昙等人异口同声："我等请求太守作序。"

王羲之为难地说："本官已经烂醉如泥，飘飘然如飞天上。这雕梁画栋的兰亭，在本官看来好似是玉皇大帝的天庭，满眼天旋地转，焉能拿起狼毫?"

孙绰大笑："太守可唤七仙女前来帮助扶笔呀!"

谢安也笑了起来："太守的文章、书法本来就轻灵飘逸，再沾点仙气，真的就成了神来之作。"

听了众人善意的调侃，王羲之心情振奋，说道：" 这次修禊结成的诗集，我意取名兰亭集。借诸公吉言，我今日就在这腾云驾雾之中，用行书为兰亭集作一篇醉序，诸公不要见笑。"

王羲之闭目凝思片刻，欣然命笔，中国历史上的第一行书《兰亭集序》，就此跃然于纸上：

永和九年，岁在癸丑，暮春之初，会于会稽山阴之兰亭，修禊事也。群贤毕至，少长咸集。此地有崇山峻岭，茂林修竹，又有清流激湍，映带左右，引以为流觞曲水，列坐其次。虽无丝竹管弦之盛，一觞一咏，亦足以畅叙幽情。

是日也，天朗气清，惠风和畅。仰观宇宙之大，俯察品类之盛，所以游目骋怀，足以极视听之娱，信可乐也。

夫人之相与，俯仰一世。或取诸怀抱，悟言一室之内；或因寄所托，放浪形骸之外。虽趣舍万殊，静躁不同，当其欣于所遇，暂得于己，快然自足，不知老之将至。及其所之既倦，情随事迁，感慨系之矣。向之所欣，俯仰之间，已为陈迹。犹不能不以之兴怀。况修短随化，终期于尽。古人云："死生亦大矣!"岂不痛哉!

每览昔人兴感之由，若合一契，未尝不临文嗟悼，不能喻之于怀。固知一死生为虚诞，齐彭殇为妄作。后之视今，亦犹今之视昔。悲夫！故列叙时人，录其所述。虽世殊事异，所以兴怀，其致一也。后之览者，亦将有感于斯文。

《兰亭集序》全文二十八行，三百二十四个字。

王羲之在沉醉的状态下，用"鼠毫退笔"（写秃了的黄鼠狼毛毛笔），在蚕茧纸上"挥毫制序，兴乐而书"，有如神助，一气呵成。《兰亭集序》文字，疏朗简静，层次分明，衔接有序。文章将叙事、写景、抒情熔于一炉。

文章首先记叙了兰亭修禊的盛况，接着描写了兰亭山水之美。描写作者和全体宾客尽情享受自然美景和同仁聚会的欢畅之情，以“信可乐也!”收住。

然后由“乐”转“悲”，阐述作者对人生的看法。作者借题发挥，从一次普通的游宴活动，阐明了他的生死观，批判了当时士大夫中普遍存在的崇尚虚无的颓废思想，使文章立意高远，不同凡响。

行文起承转合如行云流水，随着作者感情由舒缓到激荡，极尽波澜起伏、抑扬顿挫之美，是一篇难得的美文。

《兰亭集序》书法，是王羲之变古通今、熔精铸粹的登峰造极之作。书法遒媚飘逸，出入神化，笔势“翩若浮云，矫若惊龙”，被历代书界评为“天下第一行书”，尊为“万代书法之宗”。

唐太宗对王羲之的《兰亭集序》推崇备至，亲自在《晋书》中撰写《王羲之传论》，推颂《兰亭集序》为尽善尽美。晋书成为二十四史中，唯一由皇帝亲自撰写传论的史书。唐太宗将《兰亭集序》的临摹本，分赐给太子、皇子和朝廷近臣，遗嘱太子李治将真迹随他下葬昭陵。

米芾诗云：“翰墨风流贯古今，鹅池谁不爱山阴。此书虽向昭陵朽，刻石犹能易万金。”

《兰亭集序》问世后，在文人士大夫中兴起了一股临摹热、欣赏热。市面上的临摹本多达几十种。因为真迹被王羲之收藏在家中，临摹真迹极难。很多临摹本都是真迹临摹本的再临摹本。士族文人家中，都为有一帧《兰亭集序》摹本而自得，造成了建康城中，一时洛阳纸贵。

永和九年四月的一天，用过晚膳，褚蒜子无事，和侍书一起，在显阳宫东阁，观看司马聃临摹《兰亭集序》。司马聃年方十岁，继承母后褚蒜子的基因，身材颀长，也继承了父皇司马岳的基因，对书法悟性很高。褚蒜子拿起儿子的临帖，看到他在临摹《兰亭序》大有长进，心境大开。

侍书说：“皇帝书法大进，太后才这样高兴。”

“正是。聃儿临摹《兰亭集序》才一个多月，就见长进，聃儿笔势酷似先皇。本宫觉得从明帝爷算起，包括成帝、先皇和聃儿，在书法上都取得了出色的成绩，可谓家学渊源。”

褚蒜子正在评论儿子的书法，总管太监张鼐前来报告说：“会稽王司马昱、扬州刺史兼吴郡内史王述、会稽内史王羲之、吴兴内史谢万、丹阳尹王荟求见。”

褚蒜子心里一紧：五位重臣傍晚一起进宫，难道说丹阳和三吴诸郡发生了什么不测之事?

第三十七章 轻徭薄赋

褚蒜子带着侍书前往太极殿，吩咐张鼐传见司马昱等人。

众人向褚蒜子行礼完毕后，司马昱说：“夜晚进宫，打扰了太后安歇。”

褚蒜子笑意盎然：“众位爱卿不辞劳苦，夜以继日，为国操劳，何来打扰？”

她清楚今天上殿的五人年龄都比自己大，王述、王羲之已经五十多岁，司马昱是皇叔，谢万是堂舅，王荟是结义大哥，王述和谢万还是翁婿。

她轻声地对侍书说：“尚仪给众爱卿赐座。”众臣坐下后，褚蒜子清澈的目光看向了司马昱。

司马昱面带愁色道：“丹阳和三吴地区今春以来遇到了大旱，有很多农户早稻没有插上秧，现在正值青黄不接，百姓吃穿无着，民心不稳。”

褚蒜子听了以后，脸色凝重，她沉思了一下，说道：“我朝自武帝开国以来，已历百年，从来没有发生百姓群起滋事。这是因为我朝一直奉行轻徭薄赋主旨。本宫考虑，是否可以将丹阳和三吴的赋税再减轻一半，帮助百姓度过灾年。”

褚蒜子的话语一出，众位臣子的脸上一齐现出惊疑和难色。

王羲之犹豫片刻，开口说道：“据微臣查证，我朝赋税是历朝历代最低的，每亩只收四升。今年上交的赋税数字，年初朝廷已经给各州郡定下，赋税减半，每亩只收两升，会稽今年的赋税肯定无法完成。”

司马昱接话说：“现在桓温将他所掌管的荆益七州赋税全部截留。朝廷用度本来就捉襟见肘，朝廷现在的税源主要依靠扬州，扬州的税源主要在三吴。三吴的赋税如果不能如数上交，朝廷财政将更加困难。”

王羲之、司马昱的话语虽然说得比较委婉，但表达出来的意见是都不同意减赋。

褚蒜子眉头深锁，耐心地说：“灾年减赋，天经地义，历朝明君都曾为之。农户赋税减半后，朝廷给各州郡定下的赋税一律减半。朝廷用度首先要靠俭省，再就是由本宫亲自出面，从没有受灾的荆州、江州、徐州、豫州等州郡征调一些，聊补无米之炊。”

众臣齐赞："太后圣明。"

褚蒜子脸色逐渐趋向平和："丹阳和三吴郡守要想法修渠引水，帮助农户插上晚稻，对于受灾最重的府县，不但要赋税全免，还要开仓放粮，设立粥棚。"

王述等人齐声应允："谨遵太后旨意。"

王荟站起身来说："微臣有本启奏。"

"爱卿请讲。"

王荟直指山泽私化问题："今春很多农户早稻没有插秧，久旱无雨固然是一个原因，同时也是因为很多山林、水泽都被豪强霸占，农户取水插秧都要掏钱买水，农户没有钱买水，耽误了插秧。臣请太后下诏，严命豪强将强占的山林水泽归还自然，以便农户逢山开垦荒地，遇水取水插秧。"

褚蒜子眼神里显露出些许意外，说道："咸康二年，成帝亲颁壬辰诏书，禁止豪强将山川大泽私化。成帝这纸诏书不管用吗？"

"据微臣在丹阳境内调查的情况来看，壬辰诏书初颁时，很多地方就没有执行。诏书颁布二十多年了，时过境迁，很多官员都不知道有这个诏书，请太后重新颁诏。"

王述等人纷纷响应："臣等附议。"

褚蒜子赞道："王爱卿此议是个好主意。开荒可以增加土地，取水可以灌溉秧田。只是成帝已经颁布了壬辰诏书，现在朝廷再重新颁诏，本宫感到有对成帝不敬和贪功之嫌。"

王羲之恳求说："占山林易，退山林难。朝廷只有重新颁诏严禁强占山林和退还山林，各州郡才能依诏办理。"

褚蒜子点了点头："就依爱卿。"

她沉吟了片刻，说道："请会稽王传谕各州郡府县：严禁朝廷官员、将领和地方大户将山川河泽私化，已经强占者，必须限期退回，在规定期限没有退回者，严刑处理。违旨者，由廷尉府和各州郡府县按律追责直至判处斩刑。廷尉府和各级官员，挟私渎职者，一律同罪。"

司马昱面容严肃："太后重新颁布了严禁将山川大泽私化的诏令，各州郡要依旨通力办好。"

他转身对王荟说："多位朝臣告诉本王，京城周围私化之风猖獗，百姓都盼望着你这位京兆尹还给公道呀！"

王荟官居丹阳尹，是京城建康的行政长官，相当于两汉的京兆尹。

"请太后和王爷放心，微臣这次一定严刑峻法，清退山林，为百姓谋求福祉，为朝廷增加税源。"

褚蒜子欣慰地说："众位爱卿忠心可鉴，光照日月。现在皇帝已经十岁，在会稽王精心辅佐下，本宫有意让他见习政事，以好早日亲政，还望各位爱卿鼎力扶助为好。"

司马昱称赞道："新皇帝脉贵胄，聪慧早成，亲政之后，必是一代明君。"

"全靠王爷滋培。"褚蒜子先对司马昱表示感激，然后对众臣说，"本宫昨日微服出访，在秦淮河畔，看到京城守备将领正在驱赶灾民。本宫让尚仪拿着显阳宫腰牌前去阻拦。"

"卑职质问为什么驱赶灾民？将领说为了京城的安全和天子的颜面。"侍书及时进行了说明。

"本宫以为灾民进京，是认为在天子脚下更容易得到救助。对灾民不闻不问，进行驱赶，才真的有失天子颜面。"

"救助进京灾民，丹阳尹责无旁贷。明日微臣就开仓放粮，设置粥棚。"

"本宫请爱卿给宫中也设置一个粥棚。"

"微臣带领丹阳尹府部属在皇宫南大门大司马门外设置东西两个粥棚。东面的归宫中，西面的属丹阳尹府。"

第二天拂晓，在褚蒜子带领下，司马聃等人出了大司马门，就看到东西两个粥棚各支着一口大锅。锅下的大灶内，炉火正旺，烈焰映红了整个粥棚。东面的粥棚里，张鼐站在锅前，指挥着御膳房的几个厨师正在熬粥。

司马聃看到火光兴奋起来，想抢上前去添柴，却被抱琴紧紧地抓住手腕，无法靠近。

为了不暴露身份，引起灾民围观。宫中人等全部身穿丹阳尹府的官衣。褚蒜子身穿丹阳尹下属官衣，仍然掩盖不住清丽面容和高雅的气质。

褚蒜子下令宫中所有人员，一律称呼"你""我"，不准称呼官衔。

王荟看到褚蒜子来到东面的粥棚内，赶忙过来见礼。

褚蒜子迎上前去，笑容里透着几分慧黠："王大人，我们这个粥棚，只称'你''我'。"

王荟何等聪明，很快会意："明白。今日索粥的人很多，你们粥棚粮食不足，可向我们去借。"王荟伸手向粥棚外指去，只见两个粥棚的外面，难民已经排起了长龙。

"多谢好意。我们这几年节约了不少粮食，可连煮多天 。"褚蒜子称谢后，转而问道，"你们粥棚的粮食是公粮还是私粮？"

"是私粮。我家中余粮有限，只够煮几天，之后必须申请从府库中调粮。"

"解囊济民，堪称义举。"

“过奖了。我近日准备带领部属到句容察看灾情，开仓放粮。”

“我正想到句容、吴兴等地看看，正好一块儿出行。”

说话期间，粥已煮好，两人分开照看粥棚。东面的粥棚内，张鼐支了两张桌子，一张桌子上放着一个大盆，厨师将粥舀到大盆内，稍微凉却一下，用饭勺向排队领粥的百姓分发。另一张桌子周围放着几把椅子，几位老翁、老妇已经围桌坐下。御膳房的厨师在大米粥里掺和了少量的糯米，熬出来的粥热气腾腾，黏黏糊糊。

褚蒜子为了培养儿子的亲民意识，让抱琴带着司马聃，正在用饭勺从大盆里给灾民盛粥。粥棚内外，一片呼噜、呼噜的喝粥声。

褚蒜子站在一位老翁的后面，饶有兴味地看着他喝粥，眼看着老人喝了两大海碗后，正要收起碗筷。

褚蒜子说：“老人家，锅里还有很多粥，再盛一点儿。”

老人咂巴一下嘴，满意地笑了笑：“多谢官爷。快饱了，后面排队的人很多，不喝了。”

“老人家家住何处？”

“老朽句容花山人。”

“老人家的秧田插上秧了吗？”

“没有。水田是租来的，颗粒不收也得交租呀！”

“听闻朝廷下旨，灾区赋税减半，每亩只收赋税两升。”

“赋税减半，土地多的富户划算。老朽一家几口耕种着十几亩水田，只有两亩是自家的。一年下来也就是少交四升稻谷。”

老人叹了一口气，对褚蒜子说：“官爷有所不知，水田的租粮可比朝廷的赋税高得多呀！农人在田里耕种一年的收成，一大半都要叫租粮夺了去呀！”老人说完，唉声叹气不止。

这两天，褚蒜子正为自己成功地为灾农赋税减半，喜悦之情一直在心头荡漾。听了老人的一席话，眼中愁云泛起，心情陡然暗淡了下去。

过了几日，她留下抱琴帮助皇帝处理政务，自己准备与王荟一起出巡。抱琴担心褚蒜子的安全，说道：“奴婢愿随太后一起出巡。”褚蒜子不许：“你留在宫中帮助皇帝处理政务更重要。”抱琴提议：“让侍书、诸葛云、何融带领两百名御林军护卫。”褚蒜子更不同意：“本宫是女扮男装，查看灾情。带领大队人马出宫，不是给地方官和百姓添乱吗？”褚蒜子看到抱琴愁容满面，安慰说：“本宫带着诸葛云、何融、侍书这么多高手贴身保护，再带上三十名侍卫，保管平安无事，请诸葛夫人放心。”抱琴听到她第一次称自己诸葛夫人，顿时红霞满面。褚蒜子开心地笑了起来：“快来看呀！儿子都会跑了，抱琴还脸红。”几句话说得抱琴笑声朗朗。

因为要和王荟同行，褚蒜子一行身穿绿色官衣。

抱琴知道太后喜欢白色，在她的乌云踏雪老了以后，请夫君在军中挑选了一匹上等白马，这匹白马，通体雪白，脚程很快。抱琴为它取名追雪，送给褚蒜子。

褚蒜子白马绿衣和王荟一起来到句容县城，县衙门前正在开仓放粮。县丞看到王荟来到，赶忙前来见礼。王荟挥手示意，让他继续专心放粮，自己和褚蒜子在一旁细细观看。放粮现场人山人海，却又秩序井然。

褚蒜子派人询问才知道，句容的乡、里把放粮的准备工作做得非常充足。

乡正、里正事先对自己的辖区的农户缺粮情况进行了统计，并登记造册，交给县衙，并带领自己辖区的农户组队来到县衙领粮。县衙依此逐乡逐里进行放粮，县衙门前领粮的农户络绎不绝，放粮工作有条不紊。

褚蒜子对句容的放粮工作大为赞赏，命王荟尽快上报司马昱，抓紧在三吴灾区推广。

王荟询问县令为什么不到放粮现场，县丞回答花山茱萸庄豪强陆家聚众抗拒归还山林，县令、县尉率兵前往弹压。

三国时期，孙权四位重臣的家族，形成了三吴四姓，即陆逊、顾雍、张温、朱桓四大门阀。由于孙权的特殊照顾，四姓中为官者众多，其中以陆家为最，直到当朝，陆家在三吴诸郡为官者多达百人。陆家经过几代疯狂地抢占山林水泽，富甲江南。

花山茱萸庄在句容西北十多里，庄里的陆家是陆氏的一个分支，庄主陆庆，原是皇宫御林军的一名军官，因为受不了御林军军纪的约束，辞官回乡。陆庆强抢豪夺，强占了全庄全部土地，还强占了茱萸庄周围百里以内的山林和水泽。花山依旨清退山林大泽，陆家以其强占的山林水泽皆是祖产为名，拒不退还。乡正、里正不敢得罪陆家，只能报告给县令。县令、县尉带领二十多名兵丁，准备抓捕陆庆。陆家管家陆皋召集了三百多名家丁，准备武力抗拒。陆皋五短身材，肥胖如猪。在县令率领的官军面前，一双贼眼滴溜溜乱转，毫无惧色。他当街耍横，活现一副地头蛇的嘴脸。陆庆隐身在陆皋身后，指挥陆皋带领家丁挥舞刀枪，把县令挡在了村外。县衙的兵丁和陆家的家丁，剑拔弩张，一场械斗骤然间就要爆发，紧急时刻，褚蒜子、王荟赶到。

王荟吩咐县衙兵丁退后，跳下马来，将佩剑摘下，交给身后的随从。他稳步来到陆家的刀丛剑林之前，气定神闲。王荟目光如电地向家丁人群中扫视一眼，朗朗地说道：“本官是丹阳尹，奉旨前来察看花山清退山林水泽情况，请庄主出来回话。”

褚蒜子一到茱萸庄，就被在御林军任职多年的陆庆认了出来。

陆庆在陆皋身后低声说道：“那个骑白马的是当朝太后，赶快撤退。”

刚才还趾高气扬的陆皋，立即感到身材矮了半截。他慌忙跑了出来，跪在王荟面前：“大人在上，小人是陆家管家陆皋，迎接来迟，请大人恕罪。”

王荟和颜悦色，问道：“管家请起，为何不见你们庄主出面？”

“我家庄主卧病在床，无法出见。”

王荟面容顿显威严：“你现在回去报告你们庄主，立即撤回全部家丁，清退全部所占山林水泽，如其不然，本官将增派官兵，抓捕庄主，立即问斩。”

陆皋假意转身回庄报告，很快又重新跑到王荟面前跪倒，讨好地说：“庄主谨遵大人命令，让小人将家丁全部撤回。庄主已经备好酒宴，着小人请大人前往庄内赴宴。”王荟不允。

离开茱萸庄后，天色已近中午。王荟对褚蒜子说：“请太后一起回句容用饭，微臣饭后再来监督清退事宜。”

褚蒜子并没有直接回答王荟在哪里用饭，反问道：“王大哥，听说过花山正一道观的清虚长老吗？”说完脸上浮起浅浅的笑意，俏皮地像一个先生在考学生。

王荟从中感到了她的心情愉悦，感到了她对自己处理事务的肯定。

“当年清虚向陶侃献出了‘钩镰破敌’的良策，才使陶侃率领朝廷联军大破苏峻骑兵，微臣焉能不知？”

“正是。陶公、温公已经成仙二十多年，不知清虚长老境况如何？既然今天已经来到花山，我很想前去看看老人家，顺便在观内用点儿素饭。”

“正一道观就在茱萸庄北面几里之外，微臣为太后派上一位向导，并派兵丁护卫。”

“向导有用，因本宫还要前往吴兴，护卫就不要了。”

褚蒜子和王荟话别后，在向导的引导下，来到正一道观山门之前，看见门前有一个小道士正在向他们投来关注的目光。

下马后，褚蒜子不清楚清虚道长的近况，且又担心清虚道长年高不见常人，亲自上前询问：“小师傅，我们是京城前来上香的香客，专门前来看望清虚道长的。”

小道士回答：“主持道长年事已高，一般不见香客。”

褚蒜子听到清虚道长仍然健在，喜悦之情涌上脸来：“有请小师傅帮助通报清虚道长，京城褚蒜子求见。”

小道士听说过当今太后名叫褚蒜子，脸上立即现出惊喜的表情说："施主请进观，我这就去请道长。"

褚蒜子刚刚来到三清殿前，后殿传来一阵玉石之声："太后驾到，贫道有失远迎！"话音刚落，飘来一个老者，鹤发童颜，精神矍铄，步履如风。

褚蒜子抢步上前，高高稽首说："小女子褚蒜子，拜见老神仙。"

清虚同样高稽还礼。

褚蒜子一行人上香后，清虚请褚蒜子到方丈室，并伸手示意褚蒜子走到前面。褚蒜子迅速地站在他的右边，双手扶住他的右手，两人并排走进方丈室。

清虚让徒弟给她们一行泡上了香茶。她端起茶杯一看，一枚枚碧绿的螺叶在杯内散开，一股浓郁的清香飘了出来：正是太湖洞庭碧螺春。

她浅浅地饮了一口说："多谢老神仙以香茶相待。老神仙是平灭苏峻之乱的功臣，小女子一直想来贵观当面致谢，俗务缠身，今日来迟，不胜遗憾。"

"苏峻逆天行事，天必灭之。贫道为使苍生免除战乱之苦，竭尽微薄之力，无须太后挂齿。"

褚蒜子让侍书打开行囊，取出函谷关的《道德经》拓片，双手捧起，送给清虚："小女子这次是前往吴兴勘灾，久慕老神仙清名，特将二十多年前无为道长赠送给我的《道德经》拓片，敬送老神仙。"

"多谢太后赠礼。无为是贫道的师兄，无为亲口对贫道说过，你们是故交。"

"当年，无为道长帮助朝廷军队烧了石虎在寿春的粮仓，才逼迫石虎退兵。小女子如有机会，一定前往寿春当面向无为道长致谢。"

这时负责火头的道士来请清虚和客人用午饭。清虚陪褚蒜子一行来到后殿。一张大八仙桌上摆满了素鸡、素鸭、红苕、芋头、青菜、豆腐。

褚蒜子看了满心欢喜，跑了半天，有些饥饿，她向清虚道谢之后，正要举箸夹菜，桌前来了两个道士。两人已到中年，依然挺如白杨。

两人向褚蒜子稽首："太后娘娘别来无恙，小道这里有礼了。"

褚蒜子注目一看，原来是清风、明月。顿时喜上眉梢："郏城激战后，一别就是十多年，两位师父可好？无为道长可好？"

"师父身体硬朗，仍然坚持每日鸡鸣而起，练拳舞剑。"

清虚欣喜地对褚蒜子说："受无为师兄相托，两位师侄前来看望贫道。他们正打算前往龙虎山天一道观云游，正好和太后同行。"

"有劳两位师父，本宫这里谢过了。"

张道陵出川后，曾经在龙虎山传道，龙虎山道观，称天一道观。天师道又称正一道，除龙虎山道观外，其他地方的道观一律称正一道观。

饭后，褚蒜子向清虚辞别，准备前往吴兴。清虚劝阻说："现在日头已经偏西，一路上水网交错，山隘阻塞，贫道诚请太后明日一早出发为好。"褚蒜子敬重清虚，只好听从。

晚上，清虚将清风、明月唤到身边嘱咐道："我观太后眉宇间有一股罡气，主大凶。此去吴兴，需要经过溧阳北面的瓦屋山间的峡谷。通过时，你们要寸步不离太后左右，如让太后受了一点儿伤害，贫道唯你们是问。"

两人信心满满地回答："师叔放心，太后所带几人都是顶尖武艺高手，我们再加上小心，保证太后一路平安。"

第二天，清虚已经为褚蒜子一行准备好道袍、道冠。褚蒜子心里暖暖的，和诸葛云等人换上道袍，和清虚辞别。

瓦屋山和花山相距一百多里，一个多时辰后，褚蒜子一行，来到了瓦屋山峡谷北口。褚蒜子看到在两道刀削剑砍似的悬崖峭壁之间，夹着一条南北通行的羊肠小道。褚蒜子注目向南望去，看不到小道的尽头。她向身边的向导问道："这个险隘叫什么名字？"

"回太后，这里是瓦屋山峡谷。"

"峡谷有多长？"

"大约十多里。"

"能从别处绕行吗？"

"绕行需要多走几百里。"

褚蒜子下令，诸葛云在前，自己居中，何融断后，她将手中的银枪一挥，战马像旋风一样向峡谷的南口冲去。

一行人刚冲到峡谷中间，突然山上一阵梆子响起，无数支弓箭向褚蒜子射来。诸葛云大喊一声："不好。"回马来护褚蒜子。褚蒜子见状立即制止："云儿赶快带头冲出谷去。"诸葛云不听，仍旧朝她赶来。山上的箭雨，像长了眼睛一样，专门朝着褚蒜子和她的白马射来。褚蒜子飞快地挥舞银枪，拨打弓箭。

清风、明月、侍书、诸葛云、何融奋不顾身，用刀枪在她马前马后帮助拨打弓箭。可是弓箭是从山顶向下射来的，褚蒜子等人仰面朝天，拨打起来力不从心。

褚蒜子尽管将银枪舞得风雨不透，仍然有一支弓箭射中她的左臂，只听她"哎呀"一声，翻身落马。

第三十八章　收复洛阳

褚蒜子中箭落马，众人都被吓傻了。侍书跳下马来，将褚蒜子抱在怀里一看，褚蒜子已经昏了过去，侍书不禁放声大哭。

山上的歹人看到褚蒜子落马后，又响起了一阵梆子，箭雨戛然而止。

清风小心翼翼地撕破褚蒜子的左臂衣袖，只见她的半只手臂已经黑青，知道她中了毒箭。清风迅速地从背囊中取出几粒金丹。这金丹是无为道长用金钱草、白蛇草、还魂草精心配制的，名叫金蛇还魂丹。清风取下酒葫芦，将酒和金丹一起为她灌服下去。清风安慰众人说："我给太后服下了金蛇还魂丹，此丹可解各种剧毒，太后当无性命危险。"侍书等人谢过清风。

清风对众人说："出发前清虚师叔曾经对我说，出了峡谷，前面不远之处就是溧阳北山，师叔尚虚在山下的溧阳正一道观任主持。我医道有限，我们是否前往正一道观，请尚虚师叔为太后医治箭伤。"

众人一致赞成，正要行动，突然听到北面的山口传来了一阵阵马蹄声。众人列好阵势，护住褚蒜子。等来的人马到了近前，原来是清虚不放心褚蒜子的安全，带领几十名武艺高的护院道士赶来。清虚赶到峡谷北口，正遇见很多歹人慌慌张张下山，仓皇逃走。清虚感到他们形迹可疑，命徒弟追上前去，活捉了两人一块儿带来。

清虚命人砍了两根毛竹，用道服编织一副担架，将褚蒜子抬到溧阳正一道观的一间静室内。

清虚、尚虚两人为褚蒜子取出毒箭，挖去周围的坏肉，敷上金蛇还魂丹药粉。两人又轮流为她发功输入真气，疗治箭伤。尚虚让徒弟煮了人参汤，由侍书给她喂服。众人退去后，侍书在静室内贴身照顾。

经过多方诊治，第二天，褚蒜子的箭毒已解，苏醒过来，她向清虚、尚虚等人表示了感谢。

清虚、尚虚、清风、明月等，又为她连续输入了几天真气。她体质本来很好，已经可以下床活动，又休养了几日，褚蒜子正准备前往吴兴察看。

吴兴内史谢万，听说太后受了箭伤 ，赶了过来看望，并当面向她汇报了吴兴方面的情况。

她听到吴兴开仓放粮、设置粥棚和清退山林方面的情况都比较顺利，放下心来，打消了前往吴兴巡视的念头。她怕儿子惦记，告别尚虚后回京。

清虚率领弟子，一直把她送到皇宫大司马门，才返回花山。

诸葛云对清虚抓住的两个歹人进行了审问。两人都是陆庆的家丁，供认太后重新下诏禁止强占山川水泽后，陆庆恨得咬牙切齿，和管家陆皋一起，带领数百名家丁，图谋在瓦屋山峡谷用毒箭射死褚蒜子，以解他心头之恨，没有想到他的两个家丁被清虚活捉。

陆庆、陆皋正准备外逃之时，诸葛云事先已经将陆庆、陆皋是谋杀太后的真凶，报给王荟。王荟抓捕了两人，将他们正法。

永和九年秋天，苻健派二弟苻雄率军攻打洛阳。东晋的洛阳守将周成原是赵将，冉魏灭赵后，周成降魏，成了冉魏的洛阳守将。前燕灭魏后，周成降晋，成了晋廷的洛阳守将。这次周成依样画葫芦，举城降秦又被任命为前秦的洛阳守将。

永和十年，元旦刚过，桓温的参军袁乔进京，将桓温请求北伐长安的表章上报褚蒜子。

褚蒜子对于苻健先降晋后叛晋、攻占晋廷的城池，非常气愤，但是对于桓温伐秦，却很纠结。

她的两难之处在于，一方面，她心里清楚，桓温出兵北伐的目的，是想仿效曹操和晋宣帝司马懿积累军功，提高自己的威望，为问鼎晋祚创造条件；另一方面，为了收复失地，她又找不出什么理由阻止桓温出兵。

她收拢一下心思，对袁乔说："朝廷同意桓大将军出兵伐秦，攻取洛阳比攻取长安容易。本宫的设想是我军前出襄阳，直取洛阳，攻下洛阳后，以洛阳为依托，攻取长安胜算可能大些。"

袁乔熟悉兵书战策，是平定四川的功臣，他也认为先取洛阳，胜算较大说："末将定将太后懿旨传给桓大将军。"

褚蒜子了然一笑："将在外君命有所不受，前线事宜当应由桓大将军便宜行事。"

袁乔回到江陵将太后宜先取洛阳、后取长安的懿旨传谕桓温。

桓温狡黠地笑道："长安是国都，攻下长安，苻健一伙作鸟兽散，洛阳不战可取。"

三月，桓温从江陵出发，率领四万步骑，水陆并进。陆路经襄阳、淅川，直取武关，水路从均口取南乡。

桓温同时飞马汉中，命令梁州刺史司马勋率领两万轻骑，经子午谷突袭长安，策应桓温主力。

子午谷北口在长安西南不远的秦岭余脉之中，称子口。南口在汉中石泉，称午口，全长六百多里。道路大都挂在悬崖峭壁上，很多道路都是由修在半山腰的栈道沟通连接。

我国古代军事史上有一个关于子午奇谋的争论。

诸葛亮在伐魏时，几次出兵祁山，均告失利。魏延提出，在诸葛亮率领主力出兵祁山的同时，由他率领精兵五千，通过子午谷奇袭长安。诸葛亮一生唯谨慎，没有采纳魏延这个计谋。三国以后，有关子午奇谋的争论一直没有平息。有的说诸葛亮没有采纳子午奇谋太可惜，有的说诸葛亮没有采纳子午奇谋，避免了魏延偏师的覆没。众说纷纭，莫衷一是。

司马勋自幼在后赵军中长大，胆大心细，作战勇猛，他自称司马氏宗室，祖父是济南王司马遂，父亲是略阳太守司马權。他后来叛赵投晋，官居梁州刺史，他多次出兵攻打长安，均告失利。

接到桓温命令他出兵子午谷的命令后，他率领两万轻骑，穿过子午谷，奔袭长安。

桓温率军前出襄阳后，一路势如破竹，攻占了关中的东南大门武关后，军威大振。

五月，桓温亲率大军攻击蓝田。秦帝苻健闻报晋军兵临蓝田，十分震惊，命太子苻苌率军五万前往蓝田阻击桓温，命苻雄率军七千前往子口堵截司马勋。晋秦两军在蓝田相遇。

桓温身材伟岸，金盔金甲，全身披挂，跃马扬枪，带领四万晋军奋勇冲杀。苻苌也不甘示弱，率领五万秦军拼命截击。战局正在胶着之际，晋军大将袁乔指挥骑兵冲杀过来，晋军铁骑的弓箭遮云蔽日一般向秦军射来。秦军主帅苻苌身中两箭跌落在马下，晋军一拥而上，来杀苻苌。苻健的皇子、淮南王苻生，拼命厮杀，救走苻苌。桓温命令击鼓进军，秦军大败，死伤惨重，退守灞河以西。

苻健闻听秦军大败，心中惊惧，自己率军守长安，命令大司马雷弱儿率领城内精兵三万，会同苻苌，据守灞桥。晋军新胜，锐气正旺，而秦军依托灞桥，据险而守。苻健认为桓温远道而来，粮草不济，当前正值麦熟季节，他命令部分秦军分散到灞河以西农村，帮助农民收割小麦，坚壁清野，严防晋军抢割小麦和向关中农民买粮。

苻雄率领七千精兵，赶在司马勋之前，封锁住子口。司马勋率领梁州军，在子午谷六百多里的悬崖峭壁的山道和栈道中，艰难行进了二十多天，千辛万苦来到子口，本想乘机奇袭长安，没想到被秦军堵住谷口。司马勋看到秦军已有准备，心中已经凉了半截。两军还没有交战，梁州军个个胆战心惊，萌生退意。苻雄率秦军掩杀过来，司马勋不敢接战，慌忙撤退，晋军死伤惨重。苻雄也不追赶，命令把子口的栈道连续烧毁几十里，收兵救援灞桥。

桓温占领了灞河以东的大片秦地，长安近在咫尺，桓温却按兵不动。他考虑秦军人多势众，长安是国都，苻健必定千方百计固守。他本想抢割关中小麦，没有想到苻健赶在了前头，把关中的小麦大部抢割。晋军粮草不济，司马勋又败走子谷，晋军的偏师已失。

桓温伐秦的目的就是积累军功，在蓝田大败秦军，已达目的。荆州军是桓温问鼎晋祚的本钱，完全没有必要再在灞桥和秦军拼个你死我活，做个赔本的买卖。

盘算清楚利害得失之后，桓温下令撤军。晋军撤走之际，秦军奋力追赶，晋军损兵折将，才东出潼关，返回襄阳。

褚蒜子认为这次桓温伐秦，打击了秦军的嚣张气焰，对苻健叛晋进行了惩罚。从总体上看是一场胜仗，下诏表彰和慰劳桓温。

永和十二年五月，豫州刺史谢尚病重，不能正常处理公务。

桓温知悉之后，异常兴奋，他向朝廷上表表白荆州人才甚多，推荐亲信、荆州刺史参军郗超继任豫州刺史。

桓温已经控制了荆州、益州，像一把高悬的利剑，从长江上游力压京城。褚蒜子哪里还能让他的势力继续东进？

褚蒜子接受了桓温荆州人才甚多的说法，调荆州司马谢奕任豫州刺史。

在东晋，王谢是门第最高的两个大家族。陈郡谢氏兴于谢衡，谢衡曾任太子少傅，生有两个儿子。

长子谢鲲，曾任豫章内史。女儿谢真石，儿子谢尚。

次子谢裒，曾任太常寺卿。长子谢奕、次子谢据、三子谢安、四子谢万、五子谢石。

司马是刺史在军事上的重要帮手。谢奕在桓温幕府多年，和桓温交情很深。桓温无法提出反对意见。褚蒜子让谢奕就任豫州刺史后，豫州军权仍然牢牢掌握在舅家手里。

永和十三年正月，司马聃十五岁。褚蒜子为儿子举行了加冠庆典，撤帘归政。司马聃亲政后，遵照母后褚蒜子的懿旨，改元升平，预示晋室江山升腾平安之意。

退居后宫的褚蒜子并没有闲着，她在太极殿西堂专门为司马聃开设了讲堂，教导司马聃如何亲政。

她请会稽王司马昱讲《四书五经》，兵部尚书荀羡讲《孙子兵法》《孙膑兵法》《吴子六韬》，褚蒜子亲自讲解《道德经》。

教课的方法是，一人主讲，其余人在旁边补充，并且和司马聃一起讨论，加强司马聃的记忆和理解。司马聃学习认真，兴趣盎然。

司马聃头戴绛绒簪缨金冠，身着衮龙黄袍，剑眉星眸，清新俊逸，英姿潇洒，意气风发，端坐在龙案的后面，聆听母后和各位重臣讲课。

褚蒜子讲解《道德经》后，微笑着问道："不知皇儿能否为我们几个老师讲述一下《道德经》'太上'一节的释义?"

司马聃正想展示一下自己的学习心得："儿臣班门弄斧，理解不准确的地方，还望母后和各位先生斧正。"

司马昱、荀羡笑容满面："好说，好说。"

司马聃首先背诵了《道德经》"太上"一节的原文：

太上，不知有之；其次，亲而誉之；其次，畏之；其次，侮之；信不足焉，有不信焉。悠兮，其贵言。功成事遂，百姓皆谓我：自然。

接着，他长篇大论阐述了自己对"太上"一节的理解：

"最好的帝王，无为而治。使百姓顺其自然，各安自生，君不扰民，百姓都不知道一国之君是谁；其次的帝王，治理国家，让百姓感到和蔼可亲；三流的帝王，用刑法威吓百姓，百姓都害怕他；末流的帝王用权术欺骗百姓，百姓都憎恨他、看不起他；国君不能诚信从政，难于取信百姓。最好的帝王都是多办实事少说空话。大功告成后，百姓浑然不觉，人人都说我们本来就是这个样子的呀!"

司马聃准确地理解了《道德经》"太上"一节的原义，在西堂一起教授的司马昱等人击节称赞。

荀羡快慰地说："'太上'一节，对为君之道高屋建瓴，见微知著。皇上对学习经书这么上心，当是朝廷之幸，万民之幸!"

这个课堂，一直持续办了多年，提高了司马聃处理朝政的能力和亲民意识。

升平元年二月，桓温探知一直在中原游击的姚襄，出兵围攻洛阳，准备以洛阳为跳板，攻占长安。桓温上表朝廷，出兵北伐，趁守卫洛阳的秦将周成和姚襄激战之时，趁机夺取洛阳。司马聃下诏加封桓温为征讨大都督，率军北征。三月，桓温从江陵集结四万步骑和一万水军，齐头并进。四月，晋军攻取伊川，列阵伊水。姚襄仓皇放弃洛阳，据水迎击晋军。桓温亲披甲胄，率先跃马渡河，晋军奋勇当先，姚襄大败，羌军死伤无数，北逃邙山。桓温挥兵洛阳，周成献城投降，想重温继续做守卫洛阳晋将的美梦。桓温没有给他这个机会，将他装上囚车，押送到建康，司马聃下令将周成斩首。

晋武帝司马炎开国后，西晋在洛阳建都五十多年。故都光复，晋廷上下同庆。桓温趁着收复洛阳的余威，上表奏请司马聃回銮洛阳。

桓温虽然占据了长江上游的形胜之地，可是还没有能够控制京城建康。桓温的如意算盘是，司马聃回銮洛阳之后，朝廷就会全部控制在他的手中。

司马聃认为，洛阳经过几十年的战乱摧残，宫殿被烧毁，城墙多处坍塌，城中百姓十室九空。洛阳西有长安的苻健，东北有邺城的慕容儁，两人都对洛阳虎视眈眈，绝对不应该重新定位为国都。

褚蒜子撤帘时，谆谆告诫儿子一定要警惕和抑制桓温谋朝篡位的野心，司马聃看穿了桓温以回銮洛阳为名、行控制朝纲之实，以洛阳至今仍为四战之地为由，对桓温的迁都的表章不予批准。桓温无奈，只好回军武昌。升平元年六月，谢尚去世。升平二年，谢奕又病故于豫州刺史任上。桓温的亲信、参军郗超上表推荐桓温的弟弟、襄阳内史桓云继任豫州刺史。

司马聃深知正是母后精心筹划，才使豫州刺史的职位一直掌握在谢氏手里，也才使豫州成了京城西面的屏障。司马聃刚刚亲政，并不想和桓温先起冲突，他让朝臣廷议豫州刺史的人选。司马昱及朝廷很多重臣，惧怕桓温威势，不敢发声。司马聃本想用众臣之口，阻止桓氏抢夺豫州刺史职位的图谋得逞，朝堂之上鸦雀无声，使得小皇帝司马聃非常窘迫，不知如何应对。

正在焦急之时，一人出班奏道："微臣有本要奏。"

司马聃一看，原来是尚书仆射王彪之。

王彪之系王导之侄、已故尚书令王彬之子，当今琅琊王氏在朝中的领军人物，也是皇家的亲近重臣。

司马聃笑逐颜开："准奏。"

王彪之直言反对桓云掌管豫州："桓温已经掌握荆益等七州军事，豫州刺史再让桓云担任，朝廷大半牧守皆归桓氏，既让人笑话朝廷无人，也影响桓氏的清誉。"

司马聃赞许道："爱卿此议有理。爱卿以为哪位朝廷大臣担任豫州刺史为好?"

王彪之再次奏道："谢尚、谢奕先后担任豫州刺史多年，谢氏德政播于民间，调吴兴内史谢万担任豫州刺史，定可保境安民。”司马昱出班附议。

司马聃下诏加封谢万为豫州刺史。升平四年春天，前燕大司马、太原王慕容恪闻听谢万疏于军务，率军越过淮河，攻进豫州境内，谢万派部将迎击。慕容恪击败晋军，抢占了大片江淮土地。

桓温指使参军郗超上表弹劾谢万，指责他身为豫州主帅，却没有亲往前线率军杀敌，却安居豫州刺史芜湖帅府，致使豫州军大败。

司马聃也对谢万没有亲自上阵迎敌，极其不满，把他废为庶人。

郗超上表举荐桓温的亲信、荆州刺史参军袁真为豫州刺史，司马聃准奏。至此，司马聃母子坚持不让桓温染指京城西大门的愿望落空。

桓温的武昌荆州刺史帅府距京城一千里，袁真的芜湖豫州刺史帅府距京城只有二百里。桓家军的骑兵几个时辰，就可以兵临城下。

豫州刺史一职，被桓温夺走。褚蒜子母子无力抗争，便把目光重新投向更广泛的范围，选拔和提升维护晋鼎的新生力量，两人的目光共同锁定了谢安。

谢安自幼被人赞为天姿聪明，风神秀彻。他学富五车，对儒、佛、道三家皆有很深的造诣，尤善清谈。他在山阴和王羲之、支道林、孙绰等清谈名家，辩论楚辞名篇《渔父》。《渔父》是屈原是利用寓言的形式，借自己和渔父对话辩论，抒发自己心中抱负和块垒，文字优美，妙趣横生。支道林、孙绰等高手，在阐述自己的观点时，少的百言，多的千言。谢安充分发挥出他高超的辩才，一口气阐述了万言。

他赞扬了屈原明辨是非、洁身自爱、积极用世、视死如归的高尚情操，鞭笞了渔父不问是非、明哲保身、消极避世、胆小怕事的思想和行为。立意高远，语惊四座。一时间，谢安高超的辩才，享誉朝野。朝廷欣赏谢安的人品和才干，多次征召他入朝做官。谢安总是巧妙地以各种理由婉拒。他洒脱不羁，隐居山阴东山，无意功名。经常和王羲之、支道林等好友，一起游山玩水，歌咏自娱。朝野议论：“谢安不出，奈天下苍生何?”

谢尚、谢奕已故，谢万被废，谢氏已经被排除出朝廷重臣之列，名望一落千丈。

桓温知道谢安绝不会让谢氏名望长期湮灭下去，肯定会出仕，重续谢氏辉煌。

升平四年八月，桓温上表征召谢安为行军司马。

司马聃立即准奏，并派使节亲赴山阴东山，征召谢安。

谢安很快抓住这一出仕良机，前往荆州就任行军司马。在桓温幕府，谢安和桓温相谈甚欢。

升平五年五月，谢万病死。谢安加入桓温幕府，只是借此发出自己出仕的信号，并不想久居桓温幕府。他借机辞职，回到山阴处理弟弟丧事。

住在山阴老宅的谢真石也在这个时间病故，褚蒜子和褚歆前来山阴奔丧。处理完弟弟的丧事后，谢安又来到谢真石丧仪上帮助料理。谢安虽然是褚蒜子的堂舅，可年龄只比她大四岁。两个年龄相仿互相仰慕的堂舅和外甥女，却从未谋面。

处理完母亲的丧事后，褚蒜子和褚歆在老宅设宴，答谢谢安。席间，谢安就内强君威、外抑权臣这一朝廷政局最敏感的问题，侃侃而谈，向褚蒜子提出很多好的建议和办法。

褚蒜子顿时对这个年已四十、一直放情于山水之间的堂舅刮目相看：他人虽然在丘壑之间，心中却对朝廷政局各派力量的角力洞若观火。

家宴以后，她给司马聃修书一封，书中称赞谢安谋识高远，嘱咐儿子重用谢安，并尽快安排谢安职务。褚蒜子因为还要处理母亲丧仪的善后事宜，还要在山阴停留一些时日。她让抱琴带着自己书信和谢安一道进京。

不久，京城传来消息，司马聃任命谢安为吴兴内史。

听了这个消息，褚蒜子心情舒畅，心想自己可能为儿子选拔了一个像王导一样的辅政大臣。

她让褚歆、侍书准备回京行装，自己前往佛堂礼佛。褚蒜子跪在佛像前，心里恍恍惚惚，杂乱无章，心思根本无法集中在佛事上，这可是她礼佛以来，从来都没有的事情。

正在这时，佛堂外面一片喧哗，使得她根本无法礼佛。

她恼怒地走出佛堂察看，却看见王彪之和抱琴身穿重孝，跪在她面前放声大哭："皇上龙驭宾天了！"

褚蒜子听了，身体剧烈地晃动了一下，摔倒在地，昏死过去。

第三十九章　形只影单

褚蒜子听说儿子宾天，当即摔倒在地，昏死过去。

褚歆、王彪之等人都慌了手脚，因为担心太后受不了儿子驾崩的打击，王彪之、抱琴将高太医带到了会稽。

高太医让人将太后轻轻地抬到床上，多方进行抢救，褚蒜子“哎呀”一声，才苏醒过来。

可能是心痛到了极点，褚蒜子连睁开眼睛的力气都没有，更没有气力说话。

她静静地躺在床上，足足有一炷香的工夫，一动不动，就像睡着了一样。

室内寂静无声，王彪之生怕太后有什么意外，紧张得出了满头大汗。

他低声向高太医问道：“太后身体可否要紧?”

高太医回复：“皇上驾崩，剧痛消耗了太后的全身真气，使她的心智迷失。需要用比失去爱子更大的事情，去把太后唤醒。”

王彪之会意，他跪在床前说道：“皇上龙驭宾天，太后痛彻心扉，朝廷上下和万民一样悲痛万分。”

话未说完，王彪之已经泣不成声：“现在大行皇帝无子，新皇未立，国不可一日无主。会稽王派臣前来叩见太后，请太后钦定新皇人选。”

褚蒜子睁开眼睛，让抱琴扶她坐起，用极低的声音清晰地说道：“本宫虽然浑身无力，可心里一直思量着新皇人选。本宫以为新皇应定琅琊王丕，请爱卿拟旨。”

王彪之来到别室，草拟了一篇诏书：

皇太后诏曰：“皇帝宾天没有后嗣，琅琊王丕中兴正统，从前在咸康，理应立为太子。因为年幼，不能担当治理国家重任而让位。大义名望，没有人能和他比，现在应由琅琊王丕奉继大统。”

褚蒜子看后，很满意，让侍书加盖了自己的印玺后，对王彪之说：“爱卿速速回京，和会稽王一起迎接新帝登基。”

王彪之走后，抱琴看到太后依然是呆呆的，上前宽慰说：“生死自有定数，太后这样痛苦，大行皇帝在天上也不能安息。”

褚蒜子欲哭无泪，凄惨地说道："我一生诚心向佛，佛却想尽一切办法惩罚我。所有的亲人，爹爹、母亲、先皇、聃儿，一个个离我而去，只剩下孤孤单单的我，使我痛不欲生，生不如死。我前世今生，究竟造了多少孽呀？我只有死去才能还清孽债吗？"

抱琴听得泪流满面，安慰道："太后尽忠晋祚，心系百姓，把失去亲人的苦痛埋在心底，殚精竭虑，宵衣旰食，处理朝政，如果还有什么孽债，就是上天最大的不公。"

听了抱琴的宽心话，褚蒜子脸上的暗云飘散："身为皇室成员，理应为江山社稷和黎民百姓鞠躬尽瘁，死而后已，就是为此得罪了一些什么人，欠下了一些什么债，我依然会一如既往。"

高太医欣喜地说："太后有此心志，万民幸甚。"

褚蒜子心有疑虑，问道："大行皇帝今年才十九岁，本宫一个月前来会稽时，也没有发现他患有什么病。本宫离开京城后，他才患病，何以无人报告本宫？"

高太医："卑职回禀太后：大行皇帝五月二十日下午突发重病，次日凌晨驾崩，期间只有几个时辰，根本来不及报告太后。"

"大行皇帝究竟患的是什么病？太医院用了哪些药？"

"臣等死罪。大行皇帝在龙书案批阅奏章时，突发头晕目眩，摔倒在书案上。我们几位太医闻报后迅速赶到，轮流为他诊脉都没能诊断出他所患何病，不敢用药。"褚蒜子听了，浑身战栗。

高太医发现了褚蒜子的异样，说道："卑职斗胆回禀太后，卑职进太医院五十年，明帝、成帝、康帝和大行皇帝所患之病，代代相传。表象是头晕目眩，内里至今不明病因，发病很急，驾崩很快。"

褚蒜子无力地说："本宫略懂医道，至今不明白他们所患何病，爱卿辛苦了。"

对于司马绍爷孙三代人究竟所患何病驾崩，房玄龄编撰的《晋书》一概含糊其词。

司马丕即位后，仍然尊褚蒜子为皇太后，居崇德宫，朝野一致称她为崇德太后。司马丕尊生母周月婵为皇太妃，改封弟弟、东海王司马奕为琅琊王。为司马聃上谥号穆帝，奉葬于永平陵。司马丕热衷于在后宫炼丹，以求长生不老，他无心政事，加封司马昱为丞相，总揽朝政。

司马昱生性软弱怕事，原来褚蒜子临朝听政，司马昱大树底下好乘凉，凡是桓温不高兴的事情，往太后身上一推了事。现在太后撤帘，司马丕又让他总揽朝政，他的压力大增。慑于桓温的权势，他请旨加封桓温为扬州牧、大司马、侍中、都督中外军事、录尚书事。

扬州牧任所驻建康。扬州和荆州一样，是朝廷最大的两个州郡，也是朝廷最主要的赋税来源。原来桓温就控制着荆州、益州、广州、雍州、宁州、梁州、交州七州军事，桓温的亲信袁真担任豫州刺史，现在桓温又兼任扬州牧，朝廷主要州郡都已经落入桓温之手。

原来，桓温是征西大将军、荆州刺史，只能管荆州、益州等州的军事，现在是大司马、都督中外军事，是全国最高军事长官，名义可以管全国所有军队。

原来桓温是外臣，不能参与朝廷机密。现在桓温担任侍中，是内廷的最高长官，是皇帝的秘书长，参与朝廷机密，负责诏令的起草和下发。

录尚书事，是外廷的最高长官，是各部尚书的领班。桓温掌握了朝廷的全部军政大权，桓温的权势达到了顶点。

褚蒜子垂帘几十年，想尽一切办法，不让桓温染指朝内事务和窃取全国军政大权却被司马昱毁于一旦。

褚蒜子看在眼里，急在心上。司马丕兴宁二年，司马丕因长期服用金丹中毒，无法理事。朝臣奏请崇德太后第二次垂帘听政，褚蒜子毅然应允。

司马昱趁司马丕重病之际，大肆加封桓温，使褚蒜子对这个皇叔很不放心。

她将谢安由吴兴内史调入朝廷中枢，担任侍中，负责起草和下发诏书；同时兼任吏部尚书，为朝廷选拔忠贞之士。

她提拔谢安的儿女亲家王坦之，担任侍中、中书令，提拔王彪之担任侍中、尚书仆射，使三人成为维护皇权的铁三角，内削司马昱的权力，外抑桓温的威势。

在这之前，司马昱请旨司马丕让桓温前来建康，入朝辅政。桓温已经离开了武昌，前来京城任职。

褚蒜子二次垂帘以后，立即派尚书车灌在赭圻（今安徽繁昌）挡住桓温。

桓温大怒："本帅现在已经兼任了扬州牧、大司马、侍中、录尚书事。扬州牧帅府在建康，不进京城，如何统帅扬州军务？如何为朝廷理政？"

车灌巧妙地回答说："秦、燕两国实力大增，常常犯我边境。太后懿旨：除大司马之外，无人能够担当为国保境安民重任，请大司马驻节武昌，抵御外敌。"

桓温无法，先驻赭圻，后移姑孰（今安徽当涂）。

兴宁三年正月，司马丕因为服金丹过量，毒发驾崩。褚蒜子下旨立司马丕之弟、琅琊王司马奕为帝。次年，司马奕改元太和。

使褚蒜子焦虑的是，随着前秦和前燕崛起，东晋面对的形势，越来越严峻。苻健的太子苻苌被桓温射伤后，不久箭伤复发，一病身亡。苻健驾崩时，传位给皇子、淮南王苻生。苻生残暴无比，苻雄的次子苻坚杀死苻生，登基称天王。

苻坚雄才大略，任用北海寒族王猛为相，不论高门寒门，一律量才使用。王猛率军灭掉了西凉，国威大振。

同样焦虑的还有桓温，垂垂老矣，问鼎晋鼎的愿望，至今没能实现。多年来，他平定四川、西伐前秦、收复洛阳，战无不胜。他之所以一直没有伐燕，是因为畏惧前燕名将慕容恪，正是慕容恪击杀了战神冉闵。

太和四年四月，桓温闻听慕容恪病死，仰天大笑："上天要让本帅平定前燕，本帅何不顺从天意呢?"

五月，桓温率五万大军从姑孰出发，命豫州刺史袁真和徐兖刺史郗谙各率本部兵马在东西两翼跟进。

郗谙是桓温心腹郗超的父亲，郗超对父亲说桓温有意兼任徐兖刺州，郗谙只好辞职。司马昱请旨朝廷，任命桓温兼任徐兖刺史，郗谙就任会稽内史。

桓温从姑孰起兵，路过金城时，看到自己早年担任琅琊内史时，栽种的只有一指粗细的小柳树，已经长成十围。自己也从一个英姿勃发的青年，变成了白发皓首的老翁，不禁感叹光阴飞逝和人生无常。他随口吟道："树犹如此，人何以堪。"攀枝执条，泫然流泪，人称金城泣柳。

桓温亲率主力渡过淮河，先后攻占湖陆（今山东鱼台）、金乡（今山东金乡），燕军望风而逃，桓温攻占枋头（今河南浚县），剑指燕都邺城。

前燕皇帝慕容暐吓得六神无主，准备将都城重新迁回龙城。吴王慕容垂主动请缨，率领五万燕军迎击桓温。

慕容垂探知晋军粮草运送困难，在枋头以北安营扎寨，深沟壁垒，据险扼守，同时派大将前去截击晋军粮道。

慕容暐又派使节飞马前往长安向苻坚求救。苻坚派大将苟池率军两万，支援燕军。

桓温派豫州刺史袁真督运粮草，燕军击败袁真，晋军粮道被截。晋军战斗失利，粮草不济，桓温只好退兵。

慕容垂率领骑兵追杀，晋军死伤大半。好不容易，退到谯郡（今河南商丘），又被苟池率领的两万秦军截杀。晋军大败，桓温出兵五万，带回广陵的只有数千人。

桓温本想以伐燕胜利的余威，逼迫司马奕主动向自己禅让帝位，可他没有想到慕容垂比慕容恪还厉害，一拳就把他从战无不胜的神坛上，打落到尘埃之中，打得他灰头灰脸，威望一落千丈。

桓温现在兼任朝廷荆州、扬州、豫州、徐州、兖州刺史，他最小的弟弟桓冲担任江州刺史，桓家已经掌握了朝廷全部州郡，离帝位只有一步之遥，可是无论他使出了多少锦囊妙计，他就是登不上九五之尊。

枋头兵败之后，桓温经常躲在室内，长吁短叹。

桓温最信任的心腹、中书侍郎郗超，深知桓温多年来的心结就是问鼎晋祚。

他向桓温献计说："打胜仗可以立威，废立皇帝也可以立威。霍光废掉昌邑王刘贺，立了汉宣帝刘询，威望大增，权倾朝野。"

桓温听了心情大开，欣然说道："卿计甚好，细细道来。"

"大将军可利用司马奕宫闱混乱的传闻，上表太后废奕立昱。可收一石三鸟之效：一立威；二废幼立长，使太后不能继续垂帘听政，搬掉晋廷这位最大的守护神；三使司马昱登基后感恩戴德，很快就会向大司马禅让天下。"

桓温喜笑颜开："卿先行广传消息。"

"卑职遵命。"

几天之后，一个惊人的八卦就在朝野上下迅速传开。传言说，司马奕没有生育能力。由侍臣朱灵宝等几个男宠代劳，使田美人、孟美人等嫔妃，连续生了三个儿子。司马奕扬言要从这三个儿子中选出太子，继承自己的皇位，司马氏江山就要改姓了。正当这个八卦传得沸沸扬扬的时候，桓温出手了。太和六年十一月一日，他从广陵来到京城，效仿西汉权臣霍光废立的故事，上表请立司马昱，废黜司马奕。

第四十章　新亭对决

桓温带上郗超起草的请立司马昱、废黜司马奕的表章和太后诏令的草稿，一并交给黄门，送到后宫，自己在外殿等候。

褚蒜子正在显阳宫内的佛堂上香。抱琴接到黄门呈上的表章，对她说："桓大司马有急奏。"

褚蒜子来到佛堂的前门，倚门展开表章看了几行，脸上愁云四起，惆怅地说："我原来就怀疑会有这样的事情。"

她又要过来桓温为自己起草的废黜司马奕的诏令，看到一半，脸上现出痛苦的冷色，不忍再读，提笔写道："未亡人不幸遭此百忧，感念存没，心如刀割。"批复完后，让抱琴送还。

桓温借助自己强大的军事实力，不择手段地对朝廷步步紧逼，抢占朝廷地盘，削弱朝廷权力，总体上占据上风。

褚蒜子依据皇室名义上的正统性，依靠陈郡谢氏、琅琊王氏、太原王氏等几家高姓门阀，对桓温篡权的图谋，见招拆招，处处堵截。

褚蒜子展现出来的常常是一片雍容大度的灿烂笑容，是一片忧国忧民的菩萨心怀。

桓温深知褚蒜子已经垂帘听政近三十年，柔弱的外表下，有着一副维护晋祚延续的铁石心肠。她绵里藏针，笑容却敌，使桓温吃了不少苦头。

桓温忌惮她，担心自己的表章被扣住不发，只觉得等待了很长的时间，越等越害怕。时值深秋，桓温紧张得大汗淋漓，湿透了官袍。

褚蒜子对桓温的表章批复得很快。抱琴送还太后批复过的表章和诏令后，桓温大喜过望，高兴得手舞足蹈。

抱琴回来后，心事重重地问道："桓温废幼立长，意在逼迫太后撤帘，太后为什么不将桓温的表章留中不发?"

"我和奕儿只有皇室的空名，并没有一兵一卒，倘若不准桓温废立，他恼羞成怒，借口不让朱灵宝之子继位，率兵进宫，抢夺皇位，岂不更糟?"

抱琴点头说："还是太后谋事周到。"

褚蒜子眼中露出凄惨之色，无可奈何地说："司马昱虽然常与桓温暗通款曲，由他登基，江山社稷名义上还是在司马氏手里，走一步看一步吧。”

太极殿上，司马奕正在召集百官廷议。桓温手捧太后诏令，威风凛凛地闯了进来。他来到龙案前面站定，按剑将司马奕挡在了身后，大声命令宣旨，中书侍郎郗超当殿宣读了太后的诏令，废司马奕为东海王，立会稽王、丞相司马昱为帝。

晋朝自建立以来，已经一百多年，历经十一帝，还从来没有发生废立之事。

事先司马奕和百官没有听到任何消息，听了太后废立诏令，司马奕和百官人人震惊战栗，个个面容失色。

桓温让侍卫用牛车送司马奕回原来的东海王府邸。司马衍曾经封司马奕为东海王，司马丕登基后，封他为琅琊王，登基前，住在东海王府邸。

桓温派百官前往会稽王府，迎接司马昱登基称帝。司马昱在百官的簇拥下，来到太极殿的台阶前，桓温站在台阶的顶端，居高临下，面带微笑，拱手向司马昱行礼：“老臣恭贺新皇荣登大宝。”五十多岁的司马昱向上仰望，眼睛有些迷离，桓温高大的身躯，就像一尊恶神，向他狞笑。司马昱吓得面色惨白，放声大哭，众臣大惊，一拥上前，好生安慰。桓温正等着能言善辩的司马昱说几句出自肺腑的感谢的话，没有想到他在登基的当天，竟然如此不堪。桓温大为扫兴，指派王彪之、郗超依礼安排司马昱登基大典事宜，自己甩袖而去。

二十多年来，司马昱一直作为皇室的代表，出面和桓温商议处理各种朝政大事。司马昱深知桓温处心积虑地想代晋称帝。桓温目中无人，狂妄自大，生性凶残。他心想桓温今天能够废黜司马奕，明天照样也能废黜自己，为了防止桓温心血来潮，重新废昱立奕，司马昱登基之后，下诏废掉司马奕的东海王，降为海西公。

司马昱行将就木，天上忽然掉下一顶皇冠，本来是一件天大的喜事。

他却感到凶多吉少，朝不保夕。因为，桓温亲口对他说过，不能流芳百世，定当遗臭万年。他深知桓温必定要谋取国鼎。

为了答谢桓温帮助自己登上帝位，司马昱加封桓温为丞相，入朝辅政。

桓温一口拒绝。他意在代晋亲政，哪里肯辅政？他仍旧回到故孰，静等这个软弱无能的皇帝早日将帝位禅让出来。

新皇登基，惯例是当年沿用先皇的年号，为了过得快些，司马昱破天荒地把司马奕的太和六年十一月改元为自己的咸安元年十一月。破例改元，并没有延长司马昱在皇位上多待些时间。咸安二年七月二十三日，在日夜胆战心惊的煎熬中，只当了八个月皇帝的司马昱染上重病，在太极殿西堂卧床不起。七月二十八日，司马昱自感大限将近，召集侍中、中书令王坦之，侍中、尚书仆射王彪之，侍中、吏部尚书谢安，中书侍郎郗超几位重臣，商量后事。

司马昱临终之前，在谢安等人的支持下，斗胆办理一生最出彩的一件大事：立第六子（司马昱前面的五子全部夭亡）司马曜为太子。

司马昱担心桓温如果真要谋夺皇位，就会加害儿子，想出一个两全之策。命王坦之草诏：让桓温行周公摄政之事，“少子可辅则辅，不可辅，君可自取之”。这实际上是对桓温说，你要当皇帝，你就当，你不当，就让我儿子当，不要加害我儿子。

王坦之草诏后，忧虑地说：“桓温正想谋夺天下，陛下这不是正好给了他篡权的口实了吗?”

司马昱听了生气地说：“天下本来就是桓温给朕的，现在就应该还给桓温，与卿何干?”命令王坦之颁诏。

王坦之手捧诏书，转身出去前往显阳宫，将诏书呈给褚蒜子御览，并将司马昱的言语全盘汇报。

褚蒜子十分震怒：“ 天下本宣（司马懿）、元（司马睿）之天下，绝对不是皇帝自己的天下。他有何权力私自传授给外人？皇帝之所以能够当上皇帝，本宫看在他是司马氏子孙，才下诏立他为帝的。”说到这里，褚蒜子双手用力将司马昱的诏书撕得粉碎，扔到地下。

褚蒜子意犹未尽：“本宫请爱卿当即转告皇帝，他如果胆敢一意孤行，私自传授国鼎，本宫立即下诏将他这个皇帝之位废去。本宫要让他明白，只要有本宫在，任何人都不能将国鼎夺去。”

褚蒜子说得大义凛然，王坦之听得肃然起敬。

王坦之回到西堂，将太后撕碎诏书和反对私相传授君权的话语，汇报给司马昱。司马昱大怒道：“太后已经撤帘退回后宫，她只是在后宫等死的一个老妇人，她有什么权力再干预朕的朝政?”

王坦之好言劝说：“太后也是为了防止祖宗江山落入外姓之手，忠贞之心，可昭日月。”

司马昱恨恨地说：“朕之所以让桓温自取，是担心桓温会对朕的子孙不利。太后儿子已死，已经绝户，她眼里没有子孙，只有江山。”

王彪之实在看不下去，说道：“太后虽然没有自己的子孙，想的都是司马氏子孙和祖宗江山。陛下心里想的都是自己的子孙，全无祖宗江山。”

谢安进一步晓以利害：“将来史家秉笔，太后退居后宫，尚且奋力保护国鼎。陛下为了保护自己的子孙，私自将国鼎拱手送人，亡国之君之名将永存青史。”

谢安的话语，击中了司马昱的七寸。司马昱虽然担心儿子的安全，但是也不愿意留下亡国之君的恶名，只好对王坦之说：“请爱卿重新拟诏。”

王坦之到别室，重新草诏：一切军国大事秉承大司马，一如诸葛武侯、王丞相故事。司马昱看过之后，命令加盖玉玺。

王坦之出去颁发诏书，刚刚走出殿外，闻听殿内哭声响起，急忙返回西堂，司马昱已经晏驾。

西堂之内，众臣乱哄哄地哭成一片，谢安担心夜长梦多，心里着急，对王彪之说：“当务之急是储君即刻继位。”王彪之心有同感：“此议甚妥。”郗超心想，新君未立，桓温正好趁此抢登帝位。

他上前对王彪之说：“大行皇帝刚才传诏，一切军国大事秉承大司马，现在我派人前往姑孰向大司马请示，请他裁定新君人选。”

王彪之听了面容严肃、义正词严地驳斥道：“天子驾崩，太子继位，天经地义，自古皆成通例。大司马向来主张依礼治国，绝对不会有别的话说。我们就此向他请示，他肯定会指责我们不懂礼法，责骂我们。”王彪之有理有据，郗超无话可说。当日，谢安等人趁热打铁，为司马曜举行了登基大典。

郗超并没有参加司马曜的登基庆典，他骑上快马，火速赶回姑孰，向桓温通风报信。

前几天，桓温接到郗超的邸报，司马昱病重。桓温希望司马昱将帝位禅让给他的激情，很快燃烧起来。桓温是武将，也有门阀士族的文人、书生意气。桓氏的先祖桓范，是曹魏的大司农，官居正二品，出身于这样一个高门士族，桓温讲究名正言顺。如果单靠军事实力，他许多年前就可以攻进京城，推翻晋廷，自己称帝。桓温宁愿采取用军事实力做后盾，靠军功、靠威望，威慑、逼迫晋帝主动向自己禅让。苍天不负苦心人，他耐心地等待多年，终于用妙计把司马昱扶上了九五之尊。他和司马昱打了二十多年的交道，太熟悉这个软弱无能、胆小怕事、连片树叶掉下来都怕砸碎脑袋的皇帝了。知道他连个芝麻大一点儿的事情都不敢做主。他废司马奕、立司马昱，其根本目的，就是想利用司马昱的胆小怕事，逼迫司马昱把帝位禅让给自己。桓温对于司马昱的禅让，似乎很有把握。因为司马昱为了讨好桓温，利用司马丕让他总揽朝政之机，把朝廷能封的官职，全都封给了桓温。现在，司马昱大限将近，桓温算定司马昱很快就要向自己禅位，心中已经变幻出自己头戴皇冠、身穿龙袍、接受百官朝拜的盛大场面。他坐在姑孰帅府的白虎堂上，品着美酒，静候郗超佳音。

夜幕降临，长史向他报告：“郗超求见。”

桓温从虎皮帅椅上站了起来，激动地说：“快请。”

当桓温望向推门而进的郗超看去时，顿时大吃一惊：郗超两眼无光，精神萎靡，满脸晦气，垂头丧气，像一只斗败了的公鸡。脸上原来的那些踌躇满志、意气风发的神态全无一点儿踪影。

郗超扑通一声，跪在了帅案之前，双手将诏书举过头顶，呈给桓温。

郗超哭诉道：“卑职无能，本想逼迫司马昱将皇位禅让给大司马，司马昱内心也有这一层意思，由于太后、谢安、王坦之、王彪之勾搭连环。今天，皇帝先立太子、后驾崩，谢安等人拥立太子登基。一日之内，变化太快，卑职一人之力顾及不到，无力回天，死罪，死罪。”

桓温听了勃然变色，脸膛像朱漆染过似的，红得发紫。他要过诏书，看了几眼，撕了个粉碎。他对郗超说了声：“景兴（郗超表字），起来计议。朝廷那几家门阀欺我太甚，我必定还之以颜色。”

“大司马决心已下。”

“国鼎，本帅志在必得，司马氏不肯主动禅让，本帅自取。”

“卑职细细想来，禅让一事，并未走成死棋。”

桓温兴趣大增：“卿有何妙计？”

郗超转动着一双小眼睛，狡黠地说：“卑职认为谢安、王坦之、王彪之等人之所以敢与大司马叫板，除了有太后的支持外，这三个人本身也形成了一个铁三角。三只脚都在，一荣俱荣。三只脚断其一，一损俱损。”

郗超说的确是实情。东晋是司马睿渡江之后，建立的一个小朝廷。司马睿是司马懿的曾孙，不是开国皇帝司马炎的嫡系子孙，只是司马氏的一个偏支。东晋在实力上和西晋相差很大。西晋历经四帝五十一年，东晋却历经十一帝一百零三年。东晋小朝廷君弱臣强，却能长期偏安江南，关键是建立起了一套皇族和掌权门阀权力共享的利益机制。现在朝廷就是皇族和陈郡谢氏、琅琊王氏、太原王氏等掌权门阀利益共享，风险分担。

桓温图谋篡夺司马氏江山，必定会打破司马氏和掌权门阀之间建立起来的共享机制，势必会遭遇掌权门阀联盟的联合抵制。

在陈郡谢氏、琅琊王氏、太原王氏等掌权门阀组成的这个铁三角中，谢安处于中心位置。他是太后的堂舅，太后对他很信任。他的女儿谢道荞嫁给了王坦之的儿子王国宝，他和太原王氏是儿女亲家。他的侄女、才女谢道韫嫁给了王彪之的侄子、王羲之的儿子王凝之，他和琅琊王氏也有姻亲关系，更重要的是谢安足智多谋、临危不惧。

郗超拆散铁三角联盟的计策，使桓温心头的阴霾云开雾散。他击节称赞：“好计策！”

受到了桓温的赞誉，郗超欢欣鼓舞道：“大司马杀掉了三人中的两人，剩下一人必定避祸自保，不敢再出头。太后已经撤帘，没有了谢安等人帮助传旨，一个女流之辈自己无法出来抛头露面。搞定上面的四人后，只剩下十一岁的小皇帝司马曜，卑职吓唬他几句，他还敢不禅让出帝位吗？”

桓温站起身来，拍着郗超的肩膀说：“卿真可谓诸葛再世，事成之后，卿就是开国第一功臣。”

“三人中，谢安是摇羽毛扇的，王坦之这次跳得很高，卑职以为应当先杀此二人。”

“本帅必杀二人。”

郗超先行一步，进京造势。他骑快马飞奔京城，来到太极殿。在早朝时，报告司马曜，桓温准备近日率领大军，向京城杀来。

司马曜吓得大哭，文武百官同样面无人色，浑身颤抖。司马曜站起身来，哭着连声问道：“大司马为何要向京城杀来？众卿有何办法化解？”纵使桓温无法无天，百官但求保住自己项上的人头，无人敢出班说出半个不字。

司马曜无奈，丢下百官，跑到显阳宫向褚蒜子哭诉。司马曜是司马睿的孙子。褚蒜子是司马睿的孙媳，是司马曜的堂嫂。褚蒜子看到司马曜哭得泪人一样，亲切地把他搂到怀里，为他擦去眼泪说：“皇帝不要害怕，一切有本宫顶着，本宫就是粉身碎骨，也不会让他伤害皇帝。”司马曜止住了哭声，在一旁坐下。

褚蒜子将抱琴叫到身边，吩咐她骑快马赶往姑孰，以自己的名义，求见南康公主和李玉，让她俩设法阻止桓温篡位。抱琴点头会意，出宫而去。

褚蒜子命侍书前往太极殿宣旨，命谢安、王坦之、王彪之率领百官出城前往新亭，迎接桓温，千方百计把桓温挡在皇城之外。

新亭（今南京菊花台）在京城西南郊，地处姑孰到京城的官道一侧，是京城近郊的一处重要的军事要塞。新亭风景秀丽，人文荟萃，有两处名胜：一个是菊花山，是一个小山丘，山顶平坦，呈圆形向四周散开，酷像菊花；另一个是玉乳泉，在菊花山山腰之间，泉水清澈甘甜，雪白似乳。新亭也是京城文人士族出城游玩、宴饮的好去处。时值仲秋，金风送爽，菊花山上，漫山遍野的菊花迎风开放，浮金点玉，流光溢彩，沁人肺腑。

菊花山下，桓温帅帐高耸，帅旗飘扬。黄色的帅旗上绣着斗大的“桓”

字，在秋日的阳光下，格外醒目。桓温选择新亭安营扎寨，很有讲究。这里离京城很近，可以使朝廷感到兵临城下的压力。

王坦之、王彪之早早率领文武百官来到桓温的大帐前。谢安在京处理一件急事，还没有来到。

来着不善，善者不来。等候了很长时间，在一阵阵急促的马蹄声中，桓温来到了新亭，还未下马，百官全都跪在了马前。

百官都知道，桓温这次进京就是抢夺帝位的，就是来杀人的。前来迎接的百官人人害怕，个个自危，都想用跪拜和恭敬，乞求桓温对自己网开一面，特别是位高权重者，更是战栗失色。

桓温下马后，在亲信的前呼后拥下，威风凛凛地以帝君的身份，接见百官。接见百官后，桓温转身进了帅帐。他任凭百官跪在地上，视而不见。

数百名侍卫跑动前进，在大帐门口排出了一列长长的刀丛剑林。刀剑在阳光下发出了璀璨的光芒，摄人心魄。果不其然，桓温的一名亲信出帐大声宣布："大司马有令，传谢安谢大人、王坦之王大人进帐。"底牌已经亮出：桓温要用谢安、王坦之的人头，为自己荣登大宝奠基。

王坦之朝冠、朝服，手持朝板身子一歪，差点儿吓趴到地上，幸好被随从扶住。

在这个关键的节点上，谢安赶到了。大帐之外，除了风卷帅旗的哗哗声之外，一片寂静。

众人一看，谢安面如美玉，须髯飘洒，气度不凡，镇定自若。一身常服，纶巾束发，宽衣博袖，银丝袪口，金丝镶边，丝带飘飘，犹如神仙下凡。

谢安跳下马来，掸了掸身上的征尘，向刀丛剑林看了一眼，了然一笑，快步上前，挽住王坦之的手臂，安慰说："晋祚存亡，在此一行，安石誓与文度（王坦之，字文度）共进退。"穿过刀丛时，谢安从容不迫，王坦之抖个不停。

进帐之后，桓温冷眼向两人看去，谢安神态自若，王坦之慌里慌张，汗湿官袍，更搞笑的是手中的朝板头朝下拿着，却浑然不知。桓温脸上浮起一片鄙夷之色。

谢安丝毫没有顾及桓温的表情，他胸有成竹，先发制人，带着浓重的鼻音问道："安石闻诸侯有道，守在四方，明公为何兵临建康城下？"

桓温和郗超事先准备了一套斩杀谢安的方案。

桓温设想，自己点名谢安、王坦之进帐，就是要斩杀谢、王二人，原因就是二人阻止司马昱向自己禅让帝位。谢安进帐后第一件要做的事，就是抢先为自己辩解阻止司马昱禅位的理由，以求不死。这样，桓温就可以谢安分辩理由不充分，将他斩杀。

桓温怎么也没有想到，谢安进帐后，第一句话不是为他自己分辩，而是质问桓温而为什么率兵进京？谢安先入为主，率先抢占了道义的高地，把双方争锋的内容纳入谢安精心设计的套路。

因为和桓温打了多年的交道，谢安十分了解桓温的为人，十分清楚桓温的软肋之所在：桓温表面上讲究名正言顺，讲究道义心里却极度觊觎皇位，又不愿意伸手去抢，落下一个抢夺帝位的恶名。他期盼司马昱这个窝囊废，向他禅让。

谢安这句责问，很厉害，一言中的，打在桓温的死穴上：现在秦帝苻坚、燕帝慕容暐虎视眈眈，准备南侵。我朝危如累卵，明公您应该率军守卫边疆，可是却兵发京城，您想干什么？气势汹汹的桓温一下子由正方变成了反方，由执法者变成了被告。桓温卡壳了，迟疑了半天，才支支吾吾说："我怕发生不测，情非得已呀！"桓温为了掩饰自己的尴尬，请谢安落座。

谢安高稽作谢后，坐在桓温的右下方。他目光如炬，看到眼前帅帐的幕后，有刀枪晃动，他乘胜扩大攻势，手指着幕后，大声笑问："安石手无寸铁，明公在幕后埋伏刀斧手，难道也是情非得已吗？"桓温还未回答，一个女人的声音在大帐门口响起，掷地有声，威严顿显。

"安石不必多心，夫君习武之人，喜欢舞刀动枪，在府中尚且如此。今日有本宫在此，我看何人胆敢伤害安石半根毫毛？"

众人抬眼看去，原来是南康公主司马兴男到了，李玉、抱琴跟在后面，一同走进帐内。南康公主金冠凤袍，身子有些发福，更显得雍容华贵，仪态大方。

谢安上前就要行跪拜之礼，被南康公主双手拦住："荒野之外，安石不必多礼。"

呆若木鸡、大汗淋漓的王坦之这时从惊骇之中回过神来，上前跪拜南康公主，公主吩咐李玉将他扶起。

桓温深知南康公主和太后相交很深，两人都是保护晋鼎的死党。南康一来，斩杀谢安、王坦之的计划肯定泡汤。

眼看着就要被自己宰杀、下锅的两只鸭子又要飞了，桓温心里又恼怒又颓丧。

他惹不起南康公主，只好向李玉怒喝道："本帅进京处理军国大事，你们两个妇人来此做甚？"

桓温剑眉倒竖，紫髯奓起，口沸目赤，咆哮如雷。

李玉已到中年，依然风情万种，云鬓高髻，黑亮如漆，头上没戴一件头饰，只有抱琴在帐外给插上的一朵墨菊，衬托出粉面如雪，星眼似月，一身青衣，不着任何绣饰，上衫下裙，大袖翩翩，裙摆曳地。

面对桓温的怒斥，她没有丝毫的胆怯，只是快步走到桓温的背后，双手攥成拳头，为他捶肩。

李玉笑语盈盈："姐姐担心大将军身体，特地赶来亲自照顾。抱琴前来姑孰说，太后有恙，我俩心里惦记。我们先陪伴大将军，然后进宫。姐姐看望弟妹，玉儿拜见母后。"李玉把母后两个字说得特别重。

李玉说得乖巧，桓温和谢安心照不宣：南康公主和李玉都是太后搬来的救兵。

南康公主也不和桓温商量，命令撤去全部侍卫，让王坦之带领百官回朝，吩咐大摆宴席，款待谢安。

谢安知道桓温海量，频频举杯向桓温敬酒，可他敬出去的酒大都被李玉代饮。

南康公主充满歉意地说："夫君年事已高，身体大不如从前，望安石见谅。"

谢安不再敬酒，和桓温纵论天下。谢安兴趣起来，即席背诵了嵇康的《赠秀才入军》中的几句诗：

"思我良朋，如渴似饥。
愿言不获，怆矣其悲。"

谢安借嵇康的诗意，表达出对桓温友情的珍惜。谢安气度恢宏，性情率真，众人齐声称赞。命悬一线的晋廷，避免了一次国灭人亡的危机。

桓温期盼朝廷向自己禅让帝位的热望彻底破灭，他又不愿意出兵抢夺，心中忧郁愁闷。宁康元年六月，在司马昱死后几个月，桓温一病身亡，享年六十一岁，朝廷对其厚葬。桓温死前，将军权交给他最信任的小弟弟桓冲。有人向朝廷密报，桓冲正在调兵遣将，准备攻进京城，斩杀谢安，为哥哥报仇。

刚刚安静了几天的建康，又处在一片风雨飘摇之中。

第四十一章　笑对刀丛

对于桓冲清君侧的传言，谢安虽未惊慌，也没有掉以轻心，在他心中，防止桓冲像桓温一样干政，是当务之急。他认为，只有重新请太后听政，依靠太后的威望，才能抑制桓冲的野心。他把请求太后垂帘的表章上报司马曜，司马曜准奏。年近五十岁的褚蒜子，毅然决然第三次垂帘听政，因为她清楚地看到朝廷内患刚息，外患又起。

在晋廷和桓温之间上演龙虎斗期间，北方强敌前秦迅速崛起。前秦的崛起，源于有了雄主苻坚和名相王猛。苻坚雄才大略，王猛腹有良谋。王猛下马能治国，上马能领军，时称诸葛再世。苻坚加封王猛为大将军、丞相、冀州牧、清河侯。在苻坚的支持下，王猛厉行法治，率先打击不法苻氏宗亲、豪强。皇太后的亲哥哥，在长安周围跑马圈地、草菅人命。王猛将他抓捕正法，极大震慑了不法宗亲，为苻坚依法治国，创造了条件。苻坚兴修水利，劝课农桑，兴办教育，生产力得到了很快的恢复和发展，为统一北方提供了强大的物质基础。苻坚宽宏大量，志在一统天下。对于被自己击败的各个割据势力，招降后，许以高官厚禄，并准许带领原有的本部人马。一时间，苻坚被称为宽厚仁慈的圣主，很多在诸侯争霸中失意的诸侯，纷纷来投，苻坚威名大振。桓温在枋头被慕容垂大败后，王猛抢在燕军前面，攻占了东晋的洛阳。

姚襄向苻坚上书，请求借道三原（今陕西咸阳），返回老家陇西。王猛一眼看穿姚襄是以借道为名图谋攻取长安，向苻坚建议，姚襄递上降表后，才能回乡。姚襄大怒，出兵攻秦，被苻坚诱至三原击杀。苻坚招降姚襄之弟、姚弋仲第二十一 子姚苌，封他为扬武将军。

慕容垂在枋头大胜桓温后，受到燕帝慕容暐和太宰慕容评的猜忌，被迫率领本部三万燕军降秦。苻坚久仰慕容垂的军事才能，出城十里迎接。王猛力劝苻坚杀掉慕容垂："慕容垂的才能在慕容恪之上，这样的猛兽焉能驯服于陛下？臣恭请陛下速除之，以绝后患。"苻坚不听："我诚招天下英才，以建不世之功。今天英才来投，我即杀之，岂不失信天下？"苻坚对慕容垂信任有加，加封他为冠军将军、宾都侯、京兆尹。

苻坚、王猛一直蓄谋伐燕，忌惮慕容恪、慕容垂，迟迟没有发兵。现在慕容恪已死，慕容垂来投。王猛率六万秦军伐燕，打得二十万燕军望风而逃。秦军将邺城团团围住，燕帝慕容暐开城投降。苻坚将慕容暐和鲜卑族几十万人，迁至长安附近。苻坚对慕容暐好言安慰，加封他为车骑将军、新兴郡侯，仍然率领降秦后的燕军。

苻坚派兵攻打仇池，仇池投降。他西伐凉都姑臧，凉王张天锡开城投降。他又派兵击杀代王拓跋什翼健，吞并了代国。

仅仅几年的时间，姚苌、慕容垂来降。前燕、前凉、仇池、代国全部被灭，几十万降军全部加入秦军的队伍。苻坚统一了北方，前秦的版图，东到大海，西到葱岭，北到大漠，南到江淮。苻坚踌躇满志，准备灭掉东晋，一统华夏。

褚蒜子未雨绸缪，竭尽全力从人事、军力和物质上进行战前准备。

她下诏加封尚书仆射王彪之为尚书令，加封中书令王坦之为中书监，加封侍中谢安为尚书仆射、中书令。一人兼任门下省、尚书省、中书省三省职务，全朝唯谢安一人。她还下诏加封桓温的幼弟桓冲为车骑将军、荆州刺史、扬州刺史，接替桓温率领桓家军主力。通过一系列官职任命，提升了谢安在朝廷中枢的地位和权力，安抚了王彪之、王坦之，稳定了桓冲。

宁康三年四月，苻坚派长子、安乐公苻丕率十七万大军先后攻占了东晋的梁州、益州后，直指襄阳，揭开了秦晋大战的序幕。

大敌当前，东晋朝廷内部显示出南渡以来空前的团结。桓冲顾全大局，上表辞去扬州刺史职务，专心经营荆州防务，上表调兖州刺史朱序任梁州刺史，固守襄阳，并推荐人望很高的谢安担任扬州刺史。谢安上表，举荐屡立战功的侄子谢玄为兖州刺史。

褚蒜子下诏加封谢安为扬州刺史，加封谢玄为建武将军、兖州刺史。

谢玄，字幼度，谢奕之子，东晋名将。谢玄自幼聪慧，善于治军，精于韬略，具有卓越的指挥才能。

谢安隐居东山，教育谢氏子弟，其中侄女谢道韫和侄子谢玄最有才华。

一天下雪，谢安欣然说："白雪纷纷何所似？"

侄子谢朗对道："空中撒盐差可似。"

谢道韫对曰："莫若柳絮因风起。"

一日，谢安向子侄们问道："你们不一定都要出来做官，为什么都要成为出类拔萃的人呢？"众子侄面面相觑，无言以对。

谢玄出来说："是希望芝兰玉树，长在自家的庭院呀！"

谢玄早年任桓温的司马，深受桓温赏识，称赞说："幼度一定会成为我朝的‘黑头’（指年轻）将军。”在即将到来的秦晋决战的关键时刻，谢玄脱颖而出，崭露头角。

襄阳被秦军包围，朱序兵少粮缺，形势十分危急。朱序的七十岁老母散尽家财，购买军粮，保证军需。

一天天降大雨，朱序老母看到城西北角的城墙的墙基松动，带领儿媳、孙子和全家老小，在危墙之内垒筑新的城墙。全城百姓闻知，纷纷赶来参加筑墙。在大雨中，新的城墙刚刚筑好，危墙立即崩塌，百姓都称襄阳为夫人城。

苻丕攻打襄阳整整一年，朱序城破被俘。苻坚招降朱序，封朱序为度支尚书，让朱序率领所部三千晋军前往长安。

苻坚派彭绍率六万骑兵，乘胜攻占彭城，围攻泗口。晋廷派大将毛安之率四万晋军救援泗口，被秦军击败。谢安命谢玄率军一万驰援泗口，谢玄五战五捷，打得秦军溃不成军。彭绍所部秦军，听到谢玄的名字，望风而逃，谢玄顺利收复彭城。这是苻坚统一北方后，晋军对秦军的一场大胜，把东晋的防线向北推进了几百里。

褚蒜子下诏加封桓冲征西大将军，任荆州、江州刺史，都督荆州、益州、梁州、江州、广州、交州诸军事，负责朝廷西面防线；加封谢安征北大将军、中书监，录尚书事，总领门下、中书、尚书三省；加封谢安任扬州刺史、豫州刺史，都督扬州、豫州、徐州、兖州、青州诸军事，负责朝廷东面防线。加封谢玄为徐州、兖州刺史，都督江北诸军事，重点负责江北防务。

做好了秦晋大战前的组织准备后，褚蒜子在显阳宫召见谢安、谢玄。

褚蒜子面带愧色地对二人说：“本宫一心一意想强本固基，改变我朝君弱臣强的局面，矢志北伐。时至今日，一事无成。主要是没有使军权掌握在皇家可信任的方镇手中。”

谢安安慰说：“现在我朝君臣有序，将相齐心，全赖太后协和之功呀！”

褚蒜子脸上的愧色更加深重：“永和元年，本宫亲选驸马都尉桓温任荆州刺史，想的是桓温原是皇亲国戚，一定会忠君报国，结果差点酿成国鼎易姓。”

谢安接话说：“正是太后请来南康公主与李玉夫人，才使命悬一线的晋鼎转危为安。”

“本宫拟将守卫荆州的重任交给桓冲，将守卫京城北大门的重任交给幼度。”

谢玄听到这个太后表姐亲切地称呼自己的表字，激动地站起身来表示：

“末将绝不辜负太后的信任。”

褚蒜子激励谢玄说：“自古英雄出少年。据传，苻坚有八十万军队，其中大部是降兵降将。苻坚就像是坐在干柴上，一有风吹草动，冲天大火就会把他烧成灰烬。”

谢安说：“太后英明，微臣也有同感。”

褚蒜子关心地问道：“幼度所部亲军多少？”

谢玄回答：“一万。”

“本宫听说幼度率军一万，将秦军六万骑兵打得落花流水。”

“兵无常势，水无常形。骑兵在平地作战，速度快，冲击力强。末将将秦军骑兵引入泗口河网，骑兵受困于河网，等于上了一条绊马索。秦军骑兵前进无路，回退无门，被我军击败。”

“倘若苻坚的八十万大军攻来，幼度将如何迎敌？”

“诸葛武侯说，兵贵精不贵多。武侯率军五万，六出祁山，打得几十万魏军高悬免战牌。再说，末将只有一万将士，粮草、军械、马匹还供应不上，兵多了粮草筹备更加困难。”

“本宫召见二位爱卿，主要是为了徐兖军的扩军备战。本宫的设想是，徐兖军尽快扩招到十万，由幼度抓紧训练，练成精兵强将，和桓冲的十万荆州军一起，迎击苻坚八十万大军。”

谢安面带忧色：“粮草、马匹、军械都筹集不起呀！”

“只要严格执行朝廷土断诏令，在不增加百姓现有徭赋的前提下，扩大朝廷徭赋来源和总量，就能保证荆州军和徐兖军的军资用度。”

褚蒜子说的土断，是指东晋为了解决侨郡、侨民问题，推行的重新登记户籍和调整地方行政区划的政策。其主要做法是，划定州、郡、府、县的地域后，居民按照实际居住地重新登记、编定户籍，即以土著为断，故称土断。

比如，原来的洛阳侨民，南渡到会稽定居后，仍然以上报自己为洛阳户籍，并没有编入会稽户籍，从而没有从徭交赋。如果把他编入会稽户籍，会稽的地方官员，就可以依据他的会稽户籍让他从徭交赋。

土断的目的是把北方南迁的士族和百姓，编入朝廷户籍，增加向朝廷从徭交赋的户籍总量。

谢安略加思索：“我朝成帝的咸康土断和哀帝的兴宁土断，大都流于形式。”

“爱卿虽然是本宫的舅舅，本宫看重的只是爱卿忠于王事。爱卿现在总领三省，诚盼爱卿能辅佐皇帝，全力理清土断。”

“微臣明白。”

“据户部向本宫提供的数据，本朝有四百万人没有编入户籍，其中有三百万北方侨民和江南新增一百万人，没有纳入朝廷户籍。这四百万人从未向朝廷从徭交赋。”

谢安忧虑地说：“这就造成南方士族、百姓怨声载道。实行严格的土断，才能缓和南北矛盾。”

“正是如此。土断中如果能够再编入北方户籍三百万和江南新增户籍一百万，可以为朝廷新增加四百万户籍，使向朝廷从徭交赋总量增加一倍。爱卿一定要严格执行土断诏令，增加朝廷从徭交赋总量，保证军需。”

“哀帝兴宁二年颁发土断诏令，已有十年。微臣期盼太后能够重新颁诏。”

“就依爱卿，这也是本宫颁发的最后一道诏令。颁诏之后，本宫将撤帘归政。”

谢安诚恳地说：“太后听政，呕心沥血，宵衣旰食，朝廷政清人和，实是万民之福。”

“听了爱卿这几句话，本宫稍觉心安。本宫希望爱卿竭尽全力辅佐皇帝，击败苻坚，使万民安居乐业。”

“太后放心，微臣就是肝脑涂地，也要完成太后所托。”

宁康三年十二月，褚蒜子颁发土断诏令后，归政司马曜。

宁康四年正月，司马曜十五岁，褚蒜子为司马曜举行了加冠大典。司马曜亲政，改元太元。

司马曜加封谢安为骠骑大将军、司徒，总揽朝政；加封桓冲为骠骑大将军、荆州牧。司马曜为自己的亲政，布置新的格局。

谢安大刀阔斧地推行土断新诏书，一时豪强肃然，国库丰盈。

谢玄在京口招募以北方流民为主的健壮骁勇的百姓，参加徐兖军，其中招收了像刘牢之这样的一些勇将，士气大振。京口地处建康北面，人称北府，徐兖军也称北府兵。由于有了谢玄这块金字招牌，北府兵很快扩招到十万人，实力大增。

桓温死后，南康公主接着离世。李玉未曾生育，不愿意遭受桓温几个小妾和诸子的白眼，离开桓府，住进显阳宫，就近照顾褚蒜子。

抱琴、侍书看到太后一直没有找到称心如意的宫女，两人分别将自己的孙女朝云和晨雨带进宫来，为她做贴身宫女。朝云、晨雨只有十多岁，在抱琴、侍书的调教下，身手不凡，剑法精深。闲暇时，抱琴、侍书常常进宫看望褚蒜子，褚蒜子带上她们，或登山，或游湖，其乐融融。

不出宫时，褚蒜子和李玉一起，或翻阅佛家经典，或研读道家秘籍。

李家从李玉的先祖李特开始，直到她的父亲李势，既是成汉的皇帝，又是四川天师道的师君。

天师道为东汉安帝时的太学士张道陵在成都所创。张道陵是沛县人，客居四川，自称是西汉留侯张良的第八代嫡孙。他将老子李聃神化为神仙太上老君，又将《道德经》进行神化的释义，奉为天师道的立教经典。天师道经过张道陵、张衡、张鲁祖孙三代经营，得到了快速发展。

张鲁在东汉末年割据汉中三十年，利用手中的军政大权，将天师道改造成一个宗教、军事组织。

张鲁借用黄帝为师父岐伯上的天师尊号，尊祖父张道陵为天师，尊父亲张衡为嗣师，封自己为师君。

天师道设总坛，总坛坛主为师君，是天师道最高的宗教领袖。总坛之下，一个地方设一个分坛，祭酒为分坛的宗教领袖和首领。

道徒平时分散，定时集中练武。经过神化，天师道师君可以召集和指挥一百万天兵，祭酒可以召集和指挥十万天兵，道徒可以召集和指挥一万天兵。这些招来的天兵可以保护道徒和为道徒打仗。道徒自恃有天兵保护，打起仗来不要命。

一个冬日的夜间，褚蒜子被显阳宫窗外的脚步声惊醒。

她迅速穿好衣服，叫醒了在东阁值夜的朝云、晨雨。睡在西阁的李玉听到外面有响声，也提剑来到东阁。

聚蚊成雷，显阳宫外人声嘈杂，声浪一浪高过一浪。“咚”“咚”，她们听到了重物撞击显阳宫大门的声音。褚蒜子很快意识到事情的严重性，她吩咐李玉和朝云埋藏在东阁门后，不到万不得已，不要露面。

褚蒜子带着晨雨来到中厅，吩咐晨雨点亮蜡烛。她坐在八仙桌的左侧，晨雨提剑护卫在她的一侧。

只听到“咣当”一声，显阳宫的大门被撞开。

“太后救我！太后救我！”随着惊恐的喊声，司马曜光着脑袋，身穿黄色的睡衣，连跌带撞地跑了进来。

他跪在褚蒜子的面前，放声大哭：“天师道攻进太极殿西堂，向我索要玉玺。我被逼无奈，只好说玉玺在太后的显阳宫，天师道让我前来向太后索要玉玺。”

司马曜身后，跟着十多名手持刀枪的道徒，为首一人，正是京城天师道分坛坛主卢竦。他头戴纯阳巾，身穿紫色道袍。道教以老子为最高教主，老子函谷关东去，道教称之为紫气东来。道教法天，崇尚紫色、蓝色。祭酒以上着紫色道袍，普通道徒着蓝色道袍。卢竦身材高大，鹰鼻鼠目，一张大脸上，留着一道深深刀疤，疤痕外翻，在宫烛的照耀下，闪着紫光。

卢竦经过精心准备，谎称太后下诏废黜司马曜，重立司马奕为帝，骗取了道徒和信奉天师道的御林军将领的支持。御林军将领给卢竦打开了皇宫的北大门。卢竦率领数千名道徒和御林军，劫持了司马奕和司马曜，攻占了太极殿，准备扶持司马奕复辟，妄图由天师道一统天下。

褚蒜子很快明白，是天师道和御林军里应外合，攻进皇宫，企图发动宫廷政变。

她厉声向司马曜喝道："皇帝起来，你是皇帝，刀架在脖子上，也不能失去皇帝应有的威仪和尊严。"

司马曜听到太后的斥责，站了起来。他只穿着一身睡衣，天寒地冻，加上心中害怕，浑身抖个不停。褚蒜子不愿意让司马曜在天师道面前丢人现眼，吩咐着他去东阁穿衣服。司马曜刚一抬步，被卢竦用剑挡住。

褚蒜子怒目向卢竦看去，卢竦情不自禁地打了一个寒战。

卢竦向四周看去，自己一方，显阳宫内有十几名道徒，门外还有数千名道徒和信奉天师道的御林军。对方只有一个老妇人、一个小宫女和一个尿包皇帝，自己一方的力量显然比对方强大得多。

卢竦顿时胆壮了起来，大声喝道："他不交出玉玺，不能走。"由于用力太大，震得刀疤不停地颤动。

褚蒜子两眼如电，逼问道："你是何人？你想造反吗？这可是要诛灭九族的呀！"

卢竦听了仰面大笑，道："我是京城分坛祭酒卢竦，奉本教师君之命，拥戴海西公司马奕复位。司马奕登基以后，我卢竦就是开国第一功臣，我能招来十万天兵，谁敢诛灭我的九族！"

褚蒜子知道碰上了一个生瓜蛋子，给他讲道理还真讲不通，只能使出一些迂回手段，道："你让皇帝进东阁穿衣服，他人在东阁又跑不掉。"

"本祭酒不是怕司马曜跑掉，而是怕他将玉玺带走。"

"皇帝一身单衣，他身上没有玉玺。"

"玉玺在哪里？"

"在本宫这里。"

"老太婆，道徒和御林将显阳宫围了个铁桶一般，你插翅难飞。赶紧将玉玺交出来，饶你不死。否则，明年的今日就是你的周年。"

“你要玉玺做什么?”

“海西公登基不能没有玉玺。”

“海西公在哪里?”

“就在太极殿，等待送上玉玺，即刻登基。”

“你把海西公请过来见我，他如果同意当皇帝，本宫立即把玉玺交给你。”

“此话当真。”

“绝非虚言。”

卢竦立即派人从太极殿将司马奕唤来。

司马奕来到显阳宫，双膝跪倒在褚蒜子面前：“儿臣拜见太后。”

褚蒜子弯腰双手将司马奕扶起，让他坐在自己的身旁，双眼闪着精光，盯向司马奕，道：“本宫听卢竦说奕儿同意复辟，重新登基称帝。”

“皇宫太监来到儿臣府中，说太后传诏，让儿臣重新登基。”

“你看到本宫的诏书了吗?”

“只是听到太监传诏，儿臣并没有看到太后的诏书。”

“本宫已经撤帘，没有下过这样的诏书。”

“儿臣一切听太后的。儿臣冤枉，我不在乎当不当皇帝，只在乎自己的名声。我的几个儿子都是我自己的，绝对不是朱灵宝的。太后为什么听信桓温污蔑，借此废黜儿臣的皇位?。”

“桓温和郗超，已将你的宫闱丑闻遍布朝野，宫闱秘事一旦传开，犹如覆水难收，本宫无法为你辩解、开脱。况且，如果当年不按桓温的表章废立，桓温就会以不让朱灵宝的儿子登基为借口，直接出兵抢走国鼎。本宫手中没有一兵一卒，能奈他何?”

“儿臣明白，太后一切都是以维护国鼎为尺度。”

“奕儿，你只说对了一半儿，在本宫心里，更看重的是百姓的安居乐业。卢竦如果废黜曜儿立你为帝，忠于曜儿的军队一定会前来勤王。双方战事一开，京城百姓就会遭受战乱之苦。本宫绝不会让卢竦的阴谋得逞。”

卢竦在一旁听着褚蒜子和司马奕议论废立之事，他也听不懂，也不想听，心想她只要交出玉玺就成。

听到这里，卢竦终于听明白，褚蒜子不但不会交出玉玺，而且极力反对和阻止司马奕登基。

卢竦大怒，破口大骂：“老婆子，今天只有先搬掉你这块绊脚石，司马奕才能顺利登上大宝。”

他抢步上前，举剑向褚蒜子砍去。只听见一声惨叫，显阳宫内鲜血迸溅。

第四十二章　淝水之战

卢竦挥剑向褚蒜子砍去，一直守卫她身旁的晨雨，飞快举起手中的宝剑，将卢竦的宝剑格开。

与此同时，埋藏在东阁门后的李玉、朝云飞身而出，挥剑向卢竦砍去，卢竦的脑袋被砍掉，骨碌碌滚到了八仙桌下。

显阳宫门内的道徒大骇，慌忙逃到门外，门外的数千名道徒和御林军，看到卢竦已死，群龙无首，一片慌乱。

褚蒜子把李玉、朝云、晨雨留在显阳宫内，自己两手拉着司马曜和司马奕，一起走出了宫门。

她镇定从容，面色平和，对不知所措的道徒和御林军说道："卢竦欺骗你们，谎称本宫下诏要废掉当今皇帝，重新立海西公为帝。本宫在此宣布，绝对没有下过这样的诏书，海西公自己也愿意拥戴当今的皇帝。"

说到这里，褚蒜子转身向司马奕问道："海西公愿意拥戴当今皇帝吗?"

"儿臣遵照太后懿旨，衷心拥戴当今皇帝。"

"今天被卢竦欺骗前来皇宫的，不管是天师道徒，还是御林军将士，都是受了卢竦的蒙蔽，自以为是奉了本宫的诏书才进宫的。本宫在此宣布，从现在起，道徒立即回家，御林军立即回到自己的岗位。本宫概不追究，皇帝概不追究，就像没有发生这件事一样。"

褚蒜子的话刚刚说完，道徒和御林军全部跪在她的面前，匍匐在地，山呼千岁，然后站起身来，欢天喜地出宫去了。

褚蒜子不追究道徒和御林军将士的责任，是因为她知道，天师道的势力，已经深深地渗入到朝廷文武百官和军队之中。朝廷官员的名字中，凡是带"之"字和带"道"字的，大都是天师道道徒。

她知道司马昱，字道万。他的两个儿子，一个叫道生，一个叫道子。她也知道王羲之和他的许多个儿孙，名字中都带"之"字。朝廷重臣中，王彪之、王坦之也都带有"之"字。她不想因为追究追随卢竦逼宫的道徒的身份，造成朝廷政局的紊乱。

东晋朝廷平息了一场未遂的宫廷政变，北方强敌前秦苻坚，正在遭遇即将失去重臣王猛的危局。王猛命若游丝，谆谆告诫前来探病的秦帝苻坚说：“晋廷虽偏安江南，仍为华夏正统。桓温死后，晋廷君尊臣敬，将相安和。褚太后、谢安都是当今杰出的政治家，晋廷又有长江天险，臣劝陛下千万不要攻晋。”王猛气息微弱，说话吃力。苻坚很是不忍，点头应允：“我明白，爱卿安心养病。”王猛喘了几口气，继续说：“反观凉人，羌人、鲜卑人都是我朝的死敌，陛下过于仁慈，招降他们后，还让他们带领自己的军队，把他们安置在长安周围，这都是我朝的心腹隐患。”苻坚安慰说：“我仁行天下，相信他们也会以忠心报效。”话音刚落，王猛气绝身亡。苻坚大哭，厚葬王猛。

王猛去世后的前几年，苻坚牢记王猛的谏言，和晋廷相安无事。

苻坚原是苻洪第四子、东海王苻雄的次子。苻坚自幼聪明好学，除了弓马娴熟之外，熟读四书五经，精研孙子兵法。十岁时，他向爷爷苻洪请求前去建康的太学读书。

祖父苻洪奇而喜之，说他“姿貌瑰伟，质性过人，非常人也”。因为他知道，自己的儿孙喜欢喝酒吃肉和骑射，不愿意读书。他这个孙子却喜欢读书，受到苻洪垂青，他嘱咐世子苻健和苻雄，以后好生重用苻坚。

苻坚长大后，身高九尺，大头大脸，面如重枣，仪表堂堂，江湖术士多次为他相面，称之有一统华夏的帝王之相。

苻健死后，苻生继位。符生生性残暴，担心苻坚对自己皇位不利，带领数百名护卫前来斩杀苻坚，苻坚杀死符生，自己登基，不称皇帝，只称天王。

苻坚登基后，开始实现建立一个一统华夏的太平盛世的梦想。在他建立的这个王朝里，君明臣贤，各族和睦，百姓安居乐业。

王猛劝阻苻坚千万不要伐晋的谏言，只能延迟苻坚伐晋的时间，绝对浇灭不了他在大江南北建立统一王朝的梦想。

凡是被苻坚击败的亡国君臣，在高官厚禄的引诱下，特别是他们依然能够带领自己原有军队优待条件引诱下，纷纷投降了苻坚。

随着苻坚招降的军队越来越多，秦军的数量已达百万，苻坚一统天下的热望又重新燃烧起来。

苻坚对能够击败东晋、劝降东晋全体君臣深信不疑，做出了很多搞笑的动作。

他敬重褚蒜子勤政爱民的赤诚，佩服谢安举重若轻的大度，赏识谢玄智勇双全的将才，在秦廷为司马曜、谢安、谢玄分别预留了归乐侯、吏部尚书、前锋都督的官位。更荒唐的是，他还在长安秦宫的东侧，为褚蒜子起好了崇德太后宫，为谢安起好了吏部尚书府，为谢玄起好了前锋都督府。

苻坚败亡后，长安起第，成为长安百姓茶余饭后的笑谈。

司马曜太元七年，苻坚召集朝臣廷议，商讨伐晋事宜。

苻坚的幼弟阳平公、尚书令苻融率先出班，反对伐晋：“微臣斗胆冒死进谏，我朝连年征战，将士多年征衣未解，疲劳不堪。百姓徭多赋重，怨声载道。臣弟以为我朝急需休养生息，待国富民强后，再出兵伐晋不迟。”

姚苌、慕容垂表面上虽然投降了苻坚，内地里一直存有二心。二人极力把他往火坑里推，鼓动、怂恿他出兵伐晋，期盼秦晋鹬蚌相争，坐收渔翁之利。

姚苌极力颂扬苻坚：“陛下天姿神武，圣明睿断，德比尧舜，功盖汉武。我朝群臣，都愿意仰仗天威，出兵灭晋，一统天下。”

慕容垂从多个方面分析了秦必胜晋必败的态势：“陛下英明神武，历经数百战，战战必胜；谢安游山玩水二十多年，只会吟诗作赋，至今没有指挥过一个兵丁，没有指挥过一次实战。陛下拥兵百万，晋军只有几万。这次陛下伐晋，犹如探囊取物。”

太子苻丕担心地说：“晋有长江天险，易守难攻。”

苻坚的大脸上洋溢着天量的自负，口沸目赤，豪气干云：“朕有百万大军，将马鞭扔进江里，江水就会断流。何惧长江天险?”

太元八年五月，苻坚命苻融为征南大将军，率领慕容垂等部二十五万步骑为先锋，图谋率先攻取寿春，作为跳板，一举渡江灭晋。

苻坚率领二十七万骑兵随后跟进，还有六十万大军正在关中和中原集结，随后杀来，总兵力达到一百多万人。

十月，苻融在阵前斩杀晋军寿春守将，攻占寿春，秦军声威大震。

秦军渡过淮河，在淝水以西的一片开阔地带安营扎寨。

淝水源出寿春西部的将军岭，自南向北，注入淮河。

司马曜下诏，加封谢安为征虏大将军，统一指挥抗击秦军入侵；加封谢安的五弟、尚书仆射谢石为征讨都督，加封谢玄为前锋都督，加封谢安之子谢琰为辅国将军，率领八万北府兵，在淮河的支流洛涧以东，依险拒敌。

同时，晋廷命令荆州刺史桓冲出兵十万，分别攻取襄阳和白帝城，牵制苻坚。

出征之前，谢玄到东山拜见谢安，请教如何以少胜多、击败苻坚。谢安只说了一句：“我已经全部安排好了，你不要再问了。你去把谢氏族人请来，我们欢宴一场。”谢玄一头雾水，心想我是前线总指挥，你都没有向我面授机宜，还奢谈什么全部安排好了？席间，谢玄几次想问谢安到底有何战略安排，谢安谈笑风生，开怀痛饮，只字不提即将爆发的秦晋大战。谢玄几次想问，都没敢问。宴会结束后，谢玄无奈，只好告辞。

谢安却不让他走，带他来到内室。谢玄喜上眉梢，以为终于等到了叔父面授机宜的良机。谁知谢安兴致勃勃地要和他下围棋，并说如果他能够下赢自己一盘棋，就将自己这座心爱的东山别墅，送给他。谢玄棋艺远远高于叔父，平时让几个子，都可以轻松地战胜谢安。谢玄和谢安下棋从无败绩。谢玄平常很佩服叔父，今天的怨气却很大：大敌当前，你不向我传授制胜秘诀，只顾喝酒下棋。我非把别墅赢过来不可。谢玄心思都在即将爆发的秦晋大战上，沉重的压力像一块巨石，压得他喘不过气来。连下两场，谢玄都是一败涂地。

谢玄终于醒悟，大战在即，叔父给自己展现的是有我无敌的信心和举重若轻的镇定，心理压力顿时消失得无影无踪。一个视百万强敌如草芥的常胜将军形象，在谢玄身上全盘血活。

苻坚率领二十七万骑兵，攻占项城。苻融攻克寿春的捷报飞来，苻坚心情振奋，亲率八千轻骑，赶到前线督战。

十一月，苻融派大将梁成率兵七万，赶到洛涧以西布防，阻击谢玄。洛涧是淮河的支流，也是自南向北，流入淮河。

谢玄在秦军刚刚扎好营盘的当夜，命令先锋刘牢之率领五千北府兵，夜袭秦营。刘牢之作战勇敢，武艺高强，是北府兵的第一勇将。经多年严格训练的北府兵，求战心切，在刘牢之率领下，北府兵夜渡洛涧后，个个如下山的猛虎，直扑秦营。秦营内外火光冲天，杀声震耳。夜色之中，秦军不知道到底有多少晋军劫营。很多人还在睡梦之中，就成了无头之鬼。晋军像砍瓜切菜一样，砍杀秦军，直杀得秦军喊爹叫娘，鬼哭狼嚎。

梁成和弟弟梁玉，慌乱之中，披挂上马，带领部将，来战刘牢之。刘牢之毫无惧色，挥舞着二十多斤重的鬼头大砍刀，手起刀落，将梁成、梁玉劈于马下。梁成部将受惊，拍马逃走。刘牢之追上前去，将梁成部下的八员大将全部砍死。

当年在泗口，秦军六万骑兵，被谢玄一万北府兵击溃。现在谢玄的先锋刘牢之比他更狠，五千晋军杀得七万秦军屁滚尿流，落荒而逃。只有数千人逃回秦营大帐向苻坚、苻融哭诉。谢玄、刘牢之就像两尊战神，秦军士兵单单听到了两人的名字，就心惊胆战。

晋军越过洛涧，在淝水之东布防，与秦军隔河对峙。

北府兵战力如此强悍，苻坚十分惊骇。一场败仗，使这个骄傲自大、气冲牛斗、轻敌冒进的君王，变成了一个胆小如鼠、畏敌如虎的懦夫。

十二月的一天晚上，他带领苻融和众将出帐向南瞭望，窥探晋营。“风声鹤唳，草木皆兵。”苻坚心中慌张，竟然把八公山上的草木，都看成了晋兵。苻坚的大脸上生出浓重的怒色，责问苻融：“你们都说晋朝兵少，这漫山遍野到处都是兵丁，怎么能说兵少呢?”

随行的朱序看出了苻坚的胆怯，向他提出到晋营劝说谢玄投降。

苻坚大喜，抚着他的背说：“谢玄如能降秦，爱卿就是灭晋第一功臣。”

朱序来到晋营后，谢石、谢玄对他很冷淡，直到朱序将秦军布防情况告知后，二人才热情起来。

朱序问道：“我军为什么不尽快攻击秦军?”

谢石顾虑重重：“秦军势大，远道而来。我想等待秦军粮尽后，再击之。”

朱序耐心地分析了秦军军情：“苻坚准备集结百万大军攻晋，队列绵延一千多里。其中赶到淝水的只是其中一部分，一部秦军已经在项城，很多由原来的凉军、燕军、代军组成的秦军还在路上。等待的时间越长，秦军集结的数量越多，我军战胜秦军的难度越大。我军宜速战，不宜再拖。”

谢玄略加思索：“秦军缺粮少衣，利在速战。我这就给苻融下战书，让他从淝水西岸撤出一片开阔之地，便于两军厮杀。两军相遇勇者胜，后撤者必败无疑。秦军一撤，军心必乱。我立即率领骑兵突击，大败秦军。”

朱序赞道：“幼度果然用兵如神。秦军刚一后撤，我就率领投降过来的三千襄阳军，大喊秦军败了，秦军阵脚必定大乱。我军趁势渡河攻击，秦军必败无疑。”

谢石连称：“妙计。”

朱序回到秦营，向苻坚报告谢玄不肯投降，并将谢玄的战书呈给苻坚。

北府兵多次大败秦军，既使苻坚心中畏惧，也更加激起他亲率大军击败谢玄、恢复自己常胜君王的名义：“我军连兵百万，粮草不济，利在速战。”

慕容垂、朱序点头称是。

苻坚大脸上的霸气重燃：“兵法云：‘半渡者，击之必胜。’我军撤出一箭之地后，立即返身过来，整好队形。等待晋军一半人马渡河之后，我亲率几十万铁骑回马杀来，将晋军赶入淝水喂鱼鳖。”

苻融盛赞：“陛下英明。”派人回复谢玄：明日决战。

次日平明，谢玄、谢琰、刘牢之率领八千铁骑为前锋、七万晋军为后队，在淝水东岸摆好阵势，单等秦军后撤。

年仅三十九岁的前锋都督谢玄面如月华，英俊挺拔，他的银盔银甲和胸前明光铠，在冬日朝阳的照射下，放射出夺目的光彩。他的盔顶枪头上的红缨迎风闪烁，既提高了北府兵的士气，又为将士跟随自己冲杀，起了很好的引领指示作用。

苻融下令秦军回撤一箭之地，引诱晋军渡河。

秦军刚刚勒马转过身去，谢玄在东岸看得真真切切，他将手中的钢枪高高一举，和谢琰、刘牢之一起率领铁骑飞也似的冲过淝水，向秦军杀来，秦军阵脚大乱。苻融见状大惊，急忙传令秦军停止撤退，回马迎击晋军。

秦军人太多、太乱，苻融回马迎战的命令根本传达不下去。

夹杂在秦军阵内的朱序，带领手下三千襄阳军，趁势大喊：“秦军打败了！秦军打败了！”

跟随来到淝水前线的，不只是苻坚的嫡系军队，还有投降过来的晋军、燕军、凉军、羌军、代军，这些降兵降将本来就和苻坚貌合神离，听到秦军打败了的喊声，争先恐后地向北逃去。

降兵降将夺路逃命，所过之处，秦军骑兵被冲垮，步兵被踩成肉饼。

谢玄率领的铁骑挥舞战刀向秦军头上砍去，秦军骑兵的脑袋滚落满地。晋军铁骑的弓箭如飞蝗一样遮云蔽日，漫天飞来，秦军骑兵纷纷倒地身亡。

慌乱之中，苻坚背上中了一箭，差点落马。苻坚吓得魂飞天外，置几十万败军于不顾，在亲兵的保护下，一逃数千里，直接逃回了长安。

最倒霉的是苻融，被乱军撞下马来，死于非命。

苻融率领的二十五万步骑，苻坚率领的八千轻骑，群龙无首，惊慌失措，顷刻间一溃千里，土崩瓦解。被杀死的秦军，漫山遍野；身着单衣的秦军，冻死无数；水深流急的淮河挡住了秦军去路，淹死在淮河里的秦军不计其数，死尸塞满了河道，迫使淮河断流。正在向淝水赶来的几十万援军，听到苻坚大败，立即作鸟兽散。

原来降秦的各路降臣降将，心系故国，纷纷叛秦自立。姚苌建立后秦，慕容弘建立西燕，慕容垂建立后燕，吕光建立后凉，北方又陷入了长期战乱。

苻坚带领残兵败将逃回长安，慕容俊最小的儿子慕容冲为报国恨家仇，率军攻打长安。苻坚弃城逃到五将山（今陕西岐山县境内），被姚苌追上绞死。

淝水大战胜利的捷报报给谢安时，他正在客厅和客人下棋，他只是简单地用眼扫了几下，便将捷报放在棋盘旁边。

客人问：“刚才传来的是什么消息？”

谢安不动声色，淡淡地说道：“小儿辈已经破敌！”

客人走后，谢安极度喜悦，手舞足蹈，从客厅前往内室，在过门槛时，将木屐屐齿折断了都不知道。

谢玄率领胜利之师，收复了黄河南岸的大片土地，并把东晋防线推进黄河一线。有晋一朝，北方政权从此再也无力南侵，东晋社会保持了几十年的安定局面，黎庶百姓获得了几十年的休养生息。

太元九年元旦，志得意满的少年天子司马曜早朝，下诏大封谢安、谢石、谢玄等淝水之战的功臣。司马曜特别宣诏谢玄出班，褒扬说："爱卿以八万胜百万，实是前无古人，后无来者，即使诸葛武侯再世，也难创此佳绩，爱卿要什么赏赐，请开口，朕一定会答应。"

谢玄走到司马曜的龙床前面，双膝跪倒："淝水之胜，全赖太后运筹，全仗皇上天威，全靠将士英勇，末将只是尽了一点微薄之力，绝对不会要什么赏赐。末将诚请太后能够莅临金殿，在朝的出征将士，都想瞻仰一下凤驾的威仪。"

司马曜无奈，只好派黄门到显阳宫去请褚蒜子。黄门很快折返回来禀报："显阳宫的宫女说，太后几天前，前往九华山礼佛去了。"

这天的凌晨，九华山十王峰天池旁边，褚蒜子、李玉、抱琴、侍书、朝云和晨雨一行六人，在十王寺主持长明长老和几个小和尚的陪同下，正在观看日出。

九华山九十九峰，其中九峰最高，像一朵莲花高耸在群峰之中，人称九华山。皓月当空，繁星满天，雪后的九华山群峰，千树万树都挂满了雾凇，似烟似雾。天池周围几十棵柿子树上，满树的红柿子，被一朵朵冰花包裹着，像白衣仙子怀里婴儿的脸蛋儿，红嘟嘟的，粉嘟嘟的，在微风中轻轻摇动，晶莹闪烁。

等了一段时间，还没有看到日出。

坐在褚蒜子右边的朝云和晨雨，不耐寂寞，齐声向褚蒜子问道："我们奶奶说皇奶奶打了很多的胜仗，皇奶奶您为什么那么有本事呀?"

褚蒜子还没来得及回答，坐在她左边的长明长老笑着说："因为你皇奶奶心里，装得全是你们这些小施主呀!"

李玉感叹道："长老说得都是黎庶百姓的心里话呀!"

说话之间，九华山东方的云海和天际之间，露出了一抹绯红色晨曦，一轮火红的朝阳，奋力一跃，升腾在云海之上。朝霞漫天，彩云飞舞。

褚蒜子为了不打扰朝云、晨雨她们观看日出，用极低的声音吟道：

"玉色三千界，佛光一万重。
云动冰花飞，霞落雪轻红。"